KB066634

허즈번드
프로젝트

HOW TO BE A HUSBAND

허즈번드
프로젝트

팀 다울링 지음

나선숙 옮김

숯을북

소피에게 바칩니다, 당연히

| 머 리 말 |

2007년 여름, 뜬금없이 『가디언 위켄드(*Guardian Weekend*)』지에서 잡지 첫 페이지를 맡아달라는 의뢰가 들어왔다. 뜬금없다고는 말했지만, 사실 이런 요청이 들어오기 오래전에 그 가능성을 생각해본 적이 있다고 인정해야겠다. 그래서 난 평소와 같은 고마움과 조급함이 뒤섞인 기분으로 그 소식을 받아들였다. 놀랍기도 하고, 짜릿하기도 하고, 몹시 우쭐하기도 했지만 당장 답을 하지는 않았다. 내가 그 제안을 거절할 가능성은 제로였지만, 막상 수락하려니 심히 불안하고 걱정스러운 마음이 들었기 때문이다. 오랫동안 그 일을 원한다고 생각해왔으면서도, 실제로 무엇을 어떻게 할지에 대해서는 별로 생각을 해보지 않았다. 무얼 주제로 주간 칼럼을 써야 할까?

이에 관해 편집자가 보낸 메일에는 딱 이렇게만 적혀 있었다. "꼭 자신의 생활에 대해 써야 한다는 부담을 가지실 필요는 없어요." 그 문장을 읽고 이런 생각이 들었다. 특정 포맷에 얽매이지 말고 자유롭게 쓰라는 건가? 아니면 내가 전임자 존 론슨을 대신하는 것은 이번 한 번뿐일 테니까 일부러 조심스럽게 말한 것이려나? 일상적인 가정 이야기를 썼다가 나중에 혹시 '팀 다울링의 집에서 나는 미스터리한 냄새는 본인한테서 나는 것인 모양이에요. 잘난 체하는 거만한 공기가 자연스럽게 뿜어져 나오는군요'라고 쓴 편지를 받게 되는 것은 아닐까? 이유야 어쨌건 간에, 칼럼에 대한 지침은 내려진 듯했다. 무엇에 대해서건 당신이 쓰고 싶은 대로 쓰세요, 당신 자신에 대한 얘기만 빼고.

그 편집자가 내게 연락하고 바로 출산휴가를 떠나는 바람에 난 더 이상 아무 말도 듣지 못했다. 이후에 내가 유일하게 받은 추가 정보는 첫 번째 칼럼을 보내야 하는 날짜였다. 9월 중순까지 보내주세요. 마감일이 다가올수록 난 패닉에 빠졌고, 결국 하루 종일 내 뒤를 쫓아다니는 우리 집 개와 고양이에 관한 얘기를 썼다. 딱 쓰지 말라고 경고받았던 바로 그런 종류의 이야기였다. 메일 보내기 버튼을 누르면서 난 긴급 소집된 대책회의에서 변명하는 내 모습을 상상했다("정말이에요! 그 녀석들이 날 졸졸 따라다닌다니까요!").

잡지사 측에서는 아무런 반응이 오지 않았고, 칼럼은 내가 쓴 그대로 잡지에 실렸다. 실제로 소소한 가정사에 대해서는 쓰지 말라는 지침이 전달되었던 것인지조차 의심스러웠다. 아무튼 그건 중요하지 않았다. 이제 생각을 정리할 수 있는 일주일이 꼬박 내 앞에 남아 있었다.

다음 칼럼에는 최근 BBC를 괴롭히는 몇몇 스캔들을 소재로, 그것을 패러디한 딱딱한 사과의 글을 작성했다. 지극히 시사적이기도 하고, 써야 할 분량을 정확하게 지킨 칼럼이었다. 그런데 2주가 지나자 또다시 나의 상상력이 바닥나기 시작했고 막판에는 하도 급해져서, 내가 자전거를 타고 가다가 택시에 치였을 때 아내가 보인 냉담하면서도 재미있었던 반응에 대해 써 내려갔다. 이런 생각을 하면서 말이다. '한 달도 안 돼 해고당할 수도 있을까?'

벌써부터 주간 칼럼이 주는 압박감이 장난이 아니었다. 다음 마감일에는 또 다른 일 때문에 남아메리카에 날아가 있었다. 시차 때문에 피곤하고 영감은 전혀 떠오르지 않는 상황에서 수없이 고민하며 머리털을 쥐어뜯은 끝에, 전적으로 내가 소지하고 있던 유일한 읽을거리를 기반으로 일반 소설책 뒤에 나오는 것과 같은 독서토론용 질문들을 패러디해서 한 꼭지를 만들어 냈다.

일주일 뒤에는 네안데르탈인에게 언어 능력이 있었을 가능성을 제시한 보고서를 바탕으로, 네안데르탈 부부가 저녁식사에 초대한 옆집 '호모사피엔스 부부'를 기다리면서 나누는 우스꽝스러운 대화를 엮어냈다. 시간이 좀 더 있었더라면 더욱 근사한 엔딩을 생각해낼 수 있었겠지만, 글을 다시 꼼꼼히 읽어보니 드디어 자신감 같은 게 생기기 시작하는 느낌이었다.

하지만 금세 패닉 상태가 되돌아왔다. 다가오는 크리스마스 연휴를 대비해서 칼럼 몇 편을 미리 써놓아야 했다. 몇 주에 걸쳐 나는 주구장창 우리 집안에 닥쳐왔던 위기 상황들을 써 내려갔다. 텔레비전 앞에서 싸웠던 얘기, 아이들 문제로 싸웠던 얘기, 창문 닦는 사람에 관해, 심지어 칼럼 자체에 관해 싸웠던 얘기들을 주저리주저리 이어갔다. 망했다는 느낌으로, 다음 주에는 꼭 원래 지침에 확실하게 부합하는 글을 쓰리라 맘속으로 다짐하면서 칼럼들을 저장했다. 마침내 내가 좀 더 수준 높고 덜 개인적인 글을 써 보내게 됐을 때, 편집자에게서 이메일이 날아왔다. 몇 달 만에 처음으로 받아보는 진짜 피드백이었다. 거기에는 이렇게 적혀 있었다. "그 재미난 아내 분은 어떻게 지내세요?"

이것이 내가 칼럼 전체를 내 결혼생활 이야기로 범벅하게 된 경위다. 사실 내겐 가만히 앉아서 거기에 함축된 윤리적인 의미나 영향 같은 것들을 생각할 시간이 없었다. 깊은 의미 같은 게 있지도 않았다. 남들이 다른 가정의 이야기를 흥미로운 도덕적 함정이 가득한 소일거리쯤으로 여긴다는 것은 알지만, 나로서는 그런 관점의 사치를 누릴 겨를이 없었다. 내가 이 새 칼럼을 쓰면서 이루고자 노력한 게 무엇인지 알아차리기까지 꼬박 6개월이라는 시간이 걸렸다. 난 아내를 웃게 만들려고 애쓰고 있었다.

그녀는 내 앞에서 내가 쓴 글을 읽는 거의 유일한 사람이고, 난 그녀가 내 칼럼이 재미있는지 없는지를 심판하는 주요 결정권자라고 여기게 되었다. 좀 더 추상적이고 덜 개인적인 칼럼을 쓰려고 애쓸 때조차 난 그녀가 웃을지, 웃지 않을지를 신경 썼다. 어느 토요일 아침, 아내는 침대에 앉아 입을 꾹 다문 채 네안데르탈인 이야기를 읽었다. 그러고는 한숨을 내쉬며 말했다. "당신 전임자 글이 더 나은 것 같아."

하지만 그녀는 확실히 자신이 등장하는 칼럼을 읽을 때 더 재미있어했다. 자신의 대사를 읽으면서 자주 크게 웃기도 했다.

"나, 어쩜 이렇게 웃기니." 그녀는 낄낄대며 말한다. "당신은 그냥 받아 적었을 뿐이야."

물론 이것은 정교한 균형 잡기와 눈치와 분별 있는 판단력과 상당한 공감 능력이 필요한 까다로운 작업이다. 내가 몇 번 큰 실수를 저지른 것도 다 그런 이유에서다.

2008년 초 어느 토요일에 아내는 이렇게 말했다. "헤드라인에 대문자로 '내 아내'라고 쓰는 건 마음에 안 들어." 이제껏 그녀는 자신을 '내 아내'라고만 언급하는 것에 반대한 적이 없었다. 그녀의 익명성을 보장해주려는 나의 시도를(물론 진지하게 생각하고 그런 건 아니지만) 인정해주는 것 같기도 하다. 그런데 그 단어가 커다랗게 찍혀 있는 것을 보니, 특히 그녀가 읽고 있는 헤드라인에 박혀 있는 커다란 글자를 보니 갑자기 무시와 멸시의 어감이 담겨 있는 것처럼 느껴지는 모양이었다. 그녀가 읽고 있던 헤드라인은 "내 아내는 일할 사람들을 고용한 뒤에 나한테 관리를 떠넘긴다"였다. 아내의 이의 제기는 충분히 이해할 만한 것이었고, 영리하게 눈치를 살펴서 신중히 단어를 골라 반응해야 하는 종류의 한마디였다.

"헤드라인은 내가 정하는 게 아니라, 잡지사 사람들이 정해." 내가 말했다.

몇 달 뒤에 그녀는 내가 큰아들에 관한 내용을 쓸 때마다 매번 그녀를 '자긍심 교도관'으로 지칭하는 것이 마음에 들지 않는다고 말했다. 하지만 그것이 왠지 쉽게 내줄 수 없는 보석처럼 느껴져서 어쨌든 난 고치지 않았고, 그에 대해 그녀가 이의를 제기했다는 내용까지 덧붙였다. 그리고 그녀의 돌 같은 침묵을 묵인으로 받아들이기로 했다.

그로부터 6개월 뒤 아내가 난데없이 소리쳤다. "내가 〈개 훈련소〉(TV 프로그램-옮긴이) 보는 거 쓰면 이혼당할 줄 알아." 그것은 충분히 소리칠 가치가 있는 엄포인 것처럼 생각되었다.

어느 비 오는 날 콘월에서 여름휴가를 보내고 있을 때, 그녀가 신문을 읽다 말고 몹시 화난 눈으로 날 노려보았다.

"너무한 거 아니야?" 그녀가 말했다. 난 멍하니 아내를 마주 보았다. 칼럼이 실제로 인쇄돼 나올 때쯤이면 난 항상 내가 뭘 썼는지 기억이 나지 않는다.

"무슨 소리야?" 내가 물었다.

"어떻게 날 '카누 와이프'랑 비교할 수가 있어!" 그녀가 버럭 고함을 쳤다. 그제야 난 떠올렸다. TV로 '카누 맨' 관련 뉴스를 보다가 아내와 나는 말다툼을 벌였다. 엄밀히 말하면 카누가 아니라 카약인 것 같지만, 아무튼 한 남자가 그것을 타고 나갔다가 행방이 묘연해졌는데, 5년 뒤 카누 사고로 죽은 줄 알았던 사람은 멀쩡하게 살아 있었고, 파나마에서 새 삶을 살기 위해 아내와 그 죽음을 공모했던 것으로 밝혀졌다.

"당신이 오해한 거야." 내가 말했다. 나중에 다시 읽어보니 아내와 카누 와이프 사이의 유사점을 몇 번 우연찮게 지적한 부분이 있기는 했지만, 그래도 난 여전히 그녀가 내 글 쓴 의도를 너무 옹졸하게 해석하고 받아들인 거라고 생각했다.

그녀는 그날 오후 내내 아는 사람들에게 죄다 전화를 걸어 내가 너무 심했다는 데 대한 동의를 받아냈다. 그 상황에서 나

11

는 내가 떠올릴 수 있는 유일한 일을 했다. 그것에 대해서도 칼럼을 썼다.

1년이 지난 뒤에 또다시 그런 일이 발생했다. 이번에 아내는 격분했다. 제대로 분노를 터뜨렸다. 이유는, 그녀가 거의 등장하지 않는 칼럼에서 내가 그녀의 마음에 들지 않는 무언가를 썼기 때문이었다. 난 그녀의 설명이 도대체 이해가 되지 않았지만(그 설명을 여기에 다시 반복하는 위험은 감수하지 않을 생각이다), 그녀가 굉장히 화가 났다는 것만큼은 틀림없는 사실이었다.

난 내가 이해하거나 말거나 중요하지 않다는 것을 깨달았다. 그 반응만으로도, 그녀가 원한다면 내가 칼럼을 그만둘 충분한 이유가 된다는 것도 알았다. 일주일의 유예기간 같은 건 필요치 않았다. 나는 이 일을 다 때려치우겠다고 말할까 잠시 고민했다. 하지만 아내가 지금 같은 기분으로는 정말로 내 제안을 받아들일 수도 있겠다 싶어서 곧바로 포기했다.

이 문제를 해결할 방법으로는 두 가지가 있었다. 첫째는 내가 결혼생활에 관한 이야기를 더 이상 쓰지 않는 것이었다. 하지만 아내는 칼럼 자체가 불편한 것은 아니며, 가끔 회사에서 자신을 곤란하게 만드는 듯한 부적절한 구절에 열이 날 뿐이라고 주장했다. 그런 일은 딱 한 번 일어났고, 그땐 우리 둘 다 상황이 그런 식으로 흘러갈지 전혀 예상하지 못했다.

아니면 명확한 반대 의견을 낼 수 있도록 칼럼을 보내기 전에 그녀에게 미리 읽을 기회를 제공할 수도 있을 것이었다. 하지만 난 미리 보여주고 싶지 않았다. 그러면 다음 토요일에 그녀가 웃지 않을 수도 있을 테니까. 내 글은 그녀에게 놀라움이 되어야 했다.

솔직히 내가 칼럼으로 아내를 화나게 하는 것처럼 실생활에서도 그저 몇 개의 냉담한 단어 선택으로 아내를 화나게 하는 것뿐이라면 참 좋을 것이다. 결혼생활 하는 과정에서 나는 어리석은 짓도 많이 하고 야박한 행동도 많이 한다. 하지만 칼럼에서 실수했을 경우에는 내가 어떤 부분에서 잘못했고 어떤 지점에서 사과해야 하는지 알 수 있는 일주일이라는 긴 시간이 있다.

일주일에 한 번씩 결혼생활에 대해 써야 한다는 것은 그 분량을 채우기 위해 일부러 갈등을 만들어낼 위험을 지니고 있다. 하지만 사실 난 그럴 필요가 전혀 없다. 이 말을 믿기 어려워하는 사람들도 있을 테고, 나 역시 주 1회 칼럼에 쓸 불안과 동요의 요소 하나 없이 지극히 매끄럽게 이어지는 결혼생활을 상상하기 어렵다. 정직하게 말해서 내가 그런 결혼생활을 하고 싶은지도 잘 모르겠다. 겉으로 그렇다고 말하는 커플도 사실은 그런 상황이 아닐 가능성이 있다.

20년 전 아내와 나는 결혼이라는 철저히 무모한 프로젝트에 착수했다. 우리 둘 다 결혼이란 것은 생각만으로도 몸서리치게 피곤하고 진부하고 단조로운 무언가라는 생각을 갖고 있었다. 당연히 우리 중 누구도 서로에게 프러포즈하지 않았다. 둘 다 왜 그런 것을 해야 하는지 납득할 수 없었기 때문이다. 우린 그저 시신을 숲에 묻기로 작당하는 두 사람처럼, 체념 섞인 결단력으로 '결혼하자'고 동의했다. 물론 숲에 시신을 묻기로 동의할 경우에는 아마 그 소식을 전하기 위해 곧장 부모님에게 전화하지 않겠지만 말이다.

　20년 동안 우리는 쭉 여전히 결혼한 채로 함께 있다. 그리고 여전히…… 행복하다고 말하기는 좀 망설여지는데, 그것은 오로지 '머리에 이가 없다' 같은 말을 할 때처럼 삶이 내게 신중하게 사용하라고 가르쳤던 말 중 하나가 행복에 대한 단정이기 때문이다. 원래 만족을 표현하는 것 자체가 위험하게 느껴진다. 20년의 결혼생활이, 앞으로 반드시 10년 더 이어질 수 있으리라는 보장은 아니라는 것을 나는 잘 알고 있다.

　나는 내 생각을 말할 수 있을 뿐이고, 이런저런 부분들을 감안할 때 내가 만족스럽게 살아가고 있다는 데는 동의하지만, "도대체 무슨 일이 일어난 거야?", "이게 대체 어떻게 된 일이야?" 같은 생각이 하루도 빠짐없이 나의 뇌리를 스치는 것도 사실이다. 알다시피 나쁜 쪽으로 그런 생각들을 하는 것은 아니지만, 그래도 나는 여전히 매일매일 놀라고 있다.

　사실 이 책은 자기계발서가 아니다. 여기에서 조언 비슷한 무언가를 만나게 되더라도, 그것을 너무 엄격하게 따르지는 말라고 경고해야겠다. 이 자체도 충고일 수 있겠지만 말이다. 아마 자기계발 서적을 즐겨 읽는 사람들은 나랑 비슷해지고 싶지 않을 것이다.

　이는 그저 내가 지금까지 살아온 방식에 관한 이야기이며, 21세기 남편은 어때야 하는지, 오늘날 그 역할을 맡기 위해 요구되는 것이 무엇이고 요구되지 않는 것은 무엇인지에 대한 설명이 약간 곁들여 있을 뿐이다. 남자가 되는 법에 대한 듬직한 조언이 많이 들어 있다고는 말할 수 없다. 아들 녀석들은 내가

'겁내지 마!'라고 하면 그것을 가식적이라고 받아들이는데, 내가 남자다워지는 방법에 대해 얘기해도 아마 그렇게 받아들일 것이다. 진정한 남자가 되기 위해 노력하고 있긴 하지만, 결국 하루하루 나이만 들어갈 뿐이다.

하지만 '남편'이라는 위치는 내 이력서에 들어갈 아주 중요한 사항 중 하나다. '영문학 학사' 바로 아래, '돈 벌려고 상어 우리에 들어간 적 있음' 바로 위에 들어갈 법한 사항이다. '남편'은 내가 하는 다른 모든 일을 취미인 것처럼 만드는, 내가 지금 하고 있는 일이다.

이 구분을 자랑스럽게 받아들이긴 하지만, '남편'이라는 타이틀이 요즘 별로 존경받지 못한다는 것도 알고 있다. 그것은 늘 조금 특이한 단어였다. 고대 스칸디나비아 어에서 파생한 '남편(husband)'이라는 단어는 기본적으로 '가정의 주인'이란 뜻이다. 축산과 농사일을 잘해낸다는 의미로 쓰이는 'husbandry'에 그 뜻이 여전히 남아 있다. 그리고 이는 나한테 전혀 적용되지 않는 말이다.

다른 유럽 언어에서는 '남편'을 의미하는 데 굳이 'husband' 같은 단어를 따로 사용하지 않는다. 스웨덴에서는 'man', 덴마크에서는 'mand'가 남편을 뜻하는 단어다. 프랑스에서는 훨씬 평등주의적으로 그저 '결혼한 남자'라는 뜻의 'mari'라는 단어를 사용한다. 이는 여자 이름 '마리(Mari)'와 혼동하기 쉽고, 시장 집무실을 지칭하는 프랑스 단어와도 비슷하다. 그 때문에 나는 가장 기본적인 프랑스의 사교적 인사말을 은밀한 관계에 대한 시인으로 자주 오인하곤 한다.

또 어떤 면에서 '남편'은 과시적인 요소를 박탈당한 지 오래인 신비로운 지위 같기도 해서 다소 코믹하게 들린다. 존경하지도 않는 사람을 '대장'이라 부르는 것과 같은 이치다. 난 자랑스러우면서도 기쁜 마음으로 '아내'라는 단어를 사용할 수 있지만("저길 보게! 내 아내가 오는군!"), 아내는 그 단어를 "제 남편 만나보셨어요?" 같은 문장에만 사용할 뿐이다. 보통은 구글로 스스로를 검색하는 게 얼마나 유해한 일인지 이야기하는 사람들의 말을 우연히 엿들었을 때 던지는 농담 식으로 말이다.

이쯤에서 당신은 아마 이런 질문을 하고 싶을 것이다. "당신은 좋은 남편인가요?" 궁극적으로 이 질문에 대한 답은 내 아내만 할 수 있는 것이지만, 난 그녀가 무어라 말할지 짐작이 간다. "아뇨"라고 말할 것이다. 그래도 이 한마디보다는 조금 더 기다란 대답이 나오지 않겠나 하는 기대감을 포기할 수 없다. 잠시 생각한 뒤에 뭔가 단서를 달아서 아니라고 하는 그런 대답 말이다. 적어도 난 내가 운 좋게 건너뛸 수 있었던 몇몇 위험들과 그때 밟았던 우회로에 대해 설명할 수 있고, 나의 참패를 교훈 삼을 만한 경고성 이야기도 몇 개쯤 들려줄 수 있다.

부와 명예를 거머쥔 사람들이 그들과 똑같아지고 싶어하는 이들에게 성공으로 가는 길을 되짚어주려 할 때는 '생존 편향(survivorship bias)'이라는 것이 영향을 미치는 경향이 있다. 그와 비슷한 루트를 밟고서도 성공하지 못한 다른 수천 명의 사례를 감안하지 않고, 눈에 띄는 생존자들의 사례에만 집중해 낙관주의적 성향과 과신이라는 오류를 범하게 된다는 얘기다. 지나고 보면 열심히 일하고 일련의 영리한 결정들을 내리기만 하면 누구나 똑같이 성공할 수 있다는 공식이 성립되는 것 같지만, 어느 누구도 자신의 회고록에 이렇게 쓰는 경우는 없다. "난 꽝장히 위험한 짓을 했고 그다지 영리하지 못했다. 하지만 또다시 행운이 나의 어리석음을 메워주었다."

지나고 나서 아무리 생각해봐도 내겐 남들에게 드러내 보일 성공 비결이랄 것이 없다. 남편으로서나, 아버지로서나, 돈벌이하는 사람으로서나, 나 자신이 뭔가 의도적으로 전략을 잘 짜고 실행해서 오늘날 이 자리에 와 있는 것이 아니다. 어쩌다 보니 여기 이 자리에 도달하게 됐을 뿐이다. 24년 전 어느 추운 겨울 밤, 내 인생은 아무런 예고도 없이 트랙을 벗어났다. 내가 한 일이라고는 내 손에 들어온 것을 꽉 붙잡고 끝까지 버틴 것밖에 없다.

나름 성공적인 나의 결혼생활도 온갖 실수를 통해 만들어진 것이다. 사랑과 신뢰와 공동의 목표의식이 기반일 수 있겠지만, 비겁함과 조바심, 무분별한 발언과 얕은꾀가 늘 되풀이된다. 미안하다는 말과 뒤늦은 감사 표시, 그리고 제발 진정하라는 잦은 호소도 빼놓을 수 없다. 매일매일의 일상이 내가 잘못하고 있는 것들에 대한 교훈이자 가르침이다. 20년 세월을 돌아보면 내가 진정 유일하게 잘한 일이라고는 애초에 사람을 제대로 골랐다는 것밖에 없는 듯하다. 이는 내가 고심해서 한 일인 것 같지도 않다.

내가 선택을 잘하긴 했지만, 나 역시 제대로 선택받았다. 이런 일이 얼마나 자주 일어날까? 내가 말하려는 게 바로 이것이다. 다른 무엇도 아닌, 행운 말이다.

| 차 례 |

1
시작

1989년 크리스마스가 지나고 며칠이 흘렀을 때
다. 난 뉴욕에 살면서 그다지 장래성도 없는 직장에 다니고 있
다. 아니, 그보다 더 심하다. 난 망해가는 잡지사 제작부에서
일하고 있다. 아마 오래지 않아 이 장래성 없는 직장마저 잃게
될 것이다.

나는 코네티컷에 있는 부모님 댁에 갔다가 기차를 타고 막
올라왔다. 날은 춥고, 도시에는 이미 다 써버리고 기운이 빠진
선의의 공기가 얼쩡거리고 있다. 벌써부터 크리스마스트리들
이 길가 여기저기에 드러누워 있다. 웨스트빌리지에 있는 친구
들 집에 들른다. 내가 아는 여자 둘이 그곳 멋진 복층아파트에
서 같이 살고 있다. 영국에서 놀러 온 친구도 한 명 있다고 들
었다. 하지만 내가 도착했을 때 문을 연 사람은 내 친구 팻이
다. 이 친구도 영국인이긴 하지만 이곳 뉴욕에 살고 있다. 팻이
말하기를 여기 사는 여자애들이 아까부터 아래층에서 계속 싸

우고 있단다. 그 친구들은 원래 자주 싸운다. 쓸데없이 드라마틱한 상황을 연출하고 싶어하는 경향도 있다.

그때 아래층에서 올라오는 영국 아가씨가 처음 내 눈에 들어온다. 그날 저녁 내내 휴전과 관계 회복을 중재하려고 노력했지만 아무 소용이 없었던 모양이다. 그녀의 짧은 머리는 정전기가 심하게 일어나서 삐죽삐죽 솟아올라 있다. 그녀가 방으로 들어와 잠시 걸음을 멈추고 담뱃불을 붙인 다음에 나와 팻을 바라본다.

"저 아래는 빌어먹을 사르트르 놀이 하는 것 같아." 그녀가 말한다.

우리는 밖으로 나가 술집으로 향한다. 그 영국 아가씨는 새빨간 코트를 입고 욕을 많이 한다. 목소리는 나보다 더 낮고 허스키하다. 한때는 자신이 그리니치빌리지 거리에서 살해당할 거라고 생각할 정도로 세상 모든 것이 겁나고 무서웠다는데, 이젠 세상에 두려울 게 아무것도 없는 듯하다. 작은 건포도 모양의 눈을 반짝이는 그녀는 굉장히 웃기고 매력적이다. 어디로 튈지 모르게 예측 불가능하고 독단적이기도 하다.

"저기요." 내가 그녀를 쳐다보며 말한다. "여기 얼마나 있을 예정이에요?"

그녀는 시큰둥하게 날 뜯어보면서 말한다. "우리가 무슨 회담이라도 나누는 것 같네요."

솔직히 말해서 난 그녀가 굉장히 무섭다. 하지만 그날 저녁이 끝날 무렵이 되자 그 영국 아가씨의 남자친구가 되고 싶어 미칠 지경이다. 되도록 빨리 내가 원하는 결과를 만들어내고 싶다.

그런데 이런 나의 계획에는 몇 가지 결함이 있다. 그 영국 아가씨는 런던에 살고, 난 뉴욕에 산다. 내겐 이미 사귄 지 4년쯤 된 여자친구가 있다. 게다가 그 영국 아가씨는 날 좋아하지 않는 것 같다.

그럼에도 불구하고 난 며칠 후 송년 파티에서, 로비를 벌인다고까지 말할 수 있을 정도로 몇 시간을 내리 들이댄 끝에 그녀와 키스하는 데 성공한다. 그녀는 내 끈질긴 노력에도 별로 우쭐해하는 것 같지 않다. 하지만 지금 사귀는 여자친구와 떨어져 한 해의 마지막 날을 보내면서 잘 알지도 못하는 여자에게 들이대는 남자는 다른 무엇보다 재수없을 것이다. 그녀로서는 신중을 기할 이유가 충분하다.

나는 원래 이렇게 과감하거나, 결단력 있거나, 뻔뻔한 성격이 아니다. 타고난 계몽가인 나는 이전에 사랑에 빠졌던 세 명의 여자들에게 내 감정을 완벽하게 숨겼다. 처음 사랑했던 새러(8세)는 결국 다른 동네로 이사 갔고, 폴라(10세) 역시 이사를 갔다. 카티(11세)는 내게 이사 가는 친절을 베풀어주지 않았다. 제니(15세)가 나의 첫 번째 여자친구가 될 정도로 내 마음을 온통 장악했을 때쯤, 난 사랑이라는 것이 매우 강렬하고 아름다운 개인적인 아픔이라는 사실을 알게 되었다.

전에 여자를 쫓아다녀본 적이 없었던 건 아니다. 그래도 보통은 상대가 내 호감을 알아차리기까지 제법 오래 걸리는 방식이었다. 안달하지 않고 여유 있는 태도로 좋아하는 쪽을 선호했다. 좋아하는 여자가 나타날 만한 장소에서 몇 시간이고 빈

둥거리거나 하는 식이었다. 그렇게 나는 상대 여자에게서 거절 의사가 보일 때마다 도망칠 수 있는 출구전략을 마련해놓았다. 나의 구애를 증명해줄 문서 따위는 존재하지 않았다. 대개의 경우, 문제의 소녀는 내가 여전히 그 오래 걸리는 게임을 풀어나가는 사이에 다른 남자친구를 찾아냈다.

그런데 지금은 그 무엇도 할 시간이 없다. 현재 여자친구와 헤어지고 그 영국 아가씨의 마음에 나에 대한 호감을 마구마구 불러일으켜서 함께 영국으로 가자고 설득할 시간이 단 2주밖에 없다.

결코 쉽지 않은 2주다. 그 영국 아가씨의 날카로운 재치는 그녀를 홀딱 반하기 매우 어려운 사람으로 만든다. 우린 몇 번 데이트를 하지만, 술을 너무 많이 마셔서 다음날 아침에 우리 관계가 어디까지 갔는지 그녀에게 매번 되짚어주어야 한다. "당신은 이제 날 좋아해." 난 이렇게 말하고, 그녀는 "그렇구나" 하고 고개를 끄덕인다.

이제는 나에게 라이벌이 몇 명 있다는 것도 알게 된다. 나이트클럽의 음향기기를 만지는 녀석이 있고, 그녀의 설명에 따르면 픽업트럭 글러브박스에 총을 갖고 다닌다는 또 다른 녀석도 있다. 그 녀석은 상대할 수 없다. 우선 나한테는 총이 없고, 그것을 넣고 다닐 글러브박스도 없다.

어느 날 저녁 퇴근한 다음 나는 '카우걸 명예의 전당'이라는 술집에서 여자친구와 헤어진다. 내 남은 평생 부끄러운 편의주의로 남을 만한 에피소드다. 이것이 영영 마음에 괴로움으로 남지 않기를 바라지만 솔직히 약간 괴롭긴 하다. 다음 데이트 약속이 있었기 때문에, 나는 그녀가 울고 있는 동안 계산서를 달라고 말한다.

난 평소에 이런 식으로, 눈길이 자꾸만 시계로 가는 것을 막기 위해 한 손을 무릎 밑에 넣고 앉아서 직접적으로, 무자비하게 여자와 헤어지진 않는다. 사실 내게 평소의 이별 방식이라 할 만한 것은 없다. 그런 테크닉을 개발할 필요가 전혀 없었다. 매번 내가 먼저 여자들한테 차인다. 지난번에도, 그전에도, 그리고 그전에도 그렇게 헤어졌다.

여전히 흐느끼고 있는 전 여자친구를 위해 택시를 잡아주고 나서 난 영국 아가씨가 기다리고 있는 술집으로 걸어간다. 처음 만난 날 밤에 갔던 그 술집이다. 우리 둘을 아는 친구들이 급격하게 피어나는 우리의 로맨스를 못마땅하게 여기기 때문에 여기서 만나는 것이다. 친구들은 날 기회주의자로 본다. 나역시 그렇게 생각할 만한 이유가 없다고는 말하지 못하겠다. 그 영국 아가씨는 오래 사귀던 남자친구가 있었는데 최근에 헤어졌다. 누구처럼 8분 전에 헤어졌다거나 할 만큼 최근은 아니라는 점을 말해두어야겠다. 그리고 주위 사람들 대부분이 내가 너무 앞뒤 안 가리고 그녀에게 들이댄다고 생각하고 있다. 내가 지금 너무 무모하게 들이댄다는 것을 모르는 바는 아니지만. 아무튼 나는 지금 영국 아가씨가 머물고 있는 아파트에서 환영받지 못하는 존재가 되어 있다.

그래서 우린 저녁때 주로 이 술집에서 만난다. 마티니를 마시며 웃고 떠들다가 내가 사는 지하방으로 퇴근한다. 지하방들은 대체로 꼬질꼬질하고 어두운데, 내 방은 지저분하기까지

하다. 난 아침마다 그녀를 그곳에 남겨두고 일하러 간다. 그러면 낮에 어느 때쯤 그녀가 나한테 와서 열쇠를 건네준다. 가끔은 평소 방식에서 벗어나기 위해 다른 술집에서 만나기도 한다. 때로는 그녀의 영국 친구들과 같이 외출하기도 한다. 그들은 술 마시는 것을 좋아할 뿐 아니라, 아주 많이 마신다. 그리고 먹는 데는 별 관심이 없는 것 같다.

우리가 2주 동안 하지 못한 게 한 가지 있다면, 적절한 데이트 비슷한 무엇도 시작하지 못했다는 것이다. 마침내 그녀가 영국으로 돌아가야 할 날이 가까워졌을 때, 우린 바워리 가에 있는 아늑하고 비위생적인 레스토랑에서 저녁을 먹기로 한다. 우리 둘 다 아는 친구 팻이 거기서 웨이터로 일하고 있다. 지난 2주간 낮에는 꼬박 일하고 밤에는 매일 새 여자친구와 만나 퍼마신 것이 내 몸에 대가를 치르게 한다. 저녁식사를 하는 동안 몸 상태가 별로 좋지 않다는 게 느껴지기 시작한다. 뱃속이 심하게 뒤틀리고 식은땀이 난다. 활기차고 매력 있게 행동하려고 노력하지만, 그녀가 무슨 얘기를 하고 있는지 따라잡기가 힘들다. 난 음식을 접시 가장자리로 밀어낸다. 와인을 겨우 몇 잔 마신다. 술 마시는 게 심각한 판단착오였다는 것을 깨닫는다. 마침내 접시들이 치워진다. 계산을 한다. 그녀가 반을 내겠다고 하지만 난 거절한다. 의자에서 일어날 때, 창자 깊은 곳에서 무언가가 요동치며 무너지는 느낌이 든다. 난 잠시 실례하겠다는 말을 남기고 재빨리 화장실로 향한다. 다행히도 화장실은 바로 코앞에 있다.

전혀 유쾌하지 않은 디테일을 시시콜콜하게 설명하고 싶지는 않다. 화장실에서 당장 시급한 문제를 처리하는 데 약 10분의 시간이 소요되었고, 내 팬티와 영원히 작별해야 한다는 것을 알았다고 말하는 정도만으로 충분하리라. 쓰레기통 뚜껑을 열었을 때 내가 그날 저녁 이 레스토랑에서 그런 문제에 직면한 첫 번째 고객이 아님을 알게 된다. 그럼에도 나는 그것을 창밖으로 던져버리기로 결심한다.

난 최대한 아무 일 없는 척 태연함을 가장하며 테이블로 돌아오지만, 화장실에서 흠집 난 거울로 본 내 얼굴이 얼마나 창백했는지 알고 있다.

"괜찮아?" 그녀가 말한다. "꽤 오래 걸렸네."

"응, 괜찮아." 난 말한다. 우리의 친구 팻이 웨이터 앞치마를 벗고 우리에게 다가온다.

"팻이 이제 퇴근한대. 옆집에서 같이 술 한잔 할까 하는데." 그녀가 말한다.

난 대답한다. "아, 그거 좋지."

꾀죄죄한 술집에서 맥주 두 잔만 마시면, 건강한 척하는 나의 가식을 완성할 수 있다. 그렇게 우리의 매우 성공적인 첫 데이트는 끝이 난다.

결국 영국 아가씨는 나 없이 혼자 런던으로 돌아가지만, 난 그녀의 전화번호와 주소를 받아낸다. 그녀에게 편지를 쓴다. 여권 기한 갱신을 위한 신청서를 집어 든다. 누구에게도 말하지 않고 조용히 내 인생으로부터 나 자신을 탈출시키기 위한 계획을 짠다.

그 영국 아가씨가 나한테 딱 맞는 사람인지 아닌지 어떻게 알 수 있을까? 그건 알 수 없다. 물론 상대방이 날 자신의 연분이라고 생각하는지 어쩐지도 모른다. 난 그저 컴컴한 지하방에 살면서 별 볼일 없는 직장에 다니는, 전혀 감흥이 일어날 것 같지 않은 미국 남자다. 하지만 드넓은 바다를 사이에 두고 난 계속 생각한다. 겨우 2주에 불과했던 짧은 연애였지만, 영국으로 찾아가겠다는 내 약속이 빈말이 되면 안 되지 않겠느냐는 끈질긴 속삭임이 계속 귓가에 윙윙거리는 것 같다. 전화통화할 때 난 간결하고 무덤덤하다. 그녀도 마찬가지다. 내가 이 관계를 더 오래 끌어가려다가 우리가 갖고 있는 좋은 기억과 감정마저 망치는 게 아닐까 하는 생각이 든다.

여권 사진을 미처 찍기도 전에 그녀에게서 전화가 온다. 비행기 표를 싸게 살 기회가 생겨서 주말에 잠깐 다녀갈 계획이라고 한다. 내 머리가 이 소식을 받아들이고 해독하기까지 1분이 걸린다. 그것은 우리의 장거리 연애에 전혀 열정을 보인 바 없는 그녀에게 잘 어울리지 않는 행동이다. 게다가 난 그녀가 비행기 타는 것을 싫어한다는 것도 안다. 나로서는 그녀가 말로 표현하는 것보다 더 나를 좋아하는 게 틀림없다는 결론에 이를 수밖에 없다. 그 깨달음이 내게 약간의 놀라움을 안긴다.

"알았어." 나는 말한다.

"너무 감격할 거 없어." 그녀가 말한다.

공항에서 그녀를 보는 순간 얼굴이 새빨갛게 달아오르는 게 느껴진다. 우리가 서로에 대해 너무 아는 게 없다는 사실이 갑자기 당황스러워진다. 2주 동안 불규칙하게 여러 번 만났고,

거기에 전화통화 네 번과 편지 한 번이 더해졌다. 섹스는 여덟 번 정도 했다. 그다음에 한 달 동안 떨어져 지냈다. 그녀의 모습이 내가 기억하는 모습과 다른 듯하다. 그것은 아마도 내게 그녀를 기억하기 위해 들여다볼 수 있는 사진 한 장 없기 때문일 것이다.

그녀의 방문에 대비할 시간은 별로 없었지만, 그녀를 맞이하기 위해 한 일이 하나 있다. 침대를 새로 들여놨다. 예전에 쓰던 것은 작고 울퉁불퉁한 임대 침대였다. 구입한 지 24시간 안에 배달된 이번 새 침대는 내 방의 삼면과 맞닿아 있다. 아무것도 씌우지 않은 은백색 매트리스가 지저분한 벽과 확연하게 대비되고, 오가는 행인들의 발목이 보이는 작은 창살이 달린 창하고도 뚜렷한 대조를 이룬다. 그것은 아마 스물여섯 내 인생에서 이제껏 사본 가장 비싼 물건일 것이다. 그 사실이 민망하기 짝이 없다. 그녀에게 괜찮은 숙소를 마련해주고 싶었을 뿐인데, 막상 사놓고 보니 그녀와 함께하는 주말을 위해 섹스 트램펄린을 빌려다놓은 것 같다.

다음날 그녀는 시차 때문에 정신을 차리지 못한다. 우린 아침 시간 대부분을 침대에서 보낸다. 어느 순간 침대에서 일어나 바닥을 내려다봤는데, 내 눈에 들어온 무언가에 심장이 철렁 내려앉는다. 미처 끝내지 못한 회사 일감이 있다. 목차 페이지 만들기. 몇 주 동안 '화끈한 제목 리스트'를 짜내는 게 나에게 맡겨진 과제였는데 그걸 못해서 쩔쩔매다가 이번 월요일까지 제출하겠노라고 약속했었다. 난 그 종잇조각을 집어 들고 훑어본다. 아직 전혀 손도 대지 못했고, 이제는 분명 하지 못할 것이다.

"그게 뭐야?" 그녀가 묻는다.

"별거 아냐. 회사 일."

"어디 봐." 그녀가 말한다.

"재미 하나도 없어." 내가 말한다. "뭘 좀 써야 되는데, 어디서부터 시작해야 할지 모르겠어. 솔직히 이것 때문에 미쳐버릴 지경이야."

"그게 뭐 어려워?" 그녀가 말한다. "제목 재미있게 만들고 그 밑에 간단하게 요약하면 되잖아."

"그게 쉬운 일이 아니야." 나는 말한다.

"복잡할 거 없다니까." 그녀가 말한다. "펜 줘봐." 그녀가 빈 공간에 단어들을 끼적여 첫 번째 제목을 쓴다.

"나쁘지 않은데." 내가 말한다.

"거봐." 그녀는 말한다. "열한 개만 더 쓰면 돼." 그녀는 거기 새 침대에, 내 옆에 앉아, 싸구려 담배를 입에 물고, 내가 그토록 지긋지긋해했던 일감을 낱말 맞추기 퍼즐 풀듯이 한 시간 안에 끝내버린다. 내 머릿속에 두 가지 생각이 동시에 스쳐 지나간다. 놀랍군! 이 여자가 나 대신 일을 다 해치웠어! 빌어먹을! 나보다 더 똑똑하잖아!

우리가 그 일을 거의 끝냈을 무렵 내 전화벨이 울린다. 나한테 미리 얘기하지도 않고 어머니가 이모와 함께 브로드웨이 쇼를 보러 뉴욕으로 차를 몰고 온 것이다. 지금 시내 레스토랑으로 가는 중인데, 마침 내가 사는 곳 근처니 별다른 약속이 없으면 점심이나 같이하자고 하신다. 심장이 벌렁거리기 시작한다.

나는 내 침대에서 담배 피우고 있는 이 영국인 여자친구에 대해 아직 어머니에게 한 마디도 하지 않았다. 어머니는 아마 내가 이전 여자친구와 헤어졌다는 사실조차 모를 것이다. 아무튼 내 입으로는 말한 적이 없다. 난 아무 말 없이 그저 전화기를 귀에 대고 앉아 있다. 영국 아가씨가 눈썹을 들어 올릴 만큼 아주 오랫동안.

"누구 좀 데려가도 돼요?" 내가 마침내 말한다.

그것은 내 평생 가장 놀라운 식사 자리가 된다. 화장실 창밖으로 팬티를 던져야 했던 그 사건도 이보다는 놀랍지 않았다. 우리가 옷을 입고 약속 장소에 도착하기까지 15분밖에 없었기 때문에, 난 영국 아가씨에게 무엇을 예상해야 하는지 브리핑하지 못했다. 그 만남은 내가 예상했던 것보다 훨씬 형식적이다. 나로서는 처음 가보는, 이름도 들어본 적 없는 레스토랑은 약간 웅장한 느낌이고, 어머니와 이모 모두 옷을 제대로 차려입었다. 그들은 런던에서 왔다는 그 아가씨가 누군지 전혀 모른다. 내가 그…… 여자친구 대신 왜 이 여자를 점심 먹는 데 데리고 나온 것인지 전혀 짐작도 못하고 있다. 게다가 나도 이 영국 아가씨가 누군지 알아차리지 못할 지경이다. 그녀는 갑자기 예의 바르고 조신한 여자로 돌변했다. 살짝 얌전하기까지 하다. 식사 중에 단 한 번도 욕을 하지 않는다. 그녀가 여기 따라나섰다는 자체도 놀라운데, 게다가 그녀는 이 상황에 나보다 더 잘 대처하고 있다. 난 영혼이 내 몸을 떠나 천장에서 날 내려다보고 있는 느낌이다.

31

어머니를 따로 불러내 내가 이 신비의 영국 아가씨와 함께 여기에 나타나게 된 경위에 대해 설명할 기회가 없다. 어머니와 이모는 날 쳐다볼 때마다 눈썹을 찡그려 확실하게 알아볼 수 있는 물음표를 그려내지만, 너무 많은 걸 물어보기는 겁나는 모양이다. 어떤 대답이 나올지, 그것이 대화를 어디로 이끌어갈지 짐작할 수 없기 때문이다. 그리고 우리 역시 거짓말이 준비돼 있지 않다. 그것이 엄청나게 큰 실수임을 나는 너무 늦게 알아차린다.

"미국에 온 지 얼마나 됐어요?" 이런 가장 일반적인 질문들이 전혀 의도치 않게 도발적인 반응과 맞부딪친다. "아, 별로 안 됐어요. 서른여섯 시간 정도." 난 대화에 질문 형태가 포함되지 않게 하려고 갖은 애를 쓴다. 특히 영국 아가씨와 내가 서로에게 물어본 적 없는 것들에 관한 이야기가 나오지 않도록 조심한다. 예를 들면, '두 사람은 정확히 어떤 관계인가? 한 사람은 여기 살고 다른 사람은 저기 사는데, 이 관계가 어떻게 잘 될 수 있겠나?' 같은 내용들.

음식이 나왔을 때쯤 어머니와 이모는 의미심장한 시선을 교환하기 시작한다. 저녁식사 내내 가장 두려운 일은 그 영국 아가씨가 어느 시점에 나를 혼자 남겨두고 화장실에 가는 것이다.

잠시 후 안전한 모퉁이에 도달했을 때 그녀가 담뱃불을 붙이며 말한다. "좀 이상했어."

"미안해." 내가 말한다. "하지만 결국 당신이랑 어머니가 만나게 돼서 다행이야. 우리 이제 결혼할 수 있겠어."

그녀가 말한다. "닥쳐."

새로 찍은 여권 사진 속에서 나는 놀란 얼굴을 하고 있다. 누군가의 구두 굽에 뒤통수를 얻어맞고 쓰러지기 직전인 것 같은 표정이다. 외국에 나가본 것은 딱 한 번뿐이다. 8학년 여름방학 때 프랑스어 수업의 일환으로 파리에 가봤던 게 전부다.

그 여권은 내가 1990년 3월 2일에 처음 영국에 입성했다는 것을 보여준다. 1999년 10월 28일 맨 뒤페이지에 마지막 도장이 찍혔을 때쯤 난 세 아이의 아버지가 돼 있을 것이다. '대체 너한테 무슨 일이 일어난 거야?'라고 자문할 때마다, 나는 그 질문에 대한 답이 대체로 이 여권에 찍혀 있다는 것을 기억한다. 거기에는 내 인생에서 가장 격동적이었던 10년의 세월이 차례로 기록돼 있다. 마치 1980년대 말 누군가에게 '사는 것처럼 좀 살아보라'는 얘기를 듣고 그대로 따른 것 같다. 지금 사진 속의 그 수염 기르고 놀란 표정을 짓고 있는 젊은이를 볼 때면 이런 생각이 들 뿐이다. '넌 인생에 대해 아무것도 몰라, 멍청아.'

3월 2일 아침 나는 킹스 로드에 있는 한 카페에 앉아 나의 새 여자친구를 기다리고 있다. 내 친구 팻이 다시 한 번 웨이터 역할을 한다. 녀석은 그 이후에 런던으로 이사를 왔다.

그녀가 차로 나를 데리러 온다. 그녀가 올림피아에 있는 자신의 집으로 날 태워가는 동안 나는 조수석 창밖으로 지나가는 런던 풍경을 바라보며 영국에 처음 와본, 특별한 교양 없는 미국 관광객의 입에서 나오리라 예상할 만한 안목 없는 말들을 내뱉는다.

"표지판들이 죄다 'TO LET'이군." 내가 말한다. "왜 'TOILET'으로 고치지 않는 거야?"

"여기엔 그걸 모를 정도로 멍청한 인간이 없거든." 그녀가 말한다.

"아니, 저건 분명 추진력 부족이야."

열흘이 금세 지나간다. 방향감각이 없는 나는 항상 길을 잃어버린다. 그녀는 나한테 자기 친구들을 보여주려고 매번 거기가 거긴 것 같은 술집들로 날 끌고 다닌다. 한번은 내가 낡은 '세인트루이스 카디널스(메이저리그 프로야구 구단─옮긴이)' 티셔츠를 입고 나간 적이 있다. 집이 불타 없어진 친구를 위해 십시일반으로 모은 낡은 옷상자에서 발견한 것으로, 소지품 하나 없는 노숙자한테도 거부당한 셔츠다. "이쪽은 요즘 내가 사귀는 미국인 남자친구야." 그녀가 두 손바닥을 펼쳐 날 가리키며 말한다. "자기네 나라 고유 의상을 입었어."

난 어떤 상황에서든 놀라는 표정을 짓지 않으려고 노력하지만 모든 경험에는 다소 놀라운 무언가가 있다. 자판기에서 담배가 나올 때 잔돈도 같이 따라 나온다. 전국적으로 배포되는 신문이 TV 채널보다 더 많다. 다들 호텔에 있는 것과 같은 작은 냉장고를 갖고 있으며, 낮에 맥주를 마시는 게 너무 이르다고 말하는 사람은 단 한 명도 없다. 런던은 예상외로 구시대적이고 색다르게 매력적이다. 난 그 도시가 썩 마음에 든다.

어느 날 밤 영국 아가씨는 나를 그리스 레스토랑으로 데려간다.

"내 친구 제이슨을 만날 거야." 그녀가 차를 세우며 말한다. "당신 이전에 내가 가장 마지막으로 같이 잤던 남자야."

"설마, 농담이지?" 내가 물었다. "나, 안 들어갈래."

"어린애처럼 굴지 마." 그녀가 말한다. "얼른 와."

이 열흘 동안 그 밖에 뭔가 예상치 못한 일이 일어난다. 우리 사이에 싸움이 벌어진다. 항상 싸우는 건 아니지만 두 번 이상 싸웠다. 왜 싸웠는지는 기억나지 않아도 그것이 내게 안겨준 충격만큼은 똑똑히 기억난다. 우리가 실제로 얼굴 맞대고 만남을 가진 지는 3주밖에 되지 않았다. 그런데 벌써부터 싸우기 시작하다니. 연애 초기 열병과 같은 호감의 콩깍지가 벗겨져 없어지기에는 너무 이르지 않은가. 왜 벌써 싸우는 거지? 그녀가 내가 만난 여자들 중에서 가장 거슬리는 사람이거나, 아니면 내가 그녀가 만난 남자들 중에서 가장 성질나게 하는 사람이거나 둘 중 하나일 것이다(결혼하고 20년이 지났어도 여전히 이 두 가지가 다 사실일 수 있다는 점을 알려주어야겠다).

이번 내 휴가 계획에서 가장 중요한 부분이 행복한 사랑에 빠져 있는 것이었기에 더더욱 짜증이 난다. 계속 이런 생각이 든다. 내가 이러려고 일주일 휴가를 낸 게 아니잖아! 이러려고 전 여자친구와 헤어진 게 아니잖아! 런던 타워나 보려고 여기 온 게 아니잖아!

무엇보다 최악은, 이렇게 이른 시기에 사이가 틀어지는 게 뭔가 크게 잘못됐거나 나쁜 징조일지도 모른다는 내 두려움을 그녀가 공유하는 것 같지 않다는 사실이다. 그녀는 이 싸움의 결과로 나타날 수 있는 악영향에 대해 전혀 걱정하는 기색 없이 언쟁을 시작한다. 어쩌면 결과 따위에 전혀 신경 쓰지 않는 것일지도 모른다.

난 전에는 한 번도 이렇게 단도직입적이고 딱 부러지는 성격의 사람과 사귀어본 적이 없다. 그녀는 화가 났을 때 눈물을 흘리거나 격앙된 상태로 자신의 감정을 설명하려 하지 않는다. 그녀의 의견에 반대하는 것은, 당신에게 음악 소리를 줄여달라고 이미 수도 없이 요구했던 성난 이웃을 대면하는 것과 같다. 만난 지 두 달이 지났는데도 그녀는 여전히 내 간담을 서늘하게 한다.

대서양을 사이에 둔 아슬아슬한 관계에서 줄타기를 하며, 난 그녀와 함께 있는 순간순간을 좋게 풀어나가려고 안간힘을 쓴다. 그녀의 태도에 고의적인 파괴 요소가 들어 있다는 생각이 들기 시작한다. 어쩌면 그녀는 어차피 잘되지도 않을 이 일시적인 관계를 부드럽게 끝내는 친절한 방법으로서 그런 싸움을 벌이고 있는 것일지도 모른다. 미국으로 돌아가야 할 시간은 빠르게 다가오고, 우리에게 장기적인 계획 같은 것은 없다. 아니, 계획이랄 것이 전혀 없다.

마지막 날 아침이 밝았을 때, 날은 춥고 눅눅하다. 다 끝나버린 것 같다. 나는 소중한 이를 저세상으로 보낸 사람과 같은 체념의 상태로 공항으로 간다. 그 영국 아가씨가 여전히 내 여자친구인지 확신이 서지 않는다. 이것이 바로 대부분의 장거리 연애가 도달하게 되는 지점인 듯하다. 경솔한 잠깐의 로맨스, 매번 목돈이 들어가야 하는 방문, 그리고 암묵적인 패배의 인정. 영국 아가씨는 새 직장을 구했고, 친구와 같이 살 집을 구입하려고 계획 중이다. 그녀는 나의 자리는 없는 자신의 나라에서 자기만의 인생을 꾸려나가고 있다. 개트윅 공항행 급행열차가 사우스 런던을 느릿느릿 통과하는 동안, 나는 내가 어디로 돌아가고 있는지 생각해본다. 장래성 없는 직장, 얼뜨기 같은 인생, 코딱지만 한 방, 거대한, 비어 있는 침대. 지금 내가 가장 있고 싶지 않은 장소가 바로 그곳이다.

창밖에 위풍당당하게 늘어선 뒷마당들의 행렬을 노려보며 나는 생각한다. 이 얼마나 아이러니컬한 일인가. 이름은 개트윅 공항행 급행열차인데, 조깅으로 그 옆을 쫓아갈 수 있을 만큼 느림보처럼 움직이고 있다. 참으로 멍청한 나라가 아닌가. 몇 분 뒤에 기차는 완전히 정지한다. 20분 뒤에도 여전히 움직이지 않는다.

나는 공항에서 그녀에게 전화한다.

"비행기를 놓쳤어." 내가 말한다. 잠시 참을 수 없는 정적이 흐른다.

"맙소사." 그녀가 담배연기를 뿜어내는 듯 잠시 쉬고 나서 말한다. "기차 타고 와. 빅토리아 역으로 데리러 갈게."

공항으로 온 길에 비해, 런던으로 되돌아가는 30분은 아주 순식간인 것처럼 느껴진다. 도심 외곽의 정원들과 조각조각 기워놓은 듯한 숲지대가 아까와 반대 방향으로 휙휙 지나간다. 무산돼버린 집으로의 여정의 첫걸음을 얼마쯤 원상복구시켜주고 있다. 난 그녀에게 한심하다고 한바탕 구박받을 일에 대비했지만, 나를 태워 다시 집으로 돌아가는 동안 그녀는 오히려 들떠 있는 분위기다.

"비행기를 놓친 타이밍이 제대로야." 그녀가 말한다. "오늘 텔레비전에서 〈리치 포 더 스카이〉를 방영하거든."

그래서 우린 바닥에 앉아 불가리아산 와인 한 병을 따 마시며, 그 오래된 흑백 영화를 보면서 그날 오후를 보낸다. 이 여분의 하루가 집행유예처럼 느껴진다. 가망 없는 미래로부터 도둑질한 24시간의 행복인 것 같다. 〈리치 포 더 스카이〉를 본 적이 없어서 질질 눈물이나 짜는 로맨틱 영화겠거니 생각했는데, 알고 보니 2차 세계대전 당시 영국 공군의 뛰어난 파일럿이었던 더글러스 바더가 두 발을 잃은 뒤에도 불굴의 의지로 포기하지 않고 살아낸 감동 실화다. 그녀가 평생 좋아하고 아끼는 영화인 모양이다. 그녀가 내 운명의 여자라는 것을 깨달은 건 아마도 그때였던 것 같다.

영화에서 더글러스 바더가 한참 의족을 달고 재활훈련에 힘쓰고 있을 때, 그녀와 같이 집을 사기로 했던 친구 미란다가 전화를 걸어 자신의 임신 소식을 알린다. 잠시 후 그녀가 다시 전화를 걸어와 남자친구와 결혼하기로 했다고 말한다. 한순간에 미래는 매우 유동적인 상태로 변한다.

난 다음날 집으로 가는 비행기를 탄다. 그리고 그 다음날 직장을 때려치운다. 나의 영국 여자친구에게 의족이 생기는 대로 다시 날아가겠다고 편지를 쓴다.

어쨌거나 이것이 내가 기억하는 버전이다. 아내는 조금 다르게 사건들을 기억하고, 전혀 기억하지 못하는 일들도 있다. 최근에 내가 이 특별한 터닝포인트에 대해 얘기했을 때, 그녀는 딱히 중요한 건 하나도 없었다고 주장했다.

"당신이 비행기를 놓쳤던 건 기억나." 그녀가 말했다. "그 다음날 떠났잖아."

"그 후에 다시 돌아왔지, 6월에." 내가 말했다.

"맞아." 그녀가 말한다. "당신 해고당하거나 하지 않았었나?"

"아니, 내가 그만둔 거야."

"그래? 대체 왜?"

2
우리가 잘 맞을까?

두 사람이 잘 맞는지 안 맞는지의 여부는 뒤늦게야 알게 되는 경향이 있다. 대부분의 관계는 둘이 안 맞는다는 것을 발견하게 되는 아주 느린 과정일 뿐이다. 아니면 당신은 여전히 완벽하게 잘 맞는다고 생각하는데 상대방은 뭐 하나 맞는 게 없어서 못살겠다고 생각할 수도 있다. 당연히 이런 경우가 가장 적합성이 떨어지는 관계에 속한다.

20대 시절 나는 아무리 성격이 잘 맞고 마음에 드는 사람이라도 결혼 같은 형벌을 견뎌내기는 쉽지 않을 거라고 믿었다. 내가 누군가를 좋아하고 그 사람도 날 좋아한다면 이는 연애를 시작하기에 충분한 이유였다. 다른 이유 하나 없이 시작한 관계라도 1년이나 2년, 또는 만나던 여자가 내가 속한 밴드의 기타리스트와 더 죽이 잘 맞는다는 결론이 날 때까지는 무리 없이 이어질 수 있었다.

내가 전에 가졌던 어떤 관계든 본성상 운명적이라거나 숙명

적이라는 느낌으로 시작된 적은 한 번도 없었던 것 같다. 앞으로 잘될 것 같다거나 좋은 예감이 드는 상황에서 관계가 시작된 적 또한 없었다. 그저 타이밍이 맞았을 뿐이다. 한 사람과 헤어지고 또 다른 사람과 만남을 가질 때 더 특별한 감각 같은 것도 없었다. 내가 연달아 두 명의 신시아와 데이트했다는 사실이, 내게 애초부터 원대한 계획이 없었다는 것을 증명해준다. 그녀가 내 친구 마크에게 먼저 사귀자고 했다가 거절당하고 나서 바로 몇 분 만에 나한테 사귀자고 했는데도 난 받아들였다. 나중에 그녀가 사실은 날 더 마음에 두고 있었다고 말했지만, 정말 그런 거라면 왜 내 친구에게 먼저 데이트 신청을 했단 말인가. 도무지 이해가 안 되지만, 열네 살 남자아이들에게는 아마도 이런 종류의 일이 자주 일어나지 않을까 싶다. 물론 당시에 나는 스물한 살이었다. 그녀가 자신의 실수를 깨닫는 데는 1년의 시간이 걸렸다.

여행을 떠나 있는 기간에 따라 공항에 주차할 장소를 선택하는 식으로, 관계가 이어지길 바라는 기간에 따라 상대를 선택할 수 있다면 얼마나 좋을까마는 그런 일은 누구에게도 불가능하다. 그 남자친구 또는 여자친구가 내 옆에 '오래 붙어 있을 사람인지' 아니면 '잠시 머물렀다 갈 사람인지'는 아무도 예측할 수 없다('금방 끝날 사람'은 더 쉽게 알아차릴 수 있는 것 같긴 하다). 미래라는 녀석은 당신이 원하는 여행 일행을 순순히 따라주지 않을 것이다. 하지만 두 사람이 어떻게든 세월의 시련을 견디고 버텨내면, 건성으로 바라봤던 주위 사람들은 그들이 처음부터 오래갈 만한 씨앗을 품고 있었다거나 어떤 식으로든 함께할 운명이었을 거라고 생각한다. 두 사람을 그렇게 잘 버무려주는 요소가 무엇일까? 공통의 관심사? 아니면 배경? 공동의 목표의식? 성격은 정반대지만 상호보완적인 면을 갖추고 있어서? 속궁합이 워낙 잘 맞아서? 정치적 성향이 같아서? 아니면 오로지 두 사람이 잘 맞는다는 착각 때문에 오래도록 함께할 수 있었던 건 아닐까?

20년쯤 결혼생활을 유지하려면 뭔가 비결 같은 게 없을 수가 없다. 내 경우에도 이렇게 오랫동안 결혼생활을 유지할 수 있었던 비결이나 요령 같은 게 있을 것이다. 그게 뭔지 콕 집어 말할 수는 없어도, 무엇이 요령이 아닌지 정도는 말할 수 있다.

우리 부부로 말할 것 같으면, 일단 출신 배경이 비슷하진 않다. 아내는 런던 출신이고, 이혼 가정에서 자랐다. 난 따분한 코네티컷 출신이고, 내 부모님은 헤어지지 않고 끝까지 잘 버티셨다. 아내는 잊을 만하면 한 번씩 내가 자기 타입이 아니라는 것을 다른 누군가에게 꼭 일러준다.

처음 만났을 때 우린 음악 취향도, 독서 취향도 전혀 달랐다. 둘이 같이 좋아하는 음악도 없고, 좋아하는 책도 거의 같지 않았다. 담배와 음주 이외에 우리 사이에 공통의 관심사는 없었다. 우리는 몇 년간 한눈팔지 않고 서로의 곁에 남아 있었지만, 결혼이라는 플랫폼에 이르기 전에 이미 이런 주된 항목 하나를 포기했다. 그리고 머잖아 다른 것도 포기해야 할 가능성이 컸다.

넓은 의미로 보면 우리가 성적으로 잘 맞는다고 할 수 있지만, 건강한 부부관계를 구성한다고들 말하는, 한 달에 최소한 '몇 번' 해야 하느냐는 문제에 관해서는 결혼 초반에 서로 의견이 맞지 않았다. 분명 아내는 우리가 이 까다로운 문제에 대해 결국 서로 받아들일 만한 타협점에 도달했다고 말할 것이다. 나로서는 그녀도 자기 나름의 의견을 가질 권리가 있다고 생각할 따름이다.

사실 우리 둘 다 첫눈에 반하는 사랑이나 오래가는 연애 감정을 믿지 않는 편이다. 그런데 나는 최근까지 아내가 그런 성향인지 알지 못했다. 이 책을 쓰기 위해 그녀에게 첫눈에 반하는 사랑을 믿느냐고 묻자, 그녀는 "아니"라고 말했다. "난 몇 번 만난 후에 사랑에 빠진다는 것도 안 믿어."

우리 관계가 앞으로 어떻게 될지에 대해 우리가 서로 공유하는 생각 같은 게 있었다면, 조금이라도 느낀 게 있다면, 그건 우리 관계가 실패로 끝날 운명이리라는 강한 예감이었다. 우린 어느 모로 보나 오래갈 수 있는 상황이 아니었다. 지리적·경제적인 제약도 있었고, 앞에서 얘기한 것처럼 서로 잘 맞는다는 신호는 무엇 하나 보이지 않았다.

그럼에도 불구하고, 이건 나중에 알게 된 사실인데, 우리를 아는 친구 두 명은 우리가 만나면 어떻게 될지 꽤 오랫동안 호기심을 품고 있었다. 그들은 서로를 모른 채 다른 대륙에 사는 우리 사이에 스파크가 일어날 가능성을 직감적으로 느꼈다. 이유를 꼭 집어 설명할 수는 없지만, 분명 태생적으로 친해질 가능성이 높다고 본 것이다.

일부일처제의 진화론적인 장점을 설명하는 이론들이 있다.

자녀를 키우는 데 도움이 된다고도 하고, 그 제도가 서로 경쟁하는 성년 남자들의 영아살해 위협 때문에 생겨났을 가능성이 있다고도 한다. 하지만 생물학적 필요성이 파트너를 선택하는 데 큰 영향을 미치거나 관계의 성공을 결정짓는다고 확신할 만한 구체적인 증거는 많지 않다. 오히려 두 사람이 함께할 수밖에 없는 운명이라는 끈질긴 믿음 자체가 관계를 실패로 이끄는 요인이 될 수 있다.

미국에서 자신들이 '천생연분'이라고 생각하는 커플들을 모아 장기적인 연구를 진행한 적이 있다. 지원자 모두 상대방이 자신에게 딱 맞는 사람이기 때문에 이렇게 특별한 관계를 맺고 있는 거라고 확신했는데, 연구 결과 그들은 결혼제도에 실용적인 관점을 갖고 있는 커플보다 결혼생활을 오래 지속하지 못했을 뿐 아니라 행복도도 더 낮은 것으로 나타났다. '우린 하나다'라는 고집 또는 주장이 관계의 주요 항목에 포함돼 있을 때 결혼의 현실에 실망하게 되는 것은 어쩌면 당연한 이치다. 서로에게 속해 있다는 느낌은 그냥 자동으로 유지되는 것이 아니다. 결혼해서 좋다고 느낄 만한 무엇 하나 저절로 생겨나는 것은 없다.

14년에 걸쳐 결혼한 커플 168쌍을 연구 추적한 PAIR 프로젝트는, 결혼 7년차쯤 된 사람들을 이혼으로 이끄는 것이 바로 그런 종류의 환멸이라는 사실을 발견했다. 또한 결혼생활을 성공적으로 이어가는 사람들 대부분은 상호존중을 강조하고, 서로의 약점을 솔직하게 인정하며, 결혼제도에 대해 현실적인 기대치를 갖고 있었던 것으로 나타났다.

심리학자 로버트 엡스타인이 진행 중인 중매결혼에 관한 연구는 파트너를 직접 선택한 커플보다 중매를 통해 결혼한 커플들이 대체로 더 사이좋은 관계를 이어간다는 점을 시사한다. 중매결혼한 사람들은 시간이 갈수록 상대방에 대한 사랑이 더 깊어지는 경향이 있다. 그리고 그리 놀라울 것 없이, 서구 세계 대부분의 결혼에서는 그 반대의 일이 벌어진다.

엡스타인이 꼭 중매결혼을 옹호하는 것은 아니다. 다만 양쪽 모두 그 관계를 위해 충분히 헌신한다면 어떤 커플이든 서로 사랑하는 마음이 생기도록 만들어갈 수 있다고 믿는 것이다. 사실상 내 결혼생활은 아마 '천생연분' 모델보다 '감방 동료' 모델에 더 가까울 테지만, 내가 이 점을 인정하는 순간 결혼생활의 행복이라는 개념을 납득시키는 일에는 영 안녕을 고해야 하지 않을까 싶다.

어쨌든 '천생연분' 모델이건 '감방 동료' 모델이건, 서로 얼마나 화합할 수 있느냐는 문제가 전적으로 필요 없어지는 것은 아니다. 애초에 결혼을 하려면 결혼이라는 위압적인 전망을 간과할 수 있을 만큼 강한 끌림이 있어야 하며, 그 관계가 다른 관계보다 더 낫게 느껴지는 친밀감이 있어야 한다. 빨간 더플코트를 입은 영국 아가씨를 만난 지 일주일 만에 4년 사귄 여자친구와 헤어지게 만드는 비논리적이고 비이성적인 감정 반응 또한 필요하다. 솔직히 일할 때 이보다 더 깊은 화학작용이 일어날 수 있겠는가? 유전적인 어떤 작용이라도 생겨날 수 있을까?

대니얼 M. 데이비스는 『컴페터빌러티 진(*The Compatibility*

Gene)』에서 자신이 시도해본 별난 연구에 대해 이야기한다. 이른바 '냄새나는 티셔츠 실험'으로, 1994년 스위스의 동물학자 클라우스 베데킨트가 처음 수행한 방법이다. 데이비스는 남학생 44명과 여학생 49명을 실험에 포함시킨 뒤 먼저 그 학생들의 DNA, 특히 그들의 주조직적합성 복합체(Major Histocompatibility Genes, MHCs)를 분석했다. 그 후 남성 집단과 여성 집단으로 나눠, 남성들에게는 일정 기간 동안 무늬 없는 면 티셔츠를 착용하라고 했다. 또한 비누, 섹스, 알코올 등 그들의 자연 체취에 영향을 미칠 만한 어떤 것도 삼가도록 했다. 이틀 후 아무 표시 없는 구멍 뚫린 마분지 상자에 그 셔츠들을 집어넣고, 49명의 여성들에게 냄새를 기준으로 그 상자들을 '강렬하다', '유쾌하다', '섹시하다'의 세 가지로 분류해달라고 요청했다.

실험 결과에 의하면, 여성들이 가장 선호한 티셔츠는 자신과 가장 다른 적합성 유전자를 지닌 남성들의 티셔츠인 것으로 나타났다. MHCs에는 그 사람의 면역체계를 만드는 암호가 포함돼 있고, 각각의 부모에게서 물려받은 주조직적합 항원염색체가 그 사람의 유전적 정체성이 된다. 그리고 그것이 면역체계가 자신의 세포 및 성분과 다른 무언가(바이러스 같은 것들)를 구별할 때 대조해볼 수 있는 '자아'가 된다.

그 결과가 많은 논란을 낳긴 했지만 냄새나는 티셔츠 실험이 우리에게 보여준 것은, 여성들이 상대를 고를 때 무의식적으로 미래 후손의 면역체계를 다양화하고 그리하여 질병에 대한 생존 가능성을 높여주는 MHCs를 지닌 상대를 선택하게 된다는 것인 듯하다.

우리가 어떻게 향수나 비누나 술 냄새 등을 뚫고 파티에서 만난 누군가의 개인 유전자를 냄새로 알아차리게 되는지, 이 메커니즘을 완벽하게 이해하는 사람은 없다. 그럼에도 결혼정 보회사들은 앞다퉈 이 MHC 유형을 중매 도구로 이용하고 있다. 어느 연구소는 온라인 데이트 회사에 그런 검사 기법을 도입하라고 제안하면서, "유전적으로 적합성이 높은 사람들에게 서 완벽한 화학작용이 일어난다"고 주장한다.

이 별에 그 진술을 끝까지 지지하고 나설 유전학자가 있을지 모르겠지만, 유전적 화합 가능성을 확인하는 DNA 테스트의 출현은 이미 20년간 결혼생활을 해온 두 사람이 분자 수준에 서 서로에게 정말로 운명적인 존재인지 알 수 있으리라는 매우 흥미로운 가능성을 제시한다. 그렇다고 해서 꼭 검사를 해봐야 한다는 뜻은 아니지만, 나는 검사를 했다. 저널리스트기 때문 이다. 돈 때문에 했다는 것도 솔직히 인정하겠다.

함께 산 지 20년이 지났는데 이제 와서 부부 적합성 테스트 를 하겠다니, 아무리 기사를 쓰기 위해서지만 말이 안 되는 것 같다. 이 정도 같이 살았다는 것 자체가 DNA 샘플이 부정할 수 없는 적합성의 증거일 거라고 생각하는 게 당연하겠지만, 내 마음 한편에서는 그 테스트 결과를 읽고 아내가 이런 말을 할까 봐 걱정스럽다. "음, 이게 많은 걸 설명해주는군."

아내도 그 검사를 두려워하지만, 그 두려움은 우리가 서로 안 맞는다는 결과가 나올 가능성과는 아무 상관이 없다. 그녀 는 그저 주삿바늘이 자기 몸으로 들어오는 게 끔찍하게 싫을 뿐이다. 다행히 DNA 검사를 위해 그녀가 할 일은 타액을 조금 제공하는 것뿐이다.

"구역질 날 것 같으니까 내가 보는 데서 하지 마." 아내가 말한다. 그래서 난 등을 돌리고 시험관에 침을 흘려 넣는다. 첨부된 뚜껑으로 깔때기 모양 윗부분을 닫으면 파란 방부제가 막을 뚫고 흘러나온다. 난 그 샘플들을 흔들고 설명서에 쓰인 대로 라벨을 붙인 다음, 과정 전체가 너무나 쉽게 이해할 수 있게 돼 있다는 사실에 조용히 감탄하면서, 미리 주소를 써놓은 봉투에 집어넣고 밀봉한다. 그것을 들고 우체통으로 가는 도중에 서명한 동의서를 동봉하지 않았다는 걸 깨닫는다.

샘플들이 내가 설명할 수 없는 처리 과정을 거치는 데는 2주가 걸린다. 그동안에 난 끊임없이 걱정한다. 드러내놓고 인정한 적은 없지만 나는 오래전부터 로맨틱한 사랑, 혹은 적어도 연애 초기의 흥분은 생물학적인 자극을 받아 생겨난 착각의 일종이라고 생각해왔다. 그런 것들은 '완벽한 화학작용 어쩌고' 하는 말만큼이나 의미 없고 공허한 단어들에 불과하다.

검사 결과가 나오는 날이 다가올수록 나는 내 유전자가 뿜어내는 자연 체취가 사실은 꽤나 좋아하기 힘든 것이고, 20년 전 아내가 사실은 내가 가끔 사용하던 데오도런트 브랜드와 사랑에 빠진 것일 수도 있다는 비합리적인 두려움에 사로잡힌다. 그 회사는 아직 제품을 만들고 있을까?

좀 더 조사해본 뒤에는 피임약에 포함된 호르몬들이 여성의 후각 반응을 방해할 수 있다는 사실을 알게 된다. 냄새나는 티셔츠 실험에서 피임약을 먹는 여성들은 실제로 자신과 비슷한 적합성 유전자를 지닌 남성들의 냄새를 선호했다. 전혀 잘못된 선택을 하고 있는 것이다. 나는 아내를 찾아 나서고, 곧 주방에 앉아 있는 그녀를 발견한다.

"당신, 나 만났을 때 피임약 먹고 있었어?" 내가 묻는다. 그녀가 읽고 있던 신문에서 고개 들어 날 쳐다본다.

"지금 그걸 묻기에는 좀 늦지 않았나." 그녀가 말한다. "그런데 먹긴 했어."

아이고 맙소사. 나는 생각한다. 연구소 사람들이 그녀에게 남편을 잘못 골랐다고 말해주려나? 스위스 회사에 타액을 보내 완벽하게 맞는 파트너를 찾을 수 있으리라고 믿는 것은 아니다. 땀내가 끌림의 시작이자 끝이라는 것도 물론 믿지 않는다.

하지만 저 밖에 당신이 결혼한 놈보다 유전적으로 당신에게 더 잘 맞는 상대가 있다고 말하는 것이 심리적으로 미칠 수 있는 영향력을 나는 과소평가하지 않는다. 그런 말을 듣고 대수롭지 않게 흘려 넘기는 건 쉽지 않을 수도 있다. 누가 알겠는가? 아내의 반응은 고사하고 내 반응마저도 상상하기 굉장히 힘들다. 내가 대체 무슨 짓을 한 거지?

2주의 기다림이 끝나고 우리는 결과를 듣기 위해 햄스테드에 있는 앤서니 놀란 연구소의 스티브 마시 교수를 찾아간다. 앤서니 놀란 연구소는 데이트 회사를 위해 DNA를 분석해주지는 않지만, 골수이식을 할 때 조직이 일치하는지 확인하려는 목적으로 그 검사 기법을 활용하고 있다.

마시 교수와 함께 회의실에 앉아서 나는 내가 이해하지 못하는 안 좋은 소식을 듣게 될 수도 있다는 생각에 마음을 단단히 먹는다.

마시 교수는 DNA 검사가 찾아내는 특정 유전자들에 관해 잠깐 설명한다. 그 검사는 인간백혈구항원(human leukocyte antigens, HLAs)이라는, 단백질을 만드는 데 기여하는 유전자들을 골라내는 것이다. 이 HLA 단백질들은 온라인 중매를 잘 맺어주려고 존재하는 게 아니며, 골수이식을 어렵게 하려고 존재하는 것도 아니다. 그들이 원래 하는 일은 감염과 싸우는 것이다.

마시 교수가 말한다. "이 단백질들이 뭐고 하면, 우리 몸에 바이러스가 들어올 때 그걸 조금 가져다가 다른 세포들에게 보여주며 '이게 내 거니, 아니면 이물질이니?' 하고 물어보는 녀석들이에요. 이물질이면 없애버리죠."

어떤 HLA 분자들은 다른 녀석들보다 특정 단백질들을 낚아채는 능력이 뛰어나다. 그래서 특정 HLA 타입을 지니고 있으면 HIV 바이러스에 대한 저항력이 더 강하게 나타난다. 하지만 몇몇 장애에 더 민감하도록 만드는 HLA 유전자들도 있다. 이런 녀석들은 별로 반갑지 않겠지만 여러 HLA 타입을 적당히 다양하게 지니는 것이 더 유익하고, 따라서 특정 HLA를 지닌 이성이 더 좋은 파트너가 될 수 있다거나 그 냄새가 더 매력적으로 느껴질 수 있다는 것은 충분히 일리 있는 얘기다.

마시 교수는 우리에게 좋은 소식을 들려주었다. 아내와 내가 공유하고 있는 HLA 타입은(말하자면 대립유전자는) HLA-A*32:01:01 하나뿐이었다. 나머지는 다 다르다. 우리를 유전적으로 제법 괜찮은 짝으로 만들어주는 수준의 다양성이라 할 것이다. 굳이 표현하자면 '서로에게 매우 바람직한 배우자'라고 말할 수 있다. 마시 교수는 이렇게 말한다. "냄새로 배우자를 선택한다는 말을 믿는다면, 당신은 냄새로 좋은 짝을 찾아낸 겁니다." 그 말이 우리 중 누구에게 한 것인지는 분명치 않다.

밝혀진 바에 따르면 나의 전반적인 HLA 구성은 꽤 평범하다. 그것은 아마도 유럽의 백인 혈통 여성들이 날 만날 때 알 수 없는 이유로 내게 매력을 느끼지 못할 가능성이 크다는 뜻인 듯하다(내 평생 겪어온 일화들이 이 이론을 어느 정도 뒷받침한다). 반면 내가 만약 골수이식을 받아야 한다면, 조직이 완벽하게 일치하는 사람을 영국 기증자 목록에서는 두 명, 미국 기증자 목록에서는 다섯 명쯤 더 찾아낼 수 있을 거라는 뜻이다. 흔한 타입이라는 것도 나름의 이점이 있다.

우리 후손에게는 다행스럽게도, 아내는 나보다 훨씬 덜 흔한 타입이다. 흔하지 않은 정도가 아니라 굉장히 드문 경우라서, 그녀의 HLA-B*27 대립유전자는 한 무더기의 숫자가 아니라 XX로 끝난다. 그녀의 기록 아래 각주에는 이렇게 쓰여 있다. "이 HLA-B 유전자는 신기한 대립유전자를 지닌, 매우 신기한 것으로 보인다. 아마도 새로운 B*27이 될 것 같다. 이 점을 확인하기 위해 현재 여러 가지 작업을 진행 중이다." 마시 교수는 이것이 내가 생각하는 바로 그 의미라고 확인시켜준다. 아내는 이전에 어느 누구도 본 적이 없는, 전 세계 2,200만 명의 기록이 포함된 데이터베이스에 존재하지 않는 B*27 대립유전자를 지녔다. 역시 그녀는 내가 항상 생각했던 것처럼 희귀한 여자다. 이 세상에 단 하나뿐인, 괴상하고 독특한 여자다. 그리고 내가 먼저 그녀의 냄새를 알아차렸다.

3
결혼을 왜 해?

영국에서 첫 여름을 보내는 동안 나는 수많은 결혼식에 끌려 다닌다. 여러 가지 이유로 나 자신이 거기에 어울리지 않는 것처럼 겉도는 느낌이 든다. 미국에 있을 때는 친구 결혼식에 가본 적이 단 한 번도 없었다. 내가 아는 사람 누구도 결혼하지 않았다. 그런데 이곳 영국의 내 나이 또래들은 결혼 이외에 다른 무엇도 하지 않는 듯하다. 그들을 위해서는 잘됐다고 생각하며 행복하길 바라지만, 난 전혀 그 방향으로 나아가고 있는 것 같지 않다. 우리 관계는 아직 시작한 지 얼마 되지 않았고, 장기적인 전망을 봤을 때도 약간 불안한 편이다. 나는 과거의 모든 것을 벗어던지고 새로운 인생을 시작하는 게 아니다. 책임이나 헌신이나 어른스러움 같은 것에서 나는 일부러 최대한 멀리 거리를 두었다. 바다만큼 넓은 거리를 두었다고도 말할 수 있다. 난 재미있게 지내려고 여기 와 있는 것이다. 상황이 잘못된다면 집으로 돌아가 그 결과들을 감당할 각오도 돼 있다.

내가 결혼식장에서 겉돈다고 느끼는 주된 이유는, 거기에 내가 아는 사람이 하나도 없기 때문이다. 나는 이방인이다. 예전에는 상대를 미치게 만들 정도로 냉담하고 무심해서 연인관계를 망쳐놓는 남자친구였을지 몰라도, 이젠 노골적으로 내 이기심만 챙기며 애인 옆에 딱 달라붙어 결코 떨어지지 않는 남자친구다. 여자친구가 가는 곳이면 어디든 같이 간다. 그녀가 서 있는 곳 어디든 내가 그 한 발짝 뒤에 서 있다. 하지만 결혼 피로연에 갔을 때 우린 보통 다른 테이블에 앉아야 한다. 나는 '함께 오신 분'이라는 카드가 붙어 있는 자리로 안내되고, 그곳에 낯선 사람들과 함께 착석해야 한다. 화동이나 교구 목사님, 신랑의 유모, 신부 부모님이 전에 살던 동네 분들과 같이 앉는다. 한번은 애완견 퍼그와 같은 테이블에 앉은 적이 있었는데, 내가 이런 얘기를 하면 아무도 믿지 않는다. 사실 개랑 같이 앉으니 예의상 잡담할 필요도 없고 녀석의 매너도 아주 좋았기 때문에 별로 싫진 않았다. 이것은 좀 과장일 수도 있겠다. 녀석은 개치고는 상당히 좋은 매너를 갖고 있었다.

난 나랑 비슷한 나이에 결혼한 사람들에게 아무런 반감도 없다. 다만 너무 성급하게 뛰어든 경솔한 행동이 아니었나 하는 생각이 들긴 한다. 그들은 무슨 근거로 자신이 그런 미래에 준비돼 있다고 판단했을까? 왜 그렇게 서두르는 거지? 무엇 때문에?

그사이 나의 새 여자친구가 나랑 정말로 잘 맞는 사람인지 궁금해지기 시작한다. 우리 관계는 일종의 말다툼으로 시작되었다. 그리고 대부분은 내 말문이 막히는 것으로 끝났다. 처음엔 이것이 별로 싫지 않았고, 오히려 재미있었다. 어느 면에서는 내가 항상 꿈꿔왔던 관계인 듯도 했다. 뾰족하고 억센 대화가 늘 두 사람 사이에 어느 정도 긴장감을 유지해줄 테니 얼마나 근사한가. 처음 〈누가 버지니아 울프를 두려워하랴〉를 보았을 때 나는 사실 그 다이내믹함이 부러웠다(꽤 최근에도 그 영화를 봤는데, 이젠 그렇게 재미있어해서는 안 된다는 것을 안다).

하지만 우리가 늘 자금이 부족한 상태로 그녀의 작은 아파트에서 더 많은 시간을 보내게 되면서 우리의 말다툼은 자주 전투적으로 변한다. 별다른 경고도 없이 그녀의 기분이 나빠져서, 그녀에게 다가가기가 어려워지기도 한다. 바보짓 하는 사람한테 관대하지 않은 그녀에게 감탄하긴 하지만, 그 멍청이가 나일 때는 별로 유쾌하지 않다. 멍청이가 나 아닌 다른 누군가일 때가 더 좋은 것이다.

그녀는 또 우연히 그녀의 무언가를 잘못 건드리면 갑자기 연약하게 변하기도 한다. 매우 단도직입적일 수 있는 사람이 동시에 매우 감성적일 수도 있다는 점은 굉장히 그 사람을 대하기 어렵게 만든다. 그래서 나는 점점 더 방어적이면서도 조심스럽고 애정에 굶주린 사람이 되어갔는데, 이런 경향이 남자로서 그다지 매력적이지 않다는 것도 인식하고 있다.

나의 부족한 자립 능력이 사태를 더 악화시킨다. 영국에 도착한 지 오래지 않아 내 주머니는 바닥이 난다. 내가 머릿속으로 그릴 수 있는 런던 지도는 그녀의 집에서 반경 0.8킬로미터

이내로 제한된다. 나 혼자서는 멀리 가지 않는다. 관계 역시 마찬가지다. 우리 두 사람이 '베레모(beret)'의 발음이 버레이인지 베레이인지에 대해 언쟁하는, 밀실공포증이 느껴질 만큼 꽉 닫힌 중심지역 외부에 있는 다른 것들은 모두 미지의 영역이다. 그녀가 내 여자친구라고는 하지만, 난 때때로 전혀 모르는 여자 옆에서 내 길을 찾고자 애쓰는 것처럼 느꼈다.

당시에는 그것이, 그 고통스러운 시행착오들이 어른이 되기 위한 과정이라는 생각이 들지 않았다. 그냥 영국 여성들이 정말 괴상하다고 생각했을 뿐이다.

내 책상 뒤 선반에는 그 첫해 여름에 찍은 사진이 하나 놓여 있다. 액자에 끼우지도 않은 구겨진 스냅사진이다. 한 번도 벽에 붙이거나 앨범에 넣어본 적 없는 사진들로 가득한 서랍에서 꺼내놓은 것이다. 사진 속의 우리는 콘월 절벽 근처 풀이 길게 엉켜 있는 풀밭에 나란히 누워 있다. 그녀가 나를 처음 만난 날 입고 있던 빨간 더플코트를 밑에 깔고, 내 한 팔이 그녀를 감싸 안고 있다. 그녀는 반쯤 감은 눈으로 졸린 듯 카메라 렌즈를 응시하며 미소 짓고 있다. 난 금방이라도 잠들어버릴 것 같은 표정을 하고 있다.

내가 이 사진을 좋아하는 이유는 그 모든 게 거짓이기 때문이다. 그녀는 그날 아침 일어날 때부터 기분이 좋지 않았고, 우리는 거의 하루 종일 싸우다 말다를 반복했다. 우린 그 사진을 찍기 직전에도, 직후에도 싸웠다. 그 사진은 사실 나의 애정결핍이 가장 극심했던 순간을 포착한 것이고, 그녀의 미소는 셔터가 열렸다 닫히는 그 짧은 순간에조차 내 애정 표현을 견디는 게 탐탁지 않음을 비꼬아서 인정한 것에 불과하다.

하지만 사진을 보는 것만으로는 그 사실을 알아차릴 수 없다. 행복한 커플이 풀밭에 누워 있구나 싶을 뿐이다. 내가 그 사진을 액자에 담지 않으면서도 볼 수 있도록 꺼내두는 이유가 아마 여기에 있을 것이다.

요즘엔 인구의 절반 이하만이 결혼한다. 영국과 웨일스의 경우 2009년에 231,490명이 결혼했는데, 이 수가 많은 것 같아도 1895년 이래로 가장 낮은 수치일 뿐 아니라 1972년 수치의 절반에 불과하다. 그사이 동거는 1996년 이래로 두 배나 많아졌다. 이런 얘기를 하니 내가 새삼 나이 든 것처럼 느껴진다. 1996년에 나는 이미 결혼한 몸이었으니까.

결혼하지 않는 데에는 여러 가지 타당한 이유들이 있다. 우선 결혼을 하려면 평균 16,000파운드의 비용이 든다. 결혼을 필수 전제조건으로 하는 이혼에도 역시 큰돈이 들어가고, 이혼을 피할 가능성도 상당히 낮다. 영국에서는 결혼하는 쌍의 약 40퍼센트가 중간에 갈라선다.

당신이 이미 결혼해서 잘살고 있더라도, 거기에 들어간 비용만큼의 가치가 있다고 말하기는 어렵다. 최근 법적으로 결혼한 이들에게 유리한 세법이 도입되긴 했지만, 그래도 본전치기를 하려면 106년 동안 결혼한 상태를 유지해야 한다. 개인의 생활에 미치는 여파 면에서 결혼과 동거는 엇비슷하다. 내가 둘 다 시도해본 바에 따르면 큰 차이는 없다. 어느 쪽이건, 사용한 수건을 어떻게 처리해야 하는지에 대해 항상 잔소리를 듣게 될 것이다.

어쨌거나 결혼으로 들어가게 될 동거 형태에 잘못된 것은 없다. PAIR 프로젝트에서 나타난 결과에 따르면, 이미 문제 있는 관계가 개선되리라는 기대감으로 결혼한 커플이 곧 이혼으로 이어질 확률이 훨씬 높았다.

수많은 연구 결과가 보여주듯, 결혼은 당신의 건강과 수명을 향상시켜줄 것이다. 당신이 남자라면 특히 그렇다(일반적인 믿음과 달리, 결혼한다고 해서 여자들의 기대수명이 줄어드는 것은 아니다. 여자들의 평균수명도 늘어난다. 남자들만큼 늘어나지 않을 뿐이다). 한 번도 결혼하지 않은 남자들은 심혈관질환으로 죽을 가능성이 결혼한 남자들보다 세 배 더 높다. 암 생존율 역시 결혼한 남자들이 더 높다. 하지만 이혼한 남자들은 결혼한 상태에 있는 사람보다 더 일찍 죽는다. 그리고 이혼은 일단 결혼하지 않는 한 일어날 수 없는 일이다.

대부분의 사람들에게는 결혼을 결정하는 매우 개인적이고 특별한 이유들이 있다. 내 기본적인 동기 역시 여느 사람들과 마찬가지였다고 생각하고 싶다. 이민국이 내 손을 억지로 잡아끌었다. 결혼하지 않고 같이 사는 커플들은 가끔 "우리 관계를 인정받는 데에 정부가 주는 종이쪼가리 따위는 필요 없다"고 말할 것이다. 그런데 내 경우에는 필요했다.

***

우리 관계는 처음부터 함께하는 것이 쉽지 않은 것으로 판명

난다. 6개월 여행비자가 끝나갈 때마다, 난 다시 돌아오기 위해 미국으로 돌아가야 한다. 돈이 많이 들기도 하고, 가슴 아픈 일이다. 영국에 사는 여자친구와 관계를 이어가는 2년 동안, 출입국관리소 직원들과 내 관계는 현저하게 나빠진다. 내가 여권을 건넬 때마다 그들은 나의 진실한 사랑 얘기를 점점 더 의심스럽게 받아들이는 듯하다. 내가 영국에 들어와야 한다고 설명하는 이유들이 전혀 설득력 없다고 생각하는 것이다. 그들은 내가 영국에서 불법으로 일하고 있으리라 추측하고는 대놓고 그렇게 말한다.

사실 미국과 영국을 왔다 갔다 해야 하는 상황 때문에 양쪽 어느 나라에서도 제대로 취업하기가 어렵다. 나는 파산 상태였다. 미국에 있을 때가 가장 견디기 힘들다. 몇 달을 부모님과 같이 살아야 했다. 부모님이 받아주시긴 하지만, 그분들이 나에 대해 어떤 의견을 갖고 있는지는 제법 분명하다. 그분들은 내가 1년에 6개월씩 시간을 낭비하며 인생을 망치고 있다고 생각한다. 부모님 댁에 있는 동안에는 저렴한 비행기표를 살 돈이 모일 때까지 이런저런 허드렛일을 한다. 아버지 사무실에 페인트칠하는 것을 포함해서 무슨 일이든 하는 것이다. 출입국관리소 직원에게 내가 미국에서 계속 살 거라는 인상을 주기 위해, 항상 2주 뒤에 귀국하는 비행기표를 보여준다. 그것은 보통 환불이 안 되기 때문에 보여주고 난 다음 던져버린다.

내가 영국에 들어가려 할 때마다 그쪽 직원들은 점점 더 날 오래 붙잡아두고 캐묻는다. 점점 더 노골적으로 의심을 드러내며 당장 미국으로 돌려보내겠다고 위협도 한다. 그래서 나는 영국에 가기 몇 주 전부터 신경이 날카로워진다. 간혹 비행을 두려워하는 사람들이 있는데, 나는 착륙을 두려워한다.

1992년 3월 24일 영국에 도착하던 날, 나는 한 시간 넘게 출입국관리소에 붙잡혀 있었다. 여권도 없는 데다가 어느 나라에서 왔는지 전혀 말하지 않는 남자 옆 의자에 앉아 있어야 했다. 아무래도 행운의 의자는 아닌 듯했다. 드디어 나를 자기 앞으로 끌어다 앉힌 출입국관리소 직원은 그런 직업을 가진 사람 특유의 불쾌한 태도를 유감없이 보여준다. 학생한테 실망한 기하학 선생님 같은 태도다. 그는 나의 입국이 적합하지 않음에 대해 장황하게 연설한다. 그러다 갑자기 누그러들면서 날 통과시켜준다. 운전면허증을 받아 들던 날과 소름 끼치도록 비슷했다. 내 여권에 찍힌 도장은 특별히 더 크고, 구체적인 제약 사항들과 그 직원이 손으로 쓴 신분증 번호가 또렷하게 적혀 있다. 내가 영국이란 나라의 참을성을 한계까지 밀어붙인 것 같다는 확신이 든다.

이 에피소드는 우리의 재결합에 그림자를 드리운다. 공항을 빠져나온 것은 기쁘지만, 아마도 이번이 내가 무사히 나오는 마지막일 듯하다. 2년을 끌고 온 우리 관계가 이제 막바지에 다다른 게 아닐까 싶었다.

나와 여자친구에게는 앞으로 어떻게 해야 할지 결정할 시간이 충분하지 않다. 하지만 처음에 우린 아무것도 하지 않는다. 4월과 5월이 흘러간다. 마침내 6월 중반에 이르러서야 우리는 미래를 상의하기 위해 부엌에 모인다. 나는 접이식 보조판이 달린 작은 테이블에 앉고, 그녀는 조리대 위에 앉는다.

결혼은 고사하고, 결혼식이라는 단어만 생각해도 부담스럽다. 여자친구가 제시한 첫 번째 선택은 우리가 이제 그만 헤어져 별도의 대륙에서 각자의 삶을 살아가는 것이었다. 이 생각에 별로 구미가 당기진 않지만, 약혼 사진을 찍는 전망보다는 아주 조금 덜 끔찍하게 들린다는 것은 인정해야 했다. 의견이 오고 가고, 한 시간 뒤에 우리는 더 이상 갈 곳이 없는 지점에 도달한다.

"그렇다면⋯⋯" 그녀가 말한다. "우리 결혼해야겠군."

"그런 것 같아." 내가 말했다.

"부담 갖지 말자." 그녀가 불을 켜려고 부엌을 가로질러 가며 말한다. "언제든 이혼할 수 있으니까."

둘 다 이렇게 결혼하는 것에 싫은 티를 팍팍 냈으니, 내가 결혼이라는 굴레 없이 장기간 함께 사는 것보다 결혼해서 함께 사는 편이 더 낫다고 거창하게 주장하는 건 말이 안 되는 일일 것이다. 그 두 가지는 법적으로 매우 다른 위치에 있다. 지금의 동거에는 어떠한 권리나 특혜도 따라오지 않는다. 물론 그 두 가지는 정서적으로도 약간 다르게 구성된다. 한쪽은 오랜 시간 서로에게 헌신해야 한다는 감각을 공유하면서 두 사람의 삶이 점점 얽히게 되고, 다른 한쪽의 경우에는 어느 하루에든 이제까지의 헌신이 모두 정리될 수 있다. 보통은 점심 먹기 전에 처리된다. 하지만 나는 양쪽의 결과가 장기적으로 볼 때 꽤 고만고만하지 않을까 생각한다. 당신이 만약 결혼식을 올려야 한다는 압박에 지지 않고 버텨냈다면 축하할 일이다. 아마 큰돈을 절약했을 것이다. 그에 비해 내게는 결혼식 선물로 받은 샐러

드볼 네 개가 있다.

내가 이런 말을 하는 것은 결혼에 대한 트라우마가 존재할 수 있다는 뜻이다. 결혼하게 되리라 상상해본 적이 없고, 결혼이라는 게 너무나 당황스럽고 민망하리라고 상상할 수 있지만 (제대로 생각하는 것이다), 그런 뒤에는 결혼이 당신의 인생을 더 강하게 만드는 시련이라고 생각하게 될 것이다. 지긋지긋하긴 하지만 당신과 파트너 사이에 흔들리지 않는 특별한 유대감이 생겨나는 시련 말이다. 그런 면에서 결혼은 〈은반 위에서 춤을〉(연예인 또는 스포츠 스타들이 전문 피겨스케이터와 한 조를 이루어 경쟁하는 영국의 리얼리티 프로그램—옮긴이)에 출연하겠다고 동의하는 것과 상당히 흡사하다. 무섭고 힘들고 도저히 해내지 못할 것 같은 무언가를 해냈다는 데 결국은 뿌듯해질 것이다.

그녀가 어머니에게 전화로 그 소식을 알리고, 그런 다음 함께 그녀의 아버지를 만나러 간다. 난 그분께 따님과 결혼하겠다고 말하고, 그분은 새로 증축하고 있는 다락방 공사 현황을 내게 보여준다. 그녀의 아버지와 단둘이 다락방 바닥을 받칠 들보 위에 서서 아래쪽 방을 내려다볼 때, 나는 그가 날 밀어버릴 가능성에 대해 생각한다.

"내 딸의 생활 스타일을 어떻게 유지해줄 건가?" 그가 근엄한 표정으로 묻는다. 난 그분이 내 미래의 장모에게 미리 귀띔을 받았고, 아래층에 이미 샴페인을 얼음에 재워뒀다는 것을, 그분이 날 놀리는 것일 뿐이라는 사실을 알지 못한다. 나는 거기서 그냥 뛰어내려버릴까 고민한다.

우리 어머니에게 얘기할 때는, 이 모든 일이 성가신 행정상의 작업이며 촉박하게 해치워야 하는 문서 교환에 불과한 것으로 깎아내리려고 노력한다. 내가 관료주의의 링을 통과해야 한다는 이유로 어느 누구에게든 불편을 끼치고 싶진 않았다. 어머니는 독실한 천주교 신자였다. 그래서 나는 어머니가 등기소 결혼식은 결혼식으로 치지도 않기를, 그러니 그깟 결혼식에 참석하지 못하더라도 크게 아쉬워하지 않기를 바란다. 나는 영국에서 결혼하기 위해 필요한 가장 기본적인 법적 조건이 무엇이건 그 메마른 소정의 절차를 견딘 다음에 여자친구와 함께 미국으로 건너가겠다고 말한다. 그러면 그곳에서 어머니는 우릴 축복하고 어떤 민망한 파티든 준비할 수 있을 것이다. 전화기에 침묵이 흐른다.

"넌 네가 원하는 대로 해라." 어머니가 말한다. "우린 어쨌든 결혼식을 보러 갈 거다."

날을 잡은 지 몇 주 만에, 그로부터 딱 석 달 뒤에 어머니는 미니버스 한 대를 채울 만큼의 친척들을 초대한다. 우린 첼시 등기소에 예약해놨을 했을 뿐인데, 미래의 장모님은 우리 어머니를 위해 윔블던에 있는 가톨릭교회에 한 시간 자리를 확보했다. 우리가 신 앞에서 결혼하기 전에 따로 필요한 설명과 가르침을 줄 친절한 신부님까지 구해두었다. 놀랍게도 내 약혼녀는 아무런 항의 없이 이 모든 절차에 동의한다. 어차피 결혼을 해야 한다면 관련된 사람 모두가 만족할 수 있는 예식이 돼야 한다고 믿는 모양이다. 글쎄, 나는 잘 모르겠다. 이 시점에서 난 많은 질문을 하지 않는다. 이 일이 더 이상 우리가 원하는 것만 생각할 문제가 아니라는 사실이 우리를 조금쯤 더 편하게 만드는 것 같았다.

신부님과의 첫 만남을 위해 사제관 바깥에 차를 세울 때, 내가 그녀보다 훨씬 불안해한다는 것을 느낄 수 있다. 신에 대한 내 입장은 작가 피터 애크로이드의 유령에 대한 입장과 비슷하다. 그는 한때 이렇게 표현한 바 있다. "나는 유령을 믿지 않는다. 하지만 유령을 무서워한다." 난 신을 믿지는 않지만 신을 두려워하고, 성직자들을 만나는 것도 무서워한다. 이런 나의 애매한 의심과 이중적인 불가지론이 빤히 들여다보여서, 우리가 신 앞에서 결혼할 자격이 없는 사람들로 결정 날까 봐 걱정스러웠다. 그녀에겐 그런 걱정이 없었고, 난 그것이 걱정스럽다. 나는 헤드라이트를 끄는 그녀를 쳐다본다.

"예수가 멍청이라거나 그런 말 하지 않을 거지?" 내가 묻는다.

"안 하겠지." 그녀가 말한다.

"'여차하면 언제든 이혼할 수 있다'는 말도 하지 마."

"하지만 맞는 말이잖아."

"알아. 그래도 신부님은 당신의 확실한 세계관을 나처럼 매력적으로 여기지 않으실 거야."

"젠장."

"그런 말도 하지 마." 내가 말한다. "저 안에서는 하면 안 돼."

짐 신부님은 따뜻하고 친절하게 우리를 맞아주면서 30분간의 성실한 답변을 지극히 센 진토닉으로 보상하려 한다. 신부님과 만난 그 시간이 우리가 사랑과 헌신과 자녀와 결혼이라는 미래에 관해 좀 더 일반적으로 이야기하는 유일한 순간이다. 내 아내가 될 여자는 사실상 종교적인 경험이 전혀 없고 그래서 자신이 원하는 대로 자유롭게 살아온 터라, 그 모든 것이 오히려 신선하게 느껴지는 모양이다. 반면 나에게 천주교는 끝내지 못한 학교 숙제 혹은 중간에 그만둬버린 과목 비슷한 것으로 남아 있다. 신부님과 몇 번 만나는 동안 나는 한 바가지씩 진땀을 흘리지만, 누군가 결혼의 진지함을 우리에게 일러주기 위해 시간과 노력을 기울인다는 것이 감사하게 여겨진다.

하지만 우리가 만남을 가져야 하는 사람은 짐 신부님 하나만이 아니다. 우린 꽃에 대해, 장소, 음식, 술, 음악, 청첩장에 대해 결정하기 위해 숱한 사람들을 만난다. 약혼이 정신없이 진행되는 만큼 성대한 결혼식에 따라붙는 스트레스가 일부 줄어들 거라고 생각했는데, 그것은 우리가 똑같은 일을 더 빨리 진행해야 한다는 의미일 뿐이다. 약혼 사진을 찍는다. 사진 속의 나는 겁에 질린 감자처럼 보인다. 그리고 우리의 임박한 결혼 축하연 소식이 전국 신문에 실린다. 우리가 단순히 함께 머물기 위해 급하게 마련한 이 엉터리 결혼이 엄청나게 설득력 있어 보일 것이다.

나는 다시 학교로 돌아가거나 여전히 대학에 눌러앉아 있다가 갑자기 등록은 했는데 한 번도 참석하지 않은, 누군지도 모르는 선생님이 가르치는 수업에서 기말고사를 봐야 하는 상황에 처하는 꿈을 종종 꾼다(꿈이기는 해도, 사실에 근거하고 있다). 내 준비 부족으로 인한 최악의 결과들이 명백해지려는 찰

나에 나는 깨어난다. 그러고는 너무나 다행스럽게도 내가 중년에 접어들었으며, 10학년 화학 수업보다는 죽음이라는 달콤한 해방에 더 가까워져 있음을 깨닫게 된다.

결혼식 당일에는 그 반대의 일이 벌어진다. 꿈에서 나는 일상적인 생활을 하고 있었는데, 눈을 떠보니 외국에서 결혼해야 할 상황에 처해 있다. 내 평생 가장 중요한 시험이 오전 11시 30분으로 예정돼 있고, 난 전혀 준비되지 않은 상태다.

나는 미리 입어보지도 않고 친구 빌에게서 검푸른색 양복을 빌려두었다. 빌은 나보다 훨씬 키가 크다. 입어보니 바지는 10센티미터 이상 길다. 결혼식 전날 밤에 친구 제니퍼가 와서 급하게 스테이플러로 밑단을 박아 줄여주었다. 아침에 나는 그녀의 작업이 수포로 돌아가지 않도록 아주 조심스럽게 바지를 입어야 한다.

그 후 너덧 시간에 대한 나의 기억은 전혀 신뢰하지 못할 만큼 흐릿하다. 뭉텅뭉텅 잘려 나간 공백들로 가득하다. 사진들이 남아 있으니 얼마나 다행인가. 곧 아내가 될 그녀와 나는 전날 밤을 따로 보냈다. 그녀는 자기 어머니 집에서, 나는 우리 아파트에서 잤다. 아침에 첼시 등기소 밖에서 만난 것은 전혀 기억나지 않는다. 사무실에서 예식 비용을 내기 위해 수표에 사인하던 그녀를 지켜보던 순간만 어렴풋이 기억날 뿐이다. 사무실에서 예식 장소로 이동한 것은 기억난다. 예식 장소라 해봤자 사실은 커다란 응접실인데, 그곳은 내가 알거나 또는 나랑 관련된 사람 마흔 명가량으로 가득 차 있었다. 난 누구와도 눈을 마주치지 않으려고 노력했다. 내가 읊어나간 대단히 단조로운 혼인 서약의 일부분이 기억난다. "나 로버트 티모시 다울링은 이 결혼에 함께하지 못할 어떠한 법적 장애도 없음을 엄숙하게 선언합니다……." 그러니까 나는 기본적으로 스스로를 멈춰 세울 확실한 법적인 이유가 생각나지 않기 때문에 결혼하고 있는 셈이었다.

예식 후에 점심식사를 하고, 술집에서 거창한 파티를 하고, 우아한 호텔에서 밤을 보낸다. 우리 결혼의 진짜 첫 번째 시험은 다음날 아침에 찾아온다. 이제 우리는 다시 결혼해야 한다. 나는 새벽 4시쯤 침대로 들어갔다가 아침 7시 반에 일어나 택시를 기다린다. 교회에서 열릴 천주교 결혼식이 10시에 잡혀 있고, 사전에 협의한 대로 가족과 함께 식전 미사에 참석해야 했다. 아내는 예식에 맞춰 더 늦게 도착할 것이다. 난 심한 숙취에 시달리고 있다. 초조하고, 떨린다. 결혼하기에 적당한 상태가 아니었고, 내가 이미 결혼하지 않았더라면 덜컥 겁이 나 도망쳐버렸을지도 모른다. 하지만 나는 버텨냈다. 난 다시 한 번 그녀와 결혼했다. 결혼을 해버리고 말았다.

다음날 우리는 나폴리로 날아간다. 평소 멀리 떨어져 있던 친구와 친척과 친지 들이 모두 런던에서 즐기는 동안(이들이 다시 다 모이기는 결코 쉽지 않을 것이다) 그 많은 사람들을 뒤에 남겨두고 떠나야 한다는 게 이상하지만, 그래도 우린 신혼여행을 가야 한다. 예약이 돼 있기 때문이기도 하지만, 그보다 더 중요한 것은 내가 영주권을 신청하려면 영국 밖으로 나가야 하기 때문이다. 말하자면 우리는 내가 다시 올 수 있도록 그 나라를 떠나고 있는 것이다.

나폴리에서 우리가 가장 먼저 해야 할 일은 영국 부영사를 찾아가는 것이다. 그는 그 지역에서 영사를 제외하고 나의 영국 재입국을 승인해줄 권위를 지닌 유일한 사람이다. 우리는 결혼증명서와 필요한 몇 가지 서류와 폴라로이드로 특별히 찍어 준비한 결혼 사진 몇 장을 가지고 들어간다. 도움이 된다면 손을 맞잡을 준비도 되어 있다. 부영사는 우리가 내민 사진들을 보지도 않고 밀어내고는 서류에 사인해준다. 우리에게 홍차도 대접한다. 그는 여비가 떨어진 학생들을 본국으로 송환하는 일이 주된 업무인 듯한 이곳 생활 중에 우리 같은 신혼부부를 만나서 반가운 기분전환이 됐다고 말한다. 그 일은 한 시간도 안 돼 끝난다. 우리 앞에는 아말피 해안에서의 신혼여행 중 남은 9일이 불확실하게 펼쳐져 있다.

결혼식 올리기 전에는 서로에게 접근하는 것이 엄격히 제한돼 있던 시절이라면 신혼여행을 가는 게 의미가 있다. 하지만 이미 좁은 아파트에서 2년을 함께 살았다면, 허니문이 말 그대로 달콤하다고는 할 수 없다. 9일씩이나 같이 있으라니, 함께 해야 한다고 억지로 강요하는 것 같다. 우리 둘 다 은근히 두려워하는 프로젝트에 막 착수한 이런 경우에는 특히 그렇다.

갓 결혼해 외국에 나온 커플들은 아마 둘뿐이라는 사실이 상당히 기분 좋은 격려로 느껴질 것이다. 희귀병에 걸린 사람처럼 포시타노의 낯선 거리들을 헤집고 다닌다. 만천하에 인정받은 관계로 마음껏 돌아다닐 수 있다는 게 새로운 활력을 주는 유익한 휴식이 될 수도 있지만, 결혼한 지 열흘밖에 안 됐는데 대화가 바닥났다는 것은 그다지 좋은 징조가 아니다. 그런 상황에서 우리는 유일하게 합리적인 일을 한다. 있는 돈을 다 써버리는 것이다.

지나고 생각하면 우리의 준비 부족을 탓할 수도 있겠지만, 사실 이 사건은 리더십의 실패에 해당한다. 미국에서 함께할 때는 언제나 내가 모든 것을 준비했다. 런던에서는 아내가 모든 일을 알아서 했다. 나는 내 인생이 박물관에 전시되는 것처럼 궁금한 마음으로 지켜봤을 뿐이다.

그런데 중립 지역에 있을 때는 우리 둘 다 책임을 떠맡지 않는다. 누구 하나 제대로 현금을 계산하지 않고, 영수증을 합산하지도 않고, 며칠이 남았으니 하루에 얼마를 써야 하는지 생각하지 않는다. 환율 얘기는 자주 하지만, 아무리 해도 능숙해지지 않는다. 어쩌면 둘 다 허니문이 끝날 때까지 결혼이 요구하는 강력한 재정상의 실용주의를 도입하지 말아야 한다고 느끼는지도 모르겠다. 팀으로서 우리는 둘 다 우유부단하고 낭비벽이 있다는 것이 입증된다. 충동적으로 호텔을 바꾸고, 가격 확인도 않고 보트를 빌리고, 해변에서 비싼 음료를 주문한다. 결혼한 데 대한 보상으로 상당한 현금을 선물받았는데, 그걸 제대로 느껴보기도 전에 순식간에 손가락 사이로 빠져나간다. 지금이야 세계 어디서든 현금인출기로 돈을 뺄 수 있지만, 그때는 인출기에 은행카드를 넣고 그 지역 화폐를 받아 드는 게 가능해지기 이전이다. 더 정확히 말하면 바로 직전이었다. 1992년에 그런 종류의 파격적인 편리함은 여전히 실현이 요원한 꿈인 듯했다. 은행으로 돈을 송금하는 데도 사흘이 걸렸다.

어떻게 된 일인지, 출발 예정 이틀 전 카프리에 있는 어느 호텔에서 깨어났을 때 우리 수중에는 리라로 30파운드쯤 되는 돈밖에 남아 있지 않았다. 그 돈으로는 이미 우리가 쌓아놓은 계산서를 처리하기에도 충분치 않다. 사실은 우리 중 한 명이 배를 타고 나폴리로 가서 그곳에서 우리가 알고 있는 유일한 사람에게 돈을 빌려달라고 애걸하기에 딱 알맞은 액수다.

"당신이 가." 내가 아내에게 용감하게 말한다. "그 사람은 당신네 나라 부영사잖아."

"갔다 올게." 그녀가 말한다. "아무것도 먹지 마."

그리하여 난 지불할 돈이 없어서 체크아웃할 수 없는 방에 홀로 앉아, 다시 아내를 만날 수 있을지 궁금해한다. 여자 혼자 보내기에 나폴리는 적당한 도시가 아니라는 생각이 스친다. 아내에게 무슨 일이라도 생긴다면 난 평생 죄책감에 빠져 살아야 할 것이다. 당장 그녀를 따라가고픈 충동이 일지만, 뱃삯을 낼 돈이 없다는 게 떠오른다. 걱정이 돼서 아무 일도 할 수 없을 지경이다. 그런데 어느새 나는 수영장에 몸을 담그고 있으면 괜찮지 않을까 자문해보고 있다.

마침내 해가 뉘엿뉘엿 저물어갈 무렵 아내가 돌아온다.

"아주 친절한 분이더라." 그녀가 말한다. "조난당한 선원용 기금에서 조금 빼주셨어."

우린 지불해야 할 계산서들을 청산하고 버스 터미널 근처에 방을 잡기 위해 본토로 돌아간다. 이 허니문 비즈니스 전체를 뒤로하고 내일 아침 일찌감치 공항으로 향할 것이다. 우리는 가장 저렴한 호텔을 고른다. 그 호텔은 언제 무너질지 모르는 건물 2층에서부터 객실이 시작되는데, 그곳으로 올라가려면 승강기에 돈을 넣어야 한다. 나폴리에서 마지막 밤을 보내는 조난 선원 두 명이 머물기에 딱 적당한 장소다.

1층 접이식 테이블에 앉아 있는 모자 쓴 남자가 안내데스크 역할을 한다. 거기서 맥주, 싸구려 담배, 수프도 팔고 있다. 그러나 방에는 거대한 창문이 있었고, 천장 전체를 프레스코화가 덮고 있다. 샤워실을 들이려고 구석의 회반죽을 약간 잘라낸 것이 보인다. 우리는 카메라 타이머를 맞추고 창가에 앉아 땅거미 진 거리를 내다보며 사진을 찍는다. 사랑하는 여자와 나폴리로 로맨틱한 신혼여행을 다녀왔음을 기억하고 싶을 때 내가 찾아보는 사진이 이것이다.

여러 가지 이유로 우리는 서류를 들고 출입국관리소에 들어설 때까지 정말로 결혼했다고 느끼지 못했다. 몇 가지 질문에 답하고, 조금 기다린다. 그곳 직원이 뭔가를 설명하는데 너무 긴장해서 하나도 귀에 들어오지 않는다. 그리고 마침내 나에게 새로운 지위를 허락하는, 여기 영국에 1년 내내 거주해도 된다고 허락하는 도장이 여권에 찍힌다. 드디어 나는 영국으로 이민을 왔다.

"이제 진료실로 가세요." 직원이 말한다.

"어디요?" 내가 묻는다.

난 기괴한 분위기의 뒤쪽 어딘가에 있는 작은 진료실로 안내받아 간다. 다소 불길한 느낌이 드는 피곤한 표정의 닥터 개트윅이 거기 앉아 있다. 난 진찰을 받기 위해 셔츠를 벗는다.

"언급할 만한 질병이 있습니까?" 의사가 묻는다. 그런 게 있더라도 당신한테 말할 것 같으냐고 나는 속으로 생각한다.

"아뇨." 내가 대답한다.

의사가 내 가슴에 청진기를 대보고, 혈압을 재고, 몇 가지 질문을 더 한다. 그런 뒤 나는 셔츠를 다시 입어도 된다는 허락을 받고, 영국 땅에서 아내와 재회한다. 닥터 개트윅의 승인 도장은 우리가 결혼생활로 들어가기 전 마지막 장애물이다. 아니, 적어도 우리가 런던행 기차에 안전하게 오를 때까지는 그런 것처럼 보인다. 하지만 나는 온갖 장애물이 여전히 우리 앞에 놓여 있다는 사실을 금세 깨닫게 된다.

4
잘못한 사람 되기

잠시 나의 영토를 둘러보라. 사나운 바람에 시
달리며, 생기도 활기도 위안도 없는 이 망할 놈의 곳. 이곳은
나의 특별한 공간이자 고독한 요새다. 지난 20년간 나는 이따
금씩 여기에 온다. 친구여, 이 도덕적 우위에 오신 것을 환영합
니다.

앉으시지요. 차 한잔 드릴까요? 아, 여기엔 귀리우유밖에 없
는 것 같네요. 이곳은 도덕적 우위랍니다. 무얼 기대하셨습니
까? 저기 선반에 무염 쌀케이크가 조금 있군요. 맛은 없겠지
만, 마음껏 드십시오. 정직함의 상자에 10펜스 내는 것만 잊지
마세요.

우리가 무슨 얘기를 하고 있었더라? 아, 맞다. 아내가 아까
창고에 사다리를 가져다두지 않았다며 내게 잔소리를 하고 있
었다. 나는 어차피 자주 사용하는 건데 사다리를 창고에 집어
넣는 게 무슨 소용이냐고 말했다. 거의 매번 집 안에서만 사용

하는데, 계단 밑 벽장 안에 넣어두는 게 훨씬 편리하고 합리적이지 않은가. 창고가 생기기 전에는 원래 거기에 넣어두지 않았나? 그러고 보니, 애초에 보관 장소를 바꿀 때 왜 나랑 상의하지 않았나?

아내는 어쨌거나 그 사다리가 있어야 할 곳은 응접실 한가운데가 아니라는 말로 반응했다. 주말 내내 거기에 있지 않았나, 그것은 남편이라는 사람이 점점 게을러지고 있으며, 아마도 멍청이가 돼가고 있다는 뜻일 거라고 했다. 그래서 나는 이렇게 응수했다. 좋아, 이쯤 되면 더 이상 사다리 문제가 아니군. 이건 어른 대 어른으로 적절하게 대화하는 방법에 관한 문제야. 난 원칙적으로 그런 인신공격에 의지하는 사람과 대화하지 않아. 도덕적인 관점에서 단언하는데, 인신공격하는 사람과는 얘기하지 않겠어! 누구 하나라도 이런 종류의 행동에 저항해야 해. 그런 이유로 사다리는 오늘 저기 그대로 있을 거야. 난 이런 식으로 도덕적 우위에서 말다툼을 끝냈다. 여긴 아무래도 얼간이들을 위한 VIP룸 같다.

아내와 처음으로 가장 크게 다퉜던 게 무엇 때문이었는지는 기억나지 않는다. 하지만 그 여파만은 확실하게 기억난다. 위의 사례처럼 그 싸움도 분명 집 안에서 일어날 수 있는 사소한 분쟁으로 시작되었다. 아마도 내가 뭔가를 하지 않았기 때문이었을 테고, 그것은 곧 내 부족함에 대한 솔직하고 직접적인 탐구로 악화되었다.

우리가 결혼하기 1년 전쯤이었을 것이다. 둘이서 말다툼을 벌이던 어느 시점에 나는 내 성격에 대한 그녀의 공격이 나의 존엄성을 손상시킬 만큼 도가 지나치다고 판단한다. 그래서 당장 그렇게 말하고, 뒤로 최대한 거칠게 문을 닫으며 그녀의 집을 뛰쳐나간다. 그렇게 곧장 도덕적 우위를 향해 달려간다. 쿵쿵대며 아래층으로 내려가 현관문도 쾅 닫는다. 하지만 부서지기라도 하면 임대계약서에 따라 비싼 수리비를 물어내야 하기 때문에 그리 세게 닫지는 않는다.

나는 잠시 현관 앞 계단에 서서, 가슴 밑바닥에서부터 뜨겁게 일렁이는 정당한 분노에 몸을 맡긴 채 씩씩거린다. 그러다 수중에 돈이 한 푼도 없고, 이 문제에 대해서건 다른 어떤 문제에 대해서건 당연히 내 편이 되어줄 사람이 이 런던에 한 명도 없다는 사실을 알아차린다. 위층으로 돌아가, 내가 박차고 나온 그 싸움을 다시 시작해야 할지 고민한다. 꼭 따져야 하는데 미처 따지지 못한 중요한 뭔가가 막 생각난 것처럼 말이다. 그런데 나한테는 열쇠도 없다. 격한 감정이 사라진다. 날은 춥고 바람까지 부는데, 극적인 퇴장을 연출하며 나오느라 중간에 코트를 챙겨올 겨를이 없었다. 나는 어두워지는 거리를 이리저리 바라본다. 도덕적 우위가 어디에 있는 것이건 저 밖은 아니겠구나 싶다. 그리고 금세 또 하나를 깨닫는다. 이제 나에게 유일하게 남은 결정은 자존심을 삼키고 굴복하기 전에 30까지 셀 것인가 60까지 셀 것인가 정도라는 것을. 60까지 세기로 마음먹지만 45에서 포기하고, 기꺼이 타협하려는 나 자신을 자랑스러워하며 벨을 누른다.

"누구세요?" 그녀가 말한다.

"다시 들어가도 돼?" 내가 묻는다.

"미안하지만 누구신데요?"

그날 이후 나는 독선의 꼭대기에 깃발을 꽂는 일에 신중해야 한다는 것을 배웠고, 점점 더 신중해졌다. 도덕적 우위를 주장하는 것이 내 전략이었지만, 시행착오를 통해 그것이 아내에게 그다지 먹히지 않는다는 사실을 깨달은 것이다. 예를 들어보자. 열띤 논쟁을 벌이다 아내가 운전하는 차에서 내려버린다면 어떨까. 표면상으로 조용한 감각을 지닌 남자인 나는 더 이상 그렇게 비이성적인 사람과 한 공간에 갇혀 있을 수 없기 때문에 차에서 내리기로 결정한다. 그녀가 걸어가는 내 옆으로 차를 붙이고 따라올까? 조수석 창을 내리고, 자기 말이 너무 경솔했다고 인정하면서 나한테 다시 차에 타라고 애원할까? 실험해봤는데, 내가 차 문을 채 닫기도 전에 그녀의 차가 빠르게 떠나버리는 것을 경험했을 뿐이다. 그녀는 다시 돌아오지 않을 것이다. 비가 주룩주룩 내리는 날이라도 마찬가지다. 나중에 내가 그 상황에 어떻게 대처했는지 알아보려고 전화하지도 않을 것이다.

한번은 말싸움을 잘하는 기술에 대해 전화로 상담한 적이 있는데(솔직히 내가 원한 것은 말싸움에서 이기는 지름길과 편법이었다), 그때 상담해준 부부관계 전문가가 내게 물었다. "옳은 쪽이 되고 싶은가요, 아니면 오늘밤에 섹스하고 싶은가요?" 당시에는 앞으로의 성관계를 위험에 빠뜨리기 않기 위해 도덕적 우위를 주장하지 말아야 한다는 것이 너무나 비윤리적이고 부도덕하게 느껴졌다. 그것이 내가 해야 할 일이라는 듯 들렸다는 점은 인정해야겠지만, 그래도 공평하다고 할 순 없었다.

어째서 옳은 쪽도 되고 섹스도 할 수는 없는 것인가? 완벽한 세상에서라면, 나는 옳은 말만 하는 사람이기 때문에 아내가 나와 자고 싶어해야 마땅할 것이었다.

이런 말을 하는 게 괴롭긴 하지만, 그 전문가가 한 말은 일리가 있었다. 결혼생활에서 도덕적 승리를 거두는 것은 늘 당신 혼자서만 축하해야 할 무언가가 될 것이다. 결혼생활을 잘 꾸려가고 싶다면, 계속 섹스할 생각이라면, 당신은 말싸움에서 지는 법을 배워야 한다. 그리고 그러기 위해서는 잘못한 쪽이 되는 법을 배워야 한다. 좋은 남편이 되기 위한 작업이 어디서 끝나는지는 솔직히 모르겠지만, 그게 어디서 시작하는지는 알 것 같다. 그것은 60까지 세려 했다가 45에서 포기하고, 벨을 누르는 것에서부터 시작한다.

안타깝게도 잘못한 쪽이 되는 것은 남자들에게 쉬운 일이 아니다. 심지어 자신이 분명 잘못했고 틀렸더라도 남자들은 그걸 인정하려 하지 않는다. 남자는 자신이 잘 모른다고 인정해야 하는 상황에 처하는 것을 피하기 위해서라면 무슨 짓이라도 할 것이다.

때때로 내가 뭔가 잘 아는 것 같은 인상을 심어주려 애쓰며 10분쯤을 보내고 나면, 아내는 이렇게 고함친다. "그냥 모르겠다고 하면 안 돼?" 그녀는 내게 뭘 기대하는 걸까? 내가 전문가인 양 아는 척하는 것을 원하지 않는다면, 애초에 내가 답할 수 없는 문제를 물어보지 않으면 될 게 아닌가.

남자들끼리 있을 때 틀리거나 잘못한 쪽이 되면 만회하기가 거의 불가능해진다. 그래서 우리는 어느 쪽으로도 해결 나지 않을 문제들을 갖고 격렬하게 논쟁한다. 가설이나 추정이나 인간의 힘으로는 결코 알 수 없는 것들을 논하며 너무 많은 시간을 보낸다. 앞으로 열릴 스포츠 경기 결과, 이미 지나간 스포츠 경기 결과에 영향을 미쳤을지도 모르는 대안적인 전술들, 정치인들의 행동에 숨은 진짜 동기, 혹은 경제적인 예언 등등. 낚시가 완벽하게 남자들의 활동인 이유가 여기에 있다. 남자들은 물 밑에서 일어나는 일들을 추측하며 종일이라도 보낼 수 있다. 예전에는 서로 무지한 역사나 과학 문제를 두고도 열심히 싸워댈 수 있었지만, 스마트폰이 이 모든 것을 망쳐놓았다. 태양의 둘레는 얼마인가? 4,366,813킬로미터다. 플랜태저넷 가문 출신 왕들은 누구인가? 그렇지. 바로 맞혔다네, 친구.

여자들은 틀리는 것에 더 너그러운 경향이 있다. 내가 경험한 바에 따르면 어떤 여자들은 남자가 분명 틀린 말을 했고 그 방에 있는 다른 모두가 틀렸다고 생각할 때라도 그의 연약한 자아가 공개적으로 찌그러지는 것을 막기 위해 그의 말이 옳다고 편들어줄 것이다.

아내는 그런 여자들 중 하나가 아니다. 그녀는 다른 사람들 앞에서 내 연약한 자아를 묵사발 내는 것과 집에서 묵사발 내는 것에 구별을 두지 않는다. 그것이 내가 그녀를 사랑하는 이유 중 하나고, 내가 그녀와 테니스를 치지 않는 이유 중 하나기도 하다. 처음에는 우아하게 받아들이기 힘들겠지만, 어쨌거나 남자가 품위 있게 자신의 실수를 인정하는 법을 배우는 게 나쁜 일이라 할 수는 없다.

***

결혼생활에서 싸움은 피할 수 없는 것이지만, 싸움이 너무 길어지면 관계에 악영향을 미친다. 장기전을 피할 수 있는 방법에도 여러 가지가 있다. 보통은 격렬한 언쟁 중에 차라리 뭔가 다른 일을 하는 게 낫다는 것을 알아차리는 순간이 온다. TV를 보거나, 차라리 뭐라도 먹는 게 나을 것 같다. 하지만 조금이라도 생각 있는 사람이라면 "아 참, BBC에서 그거 시작할 시간인데" 또는 "있잖아, 나 지금 M&M 초콜릿이 너무 먹고 싶거든" 같은 말로 적대감을 보류하려는 시도는 하지 않을 것이다.

반면 싸우던 중간에 갑자기 자신이 틀렸음을 깨닫는 경우는 드물다. 그런 일은 훨씬 나중에 일어나는 경향이 있다. 혼자 앉아서 자신이 왜 그 말싸움에서 이기지 못했는지 원인을 파악해보려 할 때 말이다. 그때 잘못한 쪽이 되기에는 너무 늦다.

오랜 세월을 거치면서 나는 그 두 가지 종류의 통찰력을 통합하는 요령을 터득했다. 배가 고파지거나 싸우기 지겨워지거나 더 싸울 기력이 없다 싶을 때, 싸우는 것에 슬슬 흥미가 사라지기 시작할 때, 어떻게 하면 당신이 잘못한 사람이 될 수 있을지 머리를 굴려라. 남자들에게는 쉬운 일이 아닐 것이다. 처음에는 당신의 뇌가 허락하지 않는 것처럼 느껴질 수도 있다. 하지만 다음에 나오는 체크리스트는 당신이 잘못했을 법한 지점을 찾아낼 수 있는 유용한 실마리를 제공해줄 것이다.

잘못한 쪽이 될 수 있는 일곱 가지 방법

생략하는 잘못: 상대방의 입장을 지지해줄 증거를 갖고 있었는데 일부러 알려주지 않았다면? 그것이 당신의 입장을 강화해준다고 생각하는 것처럼 슬쩍 흘리고는 물러나라. 그런 다음 실컷 비난을 받아들여라.

귀담아 듣지 않는 잘못: 이 방법의 장점이라면 거의 언제나 진실이 될 수 있다는 것이다. 당신은 아마 뭔가를 제대로 듣지 않았을 것이다. 그 부분에 대해 사과한 다음, 열심히 들어라. 하지만 그것이 당신이 해야 할 전부라는 점을 기억해야 한다. 그 논쟁에서 당신이 기여할 일은 이제 끝났다. 지금부터는 고개만 끄덕여라.

원래 목적을 잊어버리는 잘못: 언쟁을 하다 보면 당장의 이득을 위해 이런저런 전략을 자주 사용하게 되는데, 갖가지 전략을 동원하던 중 자칫 자신이 원래 무슨 얘기를 하려던 건지 잊어버리는 경우가 있다. 감정이 격해질 때는 더 쉽게 길을 잃는다. 하지만 바로 그 점을 언급함으로써 반박을 중단하는 것은 언제든 실행 가능한 일이다. "근데 내가 지금 왜 이 말을 하고 있는 건지 잊어버렸어!" 그러면 상대방이 당신 대신 언쟁의 부서진 파편들을 재조립하고, 이 경우 대부분은 당신의 논리에 대해 더 너그러운 해석을 내리는 것으로 끝날 것이다.

언쟁하는 그 문제로 인해 상대방이 감정적으로 힘들었으리라는 사실을 간과하는 잘못: "당신이 그 일을 그렇게까지 크게 생각하는 줄은 몰랐어." 이런 말을 하는 시점이 잘못을 인정하는 순간이다. 당신이 그 말을 한 의미는 아마 "나는 지금까지 전혀 심각하게 생각하지 않았다"라는 것일 테지만, 그건 당신의 잘못이 아니다. 정당한 분노는 이상한 시점에서 당신을 저버릴 수 있는 기회주의적인 감정이다.

죄다 자기 위주로 말하고 행동하는 잘못: 아내와 심각한 언쟁을 벌이다 보면 어느 시점엔가 꼭 그녀가 내게 이런 말을 한다. "당신은 어쩜 그렇게 죄다 당신 위주야?" 내가 지금까지 숱하게 경험해온 바에 의하면, 누군가가 당신에게 그런 도전을 해왔을 때 자기 위주로 대답하지 않는다는 건 거의 불가능한 일이다.

최후통첩을 내리는 잘못: 이런 세상에! 방금 지키지도 못할 말을 내뱉어버린 것인가? 당신이 그 말대로 할 마음이 없다는 것은 나도 알고 당신도 알고 있다. 그렇게 겁줘서 원하는 것을 얻어내려는 극단적인 전술이 언제 효과를 낸 적이 있었던가? 내 아내는 그런 전술에 눈 하나 꿈쩍하지 않는다. 그녀는 내가 고작 원페어 정도의 패로 올인하고 있음을 잘 알고 있다.

두목인 양 쥐고 흔들려 한 잘못: 이 경우에는 이렇게만 말하면 된다. "내가 이 문제에 대해 내 방식을 강요하려 한 면이 있는 것 같은데…….” 그러면 아마 상대방 입에서 “그게 아니라……”는 식의 반응이 나올 것이다. 그 말을 들으려고 너무 숨죽이고 있지만 마라.

당신이 해야 할 일은 이제 스스로의 실수를 인정하고 항복하는 방법을 찾는 것이다. 이것은 “잠깐, 내가 잘못한 것 같아!”라고 말하고 TV를 켜면 끝나는 간단한 문제가 아니다. 잘못을 했으면 잘못한 사람처럼 보여야 한다. 필요하다면 체면 구기지 않으려고 마지막 발악을 하는 시늉이라도 해야 한다.

그 상황 또는 당신에게 가장 잘 맞을 법한 테크닉을 사용하라. 별것 아닌 것처럼 “쳇” 한 마디 하고 나서 어색한 침묵이 이어지게 하라. 아니면 팔짱을 끼고 앉아서 1분 정도 신발만 쳐다보고 있어라. 고전적인 수법이다. “별로 유쾌하지 않지만, 당신 말이 맞을 가능성을 생각하는 중이야.” 전혀 내키지 않는 듯한 이런 말로 상대방의 입장을 수긍하려고 노력하라.

내가 지금도 자주 사용하는 방법이 하나 있다. 나는 그냥 이렇게 말한다. “알았어, 됐어.”

“알았어, 됐어”는 대화 중에 별 의미 없이 사용하는 단어 정도로 여겨지지만, 사실은 언쟁에서 한발 물러나려 할 때 굉장히 유용하게 활용할 수 있는 용어다. 꼭 상대방 말의 신빙성을 받아들이지는 않더라도 누구든 자신의 의견을 가질 권리가 있음을 인정하고, 당신이 어떤 어조로 그 말을 하는지에 따라, 싸우는 데 시간을 낭비하기에는 인생이 너무나 소중하며 성숙한 어른으로서 감정적인 대가를 조금 치르더라도 기꺼이 화해하겠다는 의미를 전달할 수도 있다. 무엇보다 그 말은 별 품위 없이 이 모든 일을 해낸다. 상대방은 당신이 판정패했다는 것을 수치스럽게 시인해야 할 상황이 되기 전에 토론을 포기하려는 거라고 생각할 것이다. "알았어, 됐어" 한 마디로 둘 다 승리하는 셈이다.

당신이 틀렸음을 인정하는 전략의 훌륭한 이점 중 하나는 부부관계에서는 누구도 못된 승자가 되길 원하지 않는다는 점이다. 사랑하는 사람의 실수를 억지로 인정하게 만들었다고 해서 큰 기쁨이 생기지는 않는다. 실제로 나는 아내와의 언쟁에서 딱 몇 번 이긴 적이 있는데, 만족스러워야 할 그 순간에 묘하게 가슴이 뻥 뚫린 느낌이 들면서 전혀 즐겁지가 않았다. 그리고 그것은 내가 싸움이 끝났을 때 느끼고 싶었던 방식이 아니다. 나보다는 아내가 더 그렇게 느끼기를 바란다.

5
나는 쓸모 있는 존재인가?

　　남자들이 더 빨리 유행에 뒤처지고 더 빨리 쓸
모없어진다는 말은 당신도 아마 들어본 적이 있을 것이다. 경
제가 변하고 사회구조가 끊임없이 변화하면서 여성들에게 새
로운 고용 기회가 생겨났다. 예전과 다른 생활방식을 선택할
수도 있게 되었고, 그러면서 남자들은 점점 한물간 존재로 좌
천되었다. 시장은 예전처럼 우리 남자들을 필요로 하지 않고,
더 중요한 것은 여자들도 우리를 필요로 하지 않는다. 여자들
에게 남자는 쓸모가 없다. 여성의 관점에서 남편은 장기 임대
한 무용지물에 불과하다. 남자의 종말이 가까운 지금, 어떤 여
자가 당신과 결혼하고 싶어하겠는가? 이런 상황에서 남자가
이 사회에, 그리고 여자들에게 없어서는 안 되는 존재가 되려
면 어떻게 해야 하는가?
　　문제는 전통적으로 남성들의 문화자본이었던 생활비 벌기나
감정 억누르기 같은 것들이 더 이상 큰 보상 판매가를 갖지 못

한다는 점이다. 즉 예전 것을 양도함으로써 받을 수 있는 보상이 전혀 없다는 말이다. 여성들의 경우에는 가정의 영역을 전혀 양도하지 않은 채 일하는 공간을 식민지화하고 있다. 남성들은 새로운 체제에 적응하는 데 느리다. 우리 남자들에게 가장 가치 있는 자원인 정자는 예전보다 힘이 세지 않고, 이제는 훨씬 다양한 원천으로부터 구할 수 있다. 어쩌면 아마존에서도 정자를 구할 수 있지 않을까? 정자 시장의 수요가 바닥까지 떨어진 이상 남성들은 아직 선택권이 남아 있는 동안 변화를 모색해야 한다. 아무 가치도 없는 정자를 갖고 현행범으로 붙잡히고 싶은 사람은 아무도 없을 것이다. 아마 내 말이 무슨 뜻인지 알리라.

사실 이는 그리 낯선 영역이 아니다. 회사생활을 할 때도 당신을 하찮게 만들어서 밀어내려는 사람들이 꼭 있지 않은가. 남자로서 그런 시련 없이 발전하거나 성공하기는 어려운 법이다. 그럴 경우 필요한 일은 당신이 휴가를 떠날 때 그 자리에 멍청이를 대신 앉혀놓는 것이다. 아주 간단하다. 부부관계에는 보통 이 전술을 추천하지 않지만(아예 휴가를 내선 안 된다), 전반적으로 당신이 남자로서 필요한 존재가 되려면 이와 비슷한 전략을 활용해야 한다.

다음의 차트에서 볼 수 있듯이, 이 과정에서 가장 큰 장애물은 남편의 가치를 측정하던 기존의 기준들이 더 이상 적용되지 않는다는 것이다.

1950년: 좋은 남편

- 담배 사러 나갔다가 항상 집으로 돌아온다.
- 가장으로서 생활비를 벌어온다.
- 가장 중요한 임무는 가족을 부양하는 것이다.
- 무슨 일이 있어도 울지 않는다.
- 넥타이 매고 타이어를 갈아 끼운다.
- 전문가를 부르지 않아도 될 만큼 집 안을 수리하는 데 능숙하다.
- 결혼생활과 가정 밖에서 즐기는 다양한 활동을 분리할 줄 안다.

2014년: 괜찮은 남편

- 원두커피와 탐폰을 사 오라고 할 때마다 정확한 물건을 사 갖고 온다.
- 가장으로서 생활비를 벌어온다.
- 아버지로서 가장 중요한 임무는 학교 퀴즈 문제의 정답을 말해주는 것이다. 미국의 주도들이 어디고 마블 코믹스 영웅들이 누구인지 등 광범위한 지식을 보유하고 있어야 한다.
- 효과적일 것 같을 때만 운다.
- 자전거 헬멧을 쓰고 가게에 간다.
- 수학 과외비를 들이지 않아도 될 만큼 다항식을 잘 풀 수 있다.
- 하얀 옷과 색깔 있는 옷을 구분할 줄 안다.

목표의식을 되찾는 것은 쓸모 있는 남편이 되기 위한 첫걸음이다. 요즘엔 남자라는 것이 그 자체로 역할이 되지는 못한다. 오히려 이질적인 재능, 전문가 못지않은 지식, 보수적인 사고와 대인관계 기술의 편리한 결여가 조각조각 이어져 있는 존재에 더 가깝다. 당신은 해결사가 되어야 한다. 문제가 생기면 해결하고, 공백이 생기면 틈을 메울 준비가 돼 있어야 한다. 도움이 되겠다 싶을 때마다 겁먹지 말고 끼어들어라. 기다려선 안 된다. 밖으로 나가 자신을 중요한 존재로 만들어라. 당신의 특화된 틈새 기술이 뭔지는 모르겠지만, 내가 지닌 틈새 기술을 몇 가지 소개하자면 다음과 같다.

휘파람 불기: 남자의 종말이 거의 코앞에 다가와 있는 오늘날에도 소리 내어 휘파람 불 수 있는 여자는 별로 많지 않은 듯하다. 아침에 공원에 나가면 데려온 개들이 듣는 척도 하지 않는 애처로운 피리 소리 비슷한 소음을 내는 여성들을 자주 보게 된다. 특정 나이에 휘파람 부는 법을 제대로 배우지 못하면 영영 배우기 힘들어지는 모양이다. 이 기술적인 차이가 남성들에게 중요한 기회의 창을 열어준다. 나는 떠벌이는 것을 좋아하진 않지만, 입에 두 손가락을 대고 소리를 내면 주위에 있는 개들이 죄다 내 쪽을 쳐다본다. 어떻게 하면 이 기술을 상품화할 수 있을지 고민 중인데, 광고 같은 데 팔면 꽤 괜찮을 것 같다. 하지만 아주 재빠르게 행동해야 할 것이다. 그런 게 필요한 사람은 가게에서 그냥 호루라기를 사버릴 테니까.

한 번에 한 가지 일만 하기: 세상에는 스트레스 심한 직장 일을 견디면서 동시에 아이들을 돌보고, 케이크를 굽고, 철인3종 경기 훈련까지 할 수 있는 여성들이 얼마든지 있다. 그런데 그들이 무엇을 못하는지 아는가? 한 가지 일에 초점을 맞추는 것이다. 남자들이 잘하는 게 있다면, 그것은 바로 중요하게 여기는 어떤 일이 거의 또는 완전히 끝날 때까지 다른 일은 배제하고 그것에 집중하는 것이다. 나는 설거지를 그냥 하진 않는다. 빵 굽는 판 하나를 완벽하게 씻는다. '새것이나 다름없음'이라는 설명을 붙여 이베이에서 팔 수 있을 정도로 확실하게 닦는다. 그 후에 뜨거운 물이 남아 있다면 소쿠리도 씻을 수 있다. 작업 관련 전화를 하고, 컴퓨터에 비밀번호를 입력하고, 동시에 고양이에게 구충제 먹일 누군가를 원한다면, 여성을 찾아라. 하지만 촛대 밑에 눌어붙은 오래된 촛농을 깔끔하게 긁어낼 사람이 필요하다면, 남성에게 맡기는 편이 확실할 것이다.

커튼 선택에 동의해주기: 커튼을 고를 때 "색감은 좋은데 윗부분 주름이 좀 좁아서 괜찮을지 모르겠어" 혹은 "무늬가 소파와 잘 어울리긴 하는데 여름에 약간 무거운 느낌이 들지 않을까?" 같은 식으로 조언해줄 누군가가 필요할 때도 있고, "응, 좋아, 다 괜찮아"라고 말해줄 사람이 필요할 때도 있다. 당신이 원하는 게 후자라면, 주저하지 말고 내게 연락하기 바란다.

불 피우기: 태초 이래로 남자가 한 일 중 가장 똑똑한 것은 불 피우는 법을 배운 것이다. 그리고 분명 우리가 한 일 중에

두 번째로 똑똑한 일은 여자들에게 그 기술을 알려주지 않은 것이다. 다른 일은 몰라도, 나무와 석탄으로 불길을 얻는 일만큼은 아직도 남자의 일로 여겨지고 있다. 여자가 요청하면 바비큐 그릴 앞에서 불 피울 자세를 취하라. 그리고 아무도 보지 않을 때 불을 붙여라. 그 일이 얼마나 쉬운지 여자들이 알아차리는 것은 역사적으로 매우 통탄할 순간이 될 것이다.

사실 전달하기: 내가 좀 아는 것들이 있다. 당신도 알고 싶은가? 하루 24시간, 매일매일 마구잡이 정보들이 쏟아져 나오고 있다. 굳이 물어볼 필요 없다. 그저 내 말이 들리는 범위 안에만 있으면 알게 될 것이다.

전문적인 골디락스: 대부분의 고용 부문에서 여성들의 중요성이 높아지고 있지만, 여성들은 전반적으로 매우 차갑고 뜨거운 것에 대해 무감각한 성향이 짙다. 식기세척기가 다 돌아갔을 때 곧바로 세척기에서 머그잔을 꺼내는 여성을 본 적이 있다면 내 말이 무슨 뜻인지 알 것이다. 여성들은 너무 뜨거운 목욕물과 난방이 덜 된 집에 대해 괴상한 내성을 갖고 있어서, 그들이 딱 적당한 온도라고 얘기해도 그 말을 신뢰할 수가 없다. 동화 「골디락스와 곰 세 마리」(골디락이라는 이름의 소녀가 세 마리 곰이 끓인 수프를 맛보는 이야기가 나오는 영국의 전래동화—옮긴이)는 아름답지만, 당신의 죽이 정말 '딱 알맞은' 온도인지 알고 싶다면 곱슬머리 어린 소녀에게 물어보지 마라. 남자를 고용하라.

주머니 인간: 뭔가를 가져가야 한다고? 걱정하지 마시라. 내 겐 주머니가 아주 많으니까. 사실 내 몸 여기저기에는 주머니 천지다. 바지 주머니, 코트 주머니, 앞주머니, 뒷주머니, 속주머니, 바깥 주머니, 가슴 주머니, 티켓 주머니. 립스틱과 박하사탕 하나 정도 들어가는 작은 가방을 가져와도 좋다. 아예 가방을 들고 오지 않으면 더 좋다. 당신의 휴대폰, 물, 안경, 또 다른 안경, 열쇠, 당신의 책 모두 내가 보관해줄 수 있다. 그것이 바로 내가 이 땅에 존재하는 이유다.

이렇게 소소한 방법들이 있다는 것을 인식하기 시작하면 스스로를 쓸모 있는 남자로 만들 수 있다. 제대로 된 기술과 그 기술을 써먹기에 적당한 장소, 시기만 알아차리면 된다. 무엇보다 겁먹지 말아야 한다. 남성 퇴화에 관한 무시무시한 이야기들은 조금 과장되었을 가능성이 있다. 자동차가 발명되었을 때도 말에 대해서 그와 같은 이야기가 있었다. 말이라는 동물이 곧 사라질 거라고들 했는데, 실제로 어떤가? 난 바로 지난주에도 말을 보았다.

결혼생활이라는 게 처음에는 결혼 전과 그다지 다르지 않은 것 같다. 우린 별로 싸우지 않는다. 편지지에 우리의 주소와 이름을 인쇄하지 않는다. 전보다 더 책임감 있게 굴거나, 사람들이 우리에게 뭔가 새로운 것을 기대하고 있으리라는 느낌으로 행동하지 않는다. 새벽 3시에 잔뜩 취해 파티장을 빠져나오다가 잠깐 작별인사하고 돌아보니 아내가 감쪽같이 사라졌다는 것을 알게 되더라도, 날 버리기로 한 그녀의 결정이 아내로서 부적절한 행동이라고 간주하지 않는다. 단지 고약한 짓이라고 생각할 뿐이다. 그 후 "도와줘"라는 신음소리를 듣고 아내가 사실은 발을 헛디뎌 넘어진 것이며, 빽빽하게 이어진 나무 울타리에 끼어 꼼짝 못하는 상황이라는 것을 알아차렸을 때도, 난 그것이 어떤 식으로든 우리 혼인 서약에 들어맞지 않는 일이라고 생각하지 않는다. 그녀가 나뭇잎으로 뒤덮여 있어서 우릴 태워주려 할 택시가 과연 몇 대나 있을지 걱정스러워할 뿐이다.

"구두 한 짝이 없어졌어." 그녀가 말한다.

"버둥거리지 마." 내가 말한다. "당신 때문에 울타리 망가지잖아."

우리는 조만간 헤어져야 한다는 불안감 없이, 함께 있는 것을 즐기기 위해 시간을 들인다. 하지만 결국에는 상황이 변하기 시작한다. 아내를 '내 아내'라고 지칭하는 것이 더 이상 웃기지 않고(다른 사람은 아무도 웃은 적 없지만), 그것이 묘하게 정상인 것처럼 느껴지기 시작한다. 작은 아파트에는 이제 결혼 선물들이 가득하다. 그중 많은 것들이 명백하게 가정적인 살림살이들이다. 우리에게 파이 굽는 틀이 생긴다. 그럼 파이는 언제 만들지? 통장도 새로 하나 개설해야 한다. 사람들은 세 시간 전이 아닌 3주 전에 미리 우리에게 저녁식사를 같이 할 수 있느냐고 묻는다. 아침에 드라이클리닝 맡겨놓은 옷을 찾아 오라는 쪽지들이 날 기다린다. '어디서?' 난 생각한다. 결혼하니까 갑자기 해야 할 일이 엄청나게 많아진 것 같다.

결혼생활의 열두 가지 노동

함께해야 할 일들이 없을 수는 없지만, 바람직한 결혼생활에는 본질적으로 노동의 효율적인 분배가 필요하다. 사랑에 빠진 커플일 때는 얼마든지 함께 대형마트에 갈 수 있지만, 결혼한 뒤에는 그것이 그다지 효율적인 자원 분배가 아니라는 사실을 깨닫게 된다. 둘 다 힘들 필요가 뭐 있겠나? 집안일, 특히 반복적이고 유쾌하지 않는 일들은 따로 나눠서 하는 편이 훨씬 합리적이다. 둘 다 좌절하게 만드는 일에 대해서는 상호동의하에 그냥 건너뛰어버릴 수도 있다. 결혼하고 처음 2년 동안 아내도 나도 전혀 다림질을 하지 않았다. 요즘도 나는 꼭 입어야 하는 옷의 필요한 부분만 다림질하고, 사람들 앞에서 재킷을 벗어야 할 때면 늘 이런 말을 중얼거린다. "아, 미안해요. 내가 사실 소매는 다림질을 안 해요."

장기적인 적합성 측정에서 중요한 부분은 가정에 필요한 일들을 상호보완적으로 해낼 수 있느냐는 것이다. 양쪽 모두 기여하는 바가 있는 게 이상적이다. 하지만 일반적으로 중요하게 여기는 일은 기술을 단련하고 더 향상시키게 마련이다. 잘 못한다고 여기는 일은 차츰 관심 밖으로 밀려나는 경향이 있다. 이런 이유로 둘 사이의 기술 차이가 너무 크면 무엇을 우선으로 처리해야 하는지에 대해 의견차가 생길 수 있다. 그러다 누구 하나는 점점 더 솜씨가 서툴러질 것이다. 장기적으로는 다림질이 필요치 않다고 생각하는 당신의 입장을 공유하는 사람과 결혼하는 것도 나쁘지 않을 것이다. 다림질과 접시의 물기

닦는 일도 필요 없는 듯하다. 그냥 놔두면 접시가 알아서 마를 것을 왜 굳이 일을 하나 더 늘려야 하는가?

노동의 분배가 늘 만족스럽게 이루어지는 것은 아니다. 상대 방의 간섭과 트집 잡기가 따라붙을 수 있고, 편법도 생겨날 수 있다. 필연적으로 불균형이 존재할 수밖에 없다. 노동의 빚이 쌓여도 전혀 탕감받지 못한다. 몇몇 일들은 자기 일이 아닌 것 으로 간주되기에, 사용할 기회가 적은 낡은 기술들은 더더욱 쇠퇴한다. 하지만 어쨌거나 당신은 결혼의 열두 가지 노동에서 벗어날 수 없다. 둘이 같이 살아가는 한 하루에도 몇 번씩, 아 침저녁으로 협상해야 한다.

노동을 어떻게 분배해야 하느냐는 어려운 문제다. 간단하게 각자 여섯 가지씩 일을 맡아하는 것으로 나눌 수도 있지만, 개 중에는 분명 다른 것보다 더 부담스럽고 힘든 일이 있다. 어차 피 한 사람이 해야 하는 일도 있다. 예를 들어 침대 정리 같은 일들은 2인 가정에서 별로 힘들 것도 없다. 다른 집안일의 경 우 사람이 늘어나면 작업량이 두 배로 늘어나기도 한다. 일주 일씩 돌아가면서 이번 주에는 아내가 하고 다음 주에는 남편이 하는 식으로 각각의 노동을 반으로 나눌 수도 있지만, 이런 시 스템은 타고난 성향이나 기본적인 능력을 고려하지 않는다는 단점이 있다.

노동의 동등한 배분은 성공적인 파트너십에서 중요한 항목 중 하나다. 참고삼아, 아내와 내가 결혼의 열두 가지 노동을 어 떻게 분배하는지 알려주고자 한다. 꼭 우리 방식대로 하라고 권하는 것은 아니다. 사실 이런 방식은 전혀 권하고 싶지 않다.

1. **집안 행사나 사교 모임**: 진부하게 들리겠지만, 우리 집에서 이 일은 다소 전통적인 방식으로 분배된다. 여기에 관련된 일은 모두 아내가 맡아서 한다. 아내가 전화번호와 주소를 다 갖고 있으며, 내가 참석해야 하는 모임이 있을 경우 딱 필요한 만큼만 알려준다. 내게도 수첩이 있기는 한데, 거기에 별 내용을 쓰진 않는다. 써봤자 공식적인 권위를 갖지 못하기 때문이다. 대신에 난 우발적으로 해버린 예약에 대해서도 아내한테 얘기한다. 그럼 그녀가 그걸 수첩에 적어두거나 취소한다.

내가 약속을 정하고 연락하는 일에 원래 능숙했던 것은 아니지만, 그래도 20년 전에는 좀 할 줄 아는 편이었다. 그때는 어쨌거나 내가 할 수밖에 없었기 때문이다. 하지만 이제는 무엇이든 내가 계획할 필요가 없다. 다만 그 대가로, 아내가 가야 한다고 말한 그 장소에 나타나야 할 약간의 책임이 있다. 이게 좋은 건지 나쁜 건지는 잘 모르겠다. 물론 결정하는 주체가 되는 것이 그립지는 않은데, 다음 주에 휴가 갈 거라고 얘기하면서 상대방이 어디로 가느냐고 물었을 때 대답할 수 없는 건 조금 곤란한 일이다. 상대방은 당신이 당연히 그 답을 알아야 한다고 생각하기 때문이다.

2. **집안일**: 결혼의 열두 가지 노동 중 대부분은 선호도나 재능을 기반으로 나눌 수 있지만, 집안일은 그렇지 않다. 폼 나는 것도 아니고, 하고 싶어하는 사람도 없다. 특별한 소질이나 적성이 있어야 하는 것도 아니다. 워낙에 할 일이 많기 때문에 다른 노동 중 하나와 간단하게 교환할 수도 없다. 집안일에 대한

책임이 한 사람에게 너무 기울어진다는 것이 부부 간에 싸움이 일어나는 가장 큰 원인 중 하나고, 우리 집도 이런 면에서 꽤 전형적인 양상을 보인다. 거 참, 집안일을 그냥 공평하게 나누면 되는 거 아닌가? 그럼 공정하지 않은가?

아니, 어쩌면 아닐 수도 있다. '비교우위'라는 경제이론에 입각해서 집안일을 할당해야 한다는 인기 있는 개념이 있다. 이를 간단히 설명하면, 한 사람이 잘하는 일과 다른 사람이 잘하는 일을 효과적으로 교환할 수 있는 한, 비교적 더 능숙하게 수행할 수 있는 쪽이 그 일을 전담해야 하며, 그렇게 함으로써 전반적으로 집안일에 들어가는 시간을 줄이고 양쪽 다 행복해질 수 있다는 뜻이다.

여자들이 여전히 집안 청소 대부분을 담당하는 이유가 비교우위, 즉 남자보다 더 그 일을 잘하는 불운을 타고났기 때문이라고 생각하는 사람들이 있을 것이다. 현재 영국에서 남자들이 맡아하는 집안일은 전체 가사노동의 3분의 1에 불과하고, 이는 영국 남자들을 유럽에서 가장 집안일 안 하는 남자들의 위치에 올려놓았다. 미국 노동통계청에 따르면, 평일에 두 시간 이상 집안일을 하는 여성이 48퍼센트인 데 비해 남성은 겨우 20퍼센트에 그친다.

당신이 남자들을 비난할 수는 있지만, 사실상 비교우위를 비난할 수는 없다. 비교우위는 그런 식으로 돌아가는 게 아니기 때문이다. 아내가 비교우위에 있는 경우라도 여전히 남편이 설거지하는 게 일리 있는 선택이 될 수 있다. 설거지의 효율성이 떨어지더라도 다른 일, 예를 들면 걸레질 같은 일은 그보다 더 못하기 때문에 설거지를 하는 게 차라리 나은 경우라면 말이다.

비교우위는 1921년 경제학자 데이비드 리카도가 제시한 개념인데, 이 비교우위의 유익을 설명할 때 전형적으로 사용되는 사례가 포르투갈과 영국의 와인, 직물 제조에 관한 것이다. 포르투갈은 영국보다 훨씬 효율적으로 와인을 제조할 수 있으므로, 그것을 영국의 직물과 거래하는 것이 합리적이다. 하지만 포르투갈이 직물을 더 효율적으로 생산할 수 있더라도, 와인 제조의 비교우위가 직물 제조의 비교우위보다 더 크다면 여전히 와인에 주력하는 것이 일리 있는 선택이 된다.

이 시스템에는 몇 가지 문제가 있다. 어떤 일을 아주 잘하지만 그 일을 매우 싫어하는 경우도 있을 수 있다. 내가 다림질에 능숙해진다고 해서 그 일을 더 좋아하게 되리라고는 상상할 수 없다. 다시 말해 작업 전문화로 인해 얻게 되는 효율성이 거기서 발생하는 분노보다 중요하진 않다는 뜻이다. 남자가 집안일에 능률을 내지 못하는 것은 정말 소질이 없어서라기보다는 일부러 하지 않기 때문인 경우가 많다. 설거지에 서툰 게 기껏해야 얼마나 오래가겠는가? 일부러 잘하지 않으려고 애쓰지 않는 한 결국은 요령을 터득하게 되지 않겠는가? 남자도 오로지 반복을 통해 이불보 씌우는 시간을 반으로 줄일 수 있음을 보여주는 살아 있는 증거가 바로 나다. 마지막으로, 비교우위를 따지는 것만으로는 집안일의 성차를 없앨 수 없다. 최대 효율이 난다고 해서 공평한 것은 아니다.

내가 집안일 방면으로 다수의 비교우위를 갖고 있지 않다는 점은 인정해야겠다. 집안일의 3분의 1 정도만 담당하고 있다는 것도 기꺼이 인정한다. 솔직히 내가 보기에 그 통계도 다소 후하게 나온 것 같다. 그보다 더 수치스러운 것은, 나는 항상 집에 있기 때문에 내가 하지 않는 집안일이 내 주위에서 행해진다는 사실이다.

내가 집안일에 꽤 기여한다고 생각하고 싶지만, 전업 남편 연합에서 내 신청서를 그리 호의적으로 받아줄 것 같지는 않다. 나는 사실 누구에게도 들키고 싶지 않은 뭔가를 쏟았을 때만 청소기를 집어 들 뿐이다. 내 평생 한 번도 해보지 않은 형태의 청소도 있다. 예를 들면 먼지 털기 같은 것은 아직까지 해보지 않았다. 많은 남자들이 그렇듯이, 집안일을 줄이는 데 내가 가장 크게 기여한 부분은 청결에 대한 잣대를 낮췄다는 것이다. 내가 여기에 더 큰 영향력을 행사하지 않아서 다행이다. 오로지 나 혼자 청소를 책임졌더라면 집안 꼴이 어떻게 변했을지 충분히 짐작이 가고도 남는다. 아마 지금의 내 작업실 같은 모습을 하고 있을 것이다. 내 작업실은 정신병적으로 물건을 수집해두는 사람의 골방처럼 보인다. 2007년 12월자 『라디오 타임스』를 손에 쥐고 목욕 가운 차림으로 죽어 있는 해골이 있을 법한 장소다.

내가 처음에 했던 말을 기억하기 바란다. 이 책은 자기계발서가 아니다. 부디 나처럼 되지 말기를.

3. 찾아오는 사람 처리하기: 애초에 이는 보통 아무한테나 문을 열어줄 만큼 명청한 사람의 과제지만, 내가 집에서 일하

는 사람이기 때문에 우리 집에서 그런 일은 거의 내 몫이다. 사실 나의 낮 시간 사교 모임은 주로 여호와의 증인, 뉴캐슬의 생선 장수, 옆집의 소포를 가져온 우편배달부, 클립보드를 들고 돈을 뜯어가려는 자선단체 고용인, 걸레를 팔러 온 개심한 범죄자들로 구성된다.

다년간의 경험으로 강매하는 판매원을 밀어내거나 내 커피가 식어가는 동안 죽을 수밖에 없는 내 영혼을 구하려 기를 쓰는 사람들을 상대로 정중하면서도 확실하게 거절하는 요령을 터득했다고 말할 수 있으면 좋겠지만, 나는 사실 퉁명스럽게 굴기도 하고 혹해서 낚이기도 하는 등 왔다 갔다 한다. 한번은 먼지제거기 하나에 6파운드나 받으려 했던 전과자를 너무 철저하게 무시했더니, 그가 우리 집 문앞 계단에 똥을 싸놓은 적이 있다. 이 일로 그의 사회복귀는 틀림없이 몇 달쯤 늦춰졌을 것이다. 하지만 난 〈바겐 헌트〉 프로그램이 시작하기 전에 얼른 보내버리려고 가스회사 교체에 동의하는 사람이기도 하다.

내가 이 특별한 노동을 훌륭하게 수행했더라도, 보여줄 만한 성과는 전혀 없다. 아내가 저녁에 돌아와 오늘 하루 어땠냐고 물어볼 때 난 이렇게 말하지 않는다. "오늘 냉장고에 가자미가 가득 찰 뻔했는데 다행히 거절할 수 있었고, 인터넷 업체를 또 한 번 바꾸지 않는 데 성공했어." 하지만 내가 100퍼센트 성공하지 못한 경우에는 어쩔 수 없이 이런 식으로 자백해야 한다. "오늘 결코 참석하지 않을 크로스컨트리 자선 경보대회에 10파운드를 뜯겼고, 예쁜 아가씨한테 유기농 채소 3개월분을 샀어."

4. 서류 작업 및 관리: 내가 생각하기에 이 특별한 작업은 한 사람이 도맡아서 하는 게 나은 것 같다. 두 사람이 나서면 혼란으로 이어질 뿐이다. 가정을 꾸려나가는 과정에서 정말 말도 안 되는 양의 서류들이 생기고, 그것을 한 사람이 감당하기에는 너무 많지 않을까 싶기도 하지만 말이다.

이 영역은 전적으로 아내가 관장한다. 그녀가 지금의 체계를 잡아놨기 때문이다. 그런데 그녀는 나보다 훨씬 겁이 없어서 가끔 중요한 서류를 버리는 기술까지 선보인다. 비록 체계적으로 정리하진 못하지만, 내 작업실에 들어오는 서류는 늘 어딘가에 있다. 2주의 시간만 주면 무엇이든 찾아낼 수 있다. 원칙적으로는 아내의 효율적인 정리 기술과 나의 쌓아두는 성질이 서로를 보완해줘야 마땅할 테지만, 실제로는 지난주에 내가 세금청구서를 버렸다는 이유로 아내에게 소리쳤다가 방금 책상 밑에서 그것을 발견하는 식이 되어버린다.

5. 요리: 세상에는 요리를 잘하고, 자신이 만든 요리를 다른 사람들에게 먹이며 기쁨을 느끼는 사람들이 있다. 가능하면 휴가 계획을 짤 때마다 그런 사람을 한 명씩 포함시켜야 한다. 그 사람과 같이 다니는 게 좋건 싫건, 여행에는 그런 사람이 꼭 있어야 한다.

하지만 요리를 전혀 못하는데도 오직 사랑만을 위해 결혼하는 경우도 드물지 않다. 내 아내가 그렇고, 나도 마찬가지다. 우리가 요리에 대해 알고 있는 거의 모든 것은 끔찍한 실수들을 통해 함께 배운 것이다.

내가 웬만해선 개인의 능력이나 그가 우선시하는 사항에 대해 비판하는 사람이 아닌데, 이 말만은 해야겠다. 사실 요리를 못한다는 건 말이 안 된다. 요리라는 건 어차피 그리 어려운 일이 아니다. 요리하는 것을 계속 싫어하더라도 상관없다. 한 시간 안에 구멍가게나 식료품 찬장에 있는 재료들로 후다닥 맛있는 한 끼를 만들어내고, 처음 시작할 때처럼 부엌을 깨끗한 상태로 만들어놓을 수만 있으면 된다. 그다음에 다른 요리를 배워라. 그리고 또 다른 요리를 배운다……. 솔직히 말해서, 두 가지 정도만 할 줄 알면 충분히 먹고살 수 있지 않을까?

아내와 나는 우리가 가진 얼마 안 되는 지식을 모아 일주일 치 식단을 구성할 수 있는 레퍼토리를 만들어냈다. 일요일에 먹기로 한 테이크아웃 음식도 여기 포함된다. 우리 식단에 있는 요리라고 해봤자 엄밀한 의미에서 사람들이 보통 말하는 그런 음식이 아니라, 우리가 수년간의 시행착오를 통해 발전시킨 먹을거리에 불과하다. 우리가 간단하게 '멕시코 요리'라고 부르는 것은 사실 멕시코 요리 근처에도 가지 못한다. 삶아서 튀겨놓은 콩 네 캔만 있으면 된다. 우리 집에서 별 애정 없이 '스파이시 라이시(Spicy Ricey)'*라고 부르는 것은 집에 있는 재료들을

---

* 양파 1개를 썰고, 마늘을 2쪽 다지고, 고추 1개의 씨를 빼서 곱게 다지고, 셀러리 줄기 하나 깍둑 썰고, 피망 하나 깍둑 썰어 올리브오일을 두르고 익힌다. 베이컨이 있으면 가위로 잘라서 조금 추가한다. 고춧가루 1.5티스푼, 냉동 완두콩 한 줌, 냉동 작은 새우 두 줌, 점심에 먹다 남은 닭가슴살을 거기 던져 넣는다. 여기서 두 가지 방법 중 하나를 택해야 한다. 아내는 쌀을 따로 끓여 나중에 넣는데, 난 마른 상태로 그냥 집어넣는다. 머그잔 하나 분량의 쌀을 넣고 물을 더 부은 다음 휘휘 저어주다가 10분간 뚜껑을 닫아둔다. 이 정도면 다섯 접시에 담아 내놓을 수 있는데, 다섯 명 중 두 명은 좋아하지 않을 것이다.

닥치는 대로 쓸어 담아서 파프리카만 섞으면 되는 괴상한 음식이다. 이 두 가지 요리는 15년이 지난 지금도 여전히 우리 일주일 식단에 포함되지만, 외부인에게는 거의 내놓지 않는다.

하지만 디너파티는 전혀 다른 문제다.

"난 디너파티가 싫어." 아내가 말한다.

"손님들 다 있는 데서 그런 말 하면 안 돼." 내가 손님들을 가리키며 말했다.

처음 결혼했을 때만 해도 다음 세 가지만 있으면 얼마든지 성공적인 디너파티를 열 수 있었다. 커다란 재떨이, 1인당 와인 한 병씩, 밤 11시 이후에 와인을 살 수 있는 가까운 가게. 다행히 음식은 언제나 나중에 생각해도 되는 것이었다. 하지만 세월이 흐르면서 미안하다고 말하며 음식을 내놓는 것도 점점 지겨워졌다. 요리책을 샀고, 이런저런 위험들을 감수했고, 슬쩍 자랑도 할 수 있게 되었다. 어느 시점에선가 백조 모양의 초콜릿 에클레어(속에 크림을 넣고 위에 초콜릿을 씌운 빵-옮긴이) 레시피를 발견하기까지 했다. 하지만 내가 손님을 대접하기 위해 그것을 만들어본 건 두 번뿐이고, 두 번 다 술에 취해 있었다. 그것이 좋은 아이디어라고 생각하려면 당신도 조금 취해 있어야 한다.

6. 운전: 아내와 나는 이 일을 국경선으로 배분한다. 두 사람이 차를 타고 어디 가야 할 일이 있으면, 나는 미국에서, 그리고 영국이 아닌 대륙에서만 운전한다. 말하자면 도로 오른쪽이 나의 영역이다. 아내는 운전을 아주 잘하는데, 훌륭한 승객

은 아니다. 조수석이 기본적으로 부수적인 위치라는 사실을 받아들이지 않기 때문이다. 그에 비해 난 매우 훌륭한 승객이다. 그게 오히려 다행인 이유는, 내가 운전대를 잡을 때마다 아내는 꼭 내 운전에 반대하는 점들을 입 밖으로 내뱉어야 직성이 풀리기 때문이다. 이러한 노동 분배는 우리에게 잘 맞는다. 이런 경우가 흔치 않고(부부가 차에 탔을 때 남자가 운전할 확률이 네 배 더 높다), 나 자신이 그것을 특별히 남자답지 못한 일이라 느끼지 않더라도 남들에게는 아마 그렇게 보이리라는 것을 알지만 말이다.

내가 유일하게 신경 써야 할 때는 뒤에서 싸우는 세 아이와 함께 긴 자동차 여행길에 올랐을 때다. 조수석에 앉은 한가한 사람이라는 이유로 차 안의 모든 훈육 책임이 나에게 떨어진다. 어린 자녀를 키우는 분들이라면 다 알다시피 차 안에서 훈육 같은 건 불가능하다. 이런 여행 대부분은 비슷한 선례를 따른다.

"싸움 좀 말려봐." 아내가 말한다.

"얘들아!" 내가 말한다. "당장 그만두지 않으면 밖으로 쫓겨날 줄 알아." 차에서 내가 할 수 있는 유일한 처벌은 차 밖으로 쫓아내는 것이다. 나는 수백 번 그렇게 얘기했지만, 실천에 옮긴 적은 한 번도 없다. 내가 만나본 사람 중에서 실제로 아이를 길가에 내버려둔 사람은 우리 어머니뿐이다.

"아빠 화 많이 났어." 아내가 룸미러를 보면서 말한다. "가만 안 계실 거야." 그러거나 말거나 아이들은 싸움을 잠깐 쉬지도 않는다.

"좋아." 난 뒷좌석을 돌아보며 가운데 녀석을 가리킨다. "너 내려." 녀석이 걷잡을 수 없이 웃어대기 시작한다.

"차 세워." 내가 아내에게 말한다.

"안 돼." 그녀가 말한다. "차들이 막 움직이기 시작했어."

"애들 훈육하려면 당신이 내 말을 따라줘야 하잖아."

"지금 가도 우리 늦어." 그녀가 말한다.

"난 이제 모르겠으니까 당신이 알아서 해." 내가 말한다.

"내가 어떻게? 난 운전하잖아." 그녀가 말했다. 아내는 어이없게도 운전하는 게 더 골치 아픈 일인 것처럼 말하고 있다. 차라리 이렇게 말하지그래? "내가 어떻게? 난 대관람차 다시 타려고 줄서고 있잖아."

"차 세워. 내가 운전할게." 내가 말했다.

"안 돼, 그건 참아줘." 그녀가 말한다. 뒷자리의 싸움이 더 고약해진다. 동생 녀석 둘이 맏이를 가운데 두고 서로 주먹질을 하고 있다.

"그럼 차 세워." 내가 말한다. "내가 나갈게."

7. 문단속: 우리 집에서 잠자기 전에 문단속을 해야 하는 사람은 나다. 현관문을 이중으로 잠그고, 창문을 잠갔는지 확인하고, 늙은 개에게 마지막으로 오줌 쌀 건지를 물어보고, 뒷문을 잠그고, 불을 끈다. 수도꼭지를 확인하고, TV를 끄고, 식기세척기를 켜고, 냉장고 문을 닫는다. 잠든 아이들을 들여다보고, 부엌에 불 켜진 곳은 없는지 확인한다. 어렵지 않은 일이지만, 난 이것을 굉장히 중요한 임무라고 생각하고 싶어한다. 그

뒤에 이어지는 보고 절차가 짜증날 뿐이다.

"현관문 잠갔어?" 아내가 묻는다.

"응." 나는 말한다.

"뒷문은?"

"잠갔어." 내가 말한다. 그녀의 머릿속에 체크해야 할 사항들이 들어 있는 것은 좋다. 내가 죽으면 그녀가 그 역할을 인계해야 할 테니까. 그래도 이건 너무 심하지 않은가.

"애들 다 자?"

"응." 난 거짓말을 한다.

"부엌 불은…….."

"내가 항상 다 확인하잖아." 내가 말한다.

"지난주에 가스불 두 개를 밤새 켜놨잖아."

"그건 내 잘못 아니라니까." 내가 말한다. "얼른 가서 보고 올게."

8. 기준 강요: 결혼해서 살다 보면 어느 시점엔가 설탕은 꼭 그릇에 담아야 하고, 버터는 꼭 접시에 담아야 하고, 홍차 티백은 꼭 앞에 'TEA'라고 적힌 전용 도기에 넣어두어야 하는 사람과 타협해야 할지 말지를 결정해야 한다. 냉장고에 지방 함량이 얼마나 되는 치즈를 넣어놔야 하는 것인지 기준을 세우고, 커피는 어떻게 끓여야 하는지 합의해야 한다. 자동차 청소 상태에 늘 신경 쓰는 편인가, 아니면 자동차를 이동 쓰레기통쯤으로 사용하는가? 어디든 약속 시간보다 늦게 나타나는 커플로 알려져도 개의치 않는가? 간소한 것을 좋아하는가? 개들이

소파에 올라오는 것을 허용하는가? 집에 찾아오는 사람들에게 신발을 벗게 하는가? 스탠드에 세워놓은 기타를 가구 정도로 생각하는가?

우리의 미학적 고집, 잘못된 원칙, 집안 전통, 변화에 대한 저항, 잠재하는 속물근성과 결벽증이 혼합된 갖가지 기준들은 수년에 걸쳐 합의에 이른 것이다. 대부분은 그 사항에 신경 쓰는 한쪽의 강요로 이루어진다. 집 안에 절대 화분을 들여놓지 않는 것은 아내가 세운 기준이다. 홍차에 설탕을 넣을 때 봉지에 든 채로 부으면 안 된다는 것은 내가 우겨서 만든 기준이다. 그나저나 난 설탕도 홍차도 먹지 않는다.

가끔은 기존에 세웠던 기준들을 수정해야 할 때가 있다. 자연스럽게 도태되거나 취향이 변해서, 혹은 우리 둘 다 더 이상 오래된 누텔라 병으로 와인 마시는 것을 용인할 수 없는 나이에 도달했다는 것을 느꼈을 때가 그러한 경우다. 일반적으로는 유지하고 관리해나갈 기준이 적을수록 좋다. 결혼 10주년부터는 해마다 두 개 정도씩은 버리려고 노력해야 한다.

9. 물건 찾는 일: 세상에는 찾는 사람과 잃어버리는 사람, 두 종류의 인간이 있는데, 같이 사는 사람 때문에 어쩔 수 없이 그 역할을 떠맡게 되는 경우도 있다. 난 원래 물건을 잘 찾는 사람이 아니다. 다만 내 아내가 물건을 사라지게 하는 무한한 능력의 소유자이기 때문에 늘 꼼꼼하게 관찰하고, 태연하게 고무장갑을 끼고 쓰레기통을 뒤질 수 있게 되었을 뿐이다. 무엇보다 나는 심리적으로 영악해진다. 아무 생각 하지 않는 사람처럼

생각하도록 스스로를 교육시킨다.

10. 기술자들과 얘기하는 일: 이 일을 내가 맡고 있긴 하지만, 내가 그 일을 잘해서는 아니다. 집에 온 배관공이나 전기기사와 이야기할 때, 나는 항상 그들의 전문 분야에 기본 소양이 있는 것처럼 보이려고 안간힘을 쓴다. 바보 같은 말을 하게 될까 봐 그에 관련된 어떠한 질문도 하지 않는다. 대신 찡그린 얼굴로 고개를 끄덕이고, 엉뚱한 용어를 사용하고, 문제의 본질과 관련해서 허황된 제안들을 하는데, 이 모든 것이 나를 속여먹기 정말 쉬운 사람으로 만든다. 반면 아내는 무엇 하나 대충 이해하는 척하고 넘어가지 않는다. 난방공학 분야를 마치 마법의 한 분파인 양 다루고, 자격증을 가진 모든 전문가에게 노골적인 의심을 드러낸다. 사실 이 일은 아내에게 더 적합한데, 그런 사람들이 찾아올 때 그녀는 거의 집에 없다.

11. 새로운 물건을 사는 일: 가끔 고장 나거나 유행에 뒤떨어진 부엌 도구와 씨름할 때, 난 고개 들어 짜증스럽게 이런 말을 던진다. "진짜, 이거 새로 하나 사야 돼." 내가 그렇게 말하는 이유는, 새 물건이 필요하다고 결정하거나 새것을 구입하는 것은 내 일이 아니기 때문이다. 그것은 아내의 일이다. 아마 이는 그녀의 주머니에 모든 돈이 들어 있었던 결혼 초반의 잔재일 테지만, 나로선 그녀가 이 책임을 맡아야 한다는 사실을 받아들여야 한다. 한심한 구매 결정이나 불필요한 구매가 얼마나 큰 후회를 남기는지 익히 알고 있기 때문에, 난 그 후회가 나

아닌 다른 사람의 것이 되길 바란다.

감자칼을 사는 일이건 소파베드를 사는 일이건, 새 물건 구입과 관련해 나는 판사 앞에서 사건을 논증하는 변호사와 같다. 내 주장이 먹히지 않을 경우 사건을 제대로 진술하지 못했다는 느낌이 들 수 있지만, 그것은 결국 내가 결정할 일이 아니다. 나는 개의치 않는다. 나의 웅변적인 주장으로 구매하게 된 어리석은 습득물들이, 내가 살짝 정신이 나갔을 때 어떤 일이 벌어질 수 있는지 증명해주는 사례로서 하루 종일 내 주변을 맴돌고 있기 때문이다. 나의 고집으로 사들인 그 멍청한 물건들을 난 감추려고 애쓴다.

12. 이름 모를 공포: 나는 이름 모를 공포를 혼자 담당한다. 한밤중에 깨어나, 아직 일어나지 않았지만 혹시라도 일어날 수 있는 일들을 두려워하며 잠을 설친다. 그건 힘들고 보람도 없는 일이지만, 내가 하지 않으면 달리 할 사람이 없다.

결혼생활의 노동시장에서 다른 것과 교환할 수 있는 집안일은 여럿 있지만, 이 이름 모를 공포는 거래하기 까다로운 품목이다. '어제 이자율 걱정하느라 한숨도 못 잤단 말이야!' 같은 말로 슈퍼마켓에 다녀오는 심부름을 피할 수는 없다. 그래봤자 이름 모를 공포가 비합리적이며 현실적으로 아무 짝에도 쓸모없는 것이라는 사실을 몇 번이고 지적당할 뿐이다. 이것은 오히려 질병에 해당하므로, 결혼생활의 열두 가지 노동에 포함될 자격이 없다고 주장하는 사람도 있을 것이다. 심지어 남편에게 옷걸이를 만들게 하려는 노력의 일환으로, 이름 모를 공포를

DIY로 교체하자고 로비를 벌일 아내들이 있을지도 모른다.

하지만 DIY는 결혼생활의 열두 가지 노동 중 하나가 아니다. DIY는 별도의 영역이며, 갈수록 점점 누구도 하겠다고 나서지 않는 영역이다. 꾸준히 쓸모 있는 남편이 되고자 하는 남자라면 이 일을 자신의 것으로 만들어도 좋다.

6
DIY, 남자의 자산

　　세대가 바뀔 적마다 물건을 작동하는 방법에 대한 관심도가 꾸준히 떨어지면서 기술에 대한 우리의 의존도는 점점 더 높아지고 있다. 우리 집 와이파이가 느려지거나 연결됐다 안 됐다 할 때, 난 사실 문제의 본질을 이해하지 못한다. 그저 독학한 부두교 신자처럼 일종의 주술적 힘에 의지한다. 인터넷이 더 잘되는 장소를 찾아 아이패드를 들고 집 안을 돌아다니는 것이다.

　　그렇게 당황스러운 순간에는 노골적으로 기계적인 무언가, 너트와 볼트와 못과 철사로 된 것들이 그리워지기도 할 것이다. 사실 인터넷 시대는 DIY 호황기가 되어야 마땅하다. 저 밖에는 당신이 사용하는 것과 같은 회전식 건조기의 드럼 벨트 교체법을 보여주는 온라인 동영상을 게시하는 것이 삶의 유일한 열정인 사람들이 있기 때문이다. 그런데 현실은 전혀 그쪽으로 흘러가고 있지 않다.

DIY 매출은 10년 넘게 하락세를 이어왔다. 그리고 이 구매력 결핍은 기술 관련 지식이 하염없이 줄어들고 있는 상황과 관련이 있는 듯하다. 조사한 바에 따르면, 현재 20대 인구 대부분이 플러그 퓨즈 교체법이나 하수구 뚫는 법을 모른다. 그럼 많이 곤란하지 않을까? 플러그 퓨즈를 갈아야 할 때 그냥 전기기사에게 연락하거나 아예 토스트 기계를 새로 사버리는 것일까?

DIY 분야에서 여성이 남성과 비슷한 수준에 이른다면 분명 감탄의 대상이 될 것이다. 그런 방향으로 향하고 있기라도 한다면 좋겠지만, 실제로는 남녀 모두 완벽한 무능을 향해 이어진 내리막을 나란히 내려가고 있다는 게 맞을 것이다. 남성들은 DIY 기술을 잃어가고, 여성들은 그런 태만함을 받아들이지 않는다. 이 기반을 내줘도 아무 문제 없을 거라고 본다면, 다시 생각해보라. 요즘 자동차 타이어를 갈아 끼울 줄 아는 성인 인구는 전체의 절반에도 미치지 못한다. 여성의 경우는 17퍼센트에 불과하다. 이 전 국민적 기술 부족으로 인한 직접적인 결과 중 하나는, 영국에서 판매되는 신차 중 절반 정도가 스페어 타이어 없이 출시된다는 것이다. 그러면 비용도 무게도 줄어든다. 어차피 주인이 타이어를 갈아 끼우지도 못하는데 있어봤자 무슨 소용이겠는가? 게다가 당신의 무능함이 공개적으로 드러나는 상황도 피할 수 있다. 그저 길가에서 서비스 차량이 오기를 기다리기만 하면 되는 것이다.

DIY가 남성 고유의 분야는 아니지만, 곤란할 때 필요한 일을 해줄 수 있는 것은 여성이 남성에게 원하는 여러 가지 일 중 주요 항목에 속한다. 세심하게 살필 줄 아는 남자가 되는 것도 좋지만, 커튼봉 다는 법만 알아도 정서적 미숙함을 상당 부분 보완할 수 있다. 당신에게 증축공사를 하라거나 지붕 슬레이트를 다시 얹으라고 요구하는 사람은 없을 것이다. 다만 적어도 변기 뚜껑을 어떻게 여는지 알고, 그것을 열었을 때 보게 되는 광경에 놀라지는 말아야 한다.

남편으로서 당신은 아내가 하지 못하는 DIY 작업을 도맡아야 할 뿐 아니라, 당신이 하지 못하는 일까지 담당해야 한다. 방법을 배우기만 하면 된다. 물 새는 수도꼭지를 고치지 못하면 아내가 당신을 얕잡아볼 것이기 때문이다. 아내가 그런 반응을 보이는 건 그녀의 잘못이 아니다. 그런 식으로 키워졌을 뿐이다.

"아내가 어떻게 생각하건 신경 안 쓴다"는 핑계를 중얼거리는 사람도 있을 것이다. 하지만 남성의 종말을 향해가는 이 시대에 속한 남자로서, 자신의 부족함을 인정하는 법도 배워야 한다. 그렇다면 이제 와서 우리가 왜 굳이 DIY에 신경 써야 하는 것일까?

두 가지 이유가 있다. 첫째, 내가 이미 집에서 위에 말한 핑계를 써먹어봤는데 전혀 먹히지 않았다. 둘째, 이건 작게 속삭여야 하는 건데, DIY는 당신에게 힘을 부여한다. 능숙하다는 것에는 중독되는 뭔가가 있다. 이제껏 당신이 많이 들어왔을 말과는 반대로, 인생은 나사못을 조일 시간도 없을 만큼 짧지 않다.*

---

* 카운터싱크 드릴을 사용해 원뿔형의 얕은 구멍을 뚫어놓으면, 나사를 나무 표면에 말끔하게 잘 박아 넣을 수 있다. 당신이 물어볼 것 같아서 하는 말이다.

DIY가 가능하다는 것은 단순히 돈을 아끼는 문제가 아니다. 새것을 사는 대신 만들어야 한다는 얘기도 아니다. 사실 경제적으로 따지고 들어가면 오히려 여러모로 손해일 수 있다. 자주 수리하느니 차라리 새것으로 바꾸는 편이 더 싸게 먹힐 때도 많다. DIY는 당신이 환경을 컨트롤할 수 있느냐에 관한 문제다. 기계에 대해 어느 정도 아는지, 집 안에서 당신을 열받게 하는 문제들을 직접 망치 들고 해결할 수 있는지에 관한 문제인 것이다.

당신도 나처럼 DIY에 별로 능숙하지 않을지 모르겠는데, 불가해한 방식으로 문제가 해결되면 그보다 더 짜릿한 일도 없다. 당신의 기술 부족에 대해서는 걱정할 것 없다. 타일을 깔아야 한다면 회반죽통 뒤쪽에 타일 까는 법에 대해 알아야 할 모든 것이 설명돼 있으리라는 담대한 마음으로 계속해나가야 한다.

당신의 목적은 전문 기술을 쌓는 게 아니다. 동네에서 그 일을 잘한다는 평판을 얻고 싶은 것도 아니다. 기껏해야 DIY는 자기발견의 여정이다. 전문 직업인에게 바닥에 고무시트 설치하는 일은, 수많은 어려움이 동반되는 남자 대 접착제의 장장 열네 시간에 걸친 투쟁이 아니다. 그저 다른 날과 똑같이 일하는 하루일 뿐이다. 나는 개인적으로 DIY 기술이 손에 익을 만하면 그에 대한 관심을 잃어버리곤 했다. 우리 집 계단 아래 벽장문이 한쪽은 매우 부드럽게 열리는 데 반해 다른 한쪽은 손으로 힘껏 떼어내야 하는 이유가 여기에 있다. 경첩을 다시 달아보라고? 이미 해봤고 알 건 다 알기 때문에 다시 할 생각은 없다. 지금은 얼마 전에 새로 산 끌을 시험해보고 싶어서 안달이 난 상태다. 끌질이 필요한 게 있으면 뭐든 나한테 가지고 오라.

쉽지 않은 수리 작업에 도전할 때, '상태가 더 악화되면 어쩌지?' 같은 걱정은 하지 마라. 당신은 문제를 더 악화시킬 수 없다. 다급히 전문가를 부르는 단계로 문제를 이동시킬 수 있을 뿐이다. 무언가를 고치려 하기 전에, 그것이 아직은 엄청나게 비싼 출장 서비스 비용을 들여도 될 만큼 고장 나지 않았다는 점을 기억하라. 이젠 출장 서비스를 불러도 된다. 일보 전진인 셈이다.

하지만 개중에는 위험보상비율을 따져봤을 때 애초에 자격 있는 전문가를 부르는 편이 더 나은 경우도 있다. 복잡하고 벅찰 것 같은 DIY 프로젝트를 진행하기 전에, 다음 질문 목록을 살펴보라.

Q. 매뉴얼에 전문가가 아닌 사람이 설치하거나 수리하지 말라고 명확히 명시돼 있는가?

A. 배우자에게 그 설명서를 보여주고 전문가에게 연락하라.

Q. 그 일을 처리해야 한다는 생각만 해도 눈물이 날 것 같은가?

A. 어쩌면 당신은 그 일을 할 수 없다기보다는 아직 준비가 안 돼 있을 뿐인지도 모른다. 다른 사람에게 일을 대신 시킴으로써 당신의 눈물이 그칠 것 같다면, 돈을 써야 할 곳에 제대로 쓰는 것이다.

Q. 고쳐야 할 물건이 지금 뒤쪽에서 화염을 내뿜고 있는가?

A. 엄밀히 말해서 그건 소방대를 불러야 할 상황이다.

Q. 100파운드 넘는 도구를 꼭 살 필요가 있는가?

A. DIY 프로젝트를 무분별한 쇼핑의 핑계로 삼아서는 안 된다. 물론 당신에게 디젤엔진 다짐기가 생기면 앞으로 그걸 쭉 사용하게 될지도 모르지만.

Q. 숨겨진 파이프나 전선이 어디 있는지, 혹은 어디에 없는지 알아야 하는 일인가?

A. 요즘 파이프나 전선은 일반적으로 나사못이 닿지 않는 깊은 곳에 설치돼 있다. 하지만 당신 집의 전선들이 그렇지 않다는 것을 발견하고 싶지는 않을 것이다.

Q. 문제 되는 장소가 땅에서 얼마나 높은 곳에 위치해 있는가? 거기서 떨어지면 죽을 수도 있는가?

A. 위성 TV를 설치하기 전에 내가 정기적으로 해야 했던 일 중 하나는, 2층 창문으로 나가서 집 뒤쪽 평평한 지붕으로 올라가 대걸레 자루로 안테나를 쳐서 제자리에 돌려놓는 것이었다. 지금 거길 올려다보면, 솔직히 그때 내가 무슨 생각으로 그런 짓을 했는지 모르겠다.

Q. 문제의 원인을 도저히 알 수가 없어서 유령의 짓이 아닐까 의심스러울 지경인가?

A. 나는 이런 일을 두 번 겪었다. 갑자기 응접실에 비가 내리기 시작한 적이 한 번 있었고, 전화벨이 울릴 때마다 도난경보기가 빽빽거렸던 적이 한 번 있었다. 후자의 경우엔 어떤 분야의 수리공을 불러야 할지조차 알 수가 없었다. 신부님에게 연락드려야 할지 진지하게 고민했다.

내가 이런 일을 하려고 태어났나?

DIY와 관련해서 내가 처음 해본 모험은 아버지가 이런저런 것을 수리할 때 그 옆에 서 있거나 누워 있던 것이었다. 아버지는 원래 치과의사였는데, 기본적인 배관이나 일상적인 엔진 관리, 돌 또는 금속을 이용한 조경과 간단한 목공일 정도는 겁내지 않으셨다. 자동차 점화플러그의 갭을 맞추거나, 진입로의 파인 부분을 메우거나, 울타리 기둥 세우는 일도 할 줄 알았다. 나로서는 한 번도 시도할 기회를 갖지 못한 일들이었다. DIY에 대해 아버지한테 정식으로 배운 것은 하나도 없지만, 욕에 대해서는 많이 배웠다. 아버지는 또 웬만하면 뭐든 시도해볼 가치가 있다는 믿음을 내게 심어주었다. 한번은 의치 만드는 재료로 잔디 깎는 기계의 사라진 부품을 만들어 내게 보여주었다.

나는 이 전통을 내 아들들에게도 계속 이어가고 있다. 뭔가 대단한 DIY 작업에 착수할 때면, 나는 그전에 언제나 도구 들고 있을 녀석을 지목한다.

"왜 나야?" 지목당한 녀석은 항상 소리친다.

"네가 가장 먼저 눈에 띄었거든." 내가 말한다. "운이 없었어."

평소 나는 이제부터 하려는 일에 대해 짧은 강의를 한다. 문제의 개요와 내가 생각해낸 해결책(맞을 수도, 틀릴 수도 있다)을 설명한다. 그다음에 단계별 설명으로 넘어간다.

"12시 방향으로 양쪽 밸브를 돌려." 내가 말한다. "그럼 장치에서 필터가 분리되면서 밑의 부분을 떼어낼 수 있어. 유튜브에서 그렇게 하라고 했어."

"내가 왜 여기 있어야 돼요?" 아들 녀석이 묻는다.

"보험료 청구하려면 증인이 있어야 하거든. 그래서 네가 여기 있는 거야."

"재미없단 말이에요." 녀석이 말한다.

"재미없는 건 좋은 거야." 내가 말한다. "내 말 믿어. 이게 어떤 식으로든 흥미로워지면 진짜 큰일 나."

"아이고."

"손전등 더 높이 들어."

"네."

"제기랄, 이 물이 다 어디서 나오는 거야?"

이런 상황에서 아들 녀석들한테 전달되는 기술은 별로 많지 않다. 대부분은 굴욕감을 삼키는 법에 대한 작은 교훈을 안겨줄 뿐이다. 하지만 나는 때때로 단호한 무능함만이 일을 끝내는 데 필요한 전부임을 녀석들에게 알려줘야 한다고 느낀다. 자신의 무능력과 조금의 끈기 이외에 특별한 재능은 필요치 않다.

내가 그 녀석들 나이였을 때는 제대로 할 줄 아는 게 거의 없었지만, 결국 우리 집에서 굉장히 자주 고장 나는 것들을 고치는 데 능숙해졌다. 그중 하나가 문에 새 방충망을 끼워 넣는 일이었다. 여름이면 우리 집 개가 일주일에 한 번꼴로 방충망을 뚫고 들어왔고, 어머니에게는 그 문제를 해결하려고 방충망을 커다란 뭉치로 사들이는 습관이 생겼다. 그 일을 할 때는 스플라인 롤러라는 특별한 도구가 필요했다. 방충망을 문틀에 고정시킬 때마다 나는 그 도구를 매우 침착하게 휘둘렀다. 하지만 내 지식은 지엽적이고 특정한 몇 가지에 한정돼 있었을 뿐, 그 밖에 알지 못하는 것들이 여전히 많이 남아 있었다.

훗날 툭하면 월세를 연체하는 세입자로 살았을 때는 DIY가 별로 필요하지 않았다. 집주인들은 늘 내가 돈을 내거나 이사 나갈 때까지 집수리에 신경 쓰지 않았다. 나의 DIY 경력은 사실상 영국으로 터전을 옮길 때까지 시작되지 않았던 셈이다.

런던에서 보내는 첫 번째 여름, 세상은 하루 종일 바쁘게 돌아가는데 난 아무 할 일이 없었다. 텔레비전에 나오는 크리켓 시합을 보며 시간을 보내지만, 내가 그 게임을 이해한다고는 말할 수 없다. 나는 그 사람들이 게임을 하는 중인지 아니면 게임을 하려고 기다리는 중인지도 모른다. 내 여자친구는 최근 새로 단장한 주택가 원룸으로 이사했다. 아니, 완전히 새 단장한 것은 아니고, 부엌 바닥에 여전히 맨 합판이 드러나 있다. 돈 문제와 관련한 민감한 대화를 하다가, 나는 경솔하게 그녀가 원하는 종류의 바닥재를 깔아주겠다고 호언장담한다.

어느 날 그녀가 네모난 세라믹 타일을 한 장 들고 집에 돌아온다. 1센티미터 정도 두께에 거친 감촉이 나는 프랑스제 타일이다. 사람의 힘으로 그것을 어떻게 바닥에 달라붙게 하는지 상상이 되지 않지만, 나는 겉으로는 얼마든지 해낼 수 있는 척한다.

"할 수 있어, 별거 아냐." 내가 말한다. 솔직히 할 수 있을지

는 잘 모르겠지만, 어려워봤자 얼마나 어렵겠는가? 천장 타일
도 아니고 고작해야 바닥 타일 아닌가. 중력이 내 편이 돼줄 것
이다.

타일을 주문한다. 타일이 도착했을 때에야 그걸 자르는 게
보통 일이 아니라는 것을 깨닫는다. 생각보다 너무 두껍다. 망
치로 두드렸다가는 부서져버릴 것이다. 누군가 나에게 젖은 톱
으로 자르면 된다고 말해준다. 난 그게 뭔지 아는 척한다.

젖은 톱이란 다이아몬드 날이 과열되지 않도록 밑에 물통이
달린 고속 원형 톱이라는 것을 나는 금방 알아낸다. 생전 처음
바닥 타일을 깔아보는 아마추어가 갖고 있을 만한 종류는 아니
다. 빌릴 만한 종류의 것이다.

영국에서 나는 무엇이든 빌릴 자격이 되지 않는다. 신용카드
도 없고, 은행 통장도 없고, 엄밀히 말하면 주소도 없다. 영국
에서 그런 거래를 할 때 어떤 용어를 사용하는지조차 알지 못
한다. 나는 여자친구가 나 대신 젖은 톱을 빌려야 한다고 결정
내린다. 내 남자답지 못한 행동들의 역사에서 기억에 남을 최
악의 일이 벌어진다. 난 그녀와 함께 대여점에 가지만, 다른 손
님인 척 뒤에 숨어 있겠다고 고집한다.

"안녕하세요, 젖은 톱을 빌리고 싶은데요." 그녀가 카운터에
있는 남자에게 말한다. 갈색 롱코트를 입은 남자가 능글맞게
웃는다.

"젖은 톱으로 뭘 하시게요?" 그가 말한다. 갈색 코트 입은
남자들이 여자들에게 사용할 법한, 꽤나 잘난 체하며 가르치려
드는 말투다.

"그냥 필요해요." 그녀가 말했다.

"뭐에 쓸 건지도 모르는데 그게 필요하다는 건 어떻게 알아요?" 그가 말한다.

"내가 뭐에 쓰건 댁이 알 바 아니에요." 그녀가 말한다. "두 개 빌리는 게 나을 것 같네요."

이런 식의 대화가 30분간 이어진다. 그동안 나는 가게 밖으로 나가 기다려야겠다고 생각한다. 내가 다시 가게로 들어왔을 때쯤 그녀는 젖은 톱을 확보했다. 하지만 금전출납기 위에 설치된 카메라로 사진 찍히는 것을 계속 거부하고 있다. 남자는 계속 버튼을 누르고, 그녀는 계속 고개를 숙인다.

결국 우리는 젖은 톱을 집으로 가져오지만, 다음날 아침까지 내가 그것을 혼자 관찰해볼 기회는 생기지 않는다. 내 영국인 여자친구가 나를 어떤 눈으로 바라볼지가 여기에 달려 있다. 나는 미국인이라면 누구나 이런 일에 전문기술을 가지고 있는 것처럼, 그중에서도 내가 대표 격이고 꽤나 능숙한 사람인 것처럼 말했다. 속으로는 설명서에 필요한 모든 내용이 명확하게 나와 있기를 바랐지만, 손을 자르지 않도록 조심하라는 경고 스티커 외에는 아무런 설명도 없다.

하지만 어쨌거나 이것은 타일을 자르는 기계다. 빠르고 쉽게 자를 수 있다. 일단 방법을 알기만 하면 꽤 정확하게 자를 수도 있을 것이다. 소리가 어마어마하고 톱밥이 사방으로 날리지만 오후쯤에는 그럭저럭 자르는 작업이 끝나고, 바닥에 붙일 타일들이 준비된다. 이즈음 나는 남들이 왜 이런 종류의 일에 따로 돈을 들여 전문가를 부르는지 이해하게 된다. 집 안이 난장판이 되고, 힘들고, 무릎에 상당히 무리가 간다. 벽이 다 똑바른 것도 아니고, 바닥이 다 똑같이 평평한 것도 아니다. 다음날 아침에 일어나보니, 타일의 30퍼센트 정도만 제자리에 붙어 있다. 난 굳은 접착제를 떼어내고 타일들을 다시 붙인다. 다음날에는 전날 붙였던 타일의 50퍼센트가 일어나 있다. 남아 있던 30퍼센트의 타일 중 10퍼센트까지 들썩인다. 여자친구가 집에 돌아왔을 때 난 이런 일을 예상했다는 것처럼 행동한다. 지금껏 그래왔듯이 애매하게 자신 있는 분위기를 연출하며, 믿음만 있으면 이 망할 놈의 바닥에 타일들이 더 잘 달라붙어 있을 것처럼 군다.

일주일 뒤에는 그 위로 걸어 다녀도 문제없을 정도로 타일들이 다 제자리에 머물러 있다. 이게 내 직업이었다면 이튿날 바로 해고됐겠지만, 이 정도만으로도 잘해낸 것 같아 흐뭇했다.

어물어물 나는 이 집 안에서 DIY에 관련된 어떤 일이든 내가 책임져야 한다는 것을 이해하기 시작한다. 하지만 쉬운 일은 아니었다. 다른 나라로 이사한다는 것은 그동안 내가 알아왔던 용어들이 모두 외국어로 바뀐다는 뜻이다. 회반죽을 하나 사려 해도 영국에서 그것을 어떤 단어로 부르는지 알지 못한다. 영국에서는 등유를 파라핀이라 부르고, 전구 부품도 두 종류가 있다. 스크루드라이버 머리에 '필립스'라고 적혀 있는 게 무엇을 의미하는지 영국인들은 이해하지 못한다. 영국에서는 모든 것을 미터법으로 측정한다. 잠그고 고정하는 것들이 나에게는 죄다 미스터리다. 내가 잘할 수 있는 몇 가지 기술은 아무 쓸모가 없었다. 영국에서 사는 20년 동안 방충망을 수리해야 하는 상황은 한 번도 발생하지 않았다.

다행히 내가 이 해안 국가에 도착한 시점과 맞물려 대형 DIY 마트가 하나둘 생겨난다. 2년 뒤에는 어디든 없는 곳이 없게 된다. 이제 다시는 카운터 뒤에 선 잘난 체하는 직원이 정확히 어떤 종류의 경첩이 필요하냐고 물어볼 때 경첩의 종류를 이미 다 아는 척 뻗대고 있을 필요가 없다.

그냥 홈베이스에 들어가 경첩이 있는 통로로 가서 종류별로 다 사면 되는 것이다. 플러시 경첩, 버트 경첩, 스트랩 경첩, 노출형, 은폐형, 크랭크형, 토크, 레버, 자체폐쇄 경첩 등. 누구와도 상의할 필요가 없다. 그중 하나는 맞을 테고, 다른 것들은 앞으로 필요해질 날을 위해 도구 벽장에 넣어두면 될 일이다. 꼭 필요한 것만 사야 한다는 부담 없이 DIY 재료를 살 수 있다는 것은 장기적인 결혼생활의 호사 중 하나다. 각각의 DIY 재료를 구매하는 것은 '훗날 언젠가 이걸 써야 하는 날까지도 계속 여기 있을 것'이라는 믿음을 드러내는 작은 행동이기도 하다.

그러나 DIY 초심자에게 가장 까다로운 문제 중 하나는 장비 부족이다. 올바른 장비 없이는 제대로 해낼 수 없다. 아무리 그래도 처음부터 장비를 갖추려면 돈도 많이 들고, 잠재적으로 낭비일 수 있다. 쓸 줄도 모르는 장비는 있어봤자 소용이 없고, 평생 일어날 것 같지 않은 문제 해결용 장비 역시 필요가 없다. 사고 싶어 미칠 것 같더라도, 라우터(홈을 파거나 목재 연결 부위를 가는 데 사용하는 공구-옮긴이)는 사지 말 것. 세일한다고 해도 절대 구입해선 안 된다.

하지만 DIY 작업을 시작하려면 몇 가지 핵심적인 도구들이 필요할 것이다. 다행히 그런 것들은 대부분 대형 슈퍼마켓에 가지 않아도 구할 수 있다. 웬만한 구멍가게에서도 살 수가 있다.

필수 DIY 도구

접착제: 시중에 여러 가지 접착제가 나와 있지만, 에폭시 수지 접착제 하나만 있으면 된다. 에폭시 수지 접착제는 두 가지를 섞어 써야 하는 종류로, 하나를 사면 안에 두 개의 튜브가 들어 있다. 세팅하는 데 시간이 좀 걸리긴 하지만, 이것을 사용하면 뭐든 잘 달라붙는다. 솔직히 말해서 다른 접착제를 쓰는 건 모두 시간 낭비일 뿐이다. 에폭시 수지는 대체물질로도 사용 가능하다. 부서진 가장자리를 때우거나, 굳은 접착제를 잘라서 미세하게 깨진 부분들을 복원할 수 있다. 저렴한 플라스틱 장난감을 수리할 때도 꼭 있어야 하는 도구다.

클램프: 이것은 당신이 붙인 것들을 고정하는 데 사용하는 도구다. 따라서 열두 시간 동안 그것을 손으로 붙잡고 있을 필요가 없다. 사이즈별로 몇 가지 종류가 있어야 할 것이다.

'성공'을 위한 각종 재료: 회반죽, 퍼티(유리를 창틀에 끼울 때 바른다), 애벌칠 재료, 충전제(페인트칠하기 전에 벽을 메우는 데 사용한다), 모르타르, 경화촉진제, 실란트 등, 온갖 틈과 구멍을 메우는 데 사용하는, 혹은 매끈하고 온전하게 페인트칠을 할 수 있도록 표면을 정비해주는 다양한 재료들이 있다. 꼭 정해진 용도로만 쓸 필요 없이, 어느 정도는 서로 바꿔 써도 된다.

바이스 그립: 이것은 엄청난 강도로 물건을 꽉 쥘 수 있는, 강도 조절이 가능한 용수철 달린 집게의 일종이다. 사실상 이것이 온갖 렌치를 대체할 수 있다. 당신의 클램프 컬렉션 중 하나로 생각하라.

덕트 테이프: 덕트 테이프는 끈적끈적 점착력이 강하고 필요한 길이로 잘라 쓸 수 있기 때문에 임시방편으로 사용하기에 더할 나위 없이 유용하고, 영구적인 해결책으로도 꽤 쓸 만하다. 생활 속에서 일어나는 대부분의 문제에 활용도가 높다. 내 경험에 따르면, 전에 쓰던 청소기에 붙어 있던 무언가를 지금 쓰는 청소기에 단단히 부착시키려 할 때 특히 유용하다. 이 또한 당신의 클램프 컬렉션 중 하나로 생각하라.

전기 드릴: 계란을 깨지 않고 오믈렛을 만들 수 없듯이, 무언가에 구멍을 뚫지 않고서는 DIY를 진행할 수 없다.

스크루드라이버 세트: 스크루드라이버는 딱 두 종류만 있는 게 아니다. 마흔 가지나 되는 다양한 종류가 있다. 제조업체들은 제품에 문제가 생겼을 때 당신이 직접 수리하기를 바라지

않는다. 그래서 머리 모양이 이상하게 생긴(별 모양이나 육각형 같은 것들) 나사들을 섞어놓는다. 당신에게 그 모양에 맞는 스크루드라이버가 없길 바라면서 말이다. 이 뻔뻔함만으로도 스크루드라이버 세트를 구비하기에 충분한 이유가 된다. 당신이 엑스레이 기계를 갖고 있는 것만 아니라면, 갖가지 모양의 날이 구비돼 있으니 무엇이든 끼워서 사용하면 될 것이다.

스크래퍼: 기술 용어를 좋아한다면 퍼티 나이프라고 불러도 된다. 주로 틈새에 충전제를 밀어 넣거나 오래된 페인트를 벗겨내는 데 사용한다. 이 또한 당신의 스크루드라이버 컬렉션 중 하나로 생각하라.

독서용 안경: 이것이 필요한 사람에게는 아마 있어야 할 것이다.

각종 샌드페이퍼: 집었을 때 아플 정도로 거친 종류가 있고, 어디가 앞이고 어디가 뒤인지 알 수 없을 정도로 매끄러운 종류도 있다. 그리고 그 중간에 몇 가지 종류가 더 있다.

각종 콘센트와 거기에 맞는 나사들: 존 조지프 롤링스가 아니었다면 아마 당신의 집에 커튼봉이나 벽거울이나 화장지 걸이 같은 것들이 달려 있지 못했을 것이다. 가장 작은 사진 이외에 모든 사진이 바닥에 놓여 있을 테고, 머리 위 조명들에는 전선이 매달려 있을 것이다.

존 조지프 롤링스는 1세기 전에 이 악몽 같은 풍경을 예견하고 롤플러그(Rawlplug)라는 물건을 특허 냈다. 그전까지는 돌로 된 부분에 무언가를 설치하려면 방법이 매우 복잡하고 시간도 많이 걸렸다. 평범한 사람들이 도전해볼 만한 일이 아니었다. 그가 처음에 만들었던 플러그는 접착제와 동물의 피와 주트 섬유를 섞은 것이었지만, 작동 원칙상 오늘날 생산되는 플라스틱 튜브와 다를 바 없었다. 드릴로 적당한 크기의 구멍을 뚫은 다음 거기에 플러그를 넣고 나사를 박는다. 나사를 돌리면 플러그가 바깥쪽으로 변형되면서, 공간을 채워 잡아주는 힘이 커진다.

플라스틱 케이블 타이 한 봉지: 미국의 전기회사 토머스 앤 베츠가 1950년대에 처음 개발한 케이블 타이 혹은 지프 타이(zip tie)는 오늘날 매우 훌륭한 해결책이 되어준다. 이 톱니처럼 깔쭉깔쭉한 플라스틱 루프는 어디에든 사용할 수 있다. 펜치로 쭉 잡아당기기만 하면, 가위로 잘라내기 전까지 무엇이든 단단하게 붙잡아주기 때문이다. 자동차 깨진 부분들을 접합하는 데도 유용하다.

이케아 공구: 이케아에서 조립 가구를 사면 납작한 팩에 요상한 공구도 같이 따라오는데, 훗날 문제의 가구를 분해해야 할 경우를 대비해서 그 공구들을 잘 보관해두는 게 좋다. 현장에서 아기 침대를 조립할 경우 완성품이 문으로 들어갈지 안 들어갈지 확인해볼 필요가 없다. 어차피 안 들어간다.

잡동사니: 퓨즈가 끊어진 조명기구나 남는 스위치판, 혹은 휘어져서 갈아 끼워야 했던 손잡이에는 나중에 다른 뭔가를 수리하는 데 유용한 나사나 너트나 와셔나 스프링 같은 것이 들어 있다. 이 작은 부품들은 모두 낡은 병이나 봉투 같은 데 담아놔야 한다. 솔직히 이렇게 아껴둔 쓰레기 조각이 쓸모 있어지는 경우는 드물지만, 그래도 그걸 버렸다간 꼭 버리지 말 걸 그랬다고 후회하는 순간들이 온다. 쓸데없는 철물들이 늘어나면 불가피하게 벽장 공간에서 분쟁이 일어난다. 내가 모아둔 수집품들이 18개월에 한 번씩 사라지는 이유가 아마 이 때문인 모양이다.

자, 이 정도면 올해 당신이 마주할 가능성이 있는 DIY 작업의 75퍼센트쯤은 준비가 된 셈이고, 톱은 아직 사지도 않았다.

당신이 스스로의 자부심을 높이기 위해 인생 말년에 새로운 기술을 습득하려 한다면 분명 기본부터 시작하지 않을 것이다. 급하게 기타 연주법을 배우고 싶다면, 정확한 자세, 손가락 훈련, 기보법, 기본적인 음계를 배우는 단계부터 시작하지 않는다. 기타 잘 치는 사람에게 찾아가서 아마 이렇게 말할 것이다. "제일 쉬운 곡을 가르쳐줘." 이런 임시방편에 의지하는 우리의 성향상 보통은 제대로 살펴보지도 않고 쉽다 싶은 DIY 작업에 무턱대고 덤벼들 게 분명하다.

망치로 고칠 수 있는 다섯 가지

1. 보일러 펌프: 가끔 보일러 장치에서 생겨난 오물이나 물 때 같은 것이 펌프로 올라가 막혀버리는 경우가 있다. 이는 당신의 집에 심장마비가 오는 것과 같다. 적당한 무게의 망치로 신중하게 두드리면 막힌 곳이 뚫리기도 한다. 내가 직접 해봤는데, 딱히 성공적이진 않았다. 결국은 우리 집에 와서 나보다 좀 더 세게 펌프를 두드린 배관공에게 돈을 내줘야 했다.

2. 자동차 시동장치: 이따금 열쇠를 돌려도 시동이 안 켜지는 경우, 보닛을 열어 시동모터를 신중하게 때려보라. 막힌 부분을 풀어주거나 낡아서 해진 브러시들을 접촉시킬 수 있기 때문에 시도해볼 가치가 있다. 나는 이 방법을 밀레 텐트의 말뚝용 망치로 시도해봤는데 완벽하게 효과적이었다. 다만 사진을 프린트해서 확인했는데도 어느 부분이 시동모터인지 감을 잡을 수가 없어서 다른 여러 부분을 추가로 때려줘야 했다.

3. 펑크 난 타이어가 빠지지 않을 때: 커다란 너트를 빼고 자동차를 잭으로 들어 올렸는데 여전히 바퀴가 빠지지 않는다고 가정해보자. 자기 자리에 꽉 박혀서 꼼짝하질 않는다. 당신이 갖고 있는 가장 큰 망치로 힘껏 때려주면 아마 녀석을 빼낼 수 있을 것이다. 발로 차보는 것도 하나의 대안이다. 자동차가 잭에서 떨어져 나갈 정도면 너무 세게 차고 있는 것이다.

4. 견고하지 않은 회반죽 또는 분열 상태를 분석해야 할 때: 문제가 얼마나 광범위하게 퍼져 있는 것일까? 이것을 알아내는 쉬운 방법이 있다. 더 이상 부스러기가 떨어지지 않을 때까지 그냥 계속 두드려라. 하나 짚고 넘어가야 할 것은, 이것이 수리 프로젝트의 1단계에 불과하다는 사실이다.

5. 바이러스에 감염된 컴퓨터: 이 경우 망치가 상당히 극단적인 최후의 수단이라는 것은 인정해야겠다. 하지만 누구든 할 수 있는 일이고, 속이 후련하기도 하다.

가장 쉬운 DIY 세 가지

1. 자동차 앞유리 와이퍼 교체: 비유적으로나 실질적으로나, 당신의 시야를 개선하는 면에서 새 와이퍼에 투자하는 것보다 더 나은 투자는 없을 것이다. 꽤 최근까지만 해도 누군가가 내게 앞유리 와이퍼를 새로 사려면 돈이 많이 들고 수리하기도 어렵다고 말했다면, 혹은 자동차 모델마다 거기에 맞는 와이퍼가 따로 있으며 자격증 있는 사람만이 쓸 수 있는 특별한 도구로 떼어내야 한다고 얘기했다면, 나는 그 말을 믿었을 것이다. 알고 보니 와이퍼는 어느 모델에나 사용할 수 있고, 설치도 간단했다. 가장 비싼 제품이래봤자 30파운드 정도에 불과할 뿐이다. 쓸데없는 아이디어를 제공하고 싶진 않지만, 와이퍼를 떼어내는 건 매우 간단해서 다른 차에서 하나 훔쳐올 수도 있다.

당신이 와이퍼 자체보다 그 너머를 보며 보내는 시간이 훨씬 많아서 아마 눈치채지 못했을 텐데, 운전석 쪽에 달린 와이퍼가 다른 쪽 와이퍼보다 더 길다.

2. 잘 헹궈지지 않는 식기세척기 수리: 문제—식기세척기에서 접시나 유리컵을 꺼내면 전부 그러진 않더라도 일부에 정체를 알 수 없는 물질이 묻어 있다. 복잡한 배관 문제나 소프트웨어 문제 때문에 그런 현상이 일어날 수도 있지만, 그보다는 작은 부스러기들이 회전 세척 날개의 분사 구멍을 틀어막아서 문제가 생기는 경우가 많다. 그렇기 때문에 제대로 작동하지 않고, 세척이 완벽하게 되지 않는 것이다. 이론상으로는 흡입구에 들어갈 정도로 작으면서 구멍을 막을 만큼은 커다란 무엇이든 문제의 원인이 될 수 있지만, 실제로는 잣이나 퓌 렌즈콩이 들어가 있는 경우가 대부분이다. 이는 정말 중산층의 저주가 아닐 수 없다.

해결책—세척 날개는 위아래에 두 개가 있는데, 쉽게 분리할 수 있다. 그것을 흐르는 물에 씻은 다음, 틈새에 낀 게 모두 떨어져 나갈 때까지 싱크대 위에서 여러 번 흔든다. 그 후에 다시 끼운다. 한번은 주인공이 이 간단한 행동으로 문제를 해결하는 장면을 책에 쓴 적이 있는데, 덕분에 250파운드를 아꼈다면서 독자에게 이메일이 날아왔다. 지금까지 받아본 것 중에서 가장 마음에 드는 논평이었다.

3. 끊어진 변기 손잡이: 일반적인 변기 수조 내부는 내 마음

에 들 만큼 원시적이다. 손잡이를 가볍게 치면 플런저가 잡아당겨지면서 저장된 물을 변기통으로 내보낸다. 그 후 플런저는 제자리로 돌아가고, 수조 안에 떠 있는 공이 밸브를 닫을 정도로 떠오를 때까지 물이 채워진다.

당신이 가장 흔하게 마주칠 만한 문제는 플런저와 손잡이가 분리되는 것이다. 그것은 대체로 녹슨 철사나 쇠줄로 연결돼 있을 것이다. 길이를 조절할 수 있고 충분히 튼튼하다면 무엇이든(예를 들면 케이블 타이) 그 대체물로 활용할 수 있다. 지금 우리 집 변기는 기타줄로 연결돼 있다.

이제부터는 이런 변변찮은 기술로 원하는 만큼 DIY를 시도할 수 있다. 아주 간단한 셰이커 가구(18~19세기 미국에서 셰이커 교도가 제작·사용한, 직선적이고 간결하고 실용적인 가구의 총칭-옮긴이)를 만들어볼 수도 있고, 나처럼 쥐뿔도 모르면서 겁 없이 고장 난 엑스박스 컨트롤러를 떼어내는 부류로 남을 수도 있다. 스프링이 헐거워져서 나는 그것이 고장 났을 수도 있다고 생각했다. 내가 손봐서 다시 작동시킬 수만 있다면 영웅이 될 거라는 생각으로 용감하게 덤벼든 것이다. 고치지 못하더라도 어차피 쓰레기통으로 들어갈 운명이었으니 그 운명대로 따르면 될 일이다.

그리고 힌트를 하나 주겠다. 연습과 경험이 쌓이면 결국 DIY 실력이 좋아진다. 시행착오 탓에 죽지만 않는다면(전기는 확실히 차단했지?) 몇 가지 일들은 일상적인 관리처럼 느껴지기 시작할 수도 있다. 다시 말해 그 일이 재미없어진다는 얘기다. 하지만 공식적으로 작동 안 되던 조명기구 아래 서서 스위치를 켰다 끄면서, 정확히 무엇이 문제였고 당신이 그것을 어떻게 고쳤는지, 적잖은 역경에도 불구하고 충분히 얇은 스크루 드라이버를 찾을 수가 없어서 대신 버터나이프를 사용했다는 등 전체 과정을 조목조목 설명하는 것만큼 만족스러운 일도 없다.

성공적으로 마무리된 DIY 프로젝트들은 케이스에 담긴 트로피처럼 당신의 개인적 승리를 드러내주는 증거품으로 집 안에 자리하게 된다. 내 승리의 기념품을 당신에게 구경시켜줄 수 있다. 천장에 있는 저 채광창 가리개를 보라. 결코 간단한 문제가 아니었다는 것을 미리 밝혀야겠는데, 전에 고장 난 가리개를 교체한 것이다. 지금은 그마저도 고장 난 상태지만, 그건 사람들이 항상 너무 세게 잡아당기기 때문이다. 샤워부스 가장자리에 새로 붙인 타일들이 보이는지? 그것도 내가 한 일이다. 제대로 된 것 같지 않나? 불빛 아래서 보면 오래된 타일과 이번에 붙인 타일이 다르다는 것을 알아차릴 수도 없다. 흰색의 종류가 한 가지 이상이라는 것을 누가 알았겠는가?

이제 아래층으로 내려가보자. 전화 연장선이 문틀에 착 달라붙어 있는 게 보이는가? 저렇게 하는 건 보기보다 힘들다. 싱크대 물빠짐도 한번 확인해보라. 꽤 느리게 내려간다는 것은 인정하지만, 이전에 어땠는지를 봤다면 결코 그런 소리 하지 못할 것이다. 이번에는 천장을 한번 올려다보라. 변기 수조의 물이 새서 천장에 오스트레일리아 지도 모양의 얼룩이 생겼다. 내 시기적절한 개입과 상당량의 실란트 덕분에, 2006년 이래로 그 얼룩은 조금도 커지지 않았다. 그것을 증명하려고 나는 거기에 연필로 윤곽을 그려놓았다.

7
확대 가족

난 아내, 장모님과 함께 레스토랑에 앉아 있다. 두 사람은 종이 냅킨에 뭔가를 적으며 계산하느라 바쁘다. 돈에 관한 계산이다. 그 옆에서 나는 조용히 침묵을 지킨다. 돌연 그들이 고개 돌려 나를 쳐다본다. 분명 내 얼굴표정과 관련 있는 행동인 듯하다.

"걱정 마." 아내가 말한다. "당신이 싫다면 안 할게."

"난 괜찮아." 내가 와인잔을 다시 채우며 말한다.

나는 이미 그 문제에 관해 내 의견을 주장해봤자 득 될 게 없다고 결정했다. 우선, 냅킨 A에서 냅킨 B로 옮겨지고 있는 돈들은 전혀 내 돈이 아니다. 따라서 그 계획이 실행된다고 해서 내가 재정적인 위기를 겪거나 하진 않을 것이다.

그들의 계획은 이렇다. 아내가 지금 살고 있는 원룸을 판다. 장모님은 윌트셔에 있는 자신의 집을 판다. 그리고 그 돈으로 런던에 집을 산다. 우리 모두 편안하게 함께 살 수 있는 크고 튼튼한 집을 산다.

이것이 좋은 아이디어인 이유로는 몇 가지가 있다. 장모님에게는 수도에 있는 게 더 바람직한 의료적인 요인이 있다. 아내와 나는 좀 더 큰 생활공간을 원하지만, 그 공간을 찾기 위해 런던 변두리로 이사하는 것은 내키지 않는다. 이처럼 큰집에서 다 같이 사는 것은 몇 가지 문제에 해결책을 제시한다. 너무 노골적으로 전통적인 해결책이라서 오히려 현대적으로 느껴질 정도인데, 아내와 장모님은 그것이 자신들이 찾아낸 방법인 것처럼 굴고 있다.

그것이 좋지 않은 생각인 이유도 몇 가지 있다. 아내와 장모님은 친하긴 하지만 약간 치열한 관계다. 보통 때는 사이가 꽤 좋은데, 자칫 틀어졌다간 주말 내내 서로에게 고함을 질러댈 수도 있다. 내가 직접 그런 상황에 처해 보니, 중간에 끼는 게 여간 난처한 일이 아니라는 것을 알게 된다. 나 자신이 그 가족의 일부라는 것은 받아들이지만, 그것까지 받아들일 만큼은 아닐지도 모르겠다.

겉으로 표현은 안 했지만 내게도 하나 굉장히 꺼림칙한 측면이 있기는 하다. 장모님과 계속 잘 지내려면 일정 거리를 유지하는 게 나을 것 같고, 같이 산다고 해서 나에 대한 장모님의 견해가 개선되리라고는 상상할 수 없다. 서른 살이나 됐지만 나는 아직 정서적으로나 경제적으로나 돌이킬 수 없는 상태에 진입하기에는 좀 이르다고 생각한다. 일단 장모님과 같이 살게 되면, 그대로 끝까지 가야 할 것이다.

하지만 내가 지금 직면해 있는 딜레마는 그런 게 아니다. 나는 향후 내 결혼생활이 내가 그 계획에 어떤 반응을 보이느냐에 달려 있다는 것을 직감하고 있다. 그리고 진심으로 그 제안을 지지할 준비가 돼 있다. 그러니 이 시점에서 내가 실질적인 의견을 제시해봤자 모두 쓸데없는 시간 낭비일 뿐이다. 어차피 나는 그 계획이 결코 순조롭게 진행되지 않을 거라고 확신한다. 그들이 손에 쥔 자금과 알아보고 있는 동네로 보아, 결코 그들이 원하는 집을 찾지 못할 거라고 장담한다.

그런데, 내 생각이 틀렸다. 그런 집이 있을 뿐만 아니라, 지금 우리가 사는 곳에서 2킬로미터도 채 떨어지지 않은 곳에 위치해 있었다. 그런 집이 시장에 나와 있을 뿐 아니라, 감당 못할 만큼 비싸지도 않다. 집주인이 하루 빨리 오스트레일리아로 돌아가야 하기 때문에 급매로 싸게 내놓은 것이다. 지금 무슨 일이 벌어지고 있는지 알아차리기도 전에, 나는 휑뎅그렁한 응접실에 서서 이삿짐 상자들에 둘러싸여 있었다.

내 친구들 모두가 이것을 좋은 방안이라고 생각하는 것은 아니다. 한 친구는 그것이 경직된 사교생활로 한 걸음 내딛는 퇴보라고 생각한다. 어쩌면 에드워드 7세 시대로 급격히 후퇴한 것일 수도 있고, 우리 집에 왔을 때 목소리를 낮춰 속삭여야 하는 게 아니냐고 걱정하기도 했다. 나는 그 프로젝트에 대해 변명해야 하는 묘한 입장에 놓인다.

난 그들에게 이렇게 말한다. "장모님과 우리 생활공간은 완전히 분리돼 있어. 현관문을 같이 쓰는 것뿐이야."

하지만 그러려면 먼저 해결해야 할 문제가 있다. 우리가 별도의 공간을 가지려면 다락방을 침실로 개조하고 침실 중 하나를 작은 부엌으로 만들어야 한다. 공사가 천천히 진행되고 있긴 하지만 우리 모두 겨울쯤 이사할 수 있고, 공간도 그런대로 넉넉한 것 같다. 아내와 장모님이 싸우면 나는 그냥 위층에 남아 있으면 된다. 안 들리고 안 보이는 곳에.

2월에 아내는 사흘 일정으로 출장을 간다. 장모님과 단둘이 집에 있는 건 처음이고, 어떻게 해야 할지 잘 모르겠다. 그날 저녁 집으로 돌아온 나는 아직 반밖에 지어지지 않은 우리의 먼지투성이 부엌으로 조용히 계단을 올라간다. 대충 한 끼 때우고 일찌감치 잠이나 잘까 했는데 먹을 게 하나도 없다. 조용히 계단을 내려가 가게에서 먹을 것을 사 갖고 다시 조용히 계단을 올라와야 할 것이다. 난 짙어지는 어둠 속에 잠시 앉아 움직일 준비를 한다.

전화벨이 울린다. 아래층에서 장모님이 전화를 거셨다.

"저녁은 어떻게 할 생각인가?" 장모님이 묻는다.

"글쎄요, 그냥……."

"내가 양고기를 해놨네."

바로 며칠 전 동계 올림픽이 시작했기 때문에, 우리는 장모님의 부엌에서 양고기를 먹고 와인 한 병 반을 마시며 휴대용 텔레비전으로 피겨스케이팅을 본다. 페어 쇼트 프로그램이다.

"참 대단하지 않나?" 장모님이 묻는다.

"정말 대단해요." 내가 대답한다.

이튿날 밤 장모님이 다시 전화한다.

"닭고기 사 왔네." 장모님이 말했다. 우리는 싱글 쇼트 프로그램을 봤다.

사흘째 저녁이 되자 나는 날 위해 요리해주신 장모님에게 휴식을 드려야 할 것 같은 기분이 된다. 더구나 오늘은 아내가 집에 돌아오는 날이라, 빌붙어 먹었다는 것을 들키고 싶지 않다. 하지만 장모님은 딱 그 시간에 다시 전화를 건다.

"오늘은 스파게티뿐이네." 장모님이 말한다. "근데 페어 프리 프로그램을 하더군."

저녁을 먹고 있는 사이 아내가 집에 도착한다. 그녀는 야외 촬영지를 물색하며 힘든 며칠을 보냈고, 그만큼 피곤해하는 분위기다. 그녀가 가방을 내려놓고 우리 사이에 앉는다.

"왜 이걸 보고 있어?" 그녀가 묻는다.

"페어 결승이야." 그녀의 어머니가 말한다.

"난 피겨스케이팅 재미없던데." 아내가 말한다. "엄마도 싫어하잖아."

"사실……" 장모님이 날 쳐다보며 말한다. "보다 보니까 그런대로 볼 만하더라." 아내가 날 쳐다본다.

"설마 당신도?" 그녀가 말한다.

"재미있어하던데 뭘." 장모님이 말한다. 나는 애매하고 위험한 입장에 처한다. 지금까지 피겨스케이팅에 대한 내 의견을 말해본 적은 없다. 한편으로는 아내의 말에 동의한다. 이건 말도 안 되는 짓이다. 내가 위층 부엌에 혼자 있었다면 다른 뭔가를 봤을 것이다. 하지만 생전 처음, 사흘 내리 장모님과 함께 저녁을 먹으면서 피겨스케이팅을 시청했다. 이제 와서 피겨스케이팅이 재미없다고 말하는 것은 의리 없는 일이고 심각한 결과를 초래할 수도 있다. 게다가 열심히 응원하는 팀이 생길 만큼 이 피겨 경기에 상당한 감정을 투자하기도 했다.

"노코멘트 할게." 내가 말한다. "잠깐 실례할게요." 난 화장실에 들어가 잠시 조용히 앉아 있기로 한다. 내가 없는 사이에 열기가 조금쯤 가라앉기를 바란 것이다. 그리고 이 시점에 내가 풍부하게 소유하고 있는 자질, 즉 줏대 없는 성격을 있는 대로 다 끌어다 써야 하리라는 것을 깨닫는다.

3분 뒤 내가 식탁으로 돌아갔을 때, 아내와 장모님은 서로의 머리 위에 스파게티를 들고 앉아 있었다.

"음, 상황이 악화됐군." 내가 말한다.

"자네가 피겨스케이팅이 재미있다는 걸 인정하지 않으면 자네 머리에 이 스파게티가 올라갈 걸세." 장모님이 말했다.

"피겨스케이팅이 재미없다는 거 인정하지 않으면 당신 머리에 이 스파게티를 얹어줄 거야." 아내가 말한다.

"그거 내 스파게티 아니야?" 내가 말한다. "아직 다 안 먹었어."

교착상태가 이어진다. 나는 이런 종류의 상황이 어떤 식으로 해결되는지 보고 싶어서 개입하지 않기로 결정한다. 결국 아내가 스파게티를 들고 있는 어머니의 손을 포크로 찌른다. 장모님이 스파게티를 떨어뜨린다. 손등을 꽉 쥐고 문지르자 찔린 부분에 네 개의 빨간 점이 나타난다.

"네 언니한테 이거 보여줄 거야." 장모님이 말한다.

8
행복한 결혼의 40가지 수칙

　　다른 이와 함께하는 삶을 성공적으로 이어가려
면 여러 가지 이질적이고 상충되는 목적들을 잘 버무려가야 한
다. 부탄의 국민행복지수 규정과 비슷하게 전반적인 전략을 세
우면 도움이 될 것이다. 1972년 부탄의 제4대 용왕은 국가 발
전을 측정하는 지수로 국민행복지수라는 개념을 제시했다. 여
기에는 생활수준, 신체적·정신적인 안녕, 환경의 영향과 안정
성이 포함된다. 그리고 행복한 국민들의 땅이라 불리는 부탄에
그 개념은 꽤 잘 들어맞는다. 인구의 20퍼센트에 해당하는, 주
로 1990년대 부탄에서 추방당한 네팔 출신의 힌두교도들만 제
외하면 말이다.

　　결혼을 하면 서로의 건강과 안정된 미래와 장기적인 관계의
안정성을 희생시키지 않고 가능한 한 두 사람 모두가 행복할
수 있는 가정을 만들기 위해 노력해야 한다. 이렇게 말하면 자
칫 지루할 수 있기 때문에, 나는 결혼 행복 수칙이라는 기억하

기 쉬운 용어를 생각해냈다.

이 책이 자기계발서가 아니라고 말한 이유는, 내가 헤어지지 않고 잘사는 커플에 관해 아는 것들이 마흔 가지의 꽤 기본적인 통찰력으로 압축될 수 있기 때문이다. 사실 이 중 세 가지는 헛소리라서 서른일곱 가지라고 말해야겠지만, 우수리가 있는 것보다는 딱 떨어지는 수가 더 나을 듯해서 마흔 개로 맞추었다.

1. 당신이 원한다면 화난 상태로 잠자리에 들어도 된다. 많은 사람들이 싸움이 벌어지더라도 해가 지기 전에 화해해야 한다고 말하지만, 어떤 싸움은 기본 성격상 이틀짜리인 경우가 있다. 결코 하루를 넘겨선 안 된다고 선을 긋는 것은 상당히 위험한 설정이다. 잠들기 전에 상황을 종료할 것인가 아니면 하룻밤 자고 나서 종료할 것인가 하는 냉혹한 선택에 직면했을 때, 거의 대부분은 후자가 더 낫다. 나는 화가 풀리지 않은 채 침대에 든 적이 수없이 많은데, 그것이 유해한 결과로 이어지진 않았다. 사실 분노라는 것이 계속 똑같은 상태로 머물러 있진 않는다. 어떤 면에서는 술에 취해 잠드는 것과 조금 비슷하다. 아침에 눈을 뜨면 기분이 전혀 달라져 있다. 기분이 꼭 더 나아진다고 보장할 순 없지만.

2. 고양이를 싫어한다는 것은 단호하게 반대할 적합한 이유가 못 된다. 키우는 것을 반대하려면 거기에 맞는 알레르기나 이상한 공포증 같은 게 있어야 한다.

3. 결혼한 부부나 다른 장기적인 관계에는 공적인 요소가 중요하게 개입한다. 빙산이 그렇듯 결혼생활의 대부분은 보이지 않는 곳에 숨겨져 있지만, 드러나는 꼭대기 부분, 즉 외부인들이 함께 모이는 파티 같은 장소에서는 모범적으로 보여야 한다. 질린 기색 없이 매력적으로, 경박하지 않은 범위에서 행복하게, 잘 토라지는 것 같으면서도 유쾌하게, 그러면서도 서로를 존중하는 모습이 나타나야 한다. 무엇보다 전반적으로 억지스럽지 않고 자연스러워야 한다. 결혼생활이 힘들다는 건 누구나 안다. 당신이 힘들어하는 걸 지켜보고 싶은 사람은 아무도 없을 것이다.

4. 여자가 결혼 뒤 남편의 성을 따라야 하는지, 또는 두 개를 합친 성을 선호하는지의 문제를 얘기하자면 주관적인 견해가 실릴 수밖에 없는데, 결혼 전 당신한테 아무도 말해주지 않는 부분은 성을 바꾼다는 게 몹시 짜증스러운 일이라는 것이다. 돈을 들여서(72파운드) 새 여권을 만들어야 하고, 기존 면허증으로 운전하고 다니다가는 벌금을 물 수 있다. 은행에, 회사에, 국세청에, 보험회사에, 페이팔과 넥타 카드 직원에게 변경 사실을 알려야 한다. 전에 쓰던 이름으로 수표를 현금화하려면 은행에 결혼증명서를 가져가야 한다. 그 한 가지 변화에서 비롯되는 갖가지 문제들이 그 후로 수년간 당신을 괴롭힐 것이다. 그럼 이득이 되는 점도 있을까? 이득은 없다. 완전히 시간 낭비일 뿐이다. 원칙과 전통은 잊어버려라. 바꾸기 싫으니까 바꾸지 않겠다고 말하면 된다.

5. 커뮤니케이션이 잘되는 부부 사이에서도 말하지 않고 묻어두는 것들이 있게 마련이고, 그 수를 줄일 수는 없다. 하루 종일, 매일매일 마음에 있는 질척한 쪼가리들을 모두 표현하려 한다면, 함께 상자 하나 싸는 일도 다 끝내지 못할 것이다. 순전히 이런 현실적인 이유로, 파트너의 소망이나 염원이나 동기 중 어떤 부분들은 짐작하는 수밖에 달리 방법이 없다. 스스로 자기 내면 생활의 효율적인 큐레이터가 되는 방법도 익혀야 한다. 중요한 부분은 진열하고, 나머지는 창고에 넣어두고, 가끔 이것들을 회전시켜 흥미로운 관계 유지를 위해 이용해야 한다.

6. 변기 시트를 올려놔야 할까 내려놔야 할까에 대한 유서 깊은 논쟁은 결혼생활의 진짜 불화의 원인이 아니다. 서로 싫어하는 룸메이트나 이런 문제로 싸움을 벌일 것이다. 여기서 가장 간단하고 분명한 규칙은 이것이다. 변기 시트에 오줌을 묻혀선 안 된다. 아들들이 있는 경우, 이 규칙의 중요성을 확실하게 각인시켜주는 것이 아버지의 의무다. 내가 그렇게 하지 못했기 때문에 얼마나 큰 대가를 치르고 있는지는 말로 표현할 수 없다.

7. 부부는 상호의존적인 관계다. 유대감이 강할수록, 일주일에 이틀씩이나 술을 마시지 않는다는 건 쉬운 일이 아니다. 둘 중 하나가 술 마시는 것을 어리석은 일이라고 생각한다면 말이다. 배우자가 합세하지 않으니 마음껏 마셔도 되겠구나 싶을 수 있지만, 그건 결국 당신에게 해가 되어 돌아올 것이다.

8. 아침에 일어났을 때 아내가 어제 전혀 싸우지 않은 것처럼 행동한다면, 당신은 그 행동을 그녀가 기꺼이 용서하고 잊으려는 것으로 해석해야 한다. 하지만 그렇다고 그녀가 실제로 잊었다는 뜻은 아니다. 그런 의심을 품는 것이 결혼 행복 수칙을 결정하는 중요한 요소가 되며, 그녀가 잊었으리라는 당신의 짐작이 맞다고 해도 득 될 것은 하나도 없다. 차라리 잊지 않았을 거라고 의심하는 편이 낫다.

9. 남녀 간에 절대 변하지 않는 차이점이 하나 있다면, 여자들은 결코 계단에 있는 고양이 토사물을 못 본 척 지나가지 않는다는 점이다.

10. 아니, 전에는 그런 줄 알았다. 그런데 알고 보니 못 본 척하는 이 전술은 누구든 배울 수 있는 것이고, 금세 상대방이 당신보다 더 잘 구사하게 된다.

11. 부부 간의 일은 협상(negotiation)하는 게 아니라 항해(navigation)하는 것이라고 생각하는 게 더 바람직하다. 결혼생활은 지속적으로 해결해나가야 하는 분쟁이 아니다. 늘 계획하고 구상해야 하는 평생의 과정이다. 또한 그 여정을 진심으로 즐기려고 노력해야 한다. 목적지 자체는 정말 별게 아니니까.

12. "이거 예뻐?", "구레나룻 나한테 어울려?", "이 바지 괜찮아?", "헤어스타일 바꿨는데 마음에 들어?" 이런 질문에 대

해, 남녀 모두 솔직하게 들리는 대답을 환영한다. 반드시 솔직한 대답이어야 한다는 뜻은 아니다.

13. "나한테 너무 많은 걸 기대하지 마, 난 당신 엄마가 아니야!" 이런 말에 함부로 대꾸했다가는 뒷일을 감당하기 어렵지만, 특히 안 좋은 답변 중에는 "그럼 그런 흉측한 스웨터 좀 사오지 마!"가 있다. 내 말을 믿어라.

14. 함께 시간을 보내는 건 결혼 행복 수칙에서 중요한 부분이지만, 그것을 너무 중요하게 여기는 티를 내는 것은 좋지 않다. 즐거움을 함께해야 한다는 압박이 지나치면 전혀 즐겁지 않을 수 있기 때문이다. 내가 아내에게 한 가장 엄숙한 약속 중하나는 짧은 휴가여행에는 그녀를 데려가지 않겠다는 것이다.
부부로서 평범하고 일상적인 일들을 함께하는 것은 관계를 유지, 관리해나가기 위한 노력으로 간주할 수 있다. 집안일을 운동으로 간주하는 것과 마찬가지다. 개 산책시키기, 함께 아침 먹기, 한가한 쇼핑센터를 둘이서 정처 없이 돌아다니는 것 모두 그런 노력으로 인정받을 수 있다. 안타깝게도 함께 TV 보기는 거기에 포함되지 않는다. 지금 내가 열심히 호소하고 있긴 하지만.

15. 배우자에게 필요한 존재라는 느낌을 안겨줄 수 있는 가장 쉬운 방법은, 직속상관에게 하듯이 특정 주제에 관해 그들의 조언을 구하는 것이다. 명심하라. 당신은 약간의 길잡이나

지혜를 구하려는 것뿐이다. 스스로를 청소되어야 할 쓰레기로 묘사해서는 안 된다. 상사에게도 그건 결코 하지 말아야 할 일이다.

16. 주머니가 허락하는 한도 내에서 두 번째로 큰 침대를 사라. 소형 더블베드(가로 121cm)에 장작처럼 포개져서 자는 게 지금은 행복할지라도, 훗날을 위해 매트리스 공간을 확보해야 한다. 화난 상태로 자야 하는 날에 공간적인 여유가 있어야 하기 때문이다. 등이나 어깨가 아플 때 통증 완화를 위해 이상한 자세로 잠들어도 상관없을 정도의 공간이 있어야 한다. 6~8년 동안 서캐 있는 꼬마 녀석이 당신 침대를 점령하려 들 것이고, 장년기에 접어들어서는 개들은 침대에 올라오면 안 된다는 엄격한 규칙이 무너지는 날 역시 닥칠 것이다. 내가 가장 큰 침대가 아니라 두 번째로 큰 침대를 사라고 권하는 이유는, 비상시에 한 단계 더 업그레이드할 여지가 있다는 안도감을 느낄 수 있기 때문이다. 나는 가끔 아내와 내가 T자로 잘 수 있는 '유럽식 슈퍼 킹' 침대 가격을 확인한다. 아마 사는 일은 없겠지만, 그게 있다는 사실만으로도 마음이 든든해진다.

17. 우편물 에티켓을 꼭 지켜야 한다. 우편물 주인이 전화해서 내용을 크게 읽어달라고 명확하게 지시한 경우가 아닌 한, 당신 앞으로 온 게 아닌 우편물은 열어보지 말아야 한다. 구시대적인 스타일로 봉투에 누구 부인이라고 적혀 있는 경우도 마찬가지다. 그런 봉투를 열어봤을 때 당신한테 온 편지인 줄 알

고 실수로 뜯어봤다고 주장할 수는 있다. "나한테 온 건 줄 알았어!" 물론 당신이 점심을 먹으면서 정독하고 싶은 카탈로그가 들어 있을 경우에는 이 규칙에서 제외된다.

봉투에 두 사람 모두의 이름이 적혀 있으면, 당신 이름이 두 번째로 적혀 있더라도 얼마든지 뜯어봐도 된다. 건강검진 결과나 시험 결과, 은행 직인이 찍힌 삭막해 보이는 편지나 큰 금액의 수표 등 흥분되거나 겁나는 우편물인 경우에는 기다렸다가 같이 뜯어보는 게 좋다.

18. 배우자의 지갑에서 약간의 돈을 빼내는 것은 괜찮다. 대부분의 경우 배우자가 잠들어 있거나 다른 곳에 있을 때, 그 사람의 주머니/지갑/가방에서 현금 몇 장 꺼내는 것은 용인해줄 수 있는 일이다. 필요할 때 이용 가능하도록 집에 준비돼 있는 현금은 부부 공동계좌나 마찬가지므로, 어느 정도 금액까지는 허락이나 설명 없이 인출할 수 있다. 그 액수는 가끔 인플레이션을 감안해서 조정되어야겠지만, 이 글을 쓰는 시점에 내가 인출할 수 있는 최대 금액은 10파운드다.

19. 때로는 다른 누군가와 무언가를 공유한다는 게 싫을 수도 있다. 물건을 제자리에 안 두거나, 어디 뒀는지 잊어버리거나, 다 써버리고는 사다놓지 않는 경우들이 생긴다. 사람이니까 그럴 수 있다. 그리고 상대방의 소유물과 똑같은 것 혹은 교체해 쓸 수 있는 비슷한 것을 당신이 갖고 있다면, 배우자가 요청할 경우 얼마든지 건네줄 수 있어야 한다. 여기엔 여행카드,

은행카드, 집 열쇠, 차 열쇠, 핸드폰, 면도기(남자가 여자에게 빌려줄 때만 허용되며, 그걸 돌려달라고 요구하지는 말아야 한다. 돌려받고 싶지도 않을 테지만), 데오도런트, 그리고 때에 따라 칫솔도 포함되며, 이런 것에만 국한되는 것도 아니다. 그런 이타적인 행위들은 당신이 필요로 할 때 충분히 보답받을 수 있다.

20. 영화 보고 싶을 때 바로 얘기해서 같이 갈 수 있는 사람이 배우자밖에 없다면, 다시 말해서 영화관에 같이 갈 친구나 형제자매나 동료가 없다면, 죽기 전에 보고 싶은 영화들 중 절반 정도만 보게 될 것이다.

21. 싼 게 비지떡이라는 게 일반적으로 틀린 말은 아니다. 싸구려 제품을 샀다가 한동안 집 안에 어두운 그림자가 드리워질 수 있다. 하지만 토스터의 경우는 그 반대가 맞다. 토스터 가격은 기계가 만들어내는 토스트의 질에 반비례하고, 비싼 모델들이 저렴한 모델보다 덜 튼튼한 경향이 있다. 그래서 자주 부부 간에 불필요한 불화를 일으키는 요인이 된다. 고급스런 토스터는 겉만 번지르르한 사치품이다.

22. 밸런타인데이에 절대 외출하지 마라. 둘의 관계가 꾸준히 이어지고 있는 한, 2월 14일은 아마추어들이 챙기는 날이다. 그 대신 2월 13일자로 식당을 예약하라. 오붓하게 둘만의 시간을 즐길 수 있을 것이다.

23. 명심하라. 결혼해서 꼭 좋기만 한 것은 아니다. 나중에 결국 이로운 것이었음을 알게 되는 것들이 그렇듯, 결혼에도 원치 않는 부작용들이 좀 있다. 꼼짝없이 갇혔다거나, 방해받는다거나, 시달리는 느낌이 들 수 있다. 개인의 개성과 프라이버시, 자아실현과 자유를 지속적으로 위협받는다는 느낌이 들기도 한다. 그런 감정들을 당신뿐 아니라 상대방도 느낄 거라는 점을 생각하면 기분이 한결 나아질지도 모른다. 예를 들어 분하고 억울한 느낌이 들 때, 상대방도 당신에 대해 어느 정도 그런 기분일 거라고 생각하면 도움이 된다.

24. 결혼 초반에 부부가 쉽게 알아차릴 수 있는 제스처를 정해두는 건 중요한 일이다. 이를테면 눈썹을 들어 올리거나 팔꿈치로 슬쩍 찌르는 행동이 앞으로 "나랑 얘기하고 있는 이 사람 알아? 당장 이름 넣어서 얘기해봐. 까먹었어"라는 의미가 될 수 있다.

25. 어떤 부부 사이든 의견이 안 맞는 경우가 많이 생기겠지만, 외부인과 싸울 때는 확실하게 같은 편이 돼야 한다. 무신경한 정부, 다루기 힘든 공무원, 몰상식하게 주차해놓은 이방인 같은 외부인들이 등장하는 상황에서는 무조건 연대하고 결속하라. 같이 싸우거나, 같이 낄낄대면서 도망쳐라. 둘로 쪼개져서는 안 된다. 우리 대 우리 아닌 나머지 사람으로 가르는 이런 이분법적인 방식이 '보니와 클라이드'처럼 커플을 범죄 행위로 유인해갈 수도 있지만, 그조차도 두 사람의 관계를 확고하

게 결속시킬 수 있다. 어차피 나는 경찰도 아니다.

26. 사랑이란 가끔 스스로를 설득하고 구슬려야 하는 감정이다. 결혼이 때로 비난과 맞대응이 휘몰아치는 폭풍우로 돌변할 수 있지만, 그럼에도 불구하고 파트너의 감탄스럽고 특별하고 매력적인 점들을 하나하나 곱씹어보는 시간을 갖는 건 중요하다. 보통은 파트너가 잠들어 있을 때 해보는 게 더 쉬울 것이다.

27. 당신의 어리석음을 인정하라. 스스로를 제대로 안다는 것은 분명 사랑스러운 자질이다. 세월이 흐르면, 자신이 바보 같았거나 바보같이 굴고 있음을 정확히 알아차리는 당신의 능력에 배우자가 감탄하게 될 것이다. 실은 애초에 어리석지 않은 것보다 스스로의 어리석음을 객관적으로 파악하는 것을 선호하는 사람들이 더 많은 듯하고, 그 편이 훨씬 편하기도 하다.

28. 결혼이란 다른 동료와 함께 지하실에 인질로 붙잡혀 있는 것과 같다. 그 상태로 5년쯤 지나면 상대방의 정 떨어지는 점들에 대해 거의 모르는 게 없어진다. 10년 뒤에는 모르는 게 하나도 없어질 것이다. 당신이 약하고 짜증스럽고 신체적으로 완벽하지 않은 인간임이 드러나는 것을 너무 걱정하지 마라. 하루하루 당신의 가장 매력 없는 자아보다 조금 위쪽에 머물 수 있도록 관리하기만 하면 된다. 일단 당신의 최악을 본 파

트너라면, 당신이 남들 앞에 그럴듯한 모습으로 등장하기 위해 얼마나 많은 노력을 기울이고 있는지 깨달을 것이다.

29. 주기적으로 실험하는 셈치고, 말다툼할 때 상대방의 말이 사실 모두 맞다고 생각하는 것처럼 행동해보라. 잘 들어주는 사람이 되기는 어렵지 않다. 손을 밑으로 내리고 입만 잘 다물고 있으면 된다. 하지만 상대방 의견을 그들이 생각하는 그대로, 즉 진실로 받아들이는 건 쉬운 일이 아니다. 그 말이 틀린 것일 때는 특히 더 어렵다.

30. 결혼생활을 하면서 걱정할 거 하나 없다는 느낌을 애써 꾸며낼 수는 없다. 걱정이 없거나 있거나 둘 중 하나일 테고, 오랜 시간 늘 똑같을 수 있는 것은 세상에 아무것도 없다. 당신의 만족감이 일시적인 것일까 봐 혹은 착각일까 봐 걱정하지 마라. 조만간 사라져버릴까 봐 전전긍긍하지 마라. 걱정일랑 치워버리고, 편안하고 만족스러운 그 순간의 느낌을 즐겨라.

31. 가끔 같이 앉아서, 당신이 아는 다른 커플들이 당면해 있는 부부 간의 어려움에 대해 솔직하게 마음 터놓고 이야기하라. 그것이 지닌 어마어마한 치유의 힘을 과소평가하지 마라.

32. 보건부 권고에 따르면 남자는 일주일에 술을 21잔 이상, 여자는 14잔 이상은 마시지 않는 게 바람직하다고 한다. 3대 2의 비율인데, 이것이 와인 한 병을 딱 이 비율대로 나눠 마셔야

한다는 뜻은 아니다. 결혼한 상태라면 어쨌거나 각각 절반씩 마셔야 한다. 보건부 권고 따위는 신경 쓸 것 없다.

33. 결혼생활을 하는 데서 약간의 편집증이 있는 것은 나쁘지 않다. 다 괜찮을 거라고 생각하는 게 오히려 위험한 적이다. 세상일이란 어떻게 될지 모르는 것이고, 며칠 사이에 모든 게 허물어질 수도 있는 법이다. 마음 푹 놓고 너무 안심하고 있으면 안 된다는 얘기다. 내가 아내와 관련해서 정신 똑바로 차리지 않으면 혼자 불행하게 죽어갈지도 모른다고 불안해하며 얼마나 많은 불면의 밤들을 보내는지 정확한 수치를 알려줄 순 없다. 하지만 분명 그런 날들이 적지는 않다.

34. 매일 낮에 적어도 한 번씩 배우자와 통화하려고 노력하라. 그것이 최소한의 솔직한 커뮤니케이션 통로를 유지해줄 것이다.
아내는 자신이 어디에 있건 오후쯤 항상 내게 전화하는 습관이 있다. 전화를 왜 걸었는지에 대해서는 자주 애매하고 아리송하다("소파 치수 좀 재봐, 깊이가 얼마나 돼?"). 하지만 가끔은 아무 이유 없이 전화하기도 한다.
"할 얘기 있으면 해." 그녀가 말한다.
"지금 유튜브 보고 있어. 신발 신는 개들 나오는 거." 내가 말한다.
"팔자 좋네." 그녀가 말한다.
"처음 신발 신어보는 개들을 찍은 건데, 사실은 전에도 여러 번 봤어."

"그럼 계속 봐." 그녀가 말한다. "냉동실에 있는 다진 고기 꺼내놔."

별것 아닌 것처럼 들리겠지만, 이런 무의미한 대화들이 꾸준히 이어지면서 바위처럼 견고한 결혼생활을 만들어낸다.

35. 대부분의 부부관계 전문가들은 부정적인 말 하나에 긍정적인 말 다섯 가지를 배치하라고 권한다. 긍정적인 말을 다섯 개나 한다는 게 너무 많은 것 같겠지만(나한테는 너무 많은 듯하다), 이 비율을 알면 최소한 부정적인 말 한마디의 영향력이 얼마나 센지 생각하게 될 것이다. 굉장히 비싼 걸 나눠주듯이 그 말들을 조금씩 나눠줘라.

36. 두 사람의 관계는 오로지 두 사람만의 것이다. 밖에서 보는 다른 관계들과 비교해 당신 관계의 성공 여부를 판단하지 마라. 그 관계가 잘 유지될 수 있도록 어떤 노력을 기울이고 있든 상관없다. 그것이 꼭 다른 사람들과 똑같은 방식이어야 할 필요는 없다. 둘만의 특이한 점 또는 이상할 수도 있는 합의 사항 모두 소중히 다뤄질 자격이 있다. 단, 디너파티에서 만나는 심리학자들한테 그걸 얘기하지만 마라.

37. 사과하기에 너무 늦은 시기란 없다. 이 말은, 미안하다고 말하는 게 전혀 소용없을 만큼 너무 늦어버렸을 때라도 꼭 사과해야 한다는 뜻이다.

38. 책 읽을 때 건드리지 마. 내가 행복한 결혼생활을 위해 요구할 게 있느냐고 물었을 때 아내가 나한테 했던 말이 이것이다. 아마 그녀는 조만간 그 절호의 기회를 제대로 이용하지 않은 걸 후회하게 될 것이다.

39. 같이 외식하러 나갔을 때 아이들 얘기를 하는 것은 괜찮다. 어차피 당신은 그 아이들에게 진심으로 관심 있는 또 다른 유일한 사람과 함께 있는 것이다. 그 순간을 놓치지 마라.

40. 결혼생활 중에 당신의 감정을 자유롭게 표현하는 것은 좋은 일이다. 딱 하나, 놀라움만은 드러내지 마라. 당신의 서프라이즈 생일파티가 눈앞에서 펼쳐지고 있는 게 아닌 한, 놀란 표정을 드러내는 것은 위험할 수 있다. 당신이 뭔가 중요한 걸 잊어버렸거나 상황을 완전히 잘못 판단했다는 뜻이 될 수도 있기 때문이다. 명심하라. 놀란 표정을 짓지 않으면 당신은 놀란 게 아니다.

9
가장 노릇

이제 우린 결혼한 지 거의 1년이 됐다. 나는 생활비를 버는 것만 빼고 전통적인 남편들이 하는 일들을 다 하고 있다. 지난 2년을 실업자 비슷한 상태로 보냈는데, 내가 그마나 갖고 있는 한 가지 직업은 거대한 데이터베이스에 영화에 관한 기본 정보를 입력하는 것이다. 그것은 웹 2.0이 나타나 대중이 어떤 식으로든 직접 인터넷 정보를 채우고 공짜로 정보를 활용해야겠다고 결심하기 이전에 존재했던 이상한 직업 중 하나다.

하지만 이 일은 그다지 돈이 안 된다. 언제나 내일 입력해야 할 더 많은 데이터가 기다리고 있으리라는 무언의 약속 이외에 딱히 기대할 미래도 없다. 아내는 BBC에서 일하고 있는데, 거기서 프로그램을 만들면서 나보다 훨씬 많이 번다. 난 그런 것에 부끄러워하지 않을 만큼 현대적인 남자라고 자부하지만, 앞으로 계속 그래도 좋다고 생각할 만큼 그 상황이 편안하진 않다. 가정경제에 대한 나의 기여가 중요하긴 해도, 지금 정도로는 충분하지 않다.

20대를 떠나보내는 시점에 내겐 딱히 전망이라고 할 만한 게 없었다. 지난 2년 동안 내가 한 일이라고는 친구 팻이 일하는 레스토랑 바에 죽치고 앉아 있었던 것밖에 없다. 거기서 공짜 에스프레소를 마시며 크로스워드 퍼즐을 푸는 것 외에는 별다른 일을 하지 않았다. 영문학 학사를 따긴 했어도 내가 유일하게 지닌 실질적인 기술이라 해봤자 기본적인 원고 레이아웃 기술뿐이다. 실제 칼로 자르고 풀로 붙이는 원고 작업 말이다. 내가 엉덩이 붙이고 앉아 커피 마시며 보낸 2년 동안 대서양 양쪽에서 사라져버린 직업이기도 하다. 런던으로 이사했다는 것은 내가 1단계에서부터 다시 시작해야 한다는 뜻이나 마찬가지였다.

솔직히 내가 경력상 정점을 찍었던 시기는 몇 년 전 보스턴의 한 레스토랑 바깥에서 주차관리를 맡아 했을 때다. 보통 하루 벌이가 80에서 100달러 정도지만, 운 좋으면 하루에 팁으로 300달러까지 벌 수 있었다. 그것은 아드레날린을 자극하는 직업이었다. 레스토랑에 자체 주차장이 없었기 때문에 거리와 골목골목에 차 세울 공간을 확보하기 위해 둘씩 짝을 지어 일했다. 일 시작 전 잠깐 훈련받을 때 '아이스맨'이라는 별명이 붙은 베테랑 선배가 내게 주차 수칙을 일러주었다. 수칙 1은 '자동차 앞쪽이 부딪히는 건 괜찮다'였다. 수칙 2는 '자동차 뒤쪽이 부딪히는 건 괜찮다'였다. 수칙 3은 '글러브 박스에서 뭔가 훔치는 건 괜찮다'였다.

처음 일하던 날 주머니에 있는 돈을 도둑맞았지만, 다음날 밤에 다시 일하러 갔다. 그 일을 한다는 건 낮에 다른 일을 할 수 있다는 뜻이었기에, 내 인생 처음으로 수입과 지출이 거의 비슷한 수준으로 가까워졌다. 뉴욕에서 잡지사에 다닐 때는 항상 돈에 쪼들려서, 재정 상태가 매일 한 걸음씩 파산을 향해 걸어갔다고 하는 게 맞을 것이다.

런던에 와서 처음 몇 달간은 놀고먹는 게 힘들지 않았다. 나는 원래 타고난 게으름뱅이다. 얼마든지 잘 놀 수 있다. 하지만 아내나 나나 기본적으로 남자가 어때야 하는지에 대해 비슷한 기대치를 갖고 있었는데, 내가 거기에 부응하지 못하고 있는 것은 분명한 사실이었다. 그녀는 내 상황 때문에 적절한 일자리를 찾는 게 어렵다는 사실을 받아들이면서도, 내 무사태평함이나 야망 부족이 실망스럽고 짜증 나는 모양이었다. 내가 그런 아내의 기분을 감지할 수 있었던 것은 전에 사귀던 여자들한테서 여러 번 그런 실망을 보았기 때문이다. 주차관리를 하고 있었을 당시, 원통한 낙제생으로서의 내 미래는 분명 돌에 박힌 듯 확고하게 결정돼 있는 듯했다.

내게 막연한 포부 같은 게 있었던 것 같기는 하다. 혹은 적어도 미래에 대한 기대 같은 것은 있었다. 그게 무엇인지는 정확히 몰라도, 무엇이 아닌지는 알 수 있었다. 승진시켜주겠다는 말이 나오자마자 그 직장을 그만둬버리는 이유가 여기에 있었다. 어떤 직업을 갖든 나는 그 일을 못하는 편은 아니었다. 하지만 어딘가에 얽매여 꼼짝 못하게 될까 봐 늘 두려웠고, 차라리 계속 다른 곳으로 옮겨 다니는 게 더 마음 편했다. 스스로 착각에 빠질 마음이 있다면, 변화가 마치 일보 전진처럼 느껴질 수도 있는 법이다.

얼음공장에 다닐 때도 3주 만에 그만뒀다. 사장님이 나를 얼음가공부에서 더 편한 포장부로 옮겨준 직후에 때려치웠다. 미술품 가게에 다녔을 때는 대표님이 "태도만 약간 개선되면" 부지배인을 시켜주겠다고 했는데, 난 그 뒤로 더 안 좋은 태도를 보이기 위해 부단히 노력했고 그다음에 그만두겠다고 말했다.

몇 년 뒤 보스턴에 있는 노스이스턴 대학 학자금 지원 부서에서 임시직으로 일할 때, 어느 날 상사가 사무실로 나를 불러들였다. 나는 근무 시간을 제대로 안 지킨다거나 넥타이를 매지 않는다는 등의 이유로 지적당하리라 예상했다.

그가 말했다. "자네는 여기서 일한 지 3주밖에 안 됐는데, 이미 우리 문서 정리 시스템에 큰 변화를 일으켰네. 비결이 뭔가?"

"알파벳 순서요." 내가 말했다.

"지금은 그렇게 까불거릴 때가 아닌 것 같은데." 그가 말했다. 난 일터에서 거의 말하지 않았고, 때로는 말투를 조절하기가 힘들었다.

"정말로, 그냥 파일을 원래 자리에 돌려놓는 것뿐이에요." 내가 말했다. 일부러 까불려던 게 아니었다. 파일을 정리할 때마다 내 선임자들 중 누구도 알파벳 순서를 고려하지 않았다는 것을 알게 됐을 뿐이다.

내 경박한 말투에도 불구하고, 상사는 내게 정직원 자리를 내줄 용의가 있다고 말했다. 급료도 더 많고 유급휴가와 건강

보험까지 생길 것이었다. 그래서 난 그 직장을 그만두었다.

뉴욕의 그 망해가는 잡지사조차 내가 사직하겠다고 말했을 때 뒤늦게 승진을 시켜주겠다고 제안했다. 하지만 나는 이미 런던행 비행기표와 내 앞에 뻥 뚫린 텅 빈 미래를 예약해둔 상태였다. 그래서 그만두었다.

그렇게 나는 서른이 됐고, 갓 결혼한 상태로 여전히 사다리 맨 아랫부분에서 빈둥거리고 있었다. 아무것도 하지 않으면서 보낸 지난 2년은 사랑을 위해 돈을 포기한 시간이었지만, 사람을 의기소침하게 만들고 기를 꺾어놓기에도 충분한 시간이라는 것이 입증되었다. 패배자가 된다는 것, 그리고 싸구려 담배 한 갑을 사기 위해 여자친구에게 손을 벌려야 한다는 것은 결국 힘든 일이었다.

이제 나의 유일한 계획은 그 모든 것을 과거로 돌리는 것이다. 과거는 다 잊고, 지금 하는 이 전망 없는 일이라도 열심히 하면서 더 나은 일을 찾기 위해 눈을 열어두는 것이다. 내게 더 이상 직장생활 이력 따위는 필요치 않은 것 같다. 결혼한 게 나의 경력이 될 수 있다. 난 직업이 애처가인 사람이다. 내게 필요한 건 돈뿐이니 돈만 벌면 되었다.

8월 어느 날 오후, 나는 한 통의 전화를 받는다. 『GQ』잡지사에서 일하는 사람인데, 내 친구의 친구란다. 난 그녀가 왜 나한테 전화했는지 짐작이 가지 않는다. 내가 거기에 이력서를 넣은 것도 아니고, 내 데이터 입력 솜씨가 널리 알려졌을 것 같지도 않다.

"우리 잡지 말미에 '이런 남자'라는 고정 코너가 있어요." 그녀가 말한다. "주제는 매달 바뀌고요."

"아, 예."

"괜찮으시면 한 꼭지 부탁드리고 싶은데요. 분량은 750자 정도예요." 나는 막연하게나마 언젠가 내게 이런 일이 일어날 거라고 꿈꿔왔던 것 같다. 하지만 어떤 식으로든 내가 먼저 그 전화번호를 돌려야 할 거라고 생각했다. 도대체 어떻게 이런 제안이 내게 굴러들어온 것일까? 나는 곧바로 생각한다. 그게 무슨 상관이야?

"네, 좋아요." 난 대답한다. "주제가 뭐죠?"

"'여자친구한테 얹혀사는 남자'예요."

"아, 그렇군요." 내가 말했다.

자신의 존재가 단 한 마디로 요약되는 것을 좋아하는 사람은 아무도 없다. 누구든 그런 정의에 저항하며, 스스로를 변화무쌍하고 팽창 가능한 뭔가를 지닌 사람이라고 생각하고 싶어한다. 그래서 본인이 직접 썼을 때조차, 자신에 대한 간략한 전기를 읽는 것이 그토록 고통스러운 것이다. '난 이 뜨뜻미지근하게 요약한 몇 마디 말보다 훨씬 대단한 사람이야.' 당신은 이렇게 생각한다. '말 몇 마디로 날 설명할 순 없지.'

그런데 지금 나는 단 몇 마디로 요약돼 있다. 내가 방에서 나가거나 혹은 누군가가 다른 무리의 사람들과 나를 구분하려 할 때 그들의 입에서 튀어나오는 말이 바로 그것이다. 여자친구한테 얹혀사는 친구.

내가 한참 아무 말도 하지 않았다는 것을 깨닫는다.

"잡지 몇 부 보내드릴게요." 전화를 건 그 여성이 말한다.

"그걸 보면 대충 어떤 글인지 아실 수 있을 거예요."

다음날 지난 호 잡지 세 권이 배달됐고, 그것을 보니 어떤 글인지 확실하게 알 수 있었다. 분명히 일인칭 시점으로 쓰이는 '이런 남자'의 주제는 매달 편집자가 정하는 모양이다. 그 후 선택된 주제에 딱 들어맞는 실생활의 남자를 찾아보는 듯했다. 그들은 아마 자신들이 아는 누군가가 이런 말을 할 때까지 수소문했을 것이다. "일하지 않고 노는 남자? 염치없이 여자친구한테 빌붙어 살면서 하루 종일 아무것도 안 하는 남자? 그래, 내가 그런 남자를 하나 알지."

내게는 다행스럽게도, 거기에 글을 쓰기 위해 실제 작가여야 한다는 전제조건은 없는 듯하다. 요즘 하는 일의 특성상 지금껏 보지도 못한 영화 4,000편의 줄거리를 요약하긴 했지만, 그것이 딱히 내세울 만한 이력이 되지는 않을 것이다.

나는 내 경험 부족에 대해 아무 말도 하지 않는다. 내가 지금 유부남이며, 유급 일자리를 갖고 있다는 것도 언급하지 않는다. 그냥 알았다고 대답한다.

내가 쓴 글은 부부관계에서 주요 소득원이 아닌 남자로 살아가는 것에 따라붙는 오명에 도전하는 것이 아니었다. 대신, 내 기억이 정확하다면, 난 그 오명을 받아들이고 만끽했다.

그것은 요즘 세상에 쓸 수 있는 종류의 글이 아니다. 지금 시대는 남편과 아내가 모두 가정경제를 위해 일하러 나가야 하고, 남녀의 동등한 임금이 실제로는 아니더라도 흔하게 받아들여지는 목표가 되며, 취업시장은 점점 더 가변적이 돼가고 있다. 여성 파트너보다 덜 벌거나 못 버는 남성을 전보다 훨씬 편안한 눈으로 바라볼 수 있다. 오늘날 어머니가 아버지만큼, 혹은 아버지보다 더 많이 번다는 면에서 어머니를 가장이라고 말할 수 있는 가정이, 자녀 있는 가정의 약 3분의 1에 달한다는 통계도 나와 있다.

요즘엔 남편이 집에서 일하거나, 파트타임으로 일하거나, 혹은 전혀 일하지 않아도 이상하지 않다. 영국의 경우 1993년 이래 집에 있는 아빠들의 수가 두 배로 늘어난 반면, 집에서 자녀를 돌보는 여성의 수는 3분의 1 정도 감소했다. 이렇게 말하면 굉장히 큰 변화가 일어난 것 같지만, 실은 백만 명 이상의 엄마들이 일하러 나가고, 십만 명 남짓의 아빠들이 집에 남아 그 공백을 메운다는 뜻이다. 그럼에도 작년 『데일리메일』에는 "지금까지는 내가 전업 아빠인 게 무척 자랑스러웠는데, 이젠 그 사실이 딸한테 안 좋은 영향을 미칠까 봐 걱정스럽다"는 자기비난성 기사가 실렸고, '집에 있는 아빠(stay-at-home dad)'라는 존재는 『데일리메일』이 가장 섬뜩한 사회적 현상이라는 영광스러운 자리를 부여할 정도로 사회 전반으로 퍼진 현상이 되었다.

『데일리메일』의 독특한 세계관 밖에서도, 경제적으로 가족을 부양하지 못하는 남성들은 자존심 상실을 경험한다. 나도 느꼈다. 너무 오래 느껴서 익숙해질 지경이었다. 앞으로도 항상 그런 식이리라는 가능성까지 슬슬 받아들이기 시작했다. 그건 모두 내가 생활비 벌 방법을 제대로 생각지도 않은 채 대뜸 다른 나라로 이사하는 식으로 내 인생 경로를 바꿔버렸기 때문이다.

아내는 계속 일하고, 난 계속 자원만 축내는 사람이 되었다. 솔직히 빨래를 더 많이 맡아야 마땅한 식솔이다.

어쩌면 굳이 그렇게 느낄 필요까지는 없을지도 모른다. 남성들은 대체로 너무 열심히 일하고 있으니까. 죽음을 앞둔 남성들이 가장 크게 후회하는 것 중 하나가 그것이다. 그렇게까지 일만 하면서 살지 말 걸 그랬어. 남성들은 더 열심히, 더 많이 일하기 위해 아이들의 성장을 지켜보지 못하고, 휴일을 즐기지도 못한다. 결혼생활을 제대로 누리지도 못하며, 개인적으로 꼭 하고 싶었던 일도 포기해버린다.

운 좋은 사람이라면, 아침에 일어나자마자 달려가서 일하고 싶은 마음이 드는 직업을 가졌을 수도 있다. 너무나 만족스러운 일, 당신이 들인 시간과 노력을 넉넉히 보상하고 기쁨과 자부심까지 함께 안겨주는 일, 일하는 게 너무 좋아서 일과 삶의 균형을 따로 맞출 필요도 없는 일을 하고 있을 수도 있다.

하지만 대부분의 남성들은 특별히 좋아하지 않더라도 돈을 벌기 위해 일을 해야 한다. 윗사람이 지시했다는 이유만으로 어리석거나 굴욕적인 일들도 감내해야 한다. 나처럼 태평한 프리랜스 작가는 그런 일을 겪지 않을 거라고 생각한다면, 내가 붐비는 기차로 출퇴근하는 사람들을 유인하기 위해 버스 차장 옷을 입고 런던 중심부를 돌아다녔던 일을 기록한 1,300자 특집기사에 대해 이야기해줘야겠다. 산타 학교에서 하루를 보낸 적도 있고, 9·11 테러가 일어난 날 세상이 뒤집혔는데도 바나나에 관한 800자 원고를 쓰기 위해 요리사들에게 전화를 돌리며 바나나 레시피를 문의한 적도 있다. 죽을 때 후회하지 않기 위해 앞으로도 창피스러운 일들을 많이 만들어야 할 것이다.

요즘 집에 있는 아빠들이 많이 늘어나고 여성들이 주 수입원 혹은 유일한 가장인 가정이 증가했다는 말을 자주 듣지만, 이런 변화가 지금 우리가 처한 상황을 정확하게 묘사하는 것은 아니다. 영국의 아버지들은 여전히 유럽연합에서 가장 많이 일하는 축에 속하는데, 11세 이하 자녀를 둔 아버지들의 경우 일주일에 평균 48시간을 일한다. 변화의 수레바퀴가 빠르게 돌아가는 지금 세상에서도 대부분의 남성들이 여전히 너무 많은 일을 하며 살아가고 있다고 짐작하는 게 맞을 것이다. 남자의 자긍심이 돈벌이 능력 및 사회적 성공 및 가족을 부양할 수 있는 능력과 계속 얽혀 있는 한, 이 나라 대부분의 남편과 아버지 들은 늘 자신이 원하는 것보다 훨씬, 어쩌면 원래 해야 하는 시간보다 훨씬 많은 시간을 일하며 보내야 한다. 그러다 결국 일과 가족에 대한 헌신 사이에서 곡예해야 하는 스트레스를 피해가지 못할 것이다.

물론 생활비를 대는 것으로 아버지의 모든 의무가 끝나는 것은 아니다. 관심을 기울이고, 시간을 할애하고, 아이들이 청하지 않더라도 필요할 때 조언해줄 수 있어야 한다. 남편으로서도 마찬가지다. 돈이 부족해서라기보다 함께 충분한 시간을 보내지 않음으로 인해 이혼하는 커플이 상당히 많다. 돈이 많은게 행복한 결혼생활을 유지하는 비법이라면 부자들은 결코 이혼하는 일이 없어야 할 것이다.

사실 앞에 말한 내용들은 내게 별로 해당되지 않는다. 기본적으로 나는 그렇게 열심히 일하지 않는다. 난 나 자신의 고용인이자, 가장 애먹이는 피고용인이다. 시간 활용을 제대로 못하고, 멋대로 일을 하다 말다 하다가 이용할 수 있는 시간을 다 보내버린다. 한 달에 써야 할 글이 한 편밖에 없었을 때는, 그 글 한 편을 쓰는 데 한 달이 걸렸다. 지금까지의 결혼생활 동안 아내는 단 한 번도 나한테 쉬엄쉬엄 일하라고 말할 필요가 없었다.

하지만 아무 할 일도 없이 직업으로 존재가 규명되지 않는 몇 년을 보내고 나니, 이제는 오히려 직업이 있다고 주장할 수 있다는 게 기쁘고 다행스럽다. 특히 집안일이 내 일의 범위 안으로 침입하려 할 때 그것은 매우 좋은 핑곗거리가 된다(그래서 나는 휴가여행을 갈 때도 항상 일감을 조금 가지고 간다. 만일의 경우를 대비해서). 매우 열심히 일하는 건 아니지만, 나는 집에서 일을 한다. 그러니 나로서는 항상 직장에 있는 셈이다.

평일 오후에 아내가 부엌에서 내 작업실로 전화를 걸어 말한다. "슈퍼마켓에 갔다 와야 돼."

"지금은 내 작업 시간이야." 나는 말한다. "회의하는 중이라고 생각해줘."

"그렇게는 안 되겠는데. 당신 지금 하모니카 불고 있잖아." 그녀가 말한다.

"오늘 여기 위쪽은 정신없이 바빠. 진짜야." 내가 말한다.

재택근무자들이 사무실에서 일하는 사람보다 일주일에 열다섯 시간 더 일한다거나 더 심한 스트레스를 겪는다고들 말하지만, 나는 그렇지 않다. 나의 나날들은 정신없이 바쁜 하루

하루와 스트레스 쌓이는 쉬는 시간들로 구성된다. 아주 가끔 과도하다 싶을 정도로 많은 일감을 맡는 경우는 있지만, 앞으로 10년 동안을 소금광산에서 열두 시간 교대조로 일하며 보내더라도, 평균적으로 혹사당하고 있는 일반 남성들을 따라잡을 수 없을 것이다. 정치인들이 근면하게 일하는 보통 사람들이 보상받아야 한다 어쩐다 이야기할 때, 난 관심을 기울이지 않는다. 그 말이 나한테 하는 말일 리 없다는 것을 알기 때문이다. 어차피 그들이 주는 보상 따위 원하지도 않는다. 대개는 그 보상이 더 필요한 사람들한테서 뜯어낸 돈을 아주 조금씩 나눠주는 것에 불과하니까.

솔직히 나의 게으름은 가격을 매길 수 없는 것이라서, 누가 내게 돈을 쥐여주면서 더 열심히 일하라고 말할 수도 없는 노릇이다. 오늘 아침에만 해도 나는 대부분의 사람들이 사무실에 도착했을 무렵 욕조에서 잠들어 있었다. 곯아떨어지는 순간 커피를 다 쏟아버려서 지금 내 팔은 남자다운 구릿빛을 띠고 있고 에콰도르 산악협동조합의 커피향을 은은하게 풍긴다. 틀림없이 당신도 본인한테서 돈 냄새가 나길 바라지는 않을 것이다. 나처럼 커피향이 나길 바라지 않을까.

내 첫 번째 잡지 기사는 『GQ』 1993년 11월호 뒤 페이지에 실린다. 표지에 실린 영화배우 숀 빈의 얼굴 옆에 내 기사 제목까지 적혀 있다. '몸 파는 남자─여자친구에게 얹혀사는 방법.' 난 뭔가 뒤섞인 감정을 느낀다. 처음 써낸 글이 잡지 표지를 장식했으니 자랑스러워해야 할 일인 것 같다. 그와 동시에, 어머니에게 그 잡지를 한 부 보내야겠다고는 생각하지 않는다.

그 뒤로 몇 년간 조연출들이 가끔 나한테 전화를 걸어온다. 스크랩 파일에서 『GQ』 기사를 발견하고 연락처를 수소문한 그들은 내게 라디오 출연에 관심이 있는지, 혹은 낮 시간 TV에 나와서 어쩌다가 꿈도 야망도 없이 미안한 감정조차 느끼지 못하는 쓰레기 같은 인간으로 살아가게 됐는지 이야기할 의사가 있느냐고 물어본다.

그럼 나는 말한다. "내가 그 글을 쓴 건 맞아요. 7년 전이었죠. 하지만 지금은 그렇게 살지 않아요."

"그러시구나." 전화 반대편 목소리가 굉장히 실망한 듯이 말한다.

"사실 제가 요즘 좀 바빠요." 내가 말한다. "칼럼을 쓰기 시작했거든요⋯⋯."

"아, 일이 잘 풀리시는 모양이군요." 그 목소리가 말한다. 아무래도 내가 가히 좋지 않은 누군가의 하루를 더 운수 사납게 만들고 있는 듯하다.

"죄송합니다." 내가 말한다.

저널리즘 쪽에서 늦게 출발했음에도, 나는 『GQ』지에 처음 글이 실린 이후로 느리지만 꾸준하게 전진해왔다. 그 잡지에 고정으로 기고하게 됐고, 다른 곳에서도 청탁이 들어오기 시작했다. 하지만 오로지 프리랜스 작가로만 일하기 위해 낮에 하는 일을 포기할 용기가 생기기까지는 좀 더 오랜 시간이 지나야 했다. 하루 종일 전화통을 붙잡고 사람들에게 내 아이디어를 홍보하면 좀 더 많은 돈을 벌 수 있을 거라고 생각했지만,

내가 그만한 위인이 못 된다는 것 또한 잘 알고 있었다.

더구나 아내가 자신의 임신 사실을 내게 반복적으로 일깨워
주었다.

10
섹스에 대한 짧은 글

내 성생활에 대해 궁금해할 사람은 아무도 없으리라 생각하고 싶다. 그 이유는 내가 그런 얘기를 쓰고 싶지 않기 때문이다. 성적으로 강하고 자신 있는 남자라도 자신의 그런 측면을 감추고 싶을지 모르는데, 하물며 난 그런 남자도 아니다. 아내 역시 그런 얘기는 절대 쓰지 말라고 금지령을 내렸다. 신이여, 감사합니다.

하지만 남편 되는 방법에 관한 책을 쓰면서 섹스 부분을 건너뛸 수는 없다고, 내가 아는 몇몇 출판사 대표들이 이야기했다. 섹스가 더 이상 결혼으로 누릴 수 있는 고유한 장점은 아니더라도 여전히 두 사람의 결합에 중요한 요소로 남아 있으며, 그 자체만으로도 이 책에서 짧은 꼭지 하나쯤 부여받을 자격은 있는 것 같다는 생각이 든다. 여기 나오는 매우 유익한 정보들이 수십 년에 걸친 내 개인적인 경험을 토대로 한 것이리라 짐작할 수도 있겠지만, 사실 난 이 모든 것을 텔레비전 시청으로 배웠다.

- '결혼이란 남은 평생 같은 사람과 섹스하는 것이 아니라, 남은 평생 같은 사람과 섹스하지 않는 것'이라는 오래되고 재미없는 농담이 있다. 여기에 우울해지는 진실이 하나 있다. 실제 섹스의 횟수는 커플마다 다르겠지만, 결혼이 성적으로 거절당하는 것에 대한 끊임없는 훈련이라는 것은 어느 정도 맞는 말이다. 좋은 남편이 된다는 것은 오랜 세월 수도 없는 상처와 자기혐오로 얼굴이 뜨거워지지 않고, 혹은 적어도 그런 감정을 드러내지 않고 "싫다"는 말을 받아들일 수 있다는 뜻이다("그만해", "건드리지 마", "꺼져", "날 좀 내버려 둬" 등 다양한 의미가 여기 포함될 것이다). 너무 피곤해서 아무 생각조차 할 기운이 없는 사람의 의무적이고 기계적이고 냉담한 섹스 제안을 용감하게 거절하고 5분 뒤에 마음이 바뀌었다고 말할 방법을 찾는다는 뜻이기도 하다.

- 섹스는 너무 많이 하지 않는 게 정상적이고 기본적인 것이다. 성적인 태도와 라이프스타일에 관한 전국 조사에 따르면, 16세에서 44세까지의 사람들이 섹스를 하는 횟수는 일주일에 평균 한 번도 채 되지 않는다. 이 비율마저 꾸준히 떨어지고 있다. 동거하는 커플들도 한 달 평균 네 번으로, 한 달 평균 다섯 번이었던 10년 전보다 더 줄어들었다. 이에 대해 전문가들은 경기 침체, 더 높아진 스트레스 정도, 침실에서 스마트폰과 태블릿 PC를 사용하는 사람들의 증가 등

여러 가지를 원인으로 제시하고 있다. 여기에 긍정적인 면도 하나 있다. 당신이 다른 사람들보다 더 많이 하고 싶은 의욕이 있더라도 그렇게 자주 섹스할 필요는 없다는 점이다.

• 믿든 안 믿든, 결혼을 하면 싱글일 때보다 섹스를 더 많게 하게 되리라는 것은 거의 확실하다. 당신이 싱글이라면 한 번도 하지 않게 될 가능성이 있다.

• 보통 연애할 때 섹스 횟수가 더 많기를 바라는 경향이 있었다면, 아마 당신은 섹스를 더 많이 하는 것을 선호하는 쪽일 것이다. 결혼한 뒤 어느 시점에 잠깐 당신이 원하는 것보다 더 많이 섹스하게 되는 시기가 있다. 예를 들어서, 둘째를 갖고 싶어하는 아내의 바람이 첫째 때와 달리 즉각적으로 실현되지 않는 바람에 당신이 임신 확률을 높이는 쪽으로 노력을 기울여야 하는 입장이라고 가정해보자. 이런 상황에서 당신은 우선적인 정자 공급자로서 항상 얼마쯤 비상대기 상태에 있는 듯한 느낌이 들 것이다. 아내가 언제 몇 시까지 들어오라고 하면 거기에 응해야 하고, 일을 치르기 전에 대화 같은 것이 오고 가지도 않는다. 고작해야 드라마 〈코로네이션 스트리트〉가 시작하기 전에 끝내야 한다는 경고를 들을 뿐이다. 그런 경우 당신은 어쩌면 인생에서 처음이자 유일하게, 너무 많이 섹스하는 게 불편하고 귀찮을 수도 있음을 알게 될 것이다. 아마 그 문제에 대해 불평하는 사람을

찾아보는 것도 괜찮을 것이다. 다시는 그런 기회가 오지 않을 수도 있으니까.

● 자신이 스스로 얼마나 전통적인 영국 남자라고 생각하든 상관없이, 결국에는 맨정신으로 섹스하는 법을 익혀야 한다. 그렇지 않으면 행복한 결혼생활 20년 만에 죽게 될 수도 있다.

● 건강한 성생활을 유지하는 기본 전략은 본질적으로 성적인 매력이 풍부하다거나 섹시한 것과는 큰 관련이 없다. 그보다는 말하지 않아도 알아서 식기세척기 안의 내용물을 꺼내 정리해놓는 것과 더 관련이 깊다. 나는 이 점이 유감스럽다.

● 고양이가 지켜보는 데서 할 수 없다면, 당신은 아마 생각하는 만큼 하고 싶은 게 아닐 수도 있다.

● 대부분의 경우 같은 시간대에 침대로 들어가는 커플 간에 섹스가 이루어진다. 파트너보다 늦게까지 깨 있는 건 상관없다. 당신이 사실상 섹스와 뉴스나이트 둘 중 하나를 선택하고 있다는 것을 염두에 두기만 하면 된다. 섹스하려고 잠든 파트너를 깨우는 것은 결코 좋은 생각이 아니다. 나한테 그런 일이 일어난다면 언제든 기꺼이 부응해줄 생각이지만 말이다.

- 하고 싶은 기분이 아니더라도, 정기적으로 섹스하려고 노력하라. 이것은 내 개인적인 견해가 아니라 많은 부부관계 전문가들이 권장하는 사항이다. 다만 "하고 싶은 기분이 아니더라도"라는 말은 내 입에서 엉겁결에 튀어나온 것 같다. 이를 실천에 옮기는 비결은 정열이나 자발성이나 실험에 대해 깡그리 잊어버리는 것이다. 지극히 평범한 섹스도 여전히 가치 있다는 생각을 수용해야 진정 열린 마음이 된다.

- 섹스하기에 적당한 순간을 기다리지 마라. 딱 좋은 시간을 미리 잡아두어라. 그리고 약속을 꼭 지켜라.

- 명심하라. 스케줄을 미리 잡아놨다고 해서 꼭 섹스하게 되는 것은 아니다. 약속한 시간이 됐을 때 당신이 세워뒀던 계획들이 인정사정없이 거부당하거나 과소평가되는 상황을 맞닥뜨릴 수도 있다. 파트너가 "벌써 이번 달 첫째 주 금요일이야?" 같은 말로 당신의 접근을 맞이한다면, 그녀가 그 분위기를 깨려고 시도하는구나, 라고 짐작해도 틀리지 않을 것이다.

- 몇몇 전문가들은 미스터리한 분위기를 잘 관리해나가는 것이 성적 매력을 장기적으로 끌어가는 비밀이라고 말한다. 알몸을 드러내는 것에 신중해야 하며, 침실에서 집안일을 추방하고, 서로의 육체적 기능과 목욕에 관해 이야기할 때 일정 수위를 넘어서는 안 된다. 내가 여기에 동의한다거나

동의하지 않는다고 말하는 게 아니다. 그냥 그런 말을 하는 전문가들이 있더라는 얘기다. 잘……해보시길.

• 청년들이여. 순식간에 섹스를 끝내버릴 수 있는 당신의 재능이 당장은 아마 그리 귀하게 여겨지지 않을 것이다. 하지만 앞으로 분명 편리해질 때가 있을 테니 방법을 잊어버리지 마라. 지금은 믿기 어렵겠지만, 결혼생활을 하다 보면 언젠가 "솔직히 말해서 당신은 내가 다녀간 줄도 모를 거다"라는 말이 파트너에게 아주 잘 먹히는 대사가 되는 시점이 찾아올 것이다. 당신이 그 약속을 지킬 능력이 된다는 것을 배우자가 알고 있다면 더욱 효과적이다.

11
출산에 대한 찬반양론

    아버지가 된다는 것은 대체로 남편이 되는 것에 따라오는 부가물이다. 물론 그것이 꼭 지켜야 할 의무는 아니지만, 아버지가 되지 않겠노라고 거부하는 것은 무례한 행동으로 간주된다.

    첫 아이가 생기는 섬세한 주제에 관해 부부가 대화하게 되는 방법에는 여러 가지가 있다. 그중에서 가장 전통적인 방식은, 내 경험상 여성의 이런 말로 시작된다. "믿어지지 않아. 빌어먹을, 나 임신했어."

    사실 이런 일은 처음에만 일어났다. 나중에는 화장실에서 나온 아내가 양성 반응이 표시된 임신 테스트기를 나한테 던졌을 뿐이다. 임신을 깨닫게 되는 매 순간이 황홀하고 놀랍긴 하지만, 자녀를 갖는 것에 대해서 부부가 진지하게 생각해볼 시간을 갖는 것은 매우 필요한 일이다. 아이 하나를 먹이고 입히는 데 드는 총 비용이 약 67,000파운드라는 점을 생각하면 분명 아무렇게나 결정할 일은 아니다. 이상적인 자녀의 수는 개인에 따라 다를 것이다. 나는 지금 세 아이의 아빠인데, 그래서 셋이 나한테 너무 많다는 것을 안다.

처음 아버지가 된다는 사실을 알게 되는 순간 너무나 기쁘고 설레는 마음이 들면서도 다른 한편으로는 당신의 인생을 완전히 뒤바꿀 끔찍한 뭔가가 곧 일어나리라는 예감에 사로잡힐 것이다. 현재라는 시간이 지평선에서 불타는 창고의 화염처럼 불길한 색조를 띤다. 몇 주 뒤에 당신은 그 무시무시한 일이 당신에게 일어날 일이 아니라는 갑작스런 깨달음과 마주치게 된다. 그 일은 다른 누군가에게 일어날 것이고, 당신은 지켜보기만 하면 된다. 지켜봐야 한다는 것만으로도 여전히 끔찍하지만 그 속마음을 입 밖으로 꺼내서는 안 된다. 사실 아내의 임신 초기와 중기에 남자가 가장 확실하게 지켜야 할 에티켓은, 임신한 여자에게 할 말과 하지 말아야 할 말을 구분하여 하지 말아야 할 말을 하지 않는 것이다. 하지 말아야 할 말 목록에는 다음과 같은 것들이 포함되는데, 그 경우에만 국한되는 것은 아니다.

- "아, 당신 많이 힘들구나. 그나저나 나 허리 아파 죽겠어."
- "나 살이 빠지는 것 같아. 요즘 마른 것 같지 않아?"
- "운전해줘서 고마워. 나 완전히 취했거든."
- "솔직히 임신한 게 병이 나거나 한 건 아니잖아. 안 그래?"
- "카시트 하나에 100파운드? 그게 비싼 건가?"

무엇보다 임신한 여성들은 파트너가 자신에게 힘이 돼주기를 기대한다. '힘이 돼준다'는 말은 대부분의 남자들이 대충 이해하는 척하려고 눈살을 살짝 찌푸리며 고개를 끄덕이는, 그런 용어 중 하나다. 한때 그 말은 재정적·물질적으로 필요한 부분을 채워줄 수 있다는 뜻으로 사용되었고, 누군가가 당신에게 그런 말을 한다면 그것은 기본적으로 지금은 정말로 회사에서 잘리면 안 되는 시기라고 암시하는 것이다.

내 경험을 토대로, 다소 애매모호한 명령형인 '힘이 돼주어라'를 좀 더 남성 친화적인 명령어로 바꿔보겠다. 아내가 임신했다는 맥락에서 그것은 '받아들여라', '참아내라'라는 뜻이다. 그 기간에는 역효과를 낳을 수 있는 어떠한 감정도 공유하지 말고, 자신의 욕구와 필요를 드러내고자 하는 어떠한 본능도 억제해야 한다는 뜻이다.

출산 예정일이 아직 6개월도 더 남았는데 벌써부터 아기 침대를 쇼핑하면서 토요일을 보내고 싶지 않다고? 그래도 받아들여라.

예비 부모 교실에 따라가고 싶지 않다고? 그래도 받아들여라. 아내가 첫 아이를 임신했을 당시 난 예비 부모 교실에 나타난 유일한 남자였고, 30분 동안 매트에 누워 질 운동에 참여해야 했다. 나중에 거기 있던 여성들이 모두 굉장히 용감하고 사려 깊은 남편을 뒀다며 아내를 부러워했다고 한다. 그 얘기를 들으니 첫 번째 휴식시간에 꽁무니 빼고 달아난 게 조금 미안해지는 기분이다.

갑자기 하워드가 남자아이한테 좋은 이름이라고 생각하는 누군가와 싸우며 또 하룻밤을 보내고 싶지 않다고? 그래도 받아들여라. 하지만 하워드라는 이름 자체에 굴복하지는 마라.

분노도, 눈물도, 피곤함도 다 받아들여라. 당신 것이 아니라 아내의 것들을 말이다. 당신은 어제 그랬듯이 오늘도 자신의 분노와 눈물과 피곤함을 모두 속으로 삼켜야 한다.

그럼에도 문득문득 당신은 스스로 아무것도 하고 있지 않다는 느낌에 빠져들 것이다. 그저 분노를 참아내는 것 말고 달리 하는 일이 없는 것 같다. 그렇게 쓸모없는 존재가 돼버린 듯한 기분을 앞으로 다시는 느끼지 않을 수 있다. 뭔가를 미리 준비한다는 느낌이 드는 동시에, 해야 할 일을 피할 수 있는 다른 활동을 찾아보는 것이다. 예를 들어 아내가 임신했다면 예비 아빠로서 준비해야 할 것들이 있다. 꼭 필요하지만 당신에게 부족하거나 고쳐야 하는 부분이 무언지 생각해보라. 그리고 그와 관련된 강좌를 신청하거나 강의를 들어라. 선택은 당신의 몫이다. 나로 말할 것 같으면, 운전을 배웠다.

내가 운전을 할 줄 몰랐던 것은 아니다. 하지만 내가 지닌 미국 면허증은 영국에서 사용할 수 없는 것이었다. 아내가 첫 아이를 임신했을 때쯤, 나는 운전하지 않은 지 3년이나 된 상태였다. 운전대를 잡지 않은 기간이 길어질수록 그게 더 편해졌다. 어딜 가든 아내가 운전했고, 그동안 나는 창밖을 쳐다보거나 안전벨트 위로 침을 흘리며 졸았다. 은근히 운전하지 않는 쪽이 더 좋았다는 사실을 인정해야겠다.

하지만 나조차도, 아내가 병원 주차장에서 카시트에 아이를 묶어놓고 운전석으로 들어가 룸미러와 사이드미러를 확인하는 동안 남편은 조수석에 떡하니 앉아 있는 모습은 상상할 수 없

177

었다. 그런 게 허용되리라고 생각하지 않았고, 누군가에게 물어볼 정도로 멍청하지도 않았다. 그래서 그냥 나가서 운전학원에 등록했다.

그 시간이 즐거웠다고 말할 수는 없다. 일단 통과만 하면 어떤 상황에서든 이 시련을 다시 겪지 않아도 되리라는 생각 하나로 끝까지 다닐 수 있었을 뿐이다. 다시는 일주일에 네 시간씩 자기 브레이크가 따로 있는 조수석에 앉아 골수 우파의 의견을 씨부렁대는 인간의 말에 동의하는 척 고개를 끄덕여줄 필요가 없을 것이다. 내가 극도로 싫어하게 된 누군가에게 평행 주차 기법을 비판받는 일도 다시는 없을 것이다. 다시는 10시와 2시 방향으로 운전대를 꽉 움켜쥘 필요도 없을 것이다. 내가 만약 열일곱 살 때 앞으로 14년 뒤에 다시 그 끔찍한 과정을 모두 거쳐야 하리라는 얘기를 들었다면, 그것도 운전석이 반대쪽에 있는 다른 나라에서, 더 뚱뚱하고 불쾌한 남자를 조수석에 앉히고 그 과정을 전부 치러야 한다는 것을 알았더라면, 그 일을 계속해나갈 힘을 잃어버렸을 것이다. 물론 그 두 번째 운전을 배우는 동안 포기해버릴까 생각했던 적이 몇 번 있었다. 하지만 그때마다 나 자신에게 이렇게 말했다. '이것 말고는 네가 아빠가 되기 위해 뭔가 배우는 척할 수 있는 게 하나도 없잖아. 이걸 못하면, 아무것도 못하는 거야.'

난 끝까지 버텨냈고, 첫 번째 테스트에 통과했다. 만삭이 된 아내가 내 운전에 대해 어떻게 생각하건 운전면허국의 생각은 다르다는 것을 보여주기 위해 나는 그 결과표를 잘 보관해두었다. 그리고 이제 우리 아이들 중 누구도 운전 못하는 아빠를 만나지 않아도 될 것이었다.

어느 날 밤 〈이스트엔더스〉를 보던 중 아내의 양수가 터진다. 병원으로 달려가기 전 좀 더 두고 봐야 할지에 대한 논쟁이 뒤이어진다. 부분적으로 그것은 바짝 긴장한 두 사람이 차분하고 현명해 보이려 하는 시도다. 서두를 것 없다. 짐도 이미 다 싸뒀잖아, 안 그래? 하지만 그것은 미지의 영역으로 굴러떨어지기 전 무엇이든 붙잡고 매달리려는 최후의 몸부림이기도 하다. 다들 이제 우리 삶이 뒤죽박죽 엉망이 될 것이라고 말한다. 이제 다시는 〈이스트엔더스〉를 보는 호사를 누리지 못할 것이다. 페기 미첼이 이제 막 퀸 빅토리아 선술집으로 돌아왔는데 말이다. 그리고 그녀는 샤론과 필의 외도 사실이 다 드러나 샤론과 그랜트의 사이가 멀어져버렸다는 것을 아직 모르고 있다. 스퀘어 그 동네는 지금 완전히 미쳐 돌아가고 있다.

제작에 참여한 스태프 이름들이 화면에 뜨자마자 우린 아래층으로 내려가 차에 올라탄다. 아내가 가장 가까운 맥도날드에 들러야 한다며 멀리 돌아가자고 고집한다. 우린 아직 저녁을 먹지 않았고, 자신이 이후 언제 음식을 먹을 수 있을지 알지 못하기 때문이란다. 당장은 괜찮은 생각인 것 같지만, 그것이 바보 같은 생각임을 우리가 깨닫게 됐을 때는 그로부터 한참이 흐른 뒤다.

병원에 도착해 입원 수속을 하고, 아내는 진찰을 받는다. 모든 것이 정상적이지만, 아이가 나오려면 아직 멀었다는 것을 알게 된다. 우린 기다리고 또 기다린다. 어느 시점에 간호사가 나더러 집에 가서 좀 자고 오라고 말한다. 이 상황에서는 그것이 가장 실용적이고 합리적인 행동이란다. 말도 안 되는 소리라는 생각이 들지만 나에겐 다른 선택권이 제시되지 않았고, 게다가 내게는 합리적인 사람들 속에 포함되고 싶은 강렬한 욕구가 있다. 결국 나는 집으로 돌아간다. 한잠도 못 잘 거라고 확신하지만, 금세 나 자신에게 놀라게 된다.

아직 날이 밝지 않았을 때, 다락방 침실로 오르는 계단 중간쯤에 놓아둔 전화기가 울리기 시작한다. 그나마도 전화선이 닿는 최대한 먼 지점까지 가져다놓은 것이다. 내가 그곳에 전화기를 배치한 장본인임에도 그걸 깜박하고 내려가는 길에 전화선에 걸려 넘어진다. 결국 층계참에서 엉금엉금 기어 손으로 더듬으면서, 제자리를 이탈한 수화기를 찾아낸다.

"다울링 씨?" 어떤 목소리가 말한다. 내가 "여보세요" 대신 만들어낸 우당탕 소리와 웅얼거리는 욕설에 대한 반응이다.

"네." 내가 말한다.

"여기 상황은 잘 진행되고 있어요." 그녀가 말한다. "지금이 돌아오시기에 적당한 시간인 것 같아요." 난 새벽 6시에 그런 문장을 이해할 수 있을 만큼 영국에 오래 살지 않았다. 내가 그 말의 의미를 분석하는 동안 잠시 침묵이 흐른다.

"지금 출발하라는 말씀이군요."

"그게 좋을 것 같아요." 그녀가 말한다.

아내는 전날 밤에 내가 그곳에 남겨두고 온 그 사람이 아니다. 어젯밤에도 불안해하긴 했지만, 주로 외롭거나 지루할까봐 걱정하는 현실감각 있는 사람이었다. 그런데 통증으로 점철

된 몇 시간 만에 그녀는 들짐승으로 변했다. 밤새 진통을 느끼는 사이사이, V자형 베개를 한쪽 어깨에 걸치고, 마치 죽을 장소를 찾는 동물처럼 어둡고 조용한 구석을 찾아 복도를 걸어 다녔다고 한다. 또 어느 시점엔가는 30분 동안 벽장에 틀어박혀 있었다고 한다. 아까 먹었던 치즈버거는, 아마도 일시적인 일이겠지만, 지금 그녀가 후회하는 일 중에서 가장 별것 아닌 저 아래쪽으로 밀려난 지 오래다. 그녀가 지금 가장 후회하는 일은 임신한 것이고, 그 바로 아래 항목이 나를 만난 것이다.

"당신 어디 갔었어?" 그녀가 눈을 이리저리 굴리며 말한다. 그녀는 병실 밖에 나와 있다가, 또 다른 진통이 시작되자 벽에 기대선다.

"미안해." 내가 말한다. "20분 전에야 연락을 받았어."

"나 건드리지 마." 그녀가 말한다. "이 멍청한 베개나 가져가." 난 그녀의 등에서 조심조심 베개를 꺼내 사마리아인처럼 어깨에 짊어진다. 너무나 얄팍하고 부적당한 제스처 같다.

돌이켜보면 내가 출산의 고통을 겪지 않은 게 너무나 다행스럽다. 용감무쌍한 조산사들의 행동을 상세히 설명하는 주 1회 TV 프로그램이 없다는 것도, 상황 파악 못하는 멍청한 예비 아빠들이 어떤 저능아 같은 짓을 할 수 있는지, 혹은 분만하는 사이에 얼마나 많은 잘못된 상황이 벌어질 수 있는지 자세하게 알려주는 프로그램들이 없다는 것도 천만다행이다. 경막외마취제가 투여하기 까다롭다기보다 구입하기 어렵다는 것을, 그래서 특별 메뉴를 고르지 말라고 설득하는 웨이터처럼 병원 측에서 그 사용을 만류했다는 것을 나 자신이 몰랐다는 게 차라리 잘됐다 싶다.

지금도 마찬가지지만, 내가 당시에 아무 생각이 없었다는 게 얼마나 다행이었는지 모른다. 출산의 고통을 겪는 여성과 분만실 직원 사이에서 제 역할을 하려면 중재보다 오히려 고집이 필요하다거나, "조금만 기다려, 금방 의사가 올 거야" 같은 말이 전혀 도움이 안 된다는 사실을 몰랐다는 게 참으로 다행스럽다. 분만 과정 중에 아빠들이 실제로 하게 되는 역할이 무엇인지, 즉 누군가가 저기 복도로 가서 커피라도 한잔 사 오라고 말할 때까지 방해만 되는 존재라는 것이 내가 배운 전부라는 게 다행스럽다. 그리고 그사이에 무력한 손을 부들부들 떨며 괴로워해야 하리라는 것을 사전에 몰랐다는 게 다행스럽다.

조산사는 여전히 나를 그 과정에 포함시키려고 필사적이다. 출산이 마지막 단계로 치닫자 그녀가 내게 젖은 수건을 건넨다.

"이걸로 산모 이마를 닦아주세요." 그녀가 말한다. "열도 식고, 조금 차분해질 수 있을 거예요."

"알겠습니다." 내가 말한다.

나는 심장 모니터 뒤를 돌아 침대 맞은편으로 간다. 다시 진통이 시작될 때까지 기다렸다가, 조심스레 손을 뻗어 아내의 이마 윗부분을 수건 한쪽으로 톡톡 두드린다.

"그 빌어먹을 거 치워." 그녀가 말한다.

"알았어." 내가 말한다.

그때까지 내가 전치태반이라는 용어를 한 번도 들어본 적이 없었으니 얼마나 다행스런 일인가. 전치태반이 무슨 뜻인지 당장 알아낼 수 있는 스마트폰 시대가 되기 전에 그 모든 일이 일어났으니 얼마나 다행스런 일인가. 지금 일어나고 있는 상황들이 모두 일반적인 것이라고, 원래 피가 저렇게 많이 날 수밖에 없다고 생각할 수 있었으니 난 얼마나 운 좋은 놈이었단 말인가. 상황을 복잡하게 만드는 문제의 성질이 무엇인지 충분히 설명받지 못했기에, 내가 무슨 일이 일어날 뻔했는지 이해했을 때쯤에는 이미 위험이 지나간 뒤였으니 얼마나 다행스런 일인가.

이런 나의 무지 덕분에, 솔직히 난 그저 출산에 동반되는 깊은 감정만을 음미할 수 있었다. 창호지처럼 창백하게 지쳐 있는 아내와 투명 아크릴수지 상자 속에 누운 그 작은 보라색 생명체에게 온 관심을 쏟아부을 수 있었다. 짧은 휴식이 허락된 남자의 단순한 안도감으로, 두려움이 아니라 어찌해야 할지 모르는 당황스러운 감정으로, 그저 거기에 서서 울 수 있었다.

오후 느지막이 되어서야 그 전 과정이 끝난다. 아내가 혈액제제를 보충받는 동안, 난 소식을 전하기 위해 다시 집으로 파견된다. 아들이에요, 우리 아들이 태어났어요.

몇 시간 후 내가 다시 병원으로 돌아왔을 때, 아내는 침대 한가운데 책상 다리로 앉아 사과를 먹으면서, 자기 앞에 누워 잠들어 있는 아기를 내려다보고 있다.

난 인기척을 내지 않고 잠깐 뒤에 남아 있기로 한다. 그것은 내 기억 속에 영원히 지워지지 않는 사진처럼 깊이 아로새겨져 있는 장면이다. 그리고 아빠가 되는 것에 뒤따르는 묘한 소외감을 느끼게 된 첫 번째 사례이기도 하다. 아내는 오랫동안 보지 못한 자신의 일부를 보는 것처럼, 특별할 것 없으면서도 한 없이 매혹된 표정으로 우리 아들을 응시하고 있다. 몇 달 동안 깁스를 하고 지내다 드디어 해방된 자신의 발을 보는 것 같은 표정이랄까. 내가 임신이나 출산 과정을 지켜보면서 뭔가 놓치고 있다고 느낀 적은 한 번도 없었다. 내가 무엇을 보았는지에 대해서는 굳이 알고 싶지 않을 것이다. 하지만 그 순간 나는 첫눈에 알아차릴 수 있다. 그것이 내가 다른 누구 또는 다른 무엇과도 갖지 못할 친밀함의 시작이라는 것을. 그것이 남자로서 약간 두려워지기까지 한다. 그것은 막연하게 신비로운 것이 아니라, 부인할 수 없을 만큼 물리적이고 사실적이다. 본능적이라는 말은 하지 않을 것이다. 그날 이후로 오랫동안 나는 본능적이라는 말을 사용하지 않았다.

아빠가 된 처음 몇 주 동안 아이에 대한 나의 공동책임은 단하나의 역할로 설명할 수 없는 무언가가 된다. 대부분은 단조롭고 고된 노동이다. 청소를 한다, 심부름을 한다, 기저귀를 갈아준다.

아이 양육에 관한 한 나는 기본적으로 대역 배우다. 밖에서 대기하고 있다가 아내가 전화통화나 다른 뭔가를 해야 할 때 잠깐 들어가서 대신 아이 기분을 맞춰줘야 하는 존재다. 아이가 엄마와 아빠에게 요구하는 것들은 대충 비슷하다. 먹이고, 입히고, 책 읽어주고, 눈 맞춰주기를 바란다. 다만 그 모든 것이 엄마에게서 오는 쪽을 선호할 뿐이다.

아이의 기본적인 신체 동작 조정 능력이 개발되기 시작하면서, 녀석은 날 대체로 폭력 실험의 대상으로 바라본다. 손가락으로 내 눈을 찌르고 내 코에 갖가지 작은 물건들을 쑤셔 넣으려 한다. 내가 녀석을 안고 계단을 오르는 동안 내 목에 손톱을 박아 넣는다. 난 개의치 않는 척한다. 그게 어떤 식으로든 도움되는 것으로 여겨질 수 있다면, 아이의 오후 스케줄이 온통 내 입술을 잡아당기는 것으로 채워지더라도, 아이와 나란히 바닥에 누워 있는 것만으로도 행복하다.

아이 돌보는 요령은 당최 없는 듯하지만, 난 그런 요령 없이 아이를 돌보는 일에 요구되는 강인한 체력에 자부심을 느끼기 시작한다. 스포츠 경기처럼, 숟가락을 피하는 입에 먹을 것을 집어넣고 발버둥치는 다리에 기저귀를 채우는 데 요구되는 극기심과 남자다운 인내심을 한껏 즐긴다. 언젠가는 이 녀석이 커서 내 기저귀를 갈아주게 될 거라고 생각한다. 아, 그리고 그때 내가 어떻게 발길질을 할 것인지도 생각한다. 힘들 때마다 나 자신을 우악스러우면서도 마음 따뜻한 교관으로 상상한다. 당신의 귀에 입을 대고 이렇게 말하는 교관 말이다. "이봐, 난 여기 점수 따려고 온 게 아니야."

하지만 나는 녀석에게 점수를 따야 한다. 사람들이 날 좋아하도록 꼬드기는 것이 내 인생의 사명이다. 아들 녀석한테도 그런 감정을 일으킬 수 없다면 그게 뭐란 말인가?

녀석 입에서 처음 나온 단어는 '엄마'를 의미하는 '아빠'다. 녀석이 나에게 완전한 문장으로 말한 첫 마디는 '저리 가'였다.

우린 같이 밖에 나가 있을 때 더 사이가 좋다. 그 순간 엄마를 선호하는 것은 녀석의 선택 사항이 아니기 때문이다. 난 뒷

자리 카시트에 녀석을 태우고 다니기를 즐긴다. 이럴 때 아들 녀석은 하나의 가치 있는 목적에 꽤 쓸모가 있다. 엄밀히 말해서, 녀석이 차에 타고 있을 때는 나 혼자 말하는 게 아니다.

아이가 태어난 지 1년이 지났을 때쯤, 나는 많은 것을 배웠다. 젖병 네 개를 조립라인 식으로 준비하는 법을 배웠다. 1분 안에 기저귀 가는 법을 배웠다. 나 자신에게 해를 끼치는 척해 한 살짜리를 웃게 만드는 법을 배웠다. 슈퍼마켓에 갔을 때 가장 곤욕인 일이 카트에서 울부짖는 아이를 꺼내놓는 것임을 배웠다. 한번 내려놓으면 결코 다시 태우지 못할 것이다.

이 기간이 끝나갈 무렵 난 낮에 하는 일을 그만둔다. 이제 프리랜스 작가 일만 해도 되는 완벽한 순간이 왔다고 생각한 것이다. 프리랜서라는 직업이 그 이름과 어울리지 않게 상당히 모순적이라는 것을 곧 알게 되지만, 아무튼 낮에 일하러 나가지 않아도 됨으로써 난 하루 종일 집에 머물며 아이에게 호감을 사기 위한 치밀한 작전을 계속 수행해나갈 수 있게 되었다. 그 일로 돈을 버는 건 아니지만, 아이에게 늘 곁에 있는 존재가되어 그 부분을 메울 것이다.

이제 나는 가장 엄밀한 의미의 전업 아빠가 된다. 개인적으로는 아이와 같이 있는 게으름뱅이라고 하는 게 더 맞는 것 같다. 당시에 전업 아빠라는 용어가 있기나 했는지 모르겠다. 그보다는 전업 남편이라는 말이, 그리 일반적이지 않은 사람들에 대해 더 흔하게 사용되는 용어였다.

낮일을 그만둠으로써 나는 전업 아빠라는 말의 진정한 의미까지는 아니더라도 그것이 전업 남편과 어떤 차이가 있는지 확연하게 보여주었다. 아내는 집에 있게 된 나의 새로운 위치를 부끄러워하지 않는다. 질병이나 장애로 바깥출입을 못하는 사람과 전업 남편이 완전히 다르다는 것을 사람들에게 지적하기 위해 피나는 노력을 기울일 뿐이다. 근무 시간에 나는 하루 종일 창밖을 내다보는 것이 하는 일의 전부인 쓸모 있는 동네 사람에 더 가깝다.

그래도 어쨌거나 나는 전업 아빠처럼 보인다. 수요일 오후 3시에 딱히 더 나은 할 일이 없어서 걸음마 아기 둘을 데리고 동물원에 가 있는 나를 본다면 특히 그런 생각이 들 것이다. 토요일에 아이들을 데리고 나가면, 난 이혼한 아빠처럼 보인다. 토요일에 아이들을 데리고 슈퍼마켓에 가면, 그냥 무능한 남자로 보인다.

나의 아빠 노릇은 주로 프로레슬링 2인조 팀의 일원처럼 이루어진다. 위기와 위기들에 치여 휘청거리고, 그때그때 봐가며 방침을 만들어내고, 접근 방식이 현격하게 차이 나더라도 같은 팀원과 공동전선을 펼친다. 아내와 나는 아이를 기르는 면에서 더 재미없는 측면들을 동등하게 나눈다. 하지만 적어도 둘 다 상대방이 먼저 하도록 유도하기 전에는 아무것도 하지 않는다.

"애가 또 울어." 아내가 주먹으로 날 쳐서 깨우며 말한다.

"아이고, 왜 이렇게 눈이 뻑뻑하지? 잠을 한숨도 못 자서 그런가."

"아이 좀 달래." 아내가 말한다.

"30분 전에 내가 갔다 왔잖아." 내가 말한다.

"당신 아들이 울고 있잖아." 그녀가 말한다. "누구 차례인지는 중요하지 않아."

"그래, 말 잘했어. 이번엔 당신 차례야." 내가 말한다.

"얼른 가."

"이제 그친 모양인데." 내가 말한다.

"안 그쳤어."

"그럼 애를 데려올까?"

"아니."

이건 이상적인 무언가가 아니라 시스템이다. 공동 육아, 남
들은 그것을 그렇게 부르는 모양이다.

12
알파메일, 오메가맨

몇 년 전 나는 소설을 한 편 쓴 적이 있다. 우리
의 목적을 위해 당신이 이 책에 대해 알아야 할 것은 딱 네 가
지다.

1. 그 책은 세상에 불을 지르는 데 실패했고, 8개월 뒤 문
   고판으로 다시 세상에 불 지르는 데 실패했다.
2. 이런 이중의 실패에도 불구하고, 사실 그렇게 나쁘지는
   않다.
3. 지금은 아마존 킨들에서 전자책으로 이용 가능하다.
4. 신문 기획편집자가 프리랜스 저널리스트인 주인공에게
   전화를 걸어 이렇게 물어보는 짧은 장면이 포함돼 있다.
   "스스로를 알파메일(alpha male, 강한 남자—옮긴이)이라고 생
각하세요?"
질문의 의도를 이해하지 못한 주인공은 곧바로 대답하지 않

는다. 기획편집자는 현대화하고 여성화한 우리 사회에는 알파
메일이 진화론적으로 어울리지 않는다는 최근 연구 결과에 대
해 이야기한다. 한때는 남자들에게 유리하게 작용했던 공격성
과 지배적인 가식이 지금은 역효과를 일으키고 있는 형국이니,
저널리즘의 기본 형태인 알파벳순과 비슷하게 베타메일, 감마
메일, 델타메일 등, 알파메일보다 더 적은 수의 남자들의 유형
에 관해 1,500자 원고를 의뢰하고 싶다고 말한다.

"그러니까 우리가 원하는 것은 그리스 알파벳이에요." 그가
말한다. "알파에서 오메가까지의 모든 남성들이요. 재미있어야
하고요."

나는 이 짧은 장면을 픽션 스타일로 만들어냈다. 알파메일이
아닌 남성들의 조용한 부상 혹은 부상하지 않음을 설명하기 위
해서가 아니라, 그저 저널리스트인 내 주인공에게 최악의 임무
를 부여하기 위해서였다. 알파벳순으로 써야 한다는 자체가 끔
찍하고 진부하기 짝이 없다. 이미 오래전에 한물간 포맷이다.
알파벳 스물여섯 자 하나하나에 익살과 개그를 첨부해야 한다
는 게 굉장히 부담스럽고, Q와 X 항목을 어떻게든 날조하거나
얼버무리는 일도 불가피하다. 게다가 생각만큼 재미있지도 않
다. 왕년에 몇 번 그런 글을 쓴 적은 있다. 하지만 지친 프리랜
스 글쟁이에게 그런 의미 없는 알파벳순의 뭔가를 또다시 써야
하는 것보다 더 두려운 일이 뭐가 있겠는가? 난 그렇게 생각했
다. 그 후에 또 이렇게 생각했다. 대신 그리스 문자순으로 쓴다
면 어떨까?

소설에서 주인공은 그 일을 거절하려 하지만 실패한다. 그는 그 아이디어에 대한 자신의 열정 부족을 드러내며, 그 일을 성공적으로 해내는 건 자신의 능력 밖이라고 주장한다. 몇 가지 관점에서 이의도 제기해본다. 하지만 아무 소용이 없다.

"당신은 분명 알파메일이 아니에요." 편집자가 말한다. "타우(그리스 자모의 열아홉 번째 글자—옮긴이)메일쯤 되지 않을까 싶군요."

"난 그게 뭔지도 몰라요." 주인공이 말한다.

내가 기억하기로, 이 장면을 쓴 것은 내게 기분 좋을 만큼 고통스러운 아침 작업이었다. 그런데 결국 그 농담이 내 일이 되어버렸다. 며칠 후 이 허구의 기사를 빠짐없이 재현하는 것이 서술상 매우 쓸모 있으리라는 생각이 들었다. 그래서 직접 책상 앞에 앉아 그 빌어먹을 알파벳순을 다 써 내려가야 했다. 그 일을 끝내는 데 일주일 하고도 반나절이 걸렸고, 1,200자밖에 맞추지 못했다. 내가 그동안 청탁받았던 다른 일감들처럼 그 일에서 손을 뗄 수 있다는 게 얼마나 기뻤는지 모른다.

6년 뒤 내가 작업실에 앉아 일하고 있을 때 전화벨이 울린다. 상대방은 라디오 프로그램인 〈우먼스 아워〉의 막내 작가다. 그녀는 알파메일에 관해 나와 이야기하고 싶다고 말한다.

그녀는 알파메일이 요즘 내리막을 걷는 중이며, 지나치게 경쟁적이고 지배적인 알파메일의 성향 때문에, 현대화하고 여성화한 우리 사회에서 명백히 불리한 입장에 놓일 수밖에 없다는 최근 잡지 기사의 내용을 이야기한다. 누군가는 베타메일의 세상이 도래하고 있다고도 주장한단다. 그녀에게서 그 말을 들었을 때, 난 전에도 꼭 그런 상황이 있었던 것 같은 기시감을 느낀다.

마침내 그녀가 말한다. "그럼 작가님은 자신이 알파메일이라고 생각하세요, 아니면 베타메일이라고 생각하세요?"

"타우메일쯤 되는 것 같은데요." 내가 말한다. 침묵이 흐른다.

"제가 그리스 문자를 잘 몰라서요." 그녀가 말한다.

내가 나 자신을 온순하고 별 볼일 없는 남자로 규정짓는 짧은 토론이 뒤를 잇는다. 그것은 일종의 사전 면담이다. 통화가 끝날 무렵 나는 〈우먼스 아워〉에 출연해달라고 초대받는다. 난 다소 계산적으로 그 생각에 대한 내 열정 부족을 드러내고, 그런 방송 출연이 내 능력 밖에 있는 일인 것 같다고 이야기한다. 나의 낮은 자존감과 관련된 무언가가 그녀를 기쁘게 한다.

이는 내가 인간사회의 알파메일 개념에 대해 생각해봐야 할 필요를 느낀 첫 번째 사례였고, 가장 처음 머리에 떠오른 생각은 이것이었다. '기본적으로 말도 안 되는 헛소리야. 알파메일이란 원래 늑대 무리에서 찾을 수 있는 거잖아. 그걸 사회학적 용어로, 유니클로에서 쇼핑하는 인간들에게 적용하면 별 의미가 없어.'

나중에 알고 보니 내 생각이 틀렸다. 그 용어는 늑대들에게도 적용되지 않는다. 야생의 늑대 무리는 알파메일과 알파피메일로 구성된 알파커플이 지배하는데, 생물학자들은 그들을 더 이상 그런 식으로 부르지 않는다. 그들이 무리 내에서 높은 지위를 차지하는 이유가 커다란 덩치 또는 공격성 또는 강한 경쟁심 때문은 아니기 때문이다. 그들이 무리를 이끄는 것은 그 휘하 늑대들이 모두 자신의 새끼들이기 때문이다. 늑대 무리는 한 가족이고, 알파메일은 아빠다.

다른 여러 영장류 집단과 마찬가지로, 침팬지들도 알파메일을 만들어낸다. 하지만 침팬지와 같은 속에 속하는 보노보 침팬지들은 암컷이 우세한 힘을 지니는 사회에서 살아간다. 어쨌든 알파메일은 여러 유형 중 하나가 아니라 지위이자 직무이며, 엄격하게 직선적인 계급체계에서 딱 하나밖에 존재할 수 없다. 알파메일의 지위를 유지하는 요인이 덩치든, 힘이든, 나이든, 공격성이든, 다른 녀석들의 털을 성실히 손질해주는 것이든(알파침팬지의 일 중에서 상당 부분이 지겹도록 정치적이다), 그것은 사실 인간사회의 무엇과도 비슷하지 않다. 침팬지들도 자기 이력을 속여서 출세할 수 있다면 아마 우리처럼 그렇게 할 것이다.

여성화한 사회에서 겉도는 느낌이 드는 알파메일에 대해 반복적으로 얘기하고 있는 지금, 이는 팀워크 또는 대중을 다루는 일이나 피드백 관리 같은 이른바 '부드러운 기술들'을 귀하게 여기는 취업시장에서 남성들이 갈수록 여성들만큼 적응하지 못하고 있다는 뜻이기도 하다. 그리고 정말로 밀려나는 쪽은 전형적인 베타메일들이다. 즉 자신에게 기대되는 바를 충실히 이행하는 한 직업을 보장받았던 봉급생활자들. 하지만 이전의 기업 구조는 타고난 지배계층의 무의식적인 복제가 아니었다. 사람들이 그렇게 만들었고, 그것은 이제 다른 무언가로 대체되고 있다.

남자 인구 전체를 알파와 베타로 나누는 게 말도 안 되는 일임은 다들 알고 있을 것이다. 그런데도 이 개념은 묘하게 대중문화 속에 들어와 박혀 있다. 세월의 흐름에 따라 사회가 그 우선순위를 조정하게 되며, 알파메일이 단순히 '재수 없는 놈'의 동의어가 되지 않도록 알파메일의 조건에 대한 우리의 생각도 수정될 수밖에 없다. 남성용 잡지나 근육 보조제 팝업 광고들을 싣는 남성 지향 웹사이트들을 조사해보면, 그런 수정주의 알파메일의 특징이 '스스로를 비웃을 줄 안다', '다른 사람의 말을 경청한다', '잘못을 사과할 줄 안다', '새로운 기술을 개발한다', '타인을 돕는다' 등으로 나타나 있다. 그런 사람들을 볼 때 폴 포트(국민을 대학살한 캄보디아 공산당 지도자—옮긴이) 같은 알파메일이 떠오르는 일은 없겠지만, 강자 혹은 승자에 대한 우리의 개념은 그 개념 자체를 포기하기보다 차라리 거기에 억지로라도 뒤늦은 감성을 욱여넣을 만큼 몹시도 끈질기다.

어쩌면 그 단어에 대한 우리의 부적절한 호감은 별다른 해를 끼치지 않을지도 모르고, 몇몇 별난 성격상의 특징들을 특정 별자리 탓으로 돌리는 것보다 그리 나쁘지 않을 수도 있다. '경쟁적이고 목소리가 크다', '키가 크고 문란하다' 같은 식으로 몇 가지 특질들을 하나의 라벨 아래 뭉뚱그려놓는 것은 대화에 편리한 약칭에 불과할 수도 있다. 하지만 남성 인구 전체를 알파와 베타로 구분하는 것은 남성성이라는 개념을 제로섬 게임으로, 즉 착한 남자가 꼴찌 하고 마는 경쟁처럼 여긴다는 의미가 되기도 한다. 그것은 남자 상사가 부서를 통솔하는 동시에 끔찍한 대장 노릇을 하는 것이 시스템의 어쩔 수 없는 운명이라는 믿음을 강화시킨다. 어차피 그는 알파메일이라고. 어차피 그것이 세상 돌아가는 방식이라고.

무엇보다 이 시스템에는 진화론적인 명령형이 뒤따른다. 여성들은 알파메일을 선호한다, 그러니까 알파메일이 되거나 그렇게 가장하는 방법을 배워라. 이것이 일부 매력 없는 남자들이 여자 꾀는 성공률을 높이기 위해 주문처럼 외우는 말이다. 그들은 항상 자신의 '번식'에 유리하다고 여겨지는 시스템에 대해 사이비 과학적인 정당화를 추구한다. 술집에서 만난 취한 여자와 섹스하는 것도 번식에 성공한 것으로 간주한다. 하지만 진정 번식에 성공하는 것은, 즉 A 세 개짜리 건강한 후손을 낳는 것은 아마 술집에서 여자 고르는 일을 그만둔 뒤에야 가능하리라는 점을 지적해야겠다.

그래도 여성들이 알파메일을 선호한다고 하면 남성들은 스스로가 알파메일이 아닌 다른 무엇이라고 암시할 만한 신호들을 내보내지 않으려고 안간힘을 쓴다. 내가 적지 않은 나이임에도 쇼핑카트 쌓인 곳에서 카트 하나를 꺼내기 위해 가짜 동전을 사용해야 할 때마다 남자답지 못한 것 같은 수치심을 느끼는 게 바로 그 증거다. 남자다움에 대한 우리의 왜곡된 개념이 그런 어리석음을 놓아주지 않는다. 얼마 전 데이비드 캐머런 총리는 노동당 대표 에드 밀리밴드가 가끔 에드 볼스 의원에게 커피를 가져다준다는 이유로 '자신감과 남자다움이 부족하다'고 비난했다. 이외에도 다른 수많은 특질들이 진지하게 또는 농담조로 알파메일이 아니라는 증거로 인용되고 있다. 예를 들면 다음과 같은 남자들은 알파메일이 아닌 것으로 간주된다.

- 채식주의자
- 운전 못하는 남자
- 비열한 짓을 하는 남자
- 안경 쓴 남자
- 고질적으로 폭력을 망설이는 남자
- 여자에게 저녁을 얻어먹는 남자
- 버스 타고 다니는 남자
- 앉아서 소변 보는 남자
- 꽃 이름을 잘 아는 남자
- 앞치마를 갖고 있는 남자
- 공무원

편안하고 자신감에 차 있는 21세기 남자라면 아마 자신이 알파메일이 아닌 행동을 몇 가지 한다고 해서 걱정스럽거나 하진 않을 것이다. 개인적으로는 위에 제시된 항목 중 다섯 가지 정도는 기꺼이 감당할 수 있다. 하지만 그것을 모두 충족시키기는 아무래도 부담스럽다. 우리는 여성의 마음을 얻고 유지하는 데 필요한 정도로만 위험을 회피할 뿐, 알파메일에 대한 통념을 여전히 굳게 부여잡고 있다.

물론 세상이 그런 쪽으로 흘러가고 있지는 않다. 공들여 왁스 바른 콧수염을 자랑스럽게 드러내 보이는 남자에게도 여자친구가 있다는 사실을 발견할 때마다 나는 끊임없이 놀라워하며 세상이 달라지고 있음을 확인한다. 알파메일은 어리석은 개념임에도 우리의 사고방식에 일종의 독재를 행사하고 있다. 이

족쇄에서 스스로를 풀어내야 한다.

알파메일에 대한 통념은 진화심리학의 부산물이다. 진화심리학은 천년의 자연선택과 도태 과정이 우리의 생각과 행동을 형성해왔지만 우리의 뇌는 석기시대 이후로 크게 진화하지 않았다고 주장하는 이론이다. 우리는 실질적으로 여전히 석기시대 혈거인들이자, 현대사회의 갖가지 요구에 적합하지 않은, 생명활동의 노예들이다.

이 전제가 완전히 틀렸다고 할 순 없더라도, 진화생물학자들은 이에 대해 자주 이의를 제기한다. 우리의 뇌가 별로 달라지지 않았다고 제시하는 이론이 설득력 있을 수는 있으나, 10,000년 전 우리 조상들이 어떻게 생각하고 행동했는지 입증할 만한 증거가 거의 없다는 것이다. 인간이 현대 침팬지에게 보이는 일종의 계층적 지배체제하에서 무리 지어 살았다는 믿음을 지지할 만한 증거도 없다. 현 인류에게 가장 가까운 공동 조상은 600만 년 전에 나타났으며, 그 이후로 우리는 분명 각기 다른 방향으로 진화해왔다.

우리가 지닌 약간의 증거로 판단컨대 초기 인류는 평등한 무리 속에서 함께했으며, 지배하려 할 경우 오히려 처벌을 받았던 것 같다. 일부 사람들은 인간의 뇌가 서열 맨 꼭대기에 알파메일을 둔 부족들에게서 물려받은 유산이라 생각하지만, 그것은 거의 사실이 아니다. 당신이 알파메일인지 아닌지에 대한 걱정은 접어두기 바란다. 그런 것은 없다.

막내 작가와 통화한 다음날 아침, 나는 〈우먼스 아워〉 출연자 대기실에서 커피를 마시고 있다. 심하게 땀을 흘리면서, 영국 우정공사 직원과 잡담을 나눈다. 그는 퀘이커 교도 사회개혁자이자 평화주의자인 조안 메리 프라이의 모습이 담긴 우표가 새로 발행됐다며 새 기념우표를 홍보한다.

그가 말한다. "그런데 선생님은 여기 무슨 얘기를 하러 오셨습니까?"

"알파메일이 아닌 남자에 대해서요." 내가 답한다.

"아, 저도 알파메일은 아닌 것 같아요." 그가 말한다. 나는 어깨를 으쓱한다. 그의 소심한 태도와 액자에 담긴 우표들로 봐서 당연히 그럴 것 같다고 생각한다. 내가 이미 알파메일 같은 것은 없다고 결론지었다는 사실을 나 자신에게 상기시켜야 한다.

시간이 되자 나는 은은하게 불이 켜진 스튜디오로 안내되어 마이크 앞에 자리를 잡는다. 내 옆에 다른 남성 기자가 착석한다. 나와 상반된 의견을 제시하러 온 사람인 모양이다. 나는 내 의견이 무엇인지 기억하려고 노력한다. 사회자 제니 머레이가 그에게 먼저 말을 건다. 그가 말하는 동안, 나는 필사적으로 알파메일이라는 통념에 관한 나의 수정된 견해를 정리해본다. 지나치게 단순화하지 말고 철학적 조리를 갖춰 반대해야 한다. 그 첫마디를 어떻게 한 문장으로 압축할지 고민한다. 마침내 제니 머레이가 날 돌아보며 묻는다. "당신은 알파/베타메일 스펙트럼에서 자신이 어디쯤 있다고 생각하십니까?"

"람다(그리스 자모의 열한 번째 글자-옮긴이) 근처 어딘가에 있는 것 같습니다." 나는 말한다.

13
슬픈 사건

장모님의 장례를 치른 지 3주가 지났다. 전화 벨이 울린다. 사람들에게서 아직도 계속 전화가 오고 있다. 그들은 아내가 이 슬픔을 어떻게 감당하고 있는지 궁금해한다. 한밤중의 앰뷸런스, 병원으로의 이송, 계속되는 나쁜 소식과 더 나쁜 소식들, 반복적으로 이어지는 두려운 애도의 순간들, 짧은 집행유예, 그리고 끝내 슬픔의 긴 그림자가 드리워진 암울한 하루하루를 꾸역꾸역 버텨내야 했던 길고 힘든 한 해였다. 이 모든 일을 거치면서 난 내가 얼마나 부족하고 모자란 사람인지 새삼 느꼈다. 비상상황이 되면 그 일을 헤쳐나갈 만한 강인함과 성숙함이 내 안에서 솟구쳐 나올 거라고 생각했는데, 그런 건 없었다.

아내는 사랑하는 이를 잃었다. 외상후 스트레스 장애를 겪고 있다. 우리는 집에 대해, 미래에 대해, 우리 인생에 큰 영향을 미칠 결정들을 내려야 한다. 하지만 둘 다 제대로 생각할 수 없는 상태인 듯하다. 두 살배기 아들의 이런저런 요구들을 챙겨주는 게 반가운 기분전환이 되지만, 아이 돌보는 일이 우리의 모든 기력을 바닥낸다. 확실히 얘기하지는 않았지만, 우리는 우리 삶의 이 부분이 끝나고 다시 뭔가를 고대할 수 있는 날이 올 때까지 그저 기다린다는 데 동의한다.

아내가 전화통화를 하다 말고 나에게 수화기를 건넨다. "당신 동생이야." 그녀가 말한다.

전화선을 통해 소란스런 파동을 띤 쉭쉭 소리 같은 게 들린다. 난 처음에 그것이 장거리전화에서 나타나는 일반적인 잡음인 줄 착각한다. 수화기를 귀에 더 가까이 댔을 때에야 아까부터 들렸던 그 소리가 누군가의 울음소리임을 깨닫는다.

"엄마가 아프셔." 내 여동생이 말했다.

동생이 말하기를, 어머니가 췌장암 진단을 받았다고 한다. 난 마지막에 좋은 소식이 있기를 기대하며 계속 기다렸지만 좋은 소식은 없다. 수술 일정이 잡히긴 했지만 그 뒤에 이어질 장기치료는 주로 고통을 완화하는 임시방편일 뿐, 어머니는 앞으로 1년에서 18개월밖에 살지 못하실 거란다.

난 어머니에게 전화한다. 어머니는 날 걱정시키지 않으려고 일부러 쾌활하고 낙관적으로 얘기하신다. 아니, 어쩌면 정말로 낙관적인 것일까. 잘 모르겠다. 내 평생 그런 대화는 나눠본 적이 없다.

2주 후 나는 그 나쁜 소식에도 불구하고 부모님이 미국 시니어 올림픽이 열리는 애리조나로 여행할 계획이라는 사실을 알게 된다. 아버지가 거기 선수로 출전할 예정이다. 난 어떻게든 가장 빠른 날로 휴가를 내서 부모님과 합류하려고 스케줄을 짠다. 아내를 두고 떠나기에 적당한 시기는 아니다. 어머니를 잃고 상심한 상태로 어린아이를 돌봐야 하고, 더구나 그녀가 계속해서 일깨워주듯 지금은 둘째를 임신한 상태다. 지금은 무얼 하기에도 적당한 때가 아니다.

오래된 여권을 들여다보면 내가 그해를 어떻게 보냈는지 확인할 수 있다. 그것은 내 인생 정보를 알려주는 색인과 같다. 난 5월 말에 애리조나로 여행을 다녀왔다. 로스앤젤레스로 날아가 거기서 남동생과 함께 차를 타고 애리조나 투손으로 갔다. 그 후 7월에 2주간 부모님 댁에 다녀왔다. 그게 전부다. 어머니도 1월에 한 번 둘째가 태어나기 전에 잠시 런던에 다녀가셨다.

이렇게 만날 때마다 어머니는 믿어지지 않을 정도로 괜찮아 보였던 것 같다. 그것이 아마 어떤 결정도 내리지 않기로 한 나의 결정에 기여했을 것이다. 남동생은 캘리포니아를 떠나 부모님 댁에 더 가까운 곳으로 이사했지만, 짐 싸는 것은 내게 선택할 수 있는 사항이 아니었다. 나에게는 아내와 어린 두 아이가 있었다. 10년 전 스물일곱이었을 때는, 내가 이 행성 어디에 텐트를 치고 살건 중요하지 않은 듯했다. 난 누구도 버리지 않았고, 혹은 아무것도 포기하지 않았다. 상황에 맞춰 적응하며 살아갈 뿐이었다. 두 개의 대륙에 각자 자신의 가족과 중요한 할 일이 있는 두 개의 가정이 있음으로 인해 곤란해질 수 있는 어떠한 만일의 사태에 대해서도 생각하지 않았다.

애리조나로 여행을 다녀온 지 딱 1년 됐을 때, 나는 코네티

컷으로 날아오라는 연락을 받는다. 어머니 상태가 악화돼서 두 번째 수술을 했고 집에서 회복 중이시라고 한다. 사실은 회복 중이 아니라는 게 다를 뿐이다. 다들 지금 집에 와야 한다고 말한다. 그리고 나는 그게 어떤 뜻인지 안다.

즉시 날아간다. 죽음의 사자 같은 기분으로 비행기에 오른다. 어머니가 날 보고 이런 생각을 하실 것 같다. '이 아이가 왔으니, 내가 곧 죽을 모양이구나.'

이러한 상황이 두 번째로 이어진다. 내가 도착한 다음날 아침 어머니는 깨어나질 못하고, 우리는 앰뷸런스를 부른다. 어머니는 저혈당 쇼크 상태다. 주사를 맞자마자 의식을 회복하지만, 그날 나중에 내가 병원에 갔을 때 어머니는 좀 전에 내가 왔을 때를 기억하지 못한다. 난 처음부터 다시 아기 사진들을 보여준다. 벌써 5개월이 된 아기 사진들을.

불안정한 날들이 흘러가고, 자주자주 끊기는 일상이 만들어진다. 면회 시간별로 시간이 나뉜다. 병원 밖에서 만나 차장 밖으로 종일 주차권을 건네는 일이 반복된다. 어머니는 주로 잠들어 있고, 그 시간에 우리는 크로스워드 퍼즐의 힌트를 교환한다. 깨어 있을 때 어머니는 의식이 또렷하고 재잘재잘 이야기하지만, 시간의 흐름에 대해서는 잘 모르는 것 같다. 매일매일이 같은 날로 느껴질 것이다. 왜 아니겠는가? 모든 게 똑같아 보이고, 누구 하나 어디에도 가지 않는데.

예배 문제로 수녀님들과 약속이 잡히고, 이용 가능한 못자리를 알아보기 위한 엄숙한 여행을 한다. 그 사이사이에 나는 일을 한다. 마감에 늦지 않게 영국으로 파일을 보내려고 동트기 전에 일어나 글을 쓴다. 모든 게 막바지에 이르러 있고, 다급하다. 하지만 내 기억 속에 이 기간은 뭐랄까, 나른하고 꿈같은 느낌으로 남아 있다. 몇 달 동안 이어진 꿈.

교구 신부님이 병원에 왔다가 우리 병실에 들러 자기가 온 김에 종부성사를 하는 게 어떠냐고 제안한다. 그것은 우리가 어머니에게 이런 말을 해야 하는 곤란한 제안이었다. "정말 우리가 연락한 게 아니에요. 신부님이 우연히 여기 오신 거예요."

다행히 어머니는 잠들어 있다. 그 상황에서 우리 누구도 반대하지 못한다. 그런데 곧 다 같이 거기에 참여해야 된다는 것을 알게 된다. 지금까지 나는 종부성사가 진행되면 X레이를 찍을 때처럼 다른 사람은 모두 방에서 나가야 하는 줄 알았다.

우리가 아직 망설이고 있는데 신부님은 다 같이 침대에 둘러서서 손을 맞잡으라고 한다. 신부님이 일상적인 말로 운을 뗀다. 난 그러지 않으려고 노력하지만 결국 여동생의 눈을 보게 됐고, 우리 둘 다 같은 생각을 하고 있음을 알아차린다. 어서요, 신부님. 빨리 끝내주세요.

마침내 신부님이 실질적인 기도문을 읊조리기 시작한다. 이때 어머니가 깨어난다. 하필 자녀들이 손을 맞잡고 고개 숙인 채 그녀를 내려다보고 있는 이 순간에, 맞은편에 성직자가 서 있는 이 순간에. 나는 우리가 뭔가 다른 일을 하고 있는 척하고 싶은 강한 욕망에 사로잡힌다. 재미난 수수께끼 놀이를 하거나, 뮤지컬 〈갓스펠〉의 한 장면을 연습하는 척하면 어떨까. 하지만 슬프게도 어머니는 결코 바보가 아니다.

"종부성사 감사합니다, 신부님." 그녀가 말한다.

나는 나중에 전화로 아내에게 그 이야기를 전한다. 섬뜩하고 재미있는 일화인 것처럼 얘기하려고 노력하지만, 아내에게는 그런 식으로 들리지 않는 모양이다. 난 당신도 거기 있었어야 했다고 말한다. 그다음에 가장 하기 곤란한 이야기를 꺼낸다. 어머니가 처음 예상했던 것처럼 빨리 돌아가시지 않을 것 같고, 병원의 입원 방침상 더 오래 있을 수가 없다는 것을. 또한 어머니의 보험으로는 언제 끝날지 모르는 이 비싼 입원비를 감당하지 못할 것이다. 의사가 어머니를 우리 집에서 두 시간 거리에 있는 호스피스 병원으로 옮기는 게 어떠냐고 말한다. 아마 며칠 내로 옮겨야 할 것 같다.

전화 반대편에서 침묵이 흐른다. 아내 역시 자신의 어머니가 의료보험 가능 기한을 넘겼을 때 비슷한 딜레마에 직면한 바 있다. 난 아내가 아마 그 생각을 하고 있지 않을까 짐작한다.

"거기 사람들이 아주 친절하대." 내가 말한다. "그래도 우린 좀……."

"나도 당신이 필요해." 아내가 말한다.

이는 당장 정확한 반응을 보이기 어려운 경우 중 하나다. 그녀의 말은 한 가지 측면에서는 옳다. 그녀는 지금 어린 두 아이를 혼자 감당하고 있다. 하지만 나도 지금 비행기에 탈 수 있는 입장이 아니다. 언제 탈 수 있을지 예측할 수도 없다. 이런 상황에서 마땅히 해야 할 옳은 일이란 없다. 이어지는 사건과 결정과 거기에 수반되는 결과들이 있을 뿐이다. 나는 우선순위가 복잡하게 꼬여버린 상태에 직면해 있고, 이 상황을 요약할 절묘한 방법이 있는지 모르겠지만 아무튼 아무 생각도 할 수 없다.

"내가 여기 놀러 와 있는 게 아니잖아." 내가 말한다. 방금 수영장에 갔다 왔다는 게 갑자기 배신처럼 느껴진다.

"알아." 아내가 말한다. "그냥 그 말을 하고 싶었어."

내 머릿속에는 다르게 기억돼 있지만, 결국 상황은 그렇게 길지 않았다. 어머니는 6월 9일에 돌아가셨다. 내 생일 나흘 뒤였다. 생일날 나는 병실에서 어머니가 준비한 선물을 입어 보여야 했다. 어머니는 내가 당신 장례식 때 입을 감색 양복을 선물로 마련했다.

그날 밤 집에 전화하기에는 시간이 너무 늦어서, 나는 다음 날 전화한다.

"유감이야." 아내가 말한다. 창밖을 바라본다. 구름 한 점 없이 화창하다. 가장 싱그러운 여름날에 최악의 일들이 일어난다는 것을 상기시켜준다. 근처 어딘가에서 잔디를 깎고 있는 모양이다. 수요일이다. 비극을 있는 그대로 받아들여야 하리라. 세상 돌아가는 이치의 한 부분으로. 아니면 절대 받아들이지 말아야 할까.

그 외에 우리가 무슨 얘기를 했는지는 거의 기억나지 않는다. 이제 와 그 일을 생각할 때면 또 다른 날 아침도 같이 떠오른다. 약 1년 전 장모님이 돌아가시던 날 아침. 난 깊은 슬픔에 빠져 휘청거리는 아내를 어떤 방법으로 위로해야 할지 생각해내려고 노력했지만 아무 생각도 나지 않았다. 그런데 오랜 침묵을 깨고 아내가 말했다.

"가서 자동차 안전 검사 받고 와."

"지금?"

"얼른 가. 별달리 할 일 없어."

때때로 남편들은 아내가 시키는 대로 하는 것이 가장 잘 도와주는 것이다.

볼 때마다 매번 놀랍게도, 여권은 내가 6월 19일 아침에 런던 히드로 공항에 도착했다는 것을 알려준다. 떠난 지 3주도 안 돼서 벌써 어머니의 장례식을 치르고 돌아오다니. 9년 전 6월, 뉴욕에서 하던 일을 때려치우고 가방을 꾸려 여기 나타났을 때처럼, 난 무언가로부터 도망치는 듯한 불편한 감각으로 영국에 도착한다. 하지만 적어도 이번에는 집에 간다는 희망이 뒤섞여 있다.

14
좋을 때나 나쁠 때나 함께

결혼할 때 전통적인 혼인 서약을 낭송할 수도 있고, 노골적으로 성차별적인 언어를 제거한 다소 개선된 혼인 서약을 낭송할 수도 있다. 애초에 두 사람만의 혼인 서약을 쓸 수도 있으며, 아니면 나처럼 이름을 밝히고 이 결혼에 아무런 법적 장애가 없음을 인정하는 정도로 서약을 대신할 수도 있을 것이다. 어떤 경우건, 결혼생활 중에 당신이 원하고 필요로 하는 바를 좀 더 명확하고 구체적으로 지적하고 싶은 시점이 올 것이다.

많은 사람들이 무조건적인 사랑을 감정적 경험의 정점인 것처럼 이야기한다. 하지만 무조건적인 사랑은 당신의 개가 당신에게 퍼부을 만한 종류의 사랑이다. 결혼은 당신의 인생에서 가장 중요한 관계이며, 무조건적인 사랑과는 아무 관련이 없다. '좋을 때나 나쁠 때나'라는 말은 당신의 상태가 좋거나 나쁠 때를 가리키는 것이 아니라, 일종의 약속을 하는 것이다. 부부 간의 사랑은 사실 수많은 조건들로 연결돼 있다. 당신이 맡은 역할을 다해야 한다거나, 날 이해해줘야 한다거나, 한눈팔면 안 된다거나, 당신이 고양이를 좋아한다고 말했던 것을 잊으면 안 된다거나, 내 성격 중에 마음에 안 드는 부분이 있더라도 받아들여야 한다거나, 이 카펫 상태에 대해서 나랑 같은 의견이어야 한다거나, 내 원칙에 입각해서 아이들을 교육시켜야 한다거나, 일단 뚜껑을 땄으면 머스터드소스를 냉장고에 넣어둬야 한다는 등의 조건들이 따라붙는다. 이런 조건들은 대체로 암묵적인 경우가 많지만, 그렇다고 거기에 포함되지 않는다는 뜻은 아니다.

무조건적 사랑은 당신의 힘으로 어쩔 수 없는 무언가다. 당신의 개한테 물어보면 알 수 있을 것이다. 반면 조건부 사랑은 노력과 인내와 친절과 끊임없는 타협으로만 유지될 수 있다. 예를 들어서 내가 재활용쓰레기를 내다놓지 않고 게으름 피울 때마다 나에 대한 아내의 사랑이 조금씩 줄어든다고 말해도 될까? 그렇다, 내 말이 바로 그것이다.

오랫동안 함께한다는 것은 결혼하던 날 했던 막연한 약속과 아무 관련이 없다. 하루하루 닥치는 상황들에 적응하는 과정이 그보다 훨씬 중요하다.

가난할 때나 부유할 때나

20세기가 마무리되어갈 즈음, 난 다섯 살이 안 된 세 아들의 아버지가 돼 있다.

막내는 우리가 첫아이를 낳을 때에 비하면 분명 일상적이라 할 만한 상황에서 태어난다. 막내가 태어나고 여섯 시간 뒤 내가 병원에 돌아왔을 때, 아내는 이미 옷을 입고 퇴원할 준비를 하고 있다. 갓난아기는 비행기에 탈 때 휴대 가능한 수하물처럼 꾸려져 있었다.

적어도 처음에는 신생아가 있다고 돈이 더 많이 들어갈 일은 없다. 우리에겐 이미 필요한 모든 것이 갖춰져 있었다. 집으로 돌아가서 전에 쓰던 아기 모니터(멀리서도 아기 소리를 들을 수 있는 기기-옮긴이)를 끄집어낸다. 그 물건은 우리가 여러 친구들과 합동으로 주말여행을 떠났을 때 뒤바뀐 몇 개의 짝짝이 부품들로 구성돼 있다. 약간의 실험 뒤에 나는 스피커와 충전기의 작동 방법을 생각해낸다.

어쨌든 그것은 아기 모니터로 별 쓸모가 없었다. 대부분의 경우 아기는 부부 침실에서 아내와 같이 자고, 나는 다른 두 녀석을 돌보기 위해 다른 방으로 파견되기 때문이다. 그것은 내 생각이 아니었다. 거기에 반대한 것은 아니다. 나는 아내보다는 아주 조금 더 잘 수 있다. 하지만 내가 아내보다 훨씬 많이 자는 것처럼 보이는 건 마음에 들지 않는다. 마찬가지로 아이들 챙기느라 지친 상태임에도 투덜대는 게 금지된다. 비상시에 내 멋대로 행동할 수도 없다. 그러면서도 여전히 진이 빠진다.

우리는 주로 낮 시간에 아기 모니터를 사용한다. 아내가 침대에서 젖을 먹이며 침대 옆 탁자에 있는 발신기를 통해 명령을 내리면, 난 부엌에서 한 번도 제대로 사용해보지 못한 아기

요람 옆에 앉아 사야 할 품목 리스트를 작성한다. 그것은 사실상 일방적인 인터컴이라서 나의 불평불만들을 자유롭게 얘기할 수 있다. 부엌에서 내가 무슨 소리를 하건 아무도 들을 수 없다.

"기저귀." 아기 모니터가 말한다. 모든 리스트는 항상 기저귀로 시작한다.

"문제는, 나도 피곤하다는 거야." 아무도 없는 빈 공간에 대고 내가 말한다. "이런 거 눈에 하나도 안 들어와. 얼굴에 감각이 없어."

"양파." 아기 모니터가 말한다. 침실 TV에서 시끄럽게 빽빽거리는 〈제리 스프링거 쇼〉가 배경음으로 들려온다.

"'양파'를 어떻게 쓰는지 까먹었어." 내가 말한다. "그림으로 그려야 할까."

"자, 브래드를 모셔보지요." 아기 모니터가 말한다. 제리 스프링거의 목소리다. 좀 더 들어보니 브래드의 약혼녀가 브래드에게 깜짝 선물을 하는 모양이다. 내가 앉은 곳에서 듣는 느낌으로 브래드는 그렇게 행복해하는 것 같지 않다.

"브래드가 왜 저렇게 화가 났을까." 나는 잠시 내가 누구고 왜 이 지구상에 내려와 있는지 잊어버린 채 관객들의 함성 소리에 귀를 기울인다.

"쓰레기봉투." 아기 모니터가 말한다. 나는 연극적으로 긴 하품을 토해내며 적는다. '쓰레기 그거.'

"다른 건?" 내가 말한다. "운전하는 법 까먹기 전에 갔다 와야 돼."

"당신 아직 거기 있으면," 아기 모니터가 말한다. "트위글렛 과자 좀 갖다줘."

"네, 당연히 갖다드려야죠."

"그거 먼저 갖다주고 계속해." 아기 모니터가 말한다.

전업 아빠에게 육아 휴직이란 있을 수 없다. 달리 갈 데가 아무 데도 없기 때문이다. 대신 나는 몇 주씩 게으름을 피우고, 전화를 피하고, 최근에 나온 책을 정리하고, 현저히 떨어지는 집중력으로 글을 쓸 뿐이다. 내가 써낸 출판물 중에 그 차이를 알아차릴 수 있는 경우는 거의 없다. 분명 이런 상황에서 무한정 일을 계속하는 게 가능하다는 뜻이다. 그래서 나는 그렇게 한다.

다락에 작은 작업실이 있지만, 난 자주 내려와서 아버지로서 최소한 해야 할 일이 무엇이건 그 일을 해야만 한다. 집에 있는 아빠로서 내가 가장 잘할 수 있는 일은 아이 키우는 게 아니다. 주위에 온통 고함 소리가 난무할 때도 타이프를 칠 수 있다는 것이다. 내가 비록 1차 보호자는 아니지만(우리에게는 케이트라는 오페어(입주해서 아이를 돌보고 집안일 등을 하며 언어를 배우는 사람으로, 보통 여성이다-옮긴이)가 있다. 그래서 엄밀히 말하면 나는 3차 보호자, 혹은 당신이 그렇게 말하고 싶다면 마지막 수단이라 할 만한 부모다). 하지만 내가 너무 집에 붙어 있어서인지 우리 큰아들은 내가 어디든 나가는 것을 좋아하지 않는다. 마치 그것조차 아버지들이 가질 수 없는 자유인 것처럼 굴었다. 녀석 자신은 상당 시간을 집 밖에서 보낸다. 유아원이나 수영장 같은 데서 놀다가 집에 왔을 때 자기가 오늘 무얼 했는지, 닭들이 어떻게 죽는지 등등에 대해 길고 긴 수다를 늘어놓기 위해, 얘기를 들어줄 수 있는 내가 집에 있기를 바란다.

내가 집에 있어야 하는 신분이긴 하지만, 그래도 가끔 집을 떠나야 하는 상황들이 생긴다. 굉장히 오랜만에 다른 사람 사무실에 사흘을 출근하고 돌아왔더니, 맏이가 저녁에 아주 속상한 얼굴을 하고 있다. 나더러 다시는 일하러 나가지 말라고 해서 난 그러마고 약속한다. 바로 몇 분 뒤에 내가 일 때문에 이틀간 출장을 다녀와야 할 일이 생긴다(내가 기억하기로는 스코틀랜드 TV 프로그램 세트장에 가야 했던 것 같다). 그 말을 했더니 녀석은 엄청나게 화가 나서 그 작은 주먹을 불끈 쥐고 침대에서 데굴데굴 구르기 시작한다.

"그냥 우리 가족 얘기나 쓰면 되잖아?" 녀석이 씩씩거리며 말한다.

여기서 하나 배울 교훈이 있다. 말을 함부로 해선 안 된단다, 아들아. 정말 그렇게 될 수도 있어.

내가 처음 아내를 꼬드겨 키스에 성공한 날 밤으로부터 열 번째 기념일에 새천년이 도래한다. 자정에 나는 다시 커다란 천막 아래 벌어진 성대한 파티에서 그녀에게 키스하지만, 그녀에게 그때 일을 상기시키는 것을 잊어버리고 만다. 10년 전 그 송년 파티 때와 별로 달라진 게 없다. 우리 둘 다 심하게 취했다.

어렸을 때 2000년 1월 1일이면 내가 몇 살이 되는지 한번 계산해본 적이 있다. 서른여섯 살 하고도 6개월. 그 순간 나는 굉장히 실망스럽고 또 실망스러웠다. 너무 늙고 나이가 많아서 기쁨 따위 느끼지 못하고 그 엄청난 사건의 의미에도 감탄하지 못하는 사람이 돼 있을 것 같았기 때문이다. 그때쯤 내 인생은 기본적으로 끝났을 것이었다. 새천년이 시작됐다는 걸 알아차리기나 할까?

솔직히, 내 예상은 그리 틀리지 않았다. 2000년 그해 보통 때와 다름없는 수요일 오후, 내가 알아차리지 못하게 종말이 다가오는 중일 수도 있었다. 이제 내가 집안의 가장으로 고려된다는 게 기쁘다. '음악과 율동' 수업이 있는 날 일한다는 핑계로 작업실에 틀어박혀 있어도 되니까.

동네 유아들의 음악과 율동 수업이 취소되자, 아내는 우리 집에 그 설비를 가져오기로 결심한다. CD플레이어와 저렴한 리듬악기 한 상자가 필요할 뿐이라고 주장하면서. 소리 지르기와 울기로 구성된 시간인데도 여전히 '음악과 율동' 수업이라고 불린다. 더구나 누군가의 오페어는 탬버린까지 쳐댄다. 작업실 문이 닫혀 있는데도, 난 발바닥으로 그 울림을 느낄 수 있다.

어느 시점에 아내는 또 우리 집에 개가 필요하다고 결정한다. 나는 반대했지만(반대하는 게 내 일이다) 방해하지는 않는다. 개를 싫어하는 것도 아니고, 사실 이 시점에서 우리 집에 더 많은 소음과 난장판이 일어난다고 해서 무슨 차이가 있을까 싶다. 그런 혼돈 상태에는 이미 적응했다. 그것이 내 정상적인 작업 환경이다. 이론적으로만 따지면 난 영원히, 언제까지라도 그렇게 계속 일할 수 있다.

그 2000년에 우리 집 곳간이 바닥났다는 게 문제일 뿐이다.

그때까지 나의 커리어 전략은 전적으로 날 좋아하는 기획편집자들의 정기적인 승진에 의지했다. 몇 명은 잡지사에서 신문

사로 자리를 옮겼고, 그 뒤에는 신문사에서 다른 신문사로 이동했다. 그 전해에 나는 일손이 많이 부족한 『인디펜던트 온 선데이』지에 글을 쓰기 시작했다. 거기서 나는 없어선 안 되는 필수 존재인 것처럼 느껴진다. 프로필, TV 프로그램 논평, 특집기사들을 내가 쓴다. 마감이 얼마 안 남은 상태에서 무단 결근한 칼럼니스트들 대신 무언가를 채워 넣으라는 전화가 정기적으로 걸려온다. 내가 고정적으로 쓰고 있는 꼭지도 두 개 있다. 그래서 다른 사람 글까지 대신 쓸 시간이 거의 없다. 그것은 곧 내가 글쟁이라는 직업과 관련해서 정말로 재주가 없는 어떤 일을 더 이상 할 필요가 없다는 뜻이다. 다시 말해 더 많은 일감을 찾아다닐 필요가 없고, 그럴 여유도 없다. 아침에 일어나 기저귀를 갈고, 커피를 마시고, 남은 시간에는 컴퓨터 화면에 코를 박고 돈을 벌어야 한다.

그러던 중 편집자에게 뜻밖의 변화가 생기면, 아무런 경고나 설명도 없이 밀려난다. 직원이 아니기 때문에 그건 해고가 아니다. 내겐 계약서조차 없다. 바구니 하나에 계란을 다 집어넣은 형국이고, 이제 그 계란들은 더 이상 내 것이 아닌 게 된다. 모든 프리랜스 작가들이 가끔 그런 좌절과 걸림돌에 직면하지만, 나에게 그런 일이 벌어진 것은 처음이었다. 한 회계연도에서 다음 회계연도로 넘어가면서 나의 소득은 절반이 된다.

이때쯤 아내는 전혀 바깥일을 하지 않고 있었다. 우리 막내가 아직 한 살도 안 됐다. 지난 몇 년간 통장이 마이너스가 될까 말까 한 상태에서 버텨왔는데, 갑자기 정기적인 수입이 사라지자 당장 사태가 심각해진다. 아이들의 탄생과 부모님의 죽음을 겪는 사이 한동안 활황 국면에 머물렀던 우리의 결혼생활이 돈 때문에 허물어질 수도 있을 것처럼 보인다.

돈 문제로 일어나는 싸움은 싸움의 종류 중에서도 최악이다. 돈에는 여러 가지 것들이 연계된다. 힘, 컨트롤, 성공, 지위, 의존에 대한 개념들이 함께 실리고, 그래서 돈 문제로 싸울 때는 항상 다른 무언가에 대해서도 싸우게 된다. 그런 이유로 돈에 관한 언쟁은 다른 싸움보다 특히 더 불쾌하다. 더 오래 지속될 뿐 아니라, 해결하기도 가장 어렵다. 싸움이 끝나도 여전히 돈은 생기지 않는다. 여러 연구조사에 따르면, 집안일이나 섹스에 대한 의견 차보다도 경제적인 의견 차가 이혼의 가장 큰 예측변수가 될 수 있다고 한다.

곳간이 다 비기 전까지 나는 아내와 내가 돈에 대해 얼마나 다른 견해를 갖고 있는지 깨닫지 못했다. 우리는 돈을 쓰거나 버는 것에 대해 한 번도 싸운 적이 없었다. 우린 사치스럽지 않았다. 돈은 있을 때도 있고, 없을 때도 있었다. 닥치는 대로이긴 하지만 우리의 재정 상태를 나름 차분하게 관리했다. 그건 나쁘지 않았다. 우리 중 누구도 집안의 경제권을 맡아 책임지고 싶어하지 않았다. 많은 이들이 그렇듯 형편 되는 대로 살아갈 뿐이었다. 그래도 매달 내야 할 대출금은 밀리지 않았고, 우리가 이 영원한 난제를 감당하는 방법에 대해 어느 정도 배운 듯했다. 노후 준비를 못한다는 문제가 있긴 하지만, 그것은 어차피 나중 일이었다.

하지만 내가 뜻하지 않게 주 수입원 노릇을 하게 된 이후로 많은 것이 달라졌다. 가사노동에 대한 우리의 배분을 말하자면 약간의 성 구분이 생겼다. 돈 버느라 바쁘다는 주장이 설득력 있게 먹혔기에, 나는 상당량의 육아와 일반적인 가사노동에서 면제된다. 18개월짜리 아이와 함께 방에 앉아서 트라이앵글을 치며 동요 〈코끼리 넬리〉를 입모양으로 뻐끔거리지 않아도 된다. 내 일을 우선시하는 차원에서 계단에 있는 고양이 토사물도 무시하기 시작했다.

돈 들어오는 게 중단되었을 즈음 나는 정기적으로 일하는 시간을 유지하고 있었다. 바쁘건 바쁘지 않건, 적어도 오후 5시까지는 책상 앞에 앉아 있었다. 그러다 아이들이 저녁 먹을 시간쯤에 아래층으로 내려간다. 밤에 퇴근하고 돌아오시던 아버지와 비슷하게. 그때 아버지가 집으로 들어와 그 차가운 손을 우리 목덜미에 갖다대면 우리는 좋아서 꽥꽥 소리를 지르곤 했다.

"하지 마, 아빠." 둘째가 말한다. 난 녀석의 옷깃에서 따뜻하고 축축한 손을 떼어낸다.

"누가 왔는지 봐. 내내 안 보이던 너희 아버지가 오셨네." 아내가 말한다. 그녀는 내게 아기 입에 넣어줄 죽이 담긴 그릇을 건넨다.

"학교는 어땠어?" 내가 큰아이에게 묻는다.

"별로였어요." 녀석이 말한다.

식탁에는 나한테 보여주려고 놔둔 영수증들이 있다. 위에 빨간 줄들이 그어져 있다. 난 우리에게 그걸 낼 돈이 없음을 안다. 바쁜 척하지만 큰돈을 벌고 있는 것도 아니다. 난 누구도 속이려 하지 않고, 나조차도 속이지 않는다.

나는 두 달 동안 상황이 어떻게 돌아가는지 기다려보기로 하는 크나큰 실수를 저지른다. 아무 일도 일어나지 않는다. 다른 일감이 내게 마법처럼 찾아오지 않는다. 내가 갑자기 종적을 감췄는데도 프리랜스 저널리즘 세상에는 잔물결 하나 일어나지 않는다. 이렇게 말하는 사람은 아무도 없다. "이봐, 가끔 그런 글 쓰던 남자 요새 왜 안 보이지? 무슨 일이 생겼나?"

앞으로 어떻게 할지에 관한 대화에 불만의 기미가 깃든다. "이건 누구의 잘못에 대한 얘기가 아니야." 아내가 말한다. 하지만 나한테는 상당히 그런 식으로 들린다. 상황이 이렇게 된 건 당신 잘못이라고. 내 자존심이 곤두박질친다. 돈 버는 능력과 자존심이 이렇게 밀접하게 얽혀 있다는 게 놀랍다. 불과 몇 년 전만 해도 그 두 가지가 부득이하게 완전히 분리돼 있었는데 말이다. 이제는 나 같은 얼간이에게 가정경제를 의지하는 이 위태롭고 불안정한 상황에서 언제 어떻게 벗어날 수 있을지 궁금해진다. 아내를 탓하는 것으로 모면해버릴 수는 없을까?

전에 알던 편집자들과 관계를 재수립하려는 나의 노력은 애매한 약속들이 담긴 이메일들로 답을 듣는다. 상황이 곧 바로 잡히지는 않으리라는 것을 알 수 있다. 하루하루 깊어지는 재정적 곤경에서 벗어날 수 있을 정도로 빠른 시일 내에 일이 생기지는 않을 것이다. 예전에 낮에 했던 일을 다시 구할 수 있을지 생각해본다. 그것은 프리랜스 글쟁이로서 끝이라는 뜻이 될 수 있지만, 어쩌면 그것이 결국에는 잘하는 일일지도 모른다.

다행히 여러모로 괴상한 나의 아내는 돈에 대해서는 조금도 괴상하지 않다. 그녀가 지닌 가장 큰 자산 중 하나는 경제적인 문제를 감정적인 문제와 별개로 볼 수 있는 능력이고, 전자를 사무적인 경멸의 태도로 다룰 수 있다는 것이다. 심리적인 트라우마가 (나에게) 생길 만큼 돈 문제로 몇 번 크게 싸우고 나서, 아내는 가장으로서 전혀 제 역할을 못하는 내 완벽한 실패에 대해 나중에 다시 얘기하기로 결정한다. 내가 그것을 가장 기대하지 않는 한가한 시간에.

"일 때문에 안달할 거 없어." 그녀가 말한다. "재수가 없었던 거야. 그것뿐이야. 어디서 돈을 좀 구하기만 하면 돼."

그녀는 간단하게 대출을 받으면 끝나는 문제라고 주장한다. 더 많은 빚을 져도 상관없다는 그녀의 태도는 희한한 방식으로 나를 매우 신뢰한다는 의미의 신임투표가 된다. 기꺼이 앞으로의 성공에 걸어보겠다는 뜻이다. 그녀의 자신감을 공유할 수 없는 나는 입을 꾹 다무는 것으로 답을 대신한다.

그리하여 우린 은행에 가서 우리 집을 담보로, 이번이 마지막이길 바라는 대출을 받는다(실제로 다시 그런 일이 생기진 않는다). 그다음 나는 내 미적지근한 프리랜스 경력을 처음부터 천천히 재건하기 시작한다. 그사이에 나의 양육 기술도 훨씬 다양해진다.

재정 자립을 위한 조언 몇 가지

● 재정에 관련된 어떠한 조언이든 부부 사이에 다음과 같은 무언의 1단계가 암시돼 있다고 생각해야 한다. 1단계, 여분의 돈을 꽉 움켜쥐어라. 이 1단계를 완수하면 나머지는 쉽다. 완수하지 못한다면, 그 뒤에는 어떠한 조언을 해도 소용

이 없다.

- 갚아야 할 대출금이 있는 상황에서 가욋돈이 생겼다면, 그 여
윳돈을 전부 대출금 갚는 데 사용해야 한다. 아마 대부분이
그렇게 하지 않을 테지만, 적어도 그럴 생각이라도 해봐야 한
다. 그러면 사실은 전혀 여윳돈이 아니라는 것을 깨달을 수
있다.

- 가정경제와 관련해서 부부가 지녀야 할 가장 중요한 기술은
돈을 공동의 적으로 여기는 것이다. 더 구체적으로는, 경제
적 결핍을 공동의 적으로 여겨야 한다. 돈 문제로 서로 싸우
지 말고, 돈과 싸워라.

- 적절한 사람에게 경제권을 양도하라. 간단하다. 당신이 돈
을 잘 관리하지 못하는 사람이라면, 돈에 대해 더 지혜로운
사람의 의견에 따라야 한다. 생활비를 더 많이 벌거나 혹은
전부 번다고 해서 돈 쓰는 것에 관해서 특별한 영향력을 인
정해야 하는 것은 아니다. 그건 당신의 돈이 아니다. 당신은
결혼한 사람이기 때문이다.

- 가정에서 돈이 들어가야 할 우선순위는 사실 놀랍도록 간단
하다. 보통은 어떻게 쓸지를 놓고 싸울 돈이 남아 있지도 않
을 것이다. 자존심, 지위, 힘, 독립성 같은 까다로운 문제들
은 여윳돈이 있는 사람에게나 해당되는 것이다. 내게도 그

런 여윳돈이 있어봤으면 좋겠다.

● 결혼을 했으면 부부 공동계좌가 있어야 한다. 돈을 합치는 게 내키지 않는다면 그것은 근본적으로 헌신에 대한 망설임 이자 믿음의 부족이다. 속이는 것을 좋아하거나 미래를 비관적으로 생각하는 사람일 것이다.

● 당신이 재정적으로 서 있는 지점을 주기적으로 계산해봐야 한다. 그것이 빚 때문에 결혼생활에 종지부를 찍게 될 가능 성을 피할 수 있는 최선의 길이다. 당신의 재정 상태가 단 단한 발판 위에 서 있는 것 같다면, 나중에 돈줄이 막히거나 비상사태가 일어날 경우에 쓸 저축까지 돼 있는 것 같다면, 계산을 제대로 한 건지 확인해보라. 무언가를 잊었거나 잘 못 더했을 것이다.

병들었을 때도

"나흘 전부터 이래. 목구멍 안쪽에 뭔가 까칠까칠한 게 있 어." 나는 말을 멈추고 욕실 거울로 혀를 살펴본다. "평소처럼 코가 막히더니, 그 후엔 눈물이 줄줄 나고 코 안쪽이 무지하게 아팠어. 어제는 기침도 심하게 했어."

난 이 모든 말을 혼자 하고 있다. 아프다는 말을 꺼내자마자 아내가 욕실을 나가버렸기 때문이다. 그녀는 내가 요새 꾼 꿈

만큼이나 나의 그런 증상에 관심이 없다.

"그런데 이제 목이 다시 아프단 말이야." 내가 말한다. "거참 이상하지."

이는 구시대적인 혼인 서약의 너무나 중요하면서도 직접적인 위반인데, 사실 아내도 나도 상대방이 아플 때 별로 인내심이 없다. 물론 아이들이 아플 때는 둘 다 놀라운 인내심을 발휘한다. 세상에서 나에게 토사물을 묻힌 사람은 내 아이들뿐인데, 난 그 사건이 일어난 후 대수롭지 않은 척 아이들을 안심시키기까지 했다. 하지만 배우자의 건강이 안 좋아졌을 때는 우리 둘 다 고집스럽게 질색을 한다.

그러는 이유에는 여러 가지가 있다. 우린 타고나길 간호를 잘할 수 있는 사람들이 아니다. 모범적인 환자도 아니다. 부부가 동시에 똑같은 병에 걸리는 경우도 자주 있다. 대개는 상대방에게서 병을 옮기 때문에 누구 탓이라고 비난하기도 항상 곤란하다. 또한 고질병은 경쟁의 장이기도 하다. 남성들은 증상을 너무 과장하고 속인다는 말을 듣는 데 비해, 여성들은 그런 면에서 어떤 유전적인 이점을 지닌 듯하다. 예를 들어, 여성들은 남성 독감(남자가 스스로 심각한 독감이라고 판단하는 단순 감기)에 면역력이 있다.

정말이지 이는 이중의 실패이자 커다란 문제가 아닐 수 없다. 아파 누워 있는 아이에게 약간의 공감과 휴대용 텔레비전이 얼마나 큰 위로를 안겨주는지 아는 사람이라면, 결혼생활에서도 이와 똑같은 형태가 무슨 일을 할 수 있는지 상상하기 어렵지 않을 것이다. 기껏해야 '당신 상태가 나아지면 다시 사랑해줄게'로 요약되는 태도로 가엾은 배우자를 다루는 것은 행복한 결혼생활에 전혀 보탬이 되지 않는다. 게다가 우리 집에서 이런 무관심은 이상한 코감기에만 한정되지 않는다.

나는 내 또래 남자들의 정상적인 범주에 들어가는 질병들을 갖고 있다. 그중에는 이름을 직접 지어야 할 정도로 희귀한 질병도 몇 가지 있다.* 허리도 별로 안 좋은 편이다. 한때는 케네디 병(운동신경과 감각신경을 약화시킨다–옮긴이)에 걸린 사람과 맞먹을 정도로 병약한 나의 허리 상태를 크나큰 인내심으로 소리 없이 지속적으로 움찔거리면서 참아내는 것이 내 성격의 흥미로운 지점이라고 생각했다. 다른 것은 몰라도, 그 정도면 학부모 모임에 가지 않아도 될 충분히 고상한 이유가 될 것 같았다. 허리가 아파서 안 되겠어. 미안해.

아내는 다년에 걸친 내 이런 불평을 나와 같은 식으로 느끼지 않는다. 그녀는 그것이 재미없고 얘기할 가치도 없는 주제라고 생각한다. 그녀는 내 허리가 삐끗할 때마다 그 타이밍이 너무 절묘하다는 느낌을 받는다. 문제가 하루 이상 지속되면 의심의 강도가 점점 더 강해졌다. 내가 증상을 어느 정도 과장하는지 알아내는 게 불가능하기 때문이다.

"쓰레기 내다놔야 돼." 그녀가 부엌 바닥에 나란히 놓인, 찢어질 정도로 꽉 찬 검은 봉지 두 개를 가리키며 말한다. 난 꽃

---

* 주머니 속에 든 휴대폰이 진동한 것 같았는데 꺼내보면 사실은 그렇지 않고, 전화나 문자가 오지 않았는데도 자꾸 확인하게 되는 팬텀 폰(Phantom Phone) 병과 마우스 잡는 손이 차가워지는 콜드 마우스 핸드(Cold Mouse Hand) 병이 여기에 포함된다.

송이 아래 휘어진 줄기처럼 문간에서 몸을 구부려 보이지만, 그녀는 내가 그 일을 할 능력이 안 된다는 사실을 무시하기로 마음먹는다. 나는 홍차와 공감을 모두 얻으려고 그렇게 허리를 접은 것이 아니다. 그저 홍차 한잔 얻어 마시려고 그랬을 뿐이다. 나중에 생각해보니 그것은 끔찍한 계산착오였다. 나는 긴 한숨을 내쉬고 나서 쓰레기 쪽으로 느릿느릿 걸어간다.

"허리 아픈 거 알겠으니까 연기 그만해." 아내가 말한다. 그녀는 항상 다음과 같은 행동들로 인해 일어나는 나의 심한 허리 통증을 받아들이지 않는다. 그 방이 갑자기 기울어진 것처럼 머리를 한쪽으로 기울인 채 주춤주춤 비대칭 걸음으로 걸어가, 한쪽 무릎을 꿇고 바닥에서 물건을 들어 올리는 일. 이럴 때는 자주 고통스런 신음 소리 혹은 더 큰 숨소리가 동반된다. 아내가 만약 다른 방에 있다면, 의자에서 일어날 때 뱃속에서 우러나오는 심도 있는 목소리로 불편함을 표현한다. 물론 연기하고 있는 것이다. 허리가 안 좋은 건 저절로 드러나 보이는 게 아니니까. 맥빠진 물음표 같은 모습으로 집 안을 걸어 다니지 않으면 내가 아픈 것을 누구도 알아주지 않을 것이다. 고통이 눈에 드러나는 그런 성흔을 갖고 있으면 사는 게 한결 편안해진다.

이제 돌아서서 쓰레기봉지 두 개 사이에 자리를 잡는다. 살짝 쪼그려 앉아, 가느다랗게 묶은 매듭을 하나씩 움켜쥐고, 등을 꼿꼿하게 세우는 역도 자세를 취해본다. 하지만 봉지 하나가 다른 봉지보다 더 무겁다. 그것이 나를 고통스러운 자세로 홱 비틀어놓는다. 어쩔 수 없다. 난 걷어차인 개처럼 으악 하고 비명을 지른다.

"그렇게 아프면 침대에 누워 있지그래?" 아내가 말한다.

"누워 있어도 아파." 나는 현관 쪽으로 한발 한발 내디디며 말한다. "게다가 누워 있을 수도 없어. 할 일이 있잖아. 난 개인사업자야."

"개인사업자는 무슨."

"개인사업자라니까." 내가 말한다. "현재 왼쪽 어깨와 무릎과 다리에 날카로운 통증을 느끼고 있는……."

"또 시작이군." 아내가 말한다. "라라라."

이것은 내가 얼마나 규칙적으로 허리 운동을 하느냐에 따라 1년에 2회에서 4회 정도 반복되는 흔한 대화다. 그러다 우리가 결혼한 지 15년쯤 된 어느 날 아내 허리가 아프기 시작한다. 허리 통증을 느꼈을 때 아내는 집이 아닌 외부에 있었지만, 자기가 있는 곳에서 내게 전화한다.

"정말, 너무, 너무 아파." 그녀가 헉헉거리며 말한다.

"그래, 알아." 내가 말한다.

집에 돌아온 그녀가 상당히 불편한 상태임은 분명하다. 눈물 젖은 눈으로 허리를 웅크리고 있다. 그래서 나는 사기 치지 말라고 그녀를 비난할 수 없다. 난 속으로 생각한다. 눈물 젖은 눈이라……. 나도 이용해먹을 수 있겠어.

"처음 삐끗했을 때 도저히 일어설 수가 없었어." 그녀가 말한다. "뼈가 다 어긋나버린 것 같아." 난 그녀가 내 불평을 도용하려 한다는 게 믿기지 않는다. 허리 통증이 금지어가 된 지 몇 년이나 지났는데 갑자기 트렌드가 된 건가?

"이제 시작일 뿐이야." 내가 말한다. "내일이면 더 심해질 걸." 우리 둘 다 알 수 있는 명백한 이유로, 아내는 나한테 허리 아프다고 얘기하는 것을 재빠르게 포기한다. 역사에 오점을 남기지 않고 순수하게 위로하고 공감해줄 수 있는 친구들에게 전화한다. 다음날 아침 그녀가 아이 낳을 때보다 더 아프다고 누군가에게 이야기하는 소리가 들린다. 나는 잠시 내가 좀 더 크고 성숙한 사람이 되어야 할지 생각해본다. 내가 왜?

"진통 시작할 때 그 느낌 있잖아, 그거보다 더 아파." 아내가 말한다.

"그게 어떤 느낌인지 나도 당연히 알지." 내가 말한다. "그런 출산 같은 찌릿찌릿한 통증을 많이 겪어봤거든."

"입 좀 다물어줄래?" 그녀가 말한다. "아야."

"애 낳는 것보다 더 아프지. 그보다 더 아파." 내가 말한다. 그때가 내 최고 전성기는 아니지만, 느낌상으로는 그렇다.

이런 결점들을 갖고 있긴 하지만 내가 이 부분에 대해 자랑스럽게 말할 수 있는 것은 그것이 절묘하게 균형 잡힌 상호의존의 신호라는 것이다. 우리에겐 서로가 필요하다. 우리의 삶이 매일매일 제대로 굴러가려면 서로가 꼭 있어야 한다. 옹졸하고 아량 없는 것 역시 서로 완벽하게 마찬가지기 때문에 우리는 생각의 관점을 바꾼다. 적어도 우리 사이에는 동정이나 연민의 빛이 조금도 없다.

게다가 병약함을 참을 수 없어하는 성질은 사람을 강하게 만든다. 난 이제 더 이상 내 증상들을 아내에게 자세히 늘어놓지 않는다. 내 건강 상태가 얼마나 안 좋은지 얘기해야 할 필요가 있으면, 연극적인 말이나 행동에 의지하기보다 우회적인 질문을 던지는 경향이 있다("집에 진통제 있어?", "이 시간에 응급실이 바쁠까? 어떻게 생각해?"). 그것은 한 걸음 진보한 것처럼 느껴진다.

패션에 관해서

혼인 서약에 명시돼 있지 않더라도, 남편으로서 당신에겐 암묵적으로 아내가 참아줄 만한 방식으로 옷을 입어야 할 의무가 있다. 여기서 '참아줄 만한 방식'이란 커플마다 매우 다르겠지만, 참을 수 없는 상태가 무엇인지에 대해 굳이 조언할 필요는 없을 것 같다. 게다가 오늘 참아줄 만한 옷차림이 내일도 참아줄 만한 옷차림으로 남아 있을지는 장담할 수 없다.

패션의 가장 큰 문제가 이것이다. 규칙이 항상 바뀐다는 것. 여성 패션은 어느 정도 믿을 만한 빈도로 순환한다. 세계 어딘가에서 누군가는 언제나 펜슬스커트를 좋아한다. 그런데 남성들의 패션은 혜성과 같이 긴 포물선 궤도를 돌기 때문에 되돌아오는 기간이 훨씬 길다. 남성복의 경우 어떤 인기 없는 타입들은 당신이 살아 있는 동안 다시 유행하지 않을 수도 있다. 솔직히 모자도 그런 타입 중 하나인 줄 알았다. 내 나이 서른이었을 때 모자의 유행이 이미 끝나서 멸종됐다고 생각했던 것이다.

내 경험상, 남자들은 하나의 트렌드가 다시 돌아오지 않을 거라고 생각하는 편이 낫다. 당신이 한때 어떤 특별한 룩을 자랑스럽게 입고 다녔다면, 그것이 다시 돌아올 때쯤 당신은 그 유행에 합류하기엔 나이가 너무 많아졌을 것이다.

난 일평생 패셔너블한 사람이었던 적이 없다. 넝마주이 같은 차림이 인기를 얻어서 늘 습관적으로 거지같이 입는 사람들이 뜻하지 않게 유행의 선두로 나섰던 90년대 초반의 짧은 기간은 어쩌면 예외로 쳐야 할지 모르겠다. 당시에 나는 3년간 새 옷을 살 필요가 전혀 없었다.

남자의 옷장에 옷이 별로 없다고 해서 파트너를 찾는 데 방해가 되진 않는다. 여자들은 남자의 패션 감각 결여를 다소 너그럽게 받아들이는 경향이 있다. 스피드 데이트(여러 사람을 돌아가며 잠깐씩 만나는 방식의 맞선 행사-옮긴이) 같은 상황에서, 눈 뜨고 봐주기 힘든 신발을 신은 남자에 대해 상당수의 여자들이 더 볼 가치가 없다고 여기긴 할 테지만 말이다. 여자들 사이에 남자가 절대 신지 말아야 할 신발에 대해 일반적인 동의가 이루어져 있다면 극복하기 어려운 장애는 아니겠지만, 그런 동의 같은 것은 없다. 내가 충고하고 싶은 건, 발에 신는 것을 고를 때는 신중해야 한다는 것이다. 구두코가 너무 뾰족해도 안 되고, 너무 뭉툭해도 안 되고, 너무 싸거나 너무 비싸도 안 되고, 묶거나 잠그는 방식이 너무 획기적이어도 안 되고, 실험적인 재질이어도 안 되고, 갈색이나 검정이 아닌 다른 색이어도 안 된다. 여자들은 남자의 파란색 스웨이드 구두에 열광하지 않을 것이다.

신발을 제외하면, 당신을 충분히 좋아하는 여자라면 당신의 옷장 속 컬렉션에 문제가 있더라도 기꺼이 당신과 결혼하는 데 동의할 것이다. 나중에 자기 취향에 맞게 당신을 개조하면 되리라고 암묵적으로 다짐하면서 청혼에 응하는 것이다. 그런 그녀의 목적을 위해서는, 그 패션이 끔찍하다는 것을 본인만 모르는 확실한 스타일 감각을 지닌 남자보다 아예 패션에 관심 없는 남자가 더 나을 수 있다. 패션에 대한 당신의 통제력을 여자에게 넘길 경우 분명 당신의 특성을 바꾸는 무언가가 따르겠지만, 처음부터 항복하는 편이 낫다고 조언하겠다. 그냥 그러는 게 더 편하다.

내겐 그리 어려운 일이 아니었다. 다른 대륙으로 이동해야 했던 나의 상황상, 나는 내 옷장을 채운 미국식 옷들이 영국에서는 별 매력이 없으며 도저히 용납할 수 없을 정도라는 아내의 주장을 믿을 준비가 돼 있었다. 우리의 첫 만남에 대해 자주 그녀의 기억을 조목조목 일깨워줘야 하지만, 그때 내가 뭘 입고 있었는지에 대해서는 굳이 그럴 필요가 없다. 그녀는 확실하게 기억하고 있다. "엄청 보기 싫은 스트라이프 버튼다운 셔츠에 암녹색 브이넥 스웨터를 입고 있었어." 당연히 나는 이 앙상블이 전혀 기억나지 않는다.

아내도 까다롭게 최신 유행을 따지는 사람은 아니다. 처음 만나고 몇 년 동안 우린 서로 바꿔 입을 수 있는 남녀공용 회색 스웨터 몇 벌과 청바지만으로 대부분의 날들을 때웠다. 정말로 서로 바꿔가며 입었다. 실제로 내가 그녀의 옷을 입고 일하러 간 적도 여러 번이었다.

나도 얼마든지 옷을 고를 능력이 있지만, 아내가 싫어하는 것을 무시하고 어떤 옷을 입었다가는 결국 그 옷을 버릴 수밖에 없다는 것 역시 잘 알고 있다. 난 옷을 또 새로 사야 하는 게 싫다. 옷 사는 데 소비하는 시간의 단 1분도 즐겁지 않기 때문이다. 내가 쇼핑하러 가는 경우는 매우 드물고, 그것도 자주 강압에 못 이겨 어쩔 수 없이 나서게 되는데, 그럴 때면 가능한 한 쉽고 빠르게 내가 가장 덜 싫어하는 스타일로 가장 필요한 것만 찾아낸다. 내가 공항에서 쇼핑하는 것을 좋아하는 이유가 여기에 있다. 선택은 제한돼 있고 시간도 계속 흘러가기 때문이다.

그렇다고 내가 가끔 실수하지 않는다는 말은 아니다. 내게는 충동적으로 구매한 셔츠들을 넣어두는 특별 서랍이 있다. 어리석은 확신이 한심한 결정으로 이어진다는 것을 나 자신에게 상기시켜주기 위해서가 아니고는 절대로 열어보지 않는 서랍이다. 나 자신을 표현하고자 했던 가장 경솔한 시도는 아마 인터넷으로 산 구두일 것이다. 웹사이트 사진으로 본 것보다 구두코가 훨씬 뾰족했던 비싼 구두와, 지금도 아내가 없을 때 가끔 신는 너무 큰 로퍼가 여기에 포함된다. 솔직히 온라인으로 구두를 사는 것보다는 사랑을 사는 게 더 쉬운 것 같다.

이런 전반적인 접근 방식에도 불구하고 내가 생각보다 한심하게 옷을 입지 않을 수 있는 이유는, 아내가 날 위해 산 옷들로 내 옷장이 채워지기 때문이다. 우리 취향이 항상 일치하는 건 아니지만 이런 방식이 꽤 편리하다는 것도 부인할 수 없다.

"괜찮네." 아내가 내 목에 케이블 니트 스웨터를 갖다대며 말한다. "마음에 들어?"

"글쎄." 난 그 옷을 사버리면 일이 굉장히 쉬워질 거라는 사실과 전혀 내 마음에 들지 않는다는 사실 사이에서 고민하며 말한다. "질감이 좀 특이하지 않나?"

"원래 그런 옷이야." 그녀가 말한다.

"이상하다는 건 아니고." 내가 말한다.

"당신한테 잘 어울려." 그녀가 말한다. 칭찬인지 아닌지 잘 모르겠다.

"그래?" 난 말한다. "알았어."

"별말씀을."

"고마워." 말은 이렇게 하지만, 내가 그 옷을 입고 밖을 다니는 일은 없으리라 확신한다.

아내는 내 옷장을 키워나가기 위해 꾸준히 노력하지만, 그중 3분의 1을 제거하기 위해 그보다 더 지속적으로 결연하게 명령하고 노력한다. 낡은 옷, 구멍 난 옷, 얼룩진 옷, 빛바래고 해진 옷들이 그 대상이다. 그녀가 버리려는 옷들은 내가 더 이상 입지 않는 오래된 것들이 아니다. 그녀는 내가 좋아하는 옷들만 버리려 한다. 내가 그 옷들을 좋아해서 낡아 떨어질 때까지 입었기 때문에 그렇게 낡았다는 사실은 간과하고 있다.

내 패션 미학으로 도저히 입을 수 없을 정도로 손상된 옷 같은 것은 없다. 나는 어차피 집에서 일하기 때문에, 옷깃이 해졌거나 스웨터 팔꿈치에 덧댄 부분이 있어도 아무 상관이 없다. 오히려 뒤꿈치 없는 양말이나 페인트 얼룩 있는 셔츠가 더 편하고 좋다. 단 하나 내가 참을 수 없는 것은 양쪽 주머니에 구멍이 난 바지다. 내가 전에 얼마나 좋아했건, 주머니가 사라지면 그 바지는 나에게 무용지물이 된다.

옷에 대한 나의 편안한 접근 방식이 근본적인 자신감을 반영하는 것이라고 주장할 수 있다면 얼마나 좋을까마는, 난 내 옷이 판단의 대상이 되고 어울리지 않을 만한 장소에 가야 할 때마다 전전긍긍한다. 새빌 가(고급 양복점이 많은 런던 거리-옮긴이)에 가면 목에 줄자를 두른 누군가가 창밖으로 고개를 내밀고 이렇게 외칠까 봐 몇 년간 거기에 발을 들이지도 않았다. "이봐! 청바지 매장은 저쪽이야!"

솔직히 내가 남성 패션에 관심을 갖기 시작한 것은 내 아이들에게 옷을 입혀야 했을 때부터였다. 어린 사내 녀석들 아버지에게 아이들 옷은 최대한 단순하고 편안한 스타일이기만 하면 된다. 아장아장 걸어 다니는 아기들은 신발을 거꾸로 신을지언정 어떤 신발이든, 새파란 신발이라도 얼마든지 소화해낼 수 있다. 그들은 뒤에 막대사탕을 붙이는 식으로 따분한 옷에 액세서리 다는 방법을 알고 있다. 그들은 '확신이 서지 않을 때는 뒤집어라' 같은 대담한 격언을 실천으로 옮길 수 있을 뿐 아니라, 비대칭 개념이 확실하게 몸에 배 있다. 무엇보다 어린아이들은 언제나 격식에 상관없이 태평하게 행동한다. 한번은 네 살 된 우리 둘째 녀석이 옷 입는 것을 지켜본 적이 있는데, 녀석은 너무 큰 바지의 길이가 자기한테 딱 맞을 때까지 허리 부분을 몇 번이나 접어 올렸다.

"네가 찾아낸 방법이야?" 내가 물었다. 녀석은 어깨를 으쓱하면서 돌아섰다. 그 뒤쪽에 바지 앞주머니들이 달려 있었다.

"거꾸로 입은 것 같은데." 나는 말했다.

"상관없어." 녀석이 말했다. 그리고 그 말이 맞았다. 그게 무슨 상관이란 말인가.

물론 그런 방식이 통하는 이유는 오로지 아이들이 어리기 때문이다. 아이들이 크면 내 돈과 결합해서 이루어진 그들의 자연스런 스타일이 내 옷장에도 결국 득이 되리라, 이런 바람을 가진 적이 있다면 크게 실망하고 말았을 것이다. 큰아들이 나랑 같은 사이즈를 입을 정도로 자랐을 때, 우리는 엄마와 딸들이 그렇듯 오래된 옷과 새 옷과 안전한 옷과 대담한 옷을 서로 바꿔가며 매치해 입을 수 있는 상황이 못 되었다. 대신 내 옷장에 있던 흰 셔츠들이 하루 아침에 모두 사라졌다. 아들 녀석이 교복 안에 받쳐 입을 셔츠가 없을 때 입으려고 허락 없이 가져가버린 것이다. 그 후 내가 빼앗긴 셔츠 하나를 찾아 입었을 때 소맷동에는 온통 파란색 볼펜으로 그린 남자 성기들이 자리 잡고 있었다. 난 도저히 그걸 태연하게 입어낼 자신이 없다.

거울을 보며

1936년에 출간된 핸드북 『남편들이 해야 할 일과 하지 말아야 할 일』을 보면 그 내용이 여전히 감탄스러울 만큼 타당하고 적절하다. 예를 들어 "오토바이와 사이드카를 사기 전에 꼭 아내와 먼저 상의하라"는 세월이 흘러도 여전히 가치 있는 충고다. 다만 안타까운 점은 몸단장과 관련해서 언급된 내용이 거의 없다는 것이다.

"손톱 줄이나 빗이나 이쑤시개를 옷방이 아닌 다른 곳에서 사용하면서 매너 좋은 사람으로 꼽히기를 기대하지 마라"가 그 주제에 관해 이야기하는 전부다. 그것도 물론 좋은 말이지만,

'메트로섹슈얼(패션과 외모에 관심이 많은 남성을 일컫는 데 사용하는 용어-옮긴이)'이 하나의 현상으로 자리 잡고 있는 요즘 시대에 부합하기에는 한참 모자라다고 할 수밖에 없다. 아마 이런 말을 많이 들을 것이다. 자기 외모를 자랑하는 남자가 꼴불견이라는 오명은 이미 사라진 지 오래다. 남자도 각질을 제거하고 피부를 관리할 수 있다. 오히려 지저분한 피부를 그대로 놔두는 게 실례다.

자자, 너무 흥분하지 말고 더 들어보라. 18세에서 55세 사이 남성의 절반가량이 기꺼이 자신을 '메트로섹슈얼'이라고 묘사할 텐데, 이 단어는 사실 꽤 신중하게 사용해야 하는 신조어다. '메트로섹슈얼'은 기본적으로 '난 도시에 살고 있으며 게이가 아니다'라는 뜻의 형용사다. 자신을 그 용어로 표현한다고 해서 당신이 회사에 갈 때 화장한다고 인정하는 것은 아니다. 그것이 사실이라 해도, 남성들은 굳이 스스로가 부지런히 몸단장에 신경 쓰는 사람이라고 자백하고 싶어하지 않는다.

이런 주장을 뒷받침할 수 있는 증거는, 남성들의 몸 가꾸기 분야가 어마어마하게 성장했다는 사실이다. 작년 남성 피부 관리 제품 판매는 2,200만 파운드 증가했으며, 전체 시장 가치가 6억 파운드에 이르는 것으로 추산된다. 가장 잘 나가는 남성용 보습제는 연 매출 188퍼센트나 급증했다. 하지만 이것이 꼭 우리 남성들이 전보다 더 몸 가꾸기에 신경 쓰거나 두드러지게 멋을 부리게 됐다는 뜻은 아니다. 더 많은 제품이 팔리고 있다는 뜻일 뿐이다. 사실 판매되는 모든 남성 제품의 절반은 여성들이 구매하는 것이기에, 남성들이 꼭 그것을 살 필요는 없다.

국민적으로 선물에 대한 상상력이 결여돼 있어서, 생일이나 크리스마스에 그것을 선물로 받게 될 뿐이다.

따지고 보면 이는 새로운 영역을 탐구하는 것도 아니다. 우리는 예전에 이미 걸어봤던 땅을 다시 지나고 있다. 20세기 전환기에 남성들은 자신의 외모를 가꾸는 데 상당한 시간과 노력을 기울였다. 일반적인 이발소 서비스에 자주 면도가 포함됐고, 손톱 손질, 향수, 화장수, 오일과 연고도 사용되었다. 질레트에서 일회용 면도기를 출시했을 때는, 스스로 면도하는 것이 '여성스러운 이발소의 마무리 마사지'에 뒤지지 않는 마초적인 대안인 것처럼 광고되었다. 100년이 지난 지금 이 여성스러운 마무리 마사지는 대단한 인기를 누리고 있다.

우리가 믿는 것과 달리 메트로섹슈얼은 몸 관리 분야의 혁명이 아닐 수도 있다. 사실 2010년 미국 남성 스킨케어 제품 판매는 10퍼센트 하락했다. 2008년 슈퍼드러그에서 출시한 남성용 화장품 '택시 맨' 제품들('가이라이너'(남성용 아이라이너-옮긴이), '맨스카라'(남성용 마스카라-옮긴이) 같은 재미있는 이름들이 붙어 있다)은 조용히 선반에서 사라지고 있다. 게다가 남성용 관리 제품 시장의 약 3분의 1이 사실상 면도 관련 상품들이다. 그 나머지라고 해봤자 샴푸, 컨디셔너, 데오도런트가 대부분이다. 시장은 분명 성장하고 있지만, 18세 이상 남성들 중 4분의 3이 여전히 어떠한 스킨케어 제품도 사용하지 않는다는 사실은 변함이 없다.

어쩌면 당신도 나처럼 메트로스켑티컬(metrosceptical, 도시에 살고 있는 회의적인 남자-옮긴이)일지도, 호기심에 가게를 둘러보다가 그런 제품을 한 개 또는 몇 개 구입하게 됐을지도 모른다 (buy-curious).* 걱정하지 마라. 뷰티 제품을 사용하는 남성들에게 공개적으로 반대의 뜻을 밝힐 생각은 없다. 주로 여성용 뷰티 제품이긴 해도 나 또한 많이 시도해봤으니까. 남편이 되는 것의 좋은 점 중 하나는 자기 로션이나 젤이나 스크럽 제품 어느 하나 따로 살 필요가 없다는 것이다. 그것은 이미 선반에 구비돼 있다. 시험 삼아 한번 써보라고 애걸하는 것처럼, 거기 데오도런트까지 다 마련돼 있을 것이다.

그런 제품들은 남성들에게 어필하는 방식으로 포장돼 있지 않을 수도 있다. 당신이 나처럼 아기 물티슈를 애프터 셰이브 대신 사용하는 사람이라면, 그것이 숙취 해소용 음료처럼 광고돼 있다면 모를까 보습제를 사는 게 남자답지 못한 행동인 것 같아 그 근처에도 가지 못하는 보통 남성들의 불안감에 연연하지 않을 것이다.

내 욕실 수납장에는 두 종류의 얼굴 각질 제거제가 있다. 둘 다 같은 회사 제품이다. 하나는 여성용이고, 다른 하나는 남성용이다. 가장 큰 차이는, 남성용 제거제의 용기가 남자다운 갈색이라는 것이다. 하나는 아내가 구입했고, 다른 하나는 내가 파티에 갔다가 '데이비드 윌리엄스'라는 이름이 붙어 있는 선물 주머니를 집어 갖고 왔는데 거기 들어 있었던 것이다. '윌리엄스 씨는 필요하면 자기 돈으로 각질 제거제를 사겠지.' 나는 생

---

* 이 문장에 사용된 두 가지 신조어 중 두 번째 것에 대해 사과드리겠다(① metrosceptical, ② buy-curious(가게를 둘러보고 구매할 수도 있고 안 할 수도 있는 사람)—옮긴이).

각했다. 그 선물주머니에는 진이 담긴 미니어처 술병도 몇 개 들어 있었는데, 그건 집으로 오는 택시 안에서 다 마셔버렸다. 어찌 됐건, 두 가지 버전의 각질 제거제에 나열돼 있는 성분들은 동일하다. 심지어 냄새까지 같다.

당신의 구매를 유혹하는 남성 관리 제품이 과연 가치가 있는 것인지 결정하고자 할 때 가늠해볼 수 있는 좋은 방법이 있다. 당신이 곁에 나비가 그려진 여성용 제품과 전혀 다를 바 없는 그 남성용 제품을 구매하려는 이유는 놀랍도록 효과적이기 때문인가, 아니면 그것이 당신의 자신감을 북돋아주기 때문인가? 이러한 질문을 해보는 것이다. 남자의 허영심은 전혀 새로운 것이 아니다. 여전히 시가 상자로 위장한 트리트먼트 제품만 사용하겠다고 생각하는 쪽이라면, 당신은 아마 자신이 생각하는 것만큼 메트로섹슈얼이 아닐지도 모른다. 다행히 내가 그걸 증명해 보일 방법은 전혀 없다. 나는 다년간 그런 제품들을 많이 테스트해봤는데, 그 경험을 통해 발견하게 된 사실들을 여기 몇 가지 적어보겠다.

- 페이셜 스크럽(facial scrub): 스크럽 제품을 쓰면 얼굴이 아프다. 그러니까 사용하지 마라. 일주일에 한 번 이상 면도하는 사람이라면 제거할 각질이 뭐가 남아 있겠는가? 게다가 작은 구슬 같은 것들이 귓속으로 들어갈 것이다.

- 언더아이 리페어 젤(under-eye repair gel): 다크서클과 눈 밑 탄력을 조절해준다는 제품인데, 눈 밑이 아니라 눈 안으로 들

어가면 따갑다. 굳이 눈 아랫부분을 수리하려 들지 마라. 가끔 다루기 힘든 눈썹들을 아래쪽으로 내려붙일 때 편리하긴 하지만, 그런 고질적인 문제에 이렇게 값비싼 해결책을 동원할 이유는 없다.

- 안티에이징 마스크(anti-ageing mask): 이런 건 할 필요 없다. 어차피 저녁에 이 마스크를 해봤자 잘 가려지지도 않는다. 대부분의 사람들이 당신임을 알아차린다.

- 페이스 폴리시(face polish): 이런 물건들은 그것이 얼굴을 광택 나게 하는 데 바람직하고, 심지어 중요하다는 이상한 개념을 받아들이라고 요구한다. 그런 거 할 필요 없다.

- 뷰티 세럼(beauty serum): 몇 번 아낌없이 발라봤는데 딱히 더 나아진 것은 없었다. 아내의 뷰티 세럼 절반이 감쪽같이 사라졌는데도 아내는 전과 똑같이 아름답다.

- 리프트 앤 루미네이트 나이트 크림(lift and luminate night cream): 이것도 하지 마라. 깜박하고 낮에 사용해도 아무 부작용이 없다.

- 틴티드 모이스처라이저(tinted moisturizer): 얼굴에 바르면 얼룩덜룩하지 않게 '자연스러운' 느낌이 난다. 장의사들이 '자연스럽다'고 말하는 그런 느낌으로.

양성 평등 관점에서 남성이 여성과 같은 것을 바르는 것쯤이야 완벽하게 받아들일 수 있지만, 우리는 여전히 어떤 것도 효과적이지 않다는 골치 아픈 사실에서 자유롭지 못하다. 나보다 더 이 점을 유감스러워하는 사람은 없을 것이다.

현대 남성들은 강한 허영심(물론 이 정도 수준의 허영심은 늘 존재했다)과 연결되는 오명이 희미해진 시대에 살고 있는 행복한 입장이지만, 사실 우리는 몸단장의 새로운 패러다임을 채택할 필요가 없다. 골대 하나만 살짝 움직여놓았을 뿐이기 때문이다. 지금 우리의 남성 문화는 시간과 자연을 거스르면서까지 영웅적인 행동을 하라고 강요하지 않는다. 페이스 폴리스 같은 물건을 사느라 쓸데없이 돈을 낭비할 필요도 없고, 뺨에 그 제품을 문지르고 따로 구입해야 하는 전용 천으로 그걸 닦아내는 데 30분씩 낭비할 필요도 없다. 우린 남자다. 운 좋게 남자로 태어난 덕분에, 아름다움이라는 통념에 끌려 다닐 필요가 없다. 피부가 건조해도 되고, 아침에 형편없는 몰골로 일어나는 건 당연하다. 우리 몸뚱이 중에서 살짝 털이 난 부분만 '반갑지 않은' 범주에 들어간다. 어차피 세월은 우리를 시들게 할 수밖에 없고, 관습은 우리의 무한한 다양성을 진부하게 만든다.

뷰티 산업은 지난 수십 년간 여성들의 불안감을 이용해 돈벌이를 해왔다. 아름다움을 상품화하고, 남부끄럽지 않은 외양에 대해 도저히 닿기 힘든 기준을 설정해놓았다. 공평하진 않겠지만 남성들까지 그 부당한 잣대에 굴복해 현 상황을 지지하고 나서지는 않을 것이다. 우린 폭넓은 남성성의 개념을 즐길 수 있다. 그 무엇도 구입할 필요가 없다.

남성들이 스스로 적절하다고 여기는 정도로 자신을 단장할
수 있는 세상에서 산다는 것은 멋진 일이다. 아무것도 하지 않
아도 되고, 일주일에 한 번씩 그 부분을 왁싱해도 된다. 게다가
나는 33세 즈음이 아닐까 싶은 나이라는 잣대 한편에 안전하게
머물러 있을 수 있다. 그보다 더 젊은 남성들은 지금 일상적으
로 눈썹을 다듬고 얼굴에 비비크림을 문지른 채 공공장소를 나
다니고 있다. 젊은 친구들이 무엇을 선호하건 무슨 상관이겠
는가. 난 젊은이들의 어리석은 행동을 가로막는 난처한 입장에
나 자신을 끼워 넣고 싶지 않다.

하지만 남성이 마스카라를 해도 될지 안 될지에 대해 생각해
보기 전에, 당신이 정말 그것을 하고 싶은지 자문해보기 바란
다. 남성들은 여성에 비해 유지관리비가 거의 들지 않는다. 청
결 유지라는 애매한 의무 이외에 따로 꼭 돈을 들여야 할 필요
는 없다. 그것은 당신이 출생과 함께 얻은 기본 권리다. 가슴을
왁싱하는 행위가 당신의 품위와 현 상태에 대한 만족과 자유
시간을 얼마나 멀리 날려버리는지 생각해보라. 왁싱이라는 게
얼마나 사람의 품위와 기타 등등을 손상시키는지 나는 아주 분
명하게 알고 있다. 나 자신이 가슴털을 뽑아버린 경험이 있기
때문이다.

저널리스트라서 좋은 점 하나는 무엇이든 한 번씩 시도해볼
기회가 생긴다는 것이다. 필요하다면 망설임을 드러내도 되고,
초연한 척 적당히 거리를 둬도 되고, 깊은 불안감을 표시해도
된다. 심지어 나는 돈을 벌기 위해 상어 우리에까지 들어간 적

이 있다. 당연히 남성용 뷰티 제품들도 안 써본 게 없을 정도로 다양하게 사용해봤다. 표면적으로는 독자들이 따로 시험해볼 필요가 없도록, 그리고 나도 다시 그런 귀찮은 일을 하지 않기 위해서 한 번씩 해본 것일 뿐이다. 페디큐어, 매니큐어, 얼굴 마사지, 앞에서 언급한 왁싱 모두 여기에 포함된다. 특히 왁싱을 할 때는 예민한 배꼽 근처 털까지 다 제거했는데, 내가 의식을 잃지 않는 한 다시는 그런 고통을 견디지 않을 생각이다. 굳이 선택하라면, 차라리 상어 우리에 다시 들어가는 쪽을 택하겠다.

전극을 부착해서 복부 근육을 단련시킬 수 있다고 알려진 절차도 견뎌봤다. 복부 근육을 위해 러닝머신 위를 달리는 것이 삭막하게 여겨진다면, 의도적으로 위경련을 일으키는 기계에 대해 알아봐도 괜찮을 것이다. 하지만 솔직히 상한 우유 500밀리리터를 들이켜는 게 더 싸게 먹힐지 모른다.

화장도 몇 번 해봤다. 언제든 아주 가까이에서 봐도 아무도 내가 화장한 것을 알아채지 못해야 한다는 점을 확실히 했다. 한 뷰티 전문가는 내게 그런 화장을 해주면서 이렇게 말했다. "이건 말 그대로 보이지 않는 젤 같은 겁니다." 그건 아마도 보이지 않는 병에서 꺼낸 것일 게다. 당신이 만약 여성에게 전혀 화장한 것 같지 않다고 말한다면, 그녀는 돈을 돌려달라고 요구할 것이다.

나에 관한 한 이 모든 치료와 처치는 100퍼센트 시간 낭비거나 치료 곤란한 문제를 거의 해결하지 못하는 한심한 방법이라는 것이 증명되었다. 페디큐어로 내 발을 수리해보려는 시도는 아로마테라피로 맹장염을 치료하려는 것과 같다.

물론 누군가의 보살핌을 받는다는 건 기분 좋은 일이고, 그 관심이 마음에 든다는 이유만으로도 많은 남성들이 그런 의미 없는 처치들을 정기적으로, 기꺼이 견디리라 확신한다. 하지만 나는 대중없이 찔러대고 손대고 문질러대는 과정을 몇 년 거치면서 두 가지 중요한 교훈을 얻었다. (a) 내가 그런 종류의 일을 즐길 만한 자격이 충분하다는 느낌이 들지 않는다는 것. (b) 누가 무언가에 대해 차나무(tea tree) 오일 치료법을 권한다면 그건 완전히 개소리다. 오늘날 우리가 갖고 있는 모든 치료법은 차나무 오일이 효과가 없었기 때문에 발명된 것들이다.

15
나 취미생활 해도 돼?

당신이 남자라면 아마 다음과 같은 대화 구성을 사용해본 사례가 있을 것이다. '내가 X하는 것을 발견하면, 당신 마음대로 Y해도 좋아.' X는 '지하실에 철도모형 세우기'일 수도 있고, '담뱃대 수집' 또는 '주말에 유명한 전투 재연하기'일 수도 있다. 그리고 Y는 '날 쏴버려'나 '변호사 불러' 정도가 될 것이다.

내가 꼭 해주고 싶은 말은, 그런 성급하고 경솔한 말을 서면으로 남겨서는 절대 안 된다는 것이다. 한때는 바보 같아 보일까 두려웠던 마음이 세월의 흐름과 함께 위험스레 흐려지고, 그 두려움이 사라지면서 전에는 결코 받아들이지 못할 것 같던 활동이나 취미에 이상하게 마음이 끌리는 경우가 있다. 나이 들어감이란 세상과의 관계에서 자신이 지켜왔던 작은 규칙들을 모조리 다시 생각해보게 되는 과정이다. '사람들이 날 얼간이로 볼 거야'라는 생각 때문에 이제껏 시도해보지 않았던 즐

거움이나 재미 같은 게 있는지 찾아보기 시작한다. 한참 늙어
버린 뒤에 이런 현상이 나타나는 게 아니다. 은퇴할 나이가 되
기 한참 전부터 이 과정이 시작된다. 예전에는 남의 시선을 의
식하지 않고 뻔뻔해질 수 있는 나이를 쉰 정도로 봤지만, 요즘
엔 훨씬 젊은 나이의 남성들이 딱히 멋있다고 할 수 없는 이런
저런 취미생활에 빠져들고 있다.

부부 사이에서 취미생활이란 응원의 대상이라기보다 그저
용인해주는 무엇이다. 그것이 배우자와 함께 나눌 수 있는 시
간과 대화와 금전을 빼앗아가기 때문이다. 물론 남편과 아내가
같이 할 수 있는 부가적인 활동도 많이 있다. 하지만 내가 보기
에 둘이 함께할 수 있다고 내세우는 활동들은 모두 거기서 얻
는 이득이 너무 많고 명백하기 때문에, 취미라고 말하기에는
조금 어폐가 있는 것 같다. 취미생활이 정신적인 스트레스를
치유해주므로 결혼생활에 득이 된다고 주장하는 사람들도 있
다. 하지만 누군가가 만 개나 되는 자신의 물티슈 컬렉션이 온
전한 정신을 유지하는 데 도움이 된다고 주장한다면, 그 사람
이 그 용어를 제대로 이해하고 있는 것인지 의심이 생길 수밖
에 없다.

그렇다면 취미란 무엇일까? 어쩌면 취미가 아닌 것을 살펴
봄으로써 그 정의를 더 명확히 할 수 있을 것이다.

● 독서는 취미가 아니다. 그 취미에 관한 책을 읽는다면 모를
  까, 대부분의 사람들은 아마 자신의 진짜 취미 때문에 더 이
  상 독서할 시간이 없을 것이다. 그리고 그것은 독서로 간주

되지 않는다.

- 텃밭 가꾸기는 취미가 아니다. 가정을 위해 야외에서 몸을 움직이는 일일 뿐이다. 신품종 난초를 키우는 것이라면 취미가 될 수 있다.
- 누워 있는 건 취미가 아니다.
- 운동은 취미가 아니다.
- 인터넷을 하는 건 취미가 아니다. 요즘 사람들은 누구나 항상 인터넷을 한다.
- 도박은 취미가 아니다. 여기서 포커는 예외인데, 당신의 포커 솜씨가 형편없지 않은 경우에만 해당된다. 일반적으로 말해서 취미는 하나의 장애에 불과하지만, 도박은 중독이다.
- 좋은 친구들과 함께 맛있는 음식을 먹고 좋은 와인을 마시며 시간을 보내는 것은 취미가 아니다. 오히려 취미의 반대라고 해야 맞다. 당신에겐 취미가 필요하다.
- 당신이 이력서의 '다른 관심사' 부문에 열거할 수 있는 것은 취미가 아니다. 진짜 취미라면 장래의 고용주에게 결코 알리고 싶지 않을 것이다.

당신은 스스로가 일시적인 흥미를 갖거나 일반적인 오락을 즐길 뿐 취미생활을 추구하는 부류의 사람이 아니라고 생각할 수 있다. 그 생각이 아마 틀리지는 않을 테지만, 단순한 소일거리에 불과했던 무언가가 시간이 지나면서 자기도 모르는 사이에 취미로 발전할 수도 있다. 잘 모르겠다면 다음 세 가지 질문을 스스로에게 해보라.

1. 저녁 먹을 때 당신의 소일거리에 관한 얘기를 하는 게 금지돼 있는가?
2. 당신이 거기에 들인 돈 액수에 대해 배우자에게 거짓말해야겠다고 생각한 적이 있는가?
3. 그 일에 대해 다른 사람한테 말했을 때 그들의 첫 질문이 항상 '왜?'였던가?

나는 나 자신을 취미생활에 어울리는 사람이라고 생각한 적이 없다. 한 가지에 오래 집중하지 못하는 편이기도 하고, 금방 능숙해지지 않는 일에 대해서는 죄다 바보 같은 짓이라고 일찌감치 결론지어버리는 경향이 있기 때문이다. 어쨌거나 자녀가 있는 경우에는 '여가시간'이라는 자체가 없다. 생산적이라고 여겨지는 삶의 다른 영역에서 빼내거나 훔쳐낸 시간일 뿐이다. 대체로 나는 내 훔친 시간을 허공을 바라보며 보낸다.

어느 날 문득 나는 허공을 바라보는 대신 사워도우빵(발효시켜 시큼한 맛이 나는 빵의 하나─옮긴이)을 만들어보기로 결심한다. 아마 그것이 내가 알고 있던 것보다 훨씬 쉬운 일인 것처럼 써놓은 기사를 읽었기 때문이었을 것이다. 그래도 시중에서 파는 효모 없이 빵을 만들 수 있다는 것이 내 마음을 잡아끌었다. 우리 주위 공기 중에 있는 야생 효모를 잡아서 사용할 수 있다니. 나는 종말 이후의 풍경에 쓸모가 있을 것처럼 들리는 기술에 자주 매력을 느낀다("난 빵을 구울 줄 알아요, 야생 효모의 대가죠. 제발 날 죽이지 마세요"). 내가 그런 환상을 실천으로 옮기려고 몸을 움직이는 경우는 매우 드문데, 그날은 아마 텔레비전에 볼 만한 게 전혀 없었던 모양이다.

게다가 빵을 만드는 것이 가정생활에 꽤 쓸모 있는 즐거움이 될 수 있겠다는 생각이 들었다. 빵 만드는 동안 부엌에 죽치고 있을 수도 있고, 집안일의 한 형태를 수행하고 있는 것으로 간주될 수도 있을 것이었다. 소리 내서 크게 주장하진 않았지만, 속으로는 잘 만든 빵 한 덩이가 빨래 두 번 정도의 가치는 있으리라고 판단했다.

사워도우빵을 만드는 준비 과정은 상당히 쉽다. 약간의 밀가루와 물을 그릇에 섞고 어딘가에 놔두기만 하면 된다. 그런 면에서 훌륭한 초급 수준의 취미라 할 수 있다. 며칠 지나면 그 혼합물이 숙성되면서 거품이 뽀글뽀글 올라오기 시작한다. 뒤이어 밀가루와 물을 더 추가하는 과정이 반복된다. 그렇게 사워도우 첫 반죽이 익어서 발효되면, 그것으로 빵을 만들 수 있다.

내가 처음 만든 사워도우 덩어리는 전혀 부풀어 오르지 않았다. 보도블록처럼 생겼고 거의 그만큼 무겁다. 두 번째 덩어리도 올라오지 않는다. 그럼에도 나는 분명한 이유도 없이 내가 제대로 하고 있는 거라고 확신한다. 몇 주의 시행착오를 거치고 나서 드디어 우리 아이들이 먹을 수 있을 만한 빵을 만들어낸다. 하지만 녀석들은 별로 좋아하지 않는다. 아내는 그 실패 사이사이에 어질러진 주방을 청소하는 것에 대해 계속 나에게 얘기하려 하지만, 난 빵에 대해서만 말하고 싶을 뿐이다.

온라인상으로 도움을 구하며 몇 시간씩을 보낸다. '사워도우

빵, 왜 커다란 구멍들이'와 '사워종이 이상한데 도움을' 같은 구절들을 구글에 입력한다. 특별한 도구들, DVD, 외제 밀가루, 책, 베이킹용 돌판, 반죽 담는 바구니 같은 것들도 주문한다. 나의 야생 효모가 사는 환경을 어설프게 수정해보고, 외출해야 할 때는 그 관리에 대한 지시사항을 명쾌하게 적어 남겨둔다. 친구들을 만나면 그들이 내 빵에 대해 물어온다. 내게 별달리 이야기할 주제가 없다는 것을 알기 때문이다. 6개월 동안 나는 문제 많은 빵 덩어리들을 일주일에 3개 정도 만들어 단 1개만 성공시킨다. 아내와 아이들이 실제로 맛있게 먹은 것은 5개 정도 되는 것으로 추정한다. 그 돈의 일부가 빵 만드는 사람의 어떤 문제를 치료하는 자선단체로 들어간다는 가게에서 산다면 하나에 5파운드쯤 되지 않을까 싶다. 그런데 내가 만든 빵 가격을 계산해보면 그 다섯 덩어리의 빵 하나에 44파운드씩 들어간 것 같다.

6개월이 지날 무렵 갑자기 빵 만들고 싶은 욕구가 싹 사라진다. 분명 어느 레스토랑에서 정말 맛있는 빵을 먹은 뒤에 이런 생각이 들었을 것이다. '내가 왜 이렇게 쓸데없는 일에 인생을 낭비하고 있지?' 나는 빵 굽는 일을 완전히 그만둔다. 야생 효모들도 차가운 곳에 방치된 채 죽어간다.

"저거 버려도 돼?" 두 달 뒤, 아내가 냉장고 안쪽에서 질척하게 썩어가는 효모 그릇을 가리키며 말한다.

"난 도저히 못 보겠어. 너무 슬퍼." 내가 말한다.

"다 까맣게 변했어."

"버릴 거면 당신이 버려." 나는 말한다. "난 나가 있을게."

그 일이 있은 지 몇 년이 지났지만, 이후에도 몇 번 빵에 대한 열정이 재발했다. 특히 어두컴컴한 1월의 날들은 더 견디기가 힘들다. 내가 취미의 덫에 걸려들기 쉬운 성향이라는 것을 깨달았기 때문에, 나는 그 열정이 피어나는 신호들이 나타나는지 예의 주시하고 그런 신호들이 나타날 때마다 꾹꾹 밟아 눌러준다.

내 44번째 생일날, 아내는 나에게 밴조(기타와 비슷하게 생긴 미국의 현악기-옮긴이)를 선물한다. 이는 두 가지 이유에서 놀라운 일이다. 1) 그녀는 내가 밴조를 하나 갖는 것이 바람직하지 않은 일이라고 생각했다. 2) 일반적으로 그녀는 어떤 경우에서건 그런 사치품에 돈을 낭비하지 않는다. 그 다음해에 그녀가 내게 준 선물은 야채 탈수기였다.

하지만 그녀는 내가 밴조를 갖고 싶어한다는 것을 알고 있었다. 지난 크리스마스 때 나는 잠깐 다른 사람의 밴조를 만져봤는데, 나만의 밴조를 갖게 되면 여타 문제들이 한 방에 해결될 거라고 확신했다.

그런데 그렇지가 않았다. 기본적으로 난 밴조를 연주할 줄 몰랐다. 밴조를 어떻게 연주해야 하는지, 어떻게 다뤄야 하는지 전혀 알지 못했다. 초보자용 설명서를 들여다봐도 도무지 뭐가 뭔지 모르겠고, 실망스럽기만 할 뿐이었다. 예전에 밴조 음악을 많이 들어본 것도 아니고, 좀 더 알아보니 내가 그 음악을 별로 좋아하는 것 같지도 않다. 눈에 띄는 진전 없이 두 달이 지나간다. 포기하고 싶은 마음이 든다. 하지만 그럴 수 없다.

어떻게 설명해야 할지 모르겠는데, 난 이미 많은 것을 그만두었다. 보통은 포기와 함께 찾아드는 자책에도 능숙하게 대응할 수 있다. 그런데 밴조에 대해서는 밤에도 계속 잠 못 이룬 채 생각하게 된다. 다양한 스타일의 밴조 연주법을 알게 됐어도 하나같이 내 능력 밖의 일이다. 나는 밴조를 튜닝하면서 많은 시간을 보낸다. 마침내 내가 연주할 수 있게 될 그날을 위해 준비하는 것이지만, 그날이 결코 오지 않으리라는 확신이 점점 더 강해진다.

어떤 종류의 보상을 기대하고 악기에 투자한 것은 분명 실수였다. 그래도 나한테 밴조가 있다는 게 기분 좋았고, 대부분의 오후 시간 책상 앞에 앉아서 밴조를 무릎에 올려놓고 아무런 성과도 없이 뚱땅거렸다.

나는 결국 밴조를 처음 배우는 사람들을 위한, 사실은 그보다 더한 생초보를 위한 온라인 교습 비디오들을 찾아내 멍청이들한테나 가능한 속도로 실력을 키워나갔다. 주춤주춤 앞으로 나아간다. 간단한 곡을 하나 익히고 나서 다른 곡으로, 또 다른 곡으로 넘어간다. 그렇게 현에서 눈을 들어보니, 어느새 1년이 훌쩍 지나 있었다.

내 실력이 향상되고 있는 게 느껴지기 시작한다. 형편없는 수준으로 여겨지기까지도 아직 한참 멀었다는 것을 깨달을 정도가 되었다. 먼저 더 좋은 밴조를 사지 않고는 더 큰 진전을 이룰 수 없겠다는 생각이 든다. 내가 더 좋은 모델을 사기 위해 아내의 생일선물을 포기하자, 아내는 내 취미를 싫어하지 않는 척해야 하는 것과 관련된 어떠한 의무감도 포기한 채 대놓고 싫은 티를 낸다. 그 소리가 우리 집에 밀려들어온 저주 같다고 말한다. 나도 그 소리에 완전히 면역된 게 아니기 때문에 그 말이 무슨 뜻인지 알지만, 그래도 단념하지 않는다.

얼마 지나지 않아 나는 내 능력에 합당한 것보다 훨씬 좋은 또 다른 밴조를 사야겠다고 생각한다. 거기에 어느 정도 돈을 들일 것인지에 대해 거짓말을 하기 시작한다. 일단 금액을 부풀려놓아야 실제로 샀을 때 비교적 싸게 산 것처럼 느껴질 것이다. 아내는 내가 제시한 액수에 대해 아무런 의견도 제시하지 않는다. 아마 내 양심이 승리하기를 바라는 것 같다. 결국 내가 지불한 액수는 내가 정해놨던 실제 상한선이 아니라 최악으로 뻥 튀겨놓은 금액에 더 가까웠다.

그래도 난 그것을 취미라고 생각하지 않는다. 그보다 더 심각하다. 나는 매일 밴조를 연주한다. 하루 종일 튕겨댄다. 일하기로 돼 있는 시간 중에 연주할 수 있도록 책상 옆 스탠드에 놓아둔다. 지금도 앞 문장을 쓰고 나서 이 문장을 쓰기 전 15분 동안 밴조를 연주했다. 사실은 오로지 밴조 연주 15분을 위해 그 마지막 문장을 썼을 뿐이다. 내가 여기에 얼마나 많은 노력을 들였는지 생각하면 지금보다 훨씬 잘 쳐야 마땅하다.

이는 전적으로 내 개인적인 열정이다. 당신이 내 이웃만 아니라면 그렇게 봐줄 수 있을 것이다. 나의 이 열정은 주위 사람들에게 아무런 기쁨도 안겨주지 않는다. 오히려 정반대다. 나의 결혼생활에 긍정적으로 기여하는 바도 전혀 없다.

아내는 밴조 소리를 몹시 싫어하지만, 아내가 내 취미와 관련해서 가장 싫어하는 것은 그 소음이 아니다. 그것이 잡아먹는 시간이나, 내가 거기에 들이는 돈도 아니다. 그녀를 정말 짜증나게 하는 것은, 내가 일평생 보인 적이 없는 단호함으로 그 취미를 추구한다는 사실이다. 나는 체계적으로 훈련한다. 야단스러울 정도로 신중하게 밴조를 보살핀다. 여분의 현도 두 세 트씩 항상 준비해둔다. 다양한 액세서리(밴조 소리를 부드럽게 해는 약음기는 꼭 구비해두라고 추천하고 싶다)와 여분의 줄 받침대도 있다. 밴조 도구들은 그 케이스에 깔끔하게 보관해둔다. 어딘가 고장이 나면 즉시 수리를 맡긴다. 휴가여행이라도 갈라치면 나의 최대 관심사는 밴조를 어떻게 가져갔다 가져오느냐는 것이다. 밴조를 가져갈 수 있느냐 마느냐의 문제가 아니다. 밴조가 차에 들어가지 않으면, 나도 들어가지 않는다.

아내 입장에서 남편이 처음 만났을 때 갖고 있지도 않았던 취미 때문에 능력도 안 되는 일에 안달복달하는 것을 지켜보는 게 유쾌할 리 없다. 나 또한 나의 그런 행동에 마땅히 댈 만한 핑계도 없고 그것을 정당화할 방법도 없다. 빵 굽는 기술과 달리, 내 밴조 연주 기술은 종말 이후의 풍경에서 나를 구해주지 못할 것이다. 아마 장시간 고문당한 뒤 죽게 되지 않을까 싶다. 밴조가 있어서 내가 온전한 정신으로 살아갈 수 있는 거라고 말하고 싶은 마음이 굴뚝같지만, 그 자체가 매우 걱정스러운 신호다.

16
바보들의 아버지

처음 아빠가 될 거라는 말을 들은 사람들은 아마 자신이 어떤 아빠가 될지 궁금한 마음이 들 것이다. 궁금해할 것 없다. 아마 당신은 대충 당신의 아버지와 비슷한 아버지가 될 것이다. 오래전에 바람직하지 않은 부모의 모습을 닮지 않으리라 다짐했을 수도 있지만("난 절대 아이들을 차에 가둬놓고 술집에서 야구 경기를 끝까지 보는 아빠는 되지 않을 거야!"), 매섭게 노려보는 눈길이나 말도 안 되는 말을 무시해버리는 전략이나 혹은 자신이 도덕적으로 소심했다고 여기는 과거의 교훈적인 경험담을 이야기하는 습관 등은 모두 당신 아버지의 양육 방식에 직접적으로 기인하고 있을 것이다. 그렇게하겠다고 마음먹을 필요도 없다. 그냥 저절로 그렇게 된다. 그게 당신 잘못은 아니다. 당신이 보고 배울 수 있는 사람이 그 사람밖에 없었을 테니까.

아니, 어쩌면 그런 역할 모델이 하나만 있었던 게 아닐 수도 있다. 아버지 얼굴을 볼 기회가 별로 없거나 아주 가끔만 만날 수 있거나 아예 아버지 없이 성장한 탓에, 더 진보적이고 인내심이 많은 것 같은, 우리가 결국 어른이 되어 살게 될 세상에서 더 흔하게 볼 수 있을 듯한 또 다른 역할 모델을 찾아 멀리 내다봐야 했던 사람들도 있을 것이다. 당신의 역할 모델은 아버지일 수도 있고, 나이 많은 형이나 학교 친구들, 혹은 약간 멋있어 보이는 선생님일 수도 있다. 내가 집 밖에서 찾은 역할 모델 대부분은 텔레비전 속 인물이었고, 그때조차 나는 최고의 아빠를 선별했다. 거짓말을 절대 용납하지 않으려는 TV 속 전형적인 아빠의 열의는 무시하고, 하와이 여행을 예약하는 그의 성향에만 감탄했다.

그래도 어쨌거나 아버지는 내게 가장 주된 역할 모델로 남아 있다. 세상의 모든 아버지-아들 경험은, 어느 면에서 아들-아버지 경험을 되새기는 것이나 마찬가지다. 대본은 늘 똑같고 역할만 뒤바뀐 상태로 진행된다. 우리 큰아들이 자전거 배울 시기가 됐을 때, 나는 내가 기억하는 방식이라는 이유만으로 그것을 일종의 통과의례로 삼았고, 결과적으로 우리 둘 다 그 과정을 그리 훌륭하게 통과하지 못했다. 난 아들에게 자전거를 가르쳐줌으로써 우리 아버지의 교육 방식과 내 방식을 직접 비교하고 아버지로서의 행동을 개선하여 넓은 의미의 인류 진보에 조금이나마 기여할 수 있으리라 생각했다. 내가 얼마나 신뢰할 수 있는 아버지인지 보여주리라. 놓지 않겠다고 약속하면 절대 놓지 않으리라. 최고의 인내심을 발휘할 것이고, 만약 인내심이 약해지더라도 그것을 드러내 보이지 않을 것이다. 짜증스럽고 괴로운 경험이 되지 않도록 만들 것이다. 이번에는 절대로.

자전거는 아들 녀석이 가장 아끼는 물건이다. 수영을 배운 보상으로 받은 것인데, 결국 수영을 제대로 배우진 못했다. 이때쯤 나는 아들에게 수영 가르치기를 포기했다. 앞으로 배워야 할 모든 것은 전문가에게 맡기기로 마음먹었다. 하지만 아들놈에게 자전거 가르쳐줄 사람까지 돈 주고 고용할 수는 없는 일이다.

6개월 동안 핸들에 밧줄을 묶고 녀석을 자전거에 태워 공원을 끌고 다녔다. 녀석은 페달을 밟지 않는다. 가끔 자전거가 움직이고 있을 때 날 멈춰 세우려고 브레이크를 밟을 뿐이다. 녀석은 균형감각이 별로 없다. 커브를 돌 때마다 보조바퀴 바깥쪽으로 몸을 기울여서, 결국 자전거가 심하게 기울어진다. 게다가 6개월이 지났는데도 자전거는 여전히 녀석에게 조금 크다. 녀석은 안장에 앉아서 불안해하고, 자기 아버지처럼 걸핏하면 겁에 질리는 경향이 있다. 그러면서도 다른 한편으로는 집요하고 고집스러운 면이 있다. 이것은 나한테 물려받은 성질이 아니다. 우린 이미 수영을 포기한 바 있다. 왜 이번에도 그냥 포기하면 안 되는지 나는 이해가 되지 않는다.

나는 결국 핸들에 묶었던 밧줄을 풀고 아들이 직접 조종하는 법을 배울 수 있도록 뒤에서 밀어주겠다고 말한다. 녀석은 그방법을 마음에 들어하지 않는다. 겨우 몇 센티미터 나아가는데도 몇 번이나 천천히 하라는 말을 되풀이한다. 나는 스스로의 참을성에 감탄하기 시작한다. 하지만 그것이 나쁜 징조임을 깨닫게 된다. 아들은 자전거가 계속 굴러가도록 안장에 지속적인 전진 압력을 넣으며 불안하게 페달을 밟고, 난 그 뒤를 따라 달린다. 두 번, 녀석이 손을 놓았다며 나한테 화를 낸다. 나는 다시 잘 잡아주겠다고 약속하지만, 구부정하게 자전거를 밀다가 허리가 아파지면 손을 놓을 수밖에 없다. 아들이 내 앞으로 7미터쯤 멀어졌을 때 아들의 자전거가 포장길을 벗어나려 한다. 길에서 벗어나지 않으려고 녀석이 왼쪽으로 급하게 핸들을 튼다(여전히 보조바퀴가 달려 있는 자전거라는 점을 기억해야 한다). 자전거가 넘어지고, 아들은 풀밭에 쓰러져 등골이 오싹한 비명을 지른다. 공원에 있는 사람들이 아들 쪽을 쳐다본다.

"아빠 미워!" 내가 일으켜주자 아들이 소리를 지른다.

"괜찮아." 나는 자전거를 바로잡으면서 말한다. "안 다쳤어."

"안 괜찮아!" 아들이 눈물을 뚝뚝 흘리며 외친다. "나쁜 놈!"

내가 이 얘기를 했을 때 아내는 웃었지만, 나는 그 상황을 설명할 때도, 그날 밤 그 일을 떠올릴 때도 웃지 않는다. 아들 입에서 욕이 나왔다는 것이, 아들이 자신의 분노를 표현하기 위해 자기 머릿속에 들어 있는 단어 중에서 '개새끼'에 가장 근접한 단어를 뱉어냈다는 것이, 그리고 내가 그 아이를 그렇게 만들었다는 것이 너무나 속상했다. 아들에게 사과하고, 용서를 구하고 싶었다. 자전거 배우는 게 하나도 힘들지 않고 재미있는 경험이 될 거라고 말했던 게 사실은 거짓말이었다고 인정하고 싶었다. 진실을 말하면 아들이 배우려 하지 않았을 테니까, 그래서 거짓말을 한 거라고. 하지만 난 아무 말도 하지 않고 내가 배운 그대로 가르치고 싶은 더 강한 충동을 느낀다. 아버지가 아무리 손을 놓지 않겠다고 약속했어도 인내심이 다하거나 허리가 아프면 손을 놓을 수 있는 사람이라는 것을 아이에게 가르치기가 그리 이른 것은 아니라고 나 자신을 납득시킨다.

아들은 단호한 투지로 다음날 다시 공원에 나가자고 한다. 다시 자전거를 타겠다는 것이다. 나는 이제 충고를 믿을 수 없는 거짓말쟁이로 찍혀서, 뭔가 설명을 할 때마다 조목조목 비판당하는 매우 곤란한 입장에 처한다.

"이상한 것 같겠지만, 커브를 돌 때 네가 도는 방향과 반대 방향으로 몸을 기울여야 돼." 내가 말한다.

"그럼 넘어지잖아." 아들이 말한다.

그 후 아들이 자전거에서 떨어졌을 때, 난 내 말을 듣지 않아서 그렇게 된 거라고 말하고 싶은 유혹에 저항하지 못한다. 언쟁이 이어지고 점점 더 격렬해진다. 결국 내가 아들의 자전거를 들어 풀숲에 던져버리는 것으로 끝난다. 그것은 아버지로서 그리 자랑스러운 순간이 아니다. 아버지로서 매우 수치스러운 순간이라고 말할 수도 있겠지만, 그 둘 사이에는 분명한 차이가 있다.

아들 녀석과 나는 자전거를 타지 않는 긴 휴식기를 갖는다. 그동안 나는 새로 계획을 짜면서 기억을 더듬어본다. 내가 드디어 자전거를 탈 수 있게 된 날, 나와 함께 있었던 사람이 어머니였다는 게 생각난다. 어느 춥고 바람 불던 날 아침, 텅 빈 해변 주차장에서였다. 아빠는 우리의 불쾌하고 순조롭지 못했던 자전거 수업을 공식적으로 포기한 건지, 아니면 그냥 일하느라 거기 있지 못했던 건지 모르겠다. 내가 그 즈음에 꽤 다급

했던 게 기억난다. 여섯 번째 생일이 다가오고 있었는데 내가 아는 사람들은 모두 자전거를 탈 줄 알았다.

여느 기술이 그렇듯 자전거 타는 요령도 축적된 실패들을 통해 얻어지는 산물이다. 하지만 나는 그저 미친 듯이 페달을 밟으면서 자전거가 저 혼자 붕 달려가는 것처럼 느껴졌던 순간만 기억날 뿐이다. 응원하는 어머니의 목소리가 점점 흐려지고, 뒤돌아보지 않았기 때문에 어머니가 그때 어떤 표정을 하고 있었는지도 보지 못했다.

우리는 몇 주 뒤에 다시 공원에 나간다. 아내도 함께 간다. 이제 부모가 쓸 수 있는 전략 중 가장 마지막 수단, 즉 양면 공격을 효율적으로 사용할 수 있다. 내가 요구한 게 아니라 아내가 증원이 필요하다는 것을 감지했다. 아내가 옆에서 내 조언을 지지해주고 내가 하는 부자연스런 칭찬을 조금 다른 단어로 바꿔 반복해주면 내 가르침에 대한 아들의 거부감도 효과적으로 중화될 것이다. 아들도 그 점을 알고 있다. 오늘은 나에게 욕을 하지 않을 것이다.

게다가 그사이에 아들은 조금 더 컸고 다리도 약간 더 길어졌다. 내가 처음 자전거를 사줬을 때 아들이 겨우 네 살이었음을 깨닫자 부끄러워진다. 나 자신이 아이 고집의 희생양인 것처럼 행동했는데, 사실 압박은 전적으로 내게서 비롯된 것이었다.

자전거에서 보조바퀴를 떼어내고 안장을 최대한 내린다. 아내와 나는 자전거가 기울어지는 것 같으면 그냥 발을 내리면 된다는 점을 아들이 조금씩 받아들일 수 있도록 이끌어간다.

허리를 구부린 채 자전거 안장을 잡고 뒤에서 따라 달리는 것은 죽을 만큼 힘든 일이다. 하지만 아들의 실력은 점점 나아진다. 상호동의하에, 나는 적당한 스피드가 됐을 때 자전거에서 손을 뗀다. 아들은 한 번도 뒤돌아보지 않는다. 사실은 돌아볼 수가 없다. 뒤를 돌아보면 그냥 넘어질 테니까.

권위

아이가 생기기 전에는, 아이가 태어나면 뭐든 가르쳐주고 싶어하는 나의 충동을 마음껏 배출할 수 있을 거라고 생각했다. 타고난 교사도 아니고 특별히 깊은 지혜를 갖춘 사람도 아니지만, 나는 어떤 정보를 알거나 그것이 생각날 때마다 다른 누군가에게 털어내고 싶은 강한 욕구를 지니고 있다.

그렇다고 내가 그런 일에 능숙하다는 뜻은 아니다. 나는 이야기를 쓰는 식으로 말을 하고, 일련의 행위들을 너무 일찍 시작한다. 알고 보면 별 관련도 없는 사항들을 상세히 설명하고, 사소한 부분을 수정하기 위해 내러티브 이전으로 자주 되돌아간다. 내가 우연히 알게 된 사실들을 포함시키려고 산만하게 옆길로 새기도 하고, 듣는 이에게 내가 방금 말한 내용을 못 들은 걸로 하라는 식으로 그때그때 편집해버리기도 한다. 결국은 원래 가려던 목적지에 도달하긴 하지만, 내 이야기를 듣는 사람들은 독자와 달리 책을 받아 드는 게 아니므로 그 모든 과정을 감당해야 한다.

남자가 여자에게 그런 태도로 지식을 전하면, '맨스플레인

(mansplain, 여성이 남성보다 특정 사항에 대한 지식이 부족할 거라 전제하고, 남성이 여성에게 아랫사람에게 하듯 설명하고 가르치려고 드는 태도를 뜻하는 신조어-옮긴이)'으로 인식되고 못마땅한 시선을 받기 십상이다. 성차별주의자 또는 잘난 척하는 재수 없는 사람으로 여겨지기도 한다. 하지만 그것은 남자들 사이에서 일반적으로 이루어지는 대화 방식이다. 누군가가 자신이 많이 아는 척하는 무언가에 대해 계속 이야기하면, 목소리가 더 큰 사람이 그 말을 가로막고 자기 얘기를 한다. 무엇보다, 결코 질문을 해서는 안 된다. 그것이 아마 저녁 내내 당신이 가장 하지 말아야 할 일일 것이다.

남자들이 항상 일부러 잘난 척하려고 여자를 상대로 그런 담화 방식을 사용하는 것은 아니다. 그보다는 대화 상대가 자신의 형제가 아닌 다른 사람이라는 사실을 고려하지 못한 채 자기가 원래 하던 대로 행동하는 것인 경우가 더 많다. 남자들은 언제든 자기 말이 중단될 것을 예상하며 말하고, 실제로 남자들끼리 얘기할 때는 그렇게 된다. 서로 말을 가로막으며 끼어드는 게 보통이다. 내가 젊었을 때 여자들과 얘기하다가 공포에 질렸던 순간이 떠오른다. 그들은 내가 얘기하는 동안 강연 비슷한 걸 듣는 것처럼 아무 말도 하지 않고 듣기만 했다. '이 여자가 왜 내 말을 안 자르지?' 난 이렇게 생각했다. '이제 할 말도 다 떨어졌는데 그만할 수가 없잖아! 빌어먹을, 내 말을 듣고 있기나 한 거야?'

하지만 내 아이들은 그런 것에 대해 알지 못할 것이다. 내 말이 복음이라도 되는 양, 내가 무슨 뜬금없는 얘기를 하건, 어떤 역사적 오역과 금언을 떠벌이건 그냥 들을 것이다. 나는 나 이외의 다른 누군가에게 맞추기 위해 내 가르치려 드는 성격을 재단할 필요가 없다. 아이들은 내가 제공하는 답을 과학적인 사실로 받아들일 것이다. 그런데 아이들은 내가 전혀 예상하지 못한 질문들을 던진다.

"아빠는 언제 죽어요?" 장남이 세 살 때 내게 물었다. 난 그런 문제를 고려해본 적이 없는 것처럼 잠시 생각에 잠긴다.

"아, 아주 나중에 죽을 거야." 내가 말한다.

"그러니까 언제 죽냐고요."

서너 살이던 어느 날엔가는 한참을 곰곰이 생각하는 듯하더니 카시트에서 고개를 쭉 내밀며 내게 이렇게 말한다. "엄마는 우리한테서 도망갈 수 없어, 그죠?"

"뭐라고?" 내가 묻는다.

"왜냐면 엄마가 어딜 가든 우리가 따라가면 되니까." 녀석이 말한다. 상대가 당신보다 유의미한 정보를 더 많이 가졌으리라고 강하게 의심되는 상황에서 질문에 대답하기란 언제나 까다로운 일이다. 이 녀석이 내가 모르는 뭔가를 알고 있는 건가? 아내가 다른 곳으로 이사해서 가명으로 일자리를 구할 계획이라도 세운 건가? 아니면 그냥 이 녀석이 상상한 걸까? 그런 꿈을 꿨거나, TV에서 뭔가를 봐서 이런 얘기를 하는 것일까? 이 모든 경우에 어울릴 만한 대답이 뭐가 있을까?

"엄마가 도망갈 순 있어도, 숨을 수는 없지." 난 대답한다.

또한 나는 나의 지혜와 태도로 자연스럽게 아이들의 존경심을 불러일으킬 수 있으리라고 상상했다. 권위주의적이고 거리감 느껴지는 아버지가 아니라 너무나 당연하게 외경심을 느끼게 되는 아버지, 따라서 그 느낌을 강화하기보다 오히려 약화하기 위해 노력해야 하는 아버지가 될 거라고 생각했다. 그래서 일부러 처음부터 위협적이지 않은, 아버지라기보다는 집안의 개에 가까운 상냥한 존재감을 구축했다. 비록 진짜 개가 생긴 뒤로는 그런 페르소나조차 내게서 멀어지긴 했지만. 어쨌거나 나는 아이들의 열정을 불러일으키고 영감을 자극하는, 여러모로 도움이 되는 동시에 말 붙이기도 쉬운 그런 아버지가 되리라고 생각했다. 그리고 아이들이 그런 나를 보고 자라면서 자연스럽게 나를 우러러보게 되리라 여겼다. 심지어 내가 무슨 농담을 할 때마다 아이들이 너무 심하다 싶을 정도로 웃으면서 날 따라다니는 장면까지 상상했다. 그 느낌은 아마 라디오 프로 〈루즈 앤드〉를 진행하는 것과 비슷할 것이다.

난 전혀 예상하지 못했다. 내가 전에 일과 관련해서 〈어프렌티스〉(미국의 리얼리티 프로그램-옮긴이) 참가자와 인터뷰하다가 적어둔 예리한 질문들을 찾아 공책을 뒤적이던 날, 검은 마커펜으로 큼지막하게 '아빠 싫어'라는 단어가 쓰여 있는 페이지를 발견하게 되리라고는.

또 국수가게에서 공공장소 에티켓과 매너에 대해 교육하고 있을 때 아이들이 번갈아 내 귀에 젓가락을 찔러 넣으리라고는 전혀 예상하지 못했다. 그로 인해 나 스스로 제법 유머감각 있는 인간이라고 생각했던 이론이 철저히 틀렸음을 증명하게 되리라고도 상상하지 못했다. 큰아들이 내 양 볼을 때리며 날 맞이하는 습관이 생기리라는 것을, 둘째 녀석이 밤에 내 트위터

계정을 이용해 내가 진짜 '루저'라고 인정하는 글을 올리리라는 것을("난 뭘 하든 다 짜증나고 싫어"), 막내가 나를 '여자 꼬시려고 날 이용하는 아빠'라 부르겠다고 고집 피우리라는 것을 내가 어떻게 예상할 수 있었겠는가.

이런 에피소드들을 겪으면서 내겐 몇 가지 의문이 생겼다. 내가 언제부터 아이들의 놀림감이 됐을까? 내 자만심을 건드리는 게 그렇게 재미있나? 내가 언제부터 아이들이 생각하는 그런 거드름 피우는 존재가 되었을까? 내가 스스로에게 너그럽고 이해심 많은 사람이라면, 아이들이 아버지의 권위를 훼손하고 날 깎아내리려는 것에 부분적으로 내 책임도 있다고 말할 것이다. 심지어 내가 어느 정도 사주했다고도 말할 것이다. 아이들에게는 아버지의 권위를 인정해야 하는 나이에조차 그 권위에서 스스로를 떼어놓을 기회가 필요하기 때문이다. 하지만 지금 내 상황은 그렇지 않다. 그런 걸 생각해본 적도 없다. 아이들은 내가 일부러 웃겨서 웃는 게 아니라 그냥 날 우스워한다. 아이들이 나이 들수록, 난 점점 더 우스운 놈이 돼가는 것 같다.

내 성격 탓일까, 아니면 지금 살고 있는 이 시대가 우릴 그렇게 만든 것일까? 어쩌면 나의 자만심이 원래부터 다소 자기파괴적인 성향을 띤 건 아닐까 하는 의구심이 생긴다. 어차피 나는 뭘 하든 제대로 할 줄 아는 게 없으니까. 하지만 생각해보면, 내가 어렸을 때만 해도 어른을 조롱한다는 것은 거의 있을 수도 없는 일이었다.

1974년 겨울 가족끼리 매사추세츠 피츠필드에 있는 힐튼 호텔에 갔다가 아버지가 유리벽에 부딪힌 적이 있다. 아버지는 그 호텔 레스토랑에 가기 위해 접이식 의자들이 깔끔하게 배열된 실내 수영장 데크를 가로지르는 중이었고, 어머니와 우리는 아버지 뒤로 따라붙으려고 종종걸음하고 있었다. 아버지는 사람들이 앉아 있는 테이블 사이로 지나가려다가 완전히 무방비 상태로 유리에 부딪혔다. 양쪽 유리에는 눈높이 자리에 'H'자가 표시돼 있었는데 이 유리에만 그 표시가 없었다. 맞은편에서 식사하던 사람들이 화들짝 놀랄 정도로 큰 소리가 났다.

그 충격으로 아버지는 뒤로 나동그라졌다. 아버지가 두 손을 짚고 무릎을 대고 일어나던 모습이 기억난다. 일어나는 데 시간이 꽤 걸렸던 것 같다. 아버지는 방금 일어난 일이 이해되지 않는 것처럼 멍한 표정이었다.

"맙소사, 여보. 일어나요." 어머니가 말했다.

"일어나고 있어." 아버지가 말했다. 아버지 코에서 피가 났고, 몇 분 뒤에 괜찮아지긴 했지만 우린 그날 밤 그 호텔 레스토랑에서 식사하지 않았다.

내가 그와 비슷한 일을 당하면 우리 아이들은 어떻게 반응할까. 난 그에 대해 생각하지 않으려고 노력하지만, 그 애들이 주저 없이 웃음을 터뜨리리라는 것을 경험으로 알고 있다. 내가 얼음에 미끄러졌을 때, 출입국관리소에서 공격적인 질문을 받았을 때, 저장한 데이터가 다 날아가서 혼비백산했을 때, 이탈리아에서 잘못된 고속도로로 들어섰을 때, 가게에서 내 귀에 젓가락 쑤셔 넣는 아이들의 행동을 제지하려 했을 때 아이들이 보였던 반응으로 충분히 짐작할 수 있다. 내가 만약 유리벽에 부딪힌다면, 그들이 유감스러워할 일은 아마 딱 하나밖에 없을 것이다. "아, 그 장면을 동영상으로 찍어놨어야 하는데……."

1974년에 우리 아버지가 힐튼 호텔 유리벽에 부딪혔을 때는 아무도 웃지 않았다. 난 전혀 웃기다는 생각이 들지 않았다. 뭐랄까, 그 아픔에 크게 공감하지도 않았다. 당시에 내가 느꼈던 감정은 죄책감이었다. 유리가 거기에 있다는 것을 알고 있었기 때문이다. 그날 오후에 일찌감치 로비에 놀러 갔다가 그 유리벽을 없는 것으로 착각하는 사람들이 있을 것 같다고 생각했고, 가족을 속이는 고난이도 연기에 대해서도 어렴풋이 계획했던 것 같다. 그래서 아버지가 곧장 그리로 향할 때 난 재미를 느꼈다. 다만 아버지가 나보다 훨씬 앞서 가고 있다는 점을 생각하지 못했을 뿐이다. 아버지가 유리에 부딪히길 바란 건 아니었지만, 그전에 아버지가 멈춰 서지 않으리라는 것을 깨달은 순간이 분명히 있었고, 그럼에도 난 여전히 아무 말 하지 않았다.

그 후 몇 년 동안 그 사건에 대한 죄책감은 계속 남아 있었다. 하지만 난 절대 진실을 인정하지 않았다. 언젠가 신께서 내게 그 벌을 내리시리라 생각했다. 어쩌면 결국 그 벌을 받게 됐는지도 모른다.

스포츠

아들 셋을 둔 아버지가 됐다는 사실을 깨달은 뒤로 늘 가장 걱정스러웠던 부분은, 내가 스포츠와 관련해서 아이들을 실망시키게 되리라는 점이었다. 영국에서 20년 살았는데도 난 여전히 머리 자르는 동안 옆사람과 축구 얘기를 이어나갈 정도의 지식조차 갖추지 못했다. 우리 아버지는 운동 실력이 뛰어나고 스포츠 경기 관람에 매우 열성적인 분이지만, 축구에 관해서는 도움을 청할 수 없었다. 아버지도 축구 쪽으로는 아는 게 전혀 없기 때문이다. 나 혼자 헤쳐나가는 수밖에 없다.

오랫동안 혼자 속을 끓이고 나서, 큰아들 생일이 지난 직후에 녀석에게 접근하기로 결심한다. 중요한 무언가를 이미 너무 많이 미뤘다고 생각하는 남자의 신중함으로 작은 연설을 시작한다.

"넌 이제 여덟 살이야." 나는 말한다. "우린 큰 결정을 내려야 돼."

"아홉 살이에요." 아들이 말했다.

"그래." 내가 말한다. "그러니까 이제 어느 축구팀을 응원할지 결정해야 돼."

"그게 무슨 소리예요?" 녀석이 묻는다.

"영국 아이들은 아버지가 응원하는 팀을 물려받는 게 전통이잖아. 난 응원하는 팀이 따로 없으니까 우리가 어느 팀을 응원할지 같이 검토를 해봐야……."

"우린 첼시예요." 아들이 말한다.

"뭐?"

"첼시 서포터스라고요."

"언제부터?" 내가 묻는다.

"옛날부터." 아들이 말한다. '옛날부터'라는 게 아홉 살에게 어떤 의미인지 모르겠지만, 지금은 그 의미를 놓고 다툴 상황이 아니다.

"아." 난 약간 실망해서 말한다. "그 팀은 요새 어때?"

"지금 4위인데, 아직 해볼 만해요."

"그렇구나. 그게 무슨 뜻인지 간단하게 설명해줄래?"

그것으로 끝이었다. 내가 몇 년에 걸쳐 걱정했던 문제가 단 2분의 대화로 해결된 것이다. 아버지 노릇이 다 이렇게 간단하기만 하다면 얼마나 좋을까. 하지만 아버지 노릇의 어떤 것도 그리 간단하지 않다는 게 분명해졌다.

내 아들 녀석들은 스포츠 경기를 보는 집에서 자라지 않았는데도 지금 그런 곳에 살고 있다. 전적으로 그들 자신이 만들어낸 우주다. 난 거기에 끼려고 최선을 다한다. 해마다 축구 시즌이 시작될 때마다 그럴싸하게 해설해보려고 시도하지만 결과는 늘 별 볼일 없다. 기본적인 규칙은 아는데, 경기가 진행 중일 때 뭔가 똑똑하게 말할 능력은 여전히 없었다. 등번호나 포지션만 갖고는 어떤 선수인지 알아낼 수 없다. 주심이 왜 휘슬을 부는지도 거의 모른다. 후반전 어느 시점에는 늘 공수 진영이 바뀌었다는 사실을 깨닫지 못한 채 쓸데없이 흥분하곤 한다.

"저 선수 왜 저쪽으로 패스하는 거야?" 내가 소리친다. "도대체 왜 저런…… 아, 그렇구나. 됐어."

10월 어느 일요일 저녁에 응접실에 들어갔더니 둘째 녀석이 스포츠 경기를 보고 있다. 난 그 옆에 앉아서, 사실 제대로 쳐다보지도 않으면서 텔레비전 쪽을 바라본다. 뭔가 열심히 지껄

이는 해설자의 목소리가 들린다.

"점수가 어떻게 돼?" 내가 묻는다.

"10대 7이요." 녀석이 말한다.

"10대 7?" 내가 화면에 더 가까이 얼굴을 들이대며 말한다. "어떻게 그렇게 많은 점수가…… 잠깐, 이거 미식축구잖아. 미식축구야."

"네." 아들이 말한다. 나는 속으로 쾌재를 부른다. 좋았어. 이건 내가 진짜로 아는 스포츠다. 많이 아는 건 아니지만, 그래도 내가 자란 미국에서 많이 봤던 것이다! 빨리빨리 머리를 굴려봐. 아버지가 여기 계셨다면 다음에 무슨 말을 했을까?

"어느 팀끼리 하는 거야?" 내가 묻는다. 말문을 열기에 충분히 안전한 시작이다. 괜히 우쭐대다가 큰코다치고 싶지는 않다. 내 평생의 지식을 자랑하지는 않을 생각이다.

"잭슨빌 재규어랑 휴스턴 텍산이요." 아들이 말한다. 아, 안타깝게도 난 녀석의 간단한 실수를 정정해주지 않은 채로 그냥 넘어갈 수가 없다. 녀석이 나였더라도 똑같이 했을 것이다.

"잭슨빌 재규어란 팀은 없어." 내가 말한다.

"있어요." 아들이 말한다. "저기 봐요!"

"그런 팀은 들어본 적 없는데." 내가 말한다. "가짜 아니야? 그리고 휴스턴은 텍산이 아니라 오일러야."

"아니라니까요." 아들이 말한다.

"아빠 말이 맞다니까." 내가 말한다. "그 동네에 기름이 많이 나서 그런 이름이 붙은 거야."

"마지막으로 미식축구 본 게 언제예요?" 아들이 묻는다. 난 잠시 생각한다.

"22년 전인가." 내가 말한다. "그쯤 됐을걸. 그래도 아무튼 그런 팀은 없어……."

"젠장!" 아들이 텔레비전에 대고 소리친다. 딱 우리 아버지가 했던 그런 식이다.

"어떻게 됐는데?"

"페널티 먹었어요." 아들이 말한다.

"왜?"

"조롱해서." 아들이 말한다. "15야드네."

내가 말한다. "겨우 조롱한 걸로 페널티를 줘? 언제부터 그런 멍청한 벌칙이 생긴 거야?"

"조용하고 그냥 봐요!" 아들이 말한다.

나중에 알고 보니, 휴스턴 오일러는 연고지를 북쪽으로 옮겼고 결국 테네시 타이탄스로 팀명을 바꿨다. 1999년의 일이다.

아이들을 키우다 보면 너무 힘들어서 주저앉아버리고 싶을 때가 있다. 그럴 때 더 나이 든 사람들이 다가와 이런 말을 한다. "이 순간을 즐겨요. 순식간에 지나가버리거든요." 그건 맞는 말이다. 아이들은 금세 자란다. 그 당시에 빠르게 느껴지지 않을 뿐이다.

가장 정신없는 시절에는 부모 노릇 하는 게 끝도 없는 것 같다. 타협에 또 타협을 해야 하는 일들이 영원히 이어지는 듯하다. 나는 단 몇 년 사이에 어린아이들의 낮은 위생 기준에 기겁하는 단계에서 나 자신의 낮은 위생 기준에 기겁하는 단계로 넘어간다.

난 항상 우리 아이들이 어느 시점이 되면 보살핌이 필요한 존재에서 부려먹을 수 있는 존재로 거듭나리라 상상했다. 내가 아이들을 돌볼 필요는 없을 것이다. 귀찮은 일은 녀석들에게 대신 하게 하면 되고, 이런저런 심부름도 보낼 수 있을 것이다. 아마 개인비서 군단을 거느리는 듯한 느낌이 아닐까.

이 상상은 현실화되지 않았다. 여섯 살 아들한테 50펜스를 주겠다고 하면, 하루 종일 안경을 찾아 돌아다니기는 하지만 결국은 찾지 못한다. 열한 살짜리 녀석은 5파운드를 주겠다고 해도 꿈쩍하지 않는다.

오히려 내가 그 녀석들 물건을 찾으며 보내는 시간이 훨씬 많다. 녀석들의 요구사항을 들어줘야 하고, 수학 과제를 프린트하지 못한 녀석의 분노를 받아줘야 한다. 어떻게 된 일인지 프린터가 작동하지 않는 게 내 잘못이 된다. 아이 키우는 일이 개인비서를 갖게 되는 쪽이 아니라 개인비서가 되는 쪽에 훨씬 가깝다는 깨달음에 이르게 된다. 사실 그것은 나오미 캠벨의 개인비서로 일하는 것과 비슷하다. 그녀의 비서만큼 여행을 많이 다닐 수 없는 게 다를 뿐이다.

가까이에서 볼 때, 체육복 없어졌다고 울면서 난리 치는 그 시간이 꼭 소중히 해야 할 무언가처럼 느껴지진 않는다. 멀리서 보면 행복하고 아련한 가정 풍경으로 바뀔 수 있겠지만, 그 정도가 되려면 얼마나 더 멀리 뒤로 물러서서 봐야 할지 모르겠다.

아내를 소개해주고 내 결혼식 들러리도 했던 친구 팻은 우리 집 주방에 앉아 그런 우리를 보며 웃는다.

"둘 다 그거 갖고 나가!" 아내가 바람 빠진 축구공을 갖고 싸우는 둘째와 막내에게 소리친다. 옆에선 개까지 짖어대고 있다.

"난 절대 이렇게 못 살아." 팻이 웃으며 말한다. 그는 결혼도 안 했고 아이도 없지만, 자신이 우리 만남에 기여한 공이 있으므로 우리 일상생활을 블록버스터 액션 드라마 보듯 재미있어할 권리가 있다고 생각한다. 그래서 상황이 어떻게 진행되고 있는지 확인하기 위해 주말에 자주 들르곤 한다.

"내려가!" 아내가 조리대 위로 올라와 버터 냄새를 맡고 있는 고양이에게 소리친다.

"고양이 꼬리가 없네." 팻이 웃으며 말했다.

"내가 꼬리 없는 놈으로 달라고 했어." 아내가 말한다. 그러고는 의자 위로 올라가 일주일 내내 천장의 북동에서 남서로 이주하던 작은 벌레들을 때려잡는다. 저장용 벽장 어딘가에서 기어 나오는 것 같긴 한데 정확한 출처를 찾아낼 수가 없다. 큰아들이 머리가 젖은 상태로 들어온다.

"내 신발 어딨어요?" 녀석이 묻는다.

"네가 놔둔 데 있겠지." 아내가 말한다.

축구공이 부엌으로 튀어 들어와 테이블에 있던 머그잔을 떨어뜨린다. 팻이 웃는다. 막내가 둘째를 쫓아 들어왔다가 다른 문으로 나간다.

"저놈들 잡히기만 해봐." 아내가 말한다.

"내 신발 어디 있냐고." 큰아들이 발을 구른다.

"이런 식으로 어떻게 살아?" 팻이 웃으면서 말한다.

"여기 내 남편이라는 양반이 열심히 도와줘서 겨우." 아내가 말한다. 난 신문에서 눈을 들어 오븐장갑으로 날 가리키는 아내를 본다.

"뭐라고?" 내가 묻는다.

위의 사례에서처럼 대부분의 부모 노릇은 엄마 아빠가 같이 해야 하는 활동인데도, 난 아버지 노릇이 아내가 일하러 나갔을 때나 '혼자' 마요르카에 일주일 휴가를 다녀오겠다고 주장할 때 가끔 나 혼자서 감당해야 하는 부모 노릇의 작은 일부라고 생각하는 경향이 있다. 그럴 때 내 자녀 양육 기술이 어느 정도 되는지 측정할 수 있고, 아내 없이 혼자 부모 노릇을 하는 게 어떤 것인지 짐작할 수 있는 기회도 된다.

물론 자기 자식을 돌보는 아버지에게 영웅적인 면모는 전혀 없다. 내가 하는 방식으로는 더더욱 그렇다. 사람 많은 곳에서 아이들을 간수할 때 나는 아직도 가끔 말도 안 되는 신기한 부류의 인간인 것처럼 날 쳐다보는 사람들의 시선을 느낀다. 대략 파이프담배 피우는 원숭이를 보는 것과 동급의 시선이랄까. 그것 역시 내가 아이들을 다루는 방식과 관련 있을 수 있다. 하지만 아버지들에게 잣대가 매우 낮게 설정돼 있다는 점에는 의심의 여지가 없다. 아버지들은 한쪽 다리가 없는 비상용 안경을 쓰고 학교 정문에 나타날 수 있다. 느릅나무 분재처럼 뻗친 머리를 하고, 아침 먹다 흘린 얼룩이 옷에 그대로 남아 있는 세 아이들을 실어 날라도 문제 될 것 없다. 점심 도시락을 깜박 잊어버려도, 누구 하나 뭐라 하지 않는다. 오후에 똑같은 복장으로 아이들을 데리러 와도 상관없다. 가끔 늦어도 되고, 컵케이크를 준비해 오지 않아도 된다. 저 밖에서 혼자 아버지 노릇을 한다는 것은, 자녀 양육이 경쟁 스포츠의 일종이라는 개념에 도전장을 던지는 쉽지 않은 일이다.

오후에 아이들을 데려온 뒤에 나는 아내에게 보고한다. "오늘 다 괜찮았는데, 한 놈만 안 괜찮았어. 큰놈 엄지가 차문에 끼었어."

"뭐야?" 아내가 검푸른색으로 부은 큰아들의 손가락을 살펴본다. "어쩌다 이런 거야?"

"일부러 그런 게 아니라, 거기 손이 있는 줄 모르고 내가 문을 닫았어. 미안해." 내가 말한다.

이런 일들은 내가 정상적인 아버지로서 의무를 다하려고 노력하는 와중에 적지 않게 일어난다. 아내가 없을 때 나는 너무나 야심찬 저녁 요리를 계획하기도 하고, 힘들이지 않고 몇 시간을 보내려고 아이들을 영화관에 데려가기도 한다. 낯선 학교 행사에 혼자 참석해야 할 때도 있고, 토요일에 아이들이 다 차에 탈 때까지 지금 가는 곳에 대해 거짓말하는 경우도 있다. 내가 성급하게 무언가를 말해버리는 게 종종 그런 일들의 발단이 된다.

"뮤직 페스티벌?" 어느 운명적인 저녁에 나는 말한다. "그래, 다 같이 뮤직 페스티벌에 가자."

우리 아이들이 아들이라서인지는 모르겠는데, 난 혼자 애들을 데리고 사람 많은 곳에 갈 때마다 내가 좋은 본을 보이고 있는 건지 의식하게 된다. 녀석들이 나에게 남자 되는 법을 제대로 배우고 있는 것인지, 더 심하게는 그들이 나에 대해 너무 많은 걸 알아가는 것은 아닌지 걱정한다. 그 아이들이 날 많이 닮지 않은 것 같아서 다행스럽다. 녀석들은 꽤 자신만만하고, 느긋하며, 세상에 편안하게 적응한다. 그래서 나는 내가 편안하게 할 수 있는 것 이외의 일들에 아이들을 노출시키지 않으려고 애쓴다. 문제는, 해볼 가치가 있는 대부분의 일들이 내가 편안하게 할 수 있는 일에 속하지 않는다는 사실이다. 2007년 뮤직 페스티벌은 내가 보기에 그나마 크게 잘못될 일이 없는 잘 관리된 환경이라는 생각이 들었다. 내가 그렇게 생각한 이유는 아마 그때까지 한 번도 그런 곳에 가본 적이 없었기 때문이었을 것이다.

날이 어둑어둑해질 무렵 첫째와 둘째를 데리고 그곳에 도착한다. 페스티벌에 자주 다니는 사람이라면 차가 많이 밀린다는 것을 알았을 텐데, 난 꽉 막힌 도로에서 소중한 낮 시간을 허비했다. 게다가 나는 주차장에서 멀리 떨어져 있는 페스티벌 부지까지 우리 장비를 운송해줄 일종이 시스템이 마련돼 있을 줄 알았다. 우리 짐을 내가 다 운반할 필요는 없으리라고 예상했다. 하지만 그런 것은 없었다. 입구에서 내 레드와인 두 병을 빼앗아가는 시스템이 만들어져 있을 뿐이다.

"유리는 반입 안 됩니다." 정문 경비원이 말한다.

"자기들 멋대로구만." 내가 말한다.

"여기서 마시든지 여기 놔두든지 둘 중 하나를 선택하세요." 그가 말한다. 이는 정확히 내가 좋은 본보기를 보여야 한다고 의식하는 그런 경우 중 하나다. 아이들이 보는 앞에서 와인병을 그냥 내려놓을 수는 없다. 한 병만이라도 안 될까? 반병이 면 괜찮지 않을까?

"잠깐만요." 내가 말한다. 나는 짐을 다 내리고, 배낭에서 물이 꽉 차 있는 1.5리터짜리 플라스틱 병을 꺼낸다.

"마셔." 내가 장남에게 말한다. "많이 마셔." 둘째 놈한테 물병을 건네주고 똑같이 명령한다. 나도 크게 한 모금 들이켜고 나서 남은 물을 땅에 쏟아버린다. 와인 두 병을 거기에 찰랑찰랑 넘칠 정도로 채운다. 그 두 개의 와인은 같은 종류도 아니고 같은 지역에서 생산된 것도 아니지만, 상황이 내 필사적인 조치를 정당하게 만든다.

"물은 안에서 살 수 있을 거야, 아마." 내가 말한다. "들어가서 찾아보자."

텐트 칠 만한 공간을 겨우겨우 찾아냈을 때쯤 날은 이미 캄캄해진 상태다(우리 텐트는 69파운드짜리로, 아이들이 뛰어놀 바운시 캐슬 설치 공간까지 있는 막대 두 개짜리 흉물스러운 물건이었다. 난 꾸역꾸역 그 짐을 끌고 돌아다녔다). 너무 캄캄해서, 그 공간이 아직도 남아 있던 이유가 오로지 쐐기풀 때문이라는 것을 발견하지 못한다. 아이들은 팔짱을 끼고 짐 위에 드러눕는다. 그동안 나는 조금이라도 도움이 되길 바라며 내가 하는 행동을 중계방송한다.

"먼저, 안쪽 텐트 바닥을 말뚝으로 고정시킵니다." 내가 말한다. 둘째 놈이 내 얼굴에 손전등을 비춘다. "그다음 1번 천막 기둥을 가져다가······."

내가 1번 천막기둥을 집으려고 몸을 구부릴 때, 뒤편 아래쪽에서 첼로 현 같은 뭔가가 뚝 끊어지면서 뭔지 모를 이상한 소리가 난다. 내가 놀라서 몸을 일으키는 순간 텐트 기둥 끝이 비막이천을 쑥 뚫고 들어간다. 비막이천이 L자 모양으로 15센티 정도 찢어진다. 아들 녀석들 쪽을 돌아보니, 그들은 재미있는 공상과학 시트콤 〈적색 왜성〉 재방송이라도 보는 것처럼 날 쳐다보고 있다. 약한 빗줄기가 부슬부슬 내리기 시작한다.

아침에 나는 거의 움직일 수가 없다. 비탈길 슬리핑백에서 하룻밤을 보낸 게 허리에 몹시 안 좋은 영향을 미친 것이다. 태양은 눈부시게 빛나는데, 난 게처럼 좌현으로 약간 기울어진 채 발을 질질 끌며 걸어가고 있다. 두 아이를 내 앞에 두고, 흐르는 군중과 같은 방향으로 이동 중이다.

"꼭 붙어 있어야 돼." 내가 말한다. 그 말은 내 옆에서 떠나면 안 된다는 뜻이다. 이 페스티벌의 주 무대는 네 군데였는데, 더 작은 텐트들이 여러 개였고 갖가지 먹을거리가 진열돼 있었다. 아이들을 위한 특별 공간까지 있었다. 그런데 내가 필사적으로 찾아 헤매는 단 하나가 없다. 의자가 없었다. 어디에도 앉을 만한 곳이 없다. 서 있거나, 아니면 딱딱한 땅에 누울 수 있을 뿐이다.

우리는 음악을 듣거나 뭔가를 먹으면서 페스티벌 부지 끝에서 끝까지 걸어간다. 아들 녀석들이 보이는 차가운 무관심에 비하면 내 아픈 허리에 대한 아내의 적대감은 아무것도 아니다. 녀석들은 내가 갑자기 날카로운 신음 소리를 내도, 조용히 욕설을 중얼거려도, 들은 척도 하지 않는다. 자기들끼리 스케줄을 상의하고 지도를 들여다보고 나서 내 팔을 잡아당기기 시작한다.

"아야!" 내가 말한다.

"이쪽으로 가요!" 둘째 놈이 소리친다. "지금 시작한단 말이야."

난 이 사람 저 사람에게 떠밀리며 울퉁불퉁한 땅에서 넘어지지 않으려고 안간힘을 쓴다. 귀중품이라 할 만한 것들을 담은 배낭의 무게 때문에, 그렇잖아도 비틀어진 내 골격이 더 비틀어진다. 한쪽 어깨가 귀에 닿을 정도로 올라간다. 하지만 오후 중반쯤 됐을 때, 어차피 허리가 아프다고 죽지는 않으리라는 것을 깨닫는다. 그보다 먼저 햇볕에 타서 죽을 테니까. 우리 모두 마찬가지다.

"모자가 있어야겠어." 내가 말한다. "모자 파는 데 찾아봐."

머리에 쓸 만한 것을 찾기 위해 부지를 샅샅이 뒤진 끝에 우리는 엄청 바가지를 씌우는 가판대에서 챙 좁은 트릴비와 챙이 말려 올라간 중절모를 선택한다. 그 바보 같은 모자를 쓴 아이들을 보자 웃음이 난다. 문득 나도 그런 걸 쓰고 있다는 게 생각난다.

자정이 지나서야 우린 드디어 텐트로 돌아온다. 나는 바닥에 드러누워 커다란 와인병을 홀짝홀짝 마신다. 아들 녀석들은 아직 기운이 남아돌아서 잠잘 기분이 아니다. 그들뿐만이 아니라, 다른 사람들도 내 머리 옆에서 드럼을 두들기고 있다.

다음날 저녁 드디어 집에 돌아왔을 때, 아내는 나 혼자 아이들을 데리고 어디 다녀올 때마다 늘 하는 보고 시간을 갖는다.

"제일 싫었던 게 뭐야?" 그녀가 눈을 반짝이며 물었다.

"당연히 페스티벌이 끝났다는 거지." 둘째가 말한다. "나올 때 아빠가 짐을 지고 못 움직여서 우리가 당나귀처럼 차로 끌고 가야 했어."

"혼자 갈 수 있었어." 내가 말한다. "허리가 안 굽혀졌던 것뿐이야."

"얼마나 느리게 걷던지." 큰놈이 말한다. "몇 년 걸리는 줄 알았어."

"두 번째로 싫었던 건?" 아내가 물었다.

"집에 두통약 있어?" 내가 묻는다. "지금 가면 응급실이 붐비려나?"

허리 아픈 채로 페스티벌 현장에 갇혀 있을 때, 또는 교통정체로 M5 고속도로에 갇혔거나, 아이가 바이올린으로 연주하는 〈문 리버〉를 이백서른 번째로 들어야 할 때, 인생은 쏜살같이 흘러가지 않는다. 하지만 이 단계는 갑자기 끝난다. 당신이 어느 정도 요령이 생겼다고 생각할 때쯤, 그것은 끝나버린다.

어느새 당신은 핀보드에 꽂힌 사진들을 들여다보고 있다. 각자 하나씩 사과를 들고 벤치에 키순으로 앉아 있는 세 녀석, 줄무늬 스웨터를 입고 달덩이 같은 얼굴로 새끼고양이를 안고 있는 여덟 살짜리, 모래 둔덕 위에서 놀고 있는 형제들. 마치 당신의 인생을 찍어다 놓은 것 같다. 부엌에서 먼지를 일으키는 덩치 큰 생명체들과 그들을 비교하기 전까지는.

어른들 말씀이 맞다. 그 시기는 금세 지나가고, 지나고 나면 그리워질 것이다. 하지만 당신이 세월을 그대로 흘려보낸 것에 너무 죄책감을 느낄 필요는 없다. 당신이 음미하려 하면 더 빨리 지나갈 뿐이다.

일주일에 적어도 한 번, 아내는 사전 상의 없이 "오늘 저녁은 자유식이야"라고 선언한다. '자유식'이란 먹다 남은 닭고기에 오늘의 특별 양념을 더해서 만들어내는 자유롭고 품위 있는 삶의 한 방식을 말하는 게 아니다. 여기서 '자유'는 '네가 원하는 어디에든 음식을 가져가서 먹어도 좋아, 내 근처에만 오지마'라는 뜻이다.

우리 가족 누구도 자유식 저녁식사에 반대한 적이 없다. 나는 보통 내 몫의 접시와 가득 따른 와인 한 잔을 들고 텔레비전 앞에 앉는다. 이따금 아이들이 합류할 때도 있지만, 그들은 주로 컴퓨터나 비디오게임기를 선택한다. 막내 녀석은 가끔 욕조에 들어가 노트북으로 영화를 보면서 저녁을 먹는 것 같다. 그건 내가 여러 가지 이유로 못마땅해하는 사치지만, 언젠간 나도 시도해보리라 다짐하는 것이기도 하다. 아내는 혼자 평화롭게 식탁에서 먹는다.

함께하는 식사는 우리 가정에 매우 중심이 되는 활동이다. 우리가 거기서 도망치는 방법을 여러 가지로 생각해내는 이유는 아마 그 때문일 것이다. 아내는 때때로 이렇게 선언한다. "오늘 점심은 조용히 뭔가 읽으면서 먹자." 다양한 신문과 잡지가 제공되지만, 각자 자신이 읽고 싶은 책을 가져오거나 노트북을 가져와 들여다봐도 된다. 말하는 것을 제외하고 모든 것이 허용된다.

매일 저녁 가족이 다 같이 앉아서 식사하는 것이 원래부터 우리 육아 계획의 일부였던 것은 아니다. 아이들이 어릴 때는 당연히 따로 먹을 수밖에 없다. 시간이 지나면서 아이들이 저녁 먹는 시간은 늦어지고 우리가 먹는 시간은 더 일러지면서, 그렇게 양측의 시간이 하나로 합쳐진 끝에 저녁식사 시간이 결정된다. 식사를 같이한다는 면에서 그것은 어느 정도 성공적이다. 가족이 모두 같이 앉아서, 모두 같이 먹는다. 하지만 사교의 장으로서 그 시간은 아쉬운 점이 많다. 교양 있는 식사 예법을 시험하는 장으로서는 상당히 큰 역효과를 낸다.

서로 돌아가면서 불쾌한 말을 하는 것이다. 공식적으로 금지하지 않으면 "넌 왜 그렇게 멍청하냐?"가 일상적인 대꾸가 된다. 식탁에서 대단히 부적절한 대화가 오가기도 한다. 막내는 보통 내가 자리에 앉기도 전에 나가라는 소리를 듣는다. 난장판으로 흘리는 건 기본이고, 때때로 싸움도 일어난다. 처음엔 아주 기분 좋게 시작했던 식사가 아내가 "지긋지긋해"라는 말을 남기고 나가버리는 것으로 끝나는 경우도 있다.

아이들이 커갈수록 점심을 같이 먹는 게 더 수월해질 거라고 말하고 싶지만, 사실은 더 힘들어진다. 십대들은 더 자주 자기들끼리 싸운다. 욕설은 더 정교해질 뿐이다. 하루하루 지나면서 모두가 조금 더 빨리 먹는 법을 배운다. 식사 시간 내내 아들 녀석들이 높은 의자에 앉아 음식으로 얼굴에 떡칠하던 날들을 애타게 그리워하게 되리라고는 상상조차 해본 적이 없다.

내가 혼란스러운 일요일 점심시간을 즐기지 않는다는 말은 아니다. 난 그 시간을 즐긴다. 식탁 끝에 내 자리가 정해져 있어서, 이때만큼은 내가 명목상이나마 이 가정의 책임자인 것처

럼 느껴진다. 일요일이라 아이들이 다른 어딘가에 가려고 서둘
지도 않는다. 보통은 침대에서 막 기어 나왔을 가능성이 더 크
다. 그리고 그 식사 시간에 내겐 아이들의 생활을 따라잡을 수
있는 기회가 생긴다. 개들을 산책시키기 위해서가 아니고는 집
을 거의 떠나지 않는 사람으로서, 나는 평범한 학교생활에 대
한 이야기를 듣는 것을 매우 흥미로워한다. 그 이야기 하나하
나를 다른 목소리들이 들려준다면 더더욱 좋다. 나는 버스에서
어떤 일로 주목받았던 사람들에 대한 이야기를 특히 좋아하고,
그 진상을 알게 됐을 때 실망하는 경우는 거의 없다. 그런 이야
깃거리가 다 떨어지면 아이들이 일주일 동안 어떤 성취를 이뤘
는지에 대해 짤막하게 요약한 설명을 듣는다.

"이번 주에 제일 좋았던 일이 뭐였어?" 내가 포크로 막내를
가리키며 묻는다.

"불나서 수학 수업 안 했어." 막내가 말한다.

"좋았겠네." 둘째를 돌아보며 묻는다. "넌?"

"트위터에 포커 채널 얘기를 썼는데 사람들이 그거 읽었어."
둘째가 말한다.

"아주 자랑스러웠겠구나." 나는 말한다.

"휴대폰에 올려놨으니까 보세요." 녀석이 말한다.

"식탁에서 휴대폰은 안 돼." 아내가 말한다.

"난 다 먹었어요." 막내가 말한다.

"안 돼, 마저 먹어." 아내가 말한다.

"샐러드 좀 줘." 내가 말한다.

"아빠가 샐러드 담당이야." 둘째가 말한다.

"어, 그래 맞다!" 내가 말한다.

아이들이 멀리 오스트레일리아 같은 나라로 떠나서 이 식탁에 함께 앉을 수 없게 된다면 이런 날들이 분명 그리워지겠지만, 이 순간 무엇보다 기대되는 일요일 점심의 최고봉은 일요일 저녁이 자동으로 자유식이 될 거라는 사실이다.

기분 좋은 식사 자리를 위한 팁

● 가능하다면, 함께 식사할 사람을 가족에 한정짓지 마라. 일요일 점심에 다른 사람을 초대하면 그 시간이 훨씬 편해진다. 다른 사람을 오게 만들 수 있다면 말이다. 가족이 아닌 사람의 존재는 특히 사춘기 소년들을 믿어지지 않을 정도로 문명화하는 효력이 있다. 그리고 다른 아이들의 존재가 당신 애들의 못된 행동을 희석시켜준다.

● 내 아내는 다르게 생각하지만, 사실 식사 중에 숙제 얘기를 꺼낸다고 해서 생방송 중에 토한 아나운서에 대해 이루어지는 생생한 토론을 중단시킬 수는 없다.

● 가끔은 가족 전체가 식탁에 앉아 있는 게 아닐 때 가장 기분 좋은 가족 식사가 이루어진다. 대체로 누구 하나가 빠진 모임이 더 성공적이며, 이 등식에서 아이 하나를 빼면 언제나 상황이 더 부드럽게 흘러간다. 내가 없을 때 가족 식사가 더 부드럽게 진행되는지는 모르겠다. 솔직히 내가 없을 때 아

이들이 어떻게 행동하는지에 대해서는 관심이 없다.

● 20분 안에 가족의 단란함을 쑤셔 넣을 수 있다. 아이들은 일 반적으로 식탁에 머물러 있는 것을 좋아하지 않는다. 먹지 도 않는데 식탁에 앉아 있어야 하는 시간을 감금의 한 형태 로 생각한다. 예의와 훈육과 부모의 의견을 밝히고자 하는 욕구는 가끔 아이가 원하는 것보다 더 오래 의자에 앉아 있 도록 요구하지만, 아이가 15분을 참아냈다면 당신이 잘하고 있는 것이라 봐도 무방하다.

● 자유식 저녁식사 때와 말없이 독서하는 점심식사 때에만 새 로운 레시피 및 이국적인 먹거리를 상에 올려라. 아이들이 새로운 맛을 알게 되기까지는 시간이 좀 걸리고, 그 음식을 처음 먹었을 때 아이가 그것에 대해 어떻게 생각하는지는 듣고 싶지 않을 것이다.

17
마법이 살아 숨 쉬도록

　아내와 난 매일 서로에게 "사랑해"라고 말하지
않는다. 한 달에 한 번도 하지 않는다. 그런 말을 하는 사람들
이 딱히 못마땅한 것은 아니지만, 그렇게 하지 않는 부부들을
대신해서, 혹은 대변하는 마음으로 한마디 짚고 넘어가고 싶
다. 매일매일 애정을 표현하지 않는다고 해서 세상이 끝나는
것은 아니다. 게다가 당신이 나처럼 야단스럽고 과장된 행동을
믿지 않는 사람이라면 그런 말랑한 말이 지닌 힘에 믿음을 갖
기는 어려울 것이다.
　나는 개인적으로 감정을 표현하는 방법에는 여러 가지가 있
다고 생각한다. 정기적으로 매번 똑같은 순서로 주고받는 그
한 마디에 의지하지 않더라도 말이다. "사랑해", "나도 사랑해"
같은 흔한 대사에 박혀 있는 골자는 얼마든지 다른 언어로 복
제할 수 있다. 우리 집의 경우에는 "내가 죽으면 섭섭할걸"과
"그렇겠지"를 선호한다.

안타깝게도 내가 읽은 행복하고 건강한 부부관계 유지법에 관한 책 어디에서도 내 입장을 지지하는 경우를 본 적이 없다. 내가 수년간 읽어온 조언들은 모두 실제로 소리 내서 말하는 것이 중요하며, 익숙하지 않은 무언가를 처음 시도할 때 동반될 수 있는 당황스러움을 억지로라도 극복해야 한다고 강조했다. 로맨스를 오래 유지하려면 "의식적으로 생각과 감정을 강화시켜야 한다", "정기적으로 애정을 투여해야 한다", "긍정적인 관심을 애정이 드러나는 행동으로 꾸준히 전환해야 한다"고 이야기한다. 어떤 책에서든 그것은 늘 어렵고 시간이 걸리는 일인 것처럼 말한다. 내가 그런 조언에 함축돼 있는 노력의 양에 대해 감히 불평을 제기했을 때, 부부관계 전문가는 이렇게 말했다. "사랑이 쉬워야 한다는 건 우리의 잘못된 통념이에요. 사랑은 기술입니다. 배우고 연습해야지요."

그래도 난 사랑이 쉽길 바란다. 그래서 지름길이라고 여길 수 있는 어떠한 방법에도 지극히 민감하다. 하루 네 번 포옹하면 행복한 결혼생활이 이어질 수 있다고 제시한 신문기사에 호기심을 느꼈던 이유도 아마 여기에 있을 것이다. 아내가 예정에 없는 애정 표현을 수상쩍어하리라는 것은 경험상 알고 있었지만, 포옹 네 번 하는 것쯤이야 그리 과한 것 같지 않았다.

"하루에 네 번 껴안기." 아내가 첫 번째 포옹에서 빠져나가려고 꿈틀거릴 때 나는 이렇게 말한다. "이게 성공으로 가는 지름길이래."

점심 먹기 직전 현관에서 나는 두 번째 포옹을 하려고 접근한다. 팔을 내리고 손바닥을 보이면서 천천히 접근해 들어간다. 곰에게서 소풍 바구니를 빼앗으려 할 때 사용할 만한 기법이다.

"고마워." 아내가 내 손길을 뻣뻣하게 받아들이며 말한다. 아내가 이 치료법을 썩 마음에 들어하는 것 같진 않지만, 그래도 괜찮다. 특효 처방이라는 것에 대해 내가 좋아하는 측면 중하나는 뉘앙스가 완벽하게 결여돼 있다는 것이다. 미묘한 차이도 없고 후속조치도 필요치 않다. 그 신문기사에는 결과가 좋지 않을 경우 방법을 어떻게 바꿔보라는 식의 대안은 제시돼 있지 않았다. 그저 "네 번 포옹하라"고만 적혀 있을 뿐이다. 나는 아내의 짜증이 약간 즐거워지기까지 한다. 그녀가 좋아하거나 말거나 상관없다. 어느 쪽이건 내가 이기는 거니까.

해질 무렵 내가 세 번째 포옹을 하러 다가갔더니 아내가 말한다. "벌써?"

"이런 게 쉬울 리가 없잖아." 내가 말한다.

네 번째 포옹할 시간이 됐을 때는 어디에서도 아내를 찾을 수 없다. 그녀가 집에 있는 것은 분명하다. 차가 현관 밖에 서 있으니까. 하지만 결국 난 아내를 찾지 못하고 포기한다. 이 특별한 전략이 실패한 이유는 오로지 내 끈기가 부족한 탓이다.

일주일쯤 뒤 나는 '속삭임 치료'라는 것이 있음을 알게 된다. 그 기법에 대한 정보는 많지 않았다. 마돈나와 가이 리치가 부부관계 개선을 위해 전문가가 제시해준 그 방법을 사용한다는 말이 잠깐 언급되었을 뿐이다. 분명 수많은 눈맞춤과, 정기적으로 상대방에게 긍정적인 말을 속삭이는 것이 포함돼 있을 것이다. 굉장히 귀찮고 짜증스러울 게 틀림없다. 그래서 얼른 시험해보고 싶어진다.

하지만 어떻게 진행해야 할지 확신이 서지 않았다. 가이와 마돈나는 미리 의논해서 서로 속삭이는 말을 정했는지 모르겠지만, 내 경우에는 그래선 안 될 것 같다. 그보다 더 즉흥적이어야 할 듯했다.

출발은 좋지 못했다. 내가 아내 뒤로 몰래 다가가 귀에다가 "당신은 특별해"라고 속삭였더니, 그녀가 들고 있던 머리빗으로 날 냅다 후려갈긴다.

"무슨 짓이야?" 그녀가 소리친다.

"속삭임 치료야." 내가 말한다. "아이고, 아파라." 난 패션 매거진 『그라치아』의 기사를 보고 그 기법에 대해 처음 알게 되었노라고 말하지 않는다. 말해봤자 아내는 그 이면에 깔린 근본적인 원칙을 이해하지 못할 것이다.

그 후 며칠에 걸쳐 아내는 묘한 순간에 몸을 기대며 "신발 멋지네", "당신은 요술쟁이야", "동물들한테 어쩜 이렇게 다정할까" 같은 말을 속삭이는 내 습관에 대해 소름끼칠 만큼 참을성이 많아진다. 아무래도 아내는 그 치료법이 불러일으킬 수 있는 엄청난 짜증을 밀어내고 있는 듯하다. 그래서 나는 판돈을 높인다. 우리가 여전히 로맨틱한 비밀을 공유하는 커플인 것처럼 손님들이 있을 때 아내의 귀에 대고 속삭인다.

"이 사람 말이, 여러분이 빨리 좀 가줬으면 좋겠다네요." 아내가 손님들에게 말한다.

"아니에요, 그게 아니라 요즘 우리가 이런 걸 자주 하거든요. 커피 더 드시겠어요?" 내가 말한다.

일주일 뒤에 마돈나와 가이 리치가 헤어지자 난 그 실험을 중단한다. 속삭임 치료 때문에 그들의 결혼이 깨진 거라고 말하려는 건 아니다. 다만 이런 별난 치료법에 의지하는 사람들이라면 그 결혼생활이 이미 구제하기 힘든 지경에 처해 있었을 거라는 점을 깨달았을 뿐이다.

몇 달 뒤 아내와 나는 가끔씩 두 손가락을 들어 서로의 목을 찌르는 단계로 접어든다. 찌를 때마다 짧고 날카로운 억 소리가 동반된다. 〈우리 개가 달라졌어요〉를 보면서 배우게 된 기법인데, 자기 개인적인 공간에서 상대방을 치우거나 밀어낼 때, 혹은 상대방이 제대로 듣고 있지 않은 것 같을 때 관심을 유도하는 효과적이고 간단명료한 방법으로서 시작되었다. 하지만 시간이 지나면서 다소 고통스러운 애정 형태로 변질되었고, 그다음에는 다행히도 시시해졌다.

결국 난 그 주제에 관한 글을 쓰기 위해 실제 커플 상담을 받아보자고 아내를 설득한다. 우리 상담을 맡은 앤드류 G. 마셜은 "자동차 안전점검을 하듯 결혼에 관해 안전점검을 하는 것뿐"이라고 말하지만, 그래도 그 과정이 덜 골치 아프거나 신경 쓰이지 않는 것은 아니다. 표면적으로 우리 결혼생활은 하나도 고장 난 구석이 없어 보인다. 하지만 우리는 우리 결혼생활이 결국 실패작이라는 말을 들을 수도 있는 정기검진 약속을 잡고 있다. 때때로 안전점검을 할 때 그런 일이 실제로 벌어지지 않던가.

처음 카운슬러를 만나러 갈 때, 아내와 나는 마셜이 풀어나갈 만한 몇 가지 문제들을 만들어냈다. 신부님에게 진짜 잘못한 일을 말하지 않으려고 다른 죄를 지어내는 것과 조금 비슷한 일이다. 하지만 이 계획은 빠르게 와해된다. 아무리 글을 쓰기 위해 신청한 상담이라 해도, 부부관계 전문가와 한 방에서 세 시간을 얘기하면서 진짜 문제를 드러내지 않고 버틸 수는 없다.

세 차례 상담하고 나서 알게 된 사실은, 아내와 내가 서로 다른 '사랑의 언어'로 말하고 있다는 것이다. 아내는 '배려하는 행동'으로 사랑을 표현한다. 즉 자신의 사랑을 보이기 위해 필요한 모든 일을 맡아서 한다. 반면에 나는 어설픈 애정 표현에 집중하는 경향이 있다. 둘 다 상대방의 애정 표현이 자신에게 익숙한 방식으로 이루어지길 바란다는 게 우리의 문제인 듯하다. 나는 배려하는 행동을 연습해보라는 처방을 받는다. 아내가 부탁하지 않아도 알아서 도와준다거나, 마음에서 우러나왔다고 느껴지는 칭찬을 한다거나, 사려 깊은 작은 선물을 준비하는 등의 방법을 사용해보라고 한다. 아내는 어설픈 애정 표현을 시도해보라는 처방을 받는다. 뭘 잘못하고 있는지 더 확실하게 알게 되긴 했지만, 우리는 계속 노력에 실패한다.

언론이 한창 5대 2 다이어트 효과를 떠들어대고 있을 때, 그 비슷한 공식을 대입해서 결혼생활에 새로운 활력을 불어넣는 방법에 관해 글을 써달라는 의뢰가 내게 들어왔다. 5대 2 다이어트란 일주일에 5일은 정상적으로 식사하고 이틀만 단식하는 식으로 진행하는 다이어트 방법이다. 5대 2 다이어트의 열성팬인 아내는 일주일에 이틀만 나와 결혼생활을 해도 되리라는 전망에 강한 흥미를 드러내지만, 나는 그렇게 작동하는 게 아니라 일주일 중에서 이틀을 뭔가 더 해야 하는 거라고 찬찬히 설명해준다. 전에 상담했을 때 앤드류 마셜은 여러 가지 다면적인 프로그램을 제시해줬는데, 그중에서 내가 조금이나마 규칙적으로 실천에 옮겼던 방법은 '로맨틱한 문자 보내기' 하나뿐이다. 우리는 그 방법을 활용해서 일주일에 이틀씩 관계를 위한 노력을 기울이기로 한다. 나는 "술 사다줘", "프린터 카트리지 어떤 거 골라야 돼?" 같은 문자들 사이에 "당신한테 늘 고마워하고 있어" 같은 말을 끼워 넣었다. 별로 대단한 일은 아니지만, 그래도 내 평생 처음으로 낯 두꺼워지려고 열심히 노력한 것이다.

더 최근에는 낯선 사람들끼리도 사랑에 빠지게 만들 만큼 강력하다는 갖가지 친밀감 훈련들에 대해 알게 됐다. 나는 이번에도 역시 수많은 방법들 중에서 가장 쉬운 방법을 조준한다. 상대방에게 닿지는 않되 최대한 가깝게 손바닥을 뻗은 상태에서 서로 마주 보며 몇 분을 보내는 것이다. 이 훈련의 힘은 부인할 수 없을 정도로 강력하다. 아내는 단 몇 초밖에 견디지 못한다. 잘 모르는 사람이 보기에 역겨움 같아 보이는 무언가에 몸을 떨면서 그만둬버린다. 화나게 하는 힘 또한 매우 대단해서, 난 2주 동안 아내와 마주칠 때마다 그 훈련을 한번 해보자고 고집을 부림으로써 아내를 분통 터지게 한다.

이런 즉효 처방에 대해 내가 알게 된 것들은 이중적이다. 그중 무엇도 그 자체로는 실제로 작동하지 않지만, 함께 모이면 어느 정도 효과를 내는 것이다. 결혼이 우리에게 뭔가 가르쳐주는 게 있다면, 그건 아마도 가끔 변변찮은 제스처와 엉터리 실험을 해보는 것이 그리 쓸모없지 않다는 점일 것이다. 그것은 당신이 노력하고 있다는 사실을 보여준다. 그리고 결국 '둘이 함께'라는 스트레스 때문에 편안한 애정 표현을 하기가 힘들어질 때 유익하게 이용할 수 있는 작은 의식들의 레퍼토리가 개발된다.

18
안전부장

남편이자 아버지로서 나를 잠 못 들게 하는 게
무엇이냐고 묻는다면, 나는 당장 이렇게 대답할 것이다. "밤이
라는 녀석이 찾아오는 것만으로도 난 잠들 수가 없다." 예측할
수 없는 미지의 해로움으로부터 가족을 보호해야 한다는 책임
감이 날 끊임없이 불안하게 만든다. 그 불안감은 어둠 속에서
스멀스멀 기어 올라오는 것 같다. 가끔은 맑고 푸른 하늘에서
예고도 없이 뚝 떨어지기도 한다. 사실 그것은 불안이 아니라,
극명한 두려움이다. 내가 감당할 수 없는 두려움, 더 정확히 말
하면 내가 감당하지 못하리라는 것을 아는 두려움이다. 어딘가
에 구멍이 생기면 난 분명 제 역할을 하지 못할 테고 그 구멍
난 부분을 메우지도 못할 것이다.

내가 아무 때나 이런 편집증 증세를 보이는 것은 아니다. 신
나게 노는 아이들을 볼 때면 내 마음속에 잠재적인 위험들이
나열되기 시작한다. 그리고 내가 상상하는 모든 잠재적 위험에

대해 그에 상응하는, 섬뜩할 정도로 상세한 결과를 상상하게 된다. 내가 예리한 모서리를 보고도 아무 말 안 하면 분명 무슨 일인가가 벌어질 것이다. 그래서 나는 그 불안감을 입 밖으로 꺼내놓는다.

내가 안전벨트 수보다 더 많은 인원이 차에 탄 것에 조마조마해하기 시작할 때마다, 혹은 설거지 기계에 예리한 나이프들을 넣을 때 끝부분을 아래쪽으로 향해야 한다고 주장할 때마다, 아내가 나를 일컫는 명칭이 있다. 아내는 날 '우리 집 안전부장'이라고 부른다.

그 명칭이 처음 생긴 것은 어느 칵테일파티에서 주인장이 크리스마스트리를 장식한 스물네 개의 양초에 불을 붙이자고 제안했을 때였다. 당시에 나는 분위기를 깬다는 몇몇 손님들의 비판에도 아랑곳하지 않고 썩 유쾌하지 않은 소란을 일으켰다.

"초에 불을 붙였다가는 불이 나고 말 겁니다." 내가 소리쳤다.

"그건 좀 극단적인 걱정 같은데요?" 누군가가 말했다.

그러자 아내가 말했다. "남편은 우리 집 안전부장이에요. 어찌나 예민한지." 난 그때 내가 보인 반응에 대해 사과하지 않았고, 지금도 사과할 마음은 없다. 내가 쉴 없이 눈을 부라리며 고집한 덕에 그날 크리스마스트리의 양초들은 불이 켜지지 않은 채로 남아 있었고, 그 파티에 참석했던 서른 명은 이디스 워튼의 단편소설 속 주인공들처럼 죽을 위험에서 벗어났다. 내 아이들은 그 자리에 있지도 않았지만, 난 그 아이들이 고아가 되지 않게 하려고 열심히 노력했다.

내가 늘 그렇게 염려증이 심했던 것은 아니다. 나에게도 개인적으로 무모했던 역사가 있다. 보스턴에 살 때 한번은 외박한 후 집에 돌아왔는데 열쇠가 없어서 2층 창문의 방충망을 찢으려고 칼날을 입에 물고 아파트 건물 외벽을 기어올랐던 적도 있었다. 심신을 쇠약하게 하는 공포증 같은 것도 내게는 없다. 내 아이들이 걸린 문제에 관해서만 이런 증상이 발동하는데, 그중에서도 가장 정도가 심한 것은 아이들 대신 느끼는 고소공포증이다. 난 아이들이 발코니 난간에 기대 있는 것도, 절벽 위에 있는 해안도로를 뛰어다니는 것도 편안하게 지켜볼 수가 없다. 전망대라는 이름이 붙은 어디에도 아이들과 같이 올라갈 마음이 없다. 녀석들은 차단물 사이로 고개를 내밀고 아래 있는 자동차에 침을 뱉는 그런 놈들이다. 난 전혀 겁 없이 구는 그 녀석들 대신에 고소공포증을 느낀다. 심장이 쿵쾅대고, 손바닥에서 진땀이 나고, 시야가 흔들린다. 그 정도가 얼마나 심하냐 하면, 아이들이 어렸을 때 육교를 건널 때마다 녀석들의 옷깃을 꽉 붙잡아야 했을 정도다. 녀석들이 십대가 된 지금은 결코 그런 행동을 용납하지 않겠지만, 장담하건대 내게서 그 충동이 사라진 것은 결코 아니다.

막내 녀석이 런던아이(유리 캡슐로 이루어져 있는, 런던 템스 강변에 있는 거대한 관람차─옮긴이) 캡슐의 유리 바닥을 기어 다닐 때 내가 얼마나 끔찍한 공포를 느꼈는지 아직도 생생하다. 그랜드캐니언에 다녀왔던 가족여행을 생각할 때마다 아직도 현기증이 난다. 그 사진들을 제대로 쳐다볼 수조차 없다.

실제의 것이든 상상의 것이든 내 안테나는 항상 위험에 맞춰져 있다. 하지만 그렇다고 해서 내 존재가 항상 우리 가족에게 든든한 안전망이 돼주는 것은 아니다. 가족을 지키기 위해서라면 무슨 짓이든 할 수 있다고 말하며 돌아다니지만 내가 무얼할 수 있는지 막연하게 알고 있을 뿐이며, 그것으로 충분하지 않으리라는 것도 너무나 잘 알고 있다. 내가 불안하게 창밖을 내다보거나, 밤늦게까지 조바심을 내거나, 아이의 작은 발목을 한 손으로 움켜쥐고 야외 놀이기구 사이를 기어 다니거나, 바닷가에 서서 파도 위로 올라오는 머리들을 세고 있더라도, 그게 확실한 불침번이 되리라고 말할 수는 없다. 가족의 안전을 지키는 것은 주로 상황이 내 한계를 시험하는 일이 없기를 바라는 희망의 문제다.

그리고 대개의 경우는 바라는 대로 된다. 하지만 가슴을 철렁하게 하는 예외들도 있다. 가끔 밤에 나를 잠 못 들게 하는 그 이름 없는 공포가 날카로운 모습으로 내 앞에 들이닥쳐 자신의 정체를 드러내곤 한다.

1998년 1월, 막 세 살로 접어든 큰아들이 며칠 동안 고열에 시달렸다. 의사가 아들을 진찰하더니 엄청나게 큰 항생제 주사를 아이 허벅지에 찔러 넣었다. 그러고는 아내에게 앰뷸런스를 기다리지 말고 곧장 큰 병원으로 달려가라고 말했다. 아내가 다시 내게 연락했을 때쯤 그녀는 히스테리 상태였다. 맥없이 처진 아이를 응급실로 실어가기 위해 낯선 사람에게 주차 공간을 구걸해야만 했단다.

"병원에서 뭐래?" 내가 물었다.

"수막염인 것 같대."

나는 그때 태어난 지 열흘밖에 안 된 둘째를 안고 있었다. 갓난아기를 병원에 데리러 갈 수도 없고, 모유수유 중이던 아내가 병원에 남을 수도 없었다. 큰아들이 입원하자마자 우리는 장소를 바꿨다. 난 아이의 침대 옆 매트에서 사흘 밤을 보냈다. 매 시간 간호사가 와서 아이의 바이털사인을 확인하고, 움직이지 못하게 붕대와 부목으로 단단히 고정시켜놓은 아이의 팔로 액체 방울이 제대로 들어가고 있는지 점검했다. 그것은 내가 공포와 무력감과 심한 허리 통증이라는 독특한 결합을 경험한 첫 번째 사례였지만, 그것으로 끝이 아니었다.

1999년 11월, 아내가 갑자기 무슨 소리가 들린다며 날 깨웠다.
"무슨 소리?"
"쿵 하는 소리 같아. 아래층에서." 아내가 말했다.
나는 자리에서 일어나 층계참으로 걸어갔다. 거기서 어두운 아래를 내려다보며 이상한 소리가 들리는지 귀 기울였다. 5분 뒤 나는 다시 침대로 돌아왔다. 아침에 일어났을 때에야 현관문 한쪽이 쪼개지고 잠금장치가 헐거워져 있는 것을 알아차렸다. 결국 들어오지 못했지만, 범인은 우리 소유물 중에서 가장 비싼 것 중 하나인 현관문을 부숴버렸다.
아내가 경찰서에 전화했다. 나는 욕실에서 목욕을 했다. 그곳에서 침입자가 내 가족에게 일으킬 수 있었던 수많은 위험에 대해, 잠시 불을 켜고 그 소리의 근원을 조사해보려 하지도 않았던 내 태만함에 대해 생각하며 오랜 시간을 보냈다. 내가 아

래층에 내려왔을 때쯤 경찰은 문 바깥쪽에 찍힌 운동화 자국을
조사하는 중이었다.

"용감한 시민이 이제야 나타나셨네." 아내가 말했다. 난 겁
나서 그런 게 아니라 상황 파악을 못했던 거라고, 그 실패에 대
해 죄책감을 느낀다는 점을 설명하려고 노력했다. 아침에 말짱
한 정신으로 생각해보니 꽤나 훌륭한 변론인 듯했다.

"저라도 그랬을 겁니다." 경찰이 말했다. 하지만 내가 전혀
아무것도 하지 않았다는 것은 둘 다 알고 있었다.

막내가 신생아였을 때 유모차에 태워 생선을 사러 간 적이
있었는데, 난 그 아이의 존재를 완벽히 잊어버린 채 생선가게
에서 혼자 나와버렸다. 놀이터 쪽으로 800미터쯤 걸어가다가
아내를 만났고, 그때까지 내가 뭔가 잃어버렸으리라는 생각은
한 번도 떠오르지 않았다. 난 여전히 조개 두 봉지를 구입하기
로 한 나의 결정을 어떻게 설명해야 할지 생각하는 중이었다.
그 순간 아내가 날 쳐다보며 물었다. "아기 어디 있어?" 정말
이지 운이 좋았다. 나는 수상해 보이는 남자가 땀에 젖어 숨을
헐떡이며 문으로 뛰어 들어와 잠든 아기를 데리고 도망쳐도 생
선 가게의 어느 누구도 눈 하나 깜짝하지 않으리라는 사실을
안다. 내가 그렇게 했을 때 누구 하나 주목하지 않았으니까.

다음해 여름 콘월 해변으로 놀러 갔을 때는, 두 살 된 둘째
녀석이 암반층 뒤로 걸어갔다가 소리도 없이 깊은 웅덩이에 빠
져버렸다. 떨어질 때 머리도 부딪혔다. 그때 난 바다를 뒤로한
채 커다란 수건을 정확하게 펼치기 위해 애쓰는 중이었다. "이
아이 부모님이 누구시죠?" 누군가가 젖은 아기를 품에 안고 이

렇게 소리치지 않았더라면, 내가 그 사고에 대해 언제 알게 되었을지 생각만 해도 끔찍하다.

그 일이 있고 얼마 뒤에 막내가 고열로 병원에 실려 갔다. 다시 한 번 아내가 병원에서 내게 전화했다.

"왜 그런 거래?" 내가 물었다.

"가와사키 병인 것 같대."

이때쯤에는 인터넷이 꽤 널리 퍼져 있어서 상상의 한계가 나의 두려움을 구속하지 않았고, 따라서 나는 몇 초 안에 가와사키 병에 동반될 수 있는 무시무시한 합병증들을 모두 알게 되었다. 다행히 아이가 고열로 의식을 잃고 누워 있던 병원은 영국에서 가와사키 병을 잘 치료한다고 알려진 곳이었다. 훨씬 다행스럽게도 우리 막내는 그 병이 아니었다. 하지만 그 사실을 알기 전에 나는 병원 바닥에서 또 다른 불면의 밤을 보내야 했다. 내가 두려워하면서도 믿지 않았던 신에게 도움을 청할 마땅한 단어를 찾으면서.

7월 7일 아침, 런던 여기저기에서 폭탄이 터졌다. 아이들은 학교에 가는 길이었고, 나는 전날 올림픽 개최지 선정에서 근소한 차로 런던에 패배한 파리인들을 위로하려는 명목으로, 하지만 사실은 그 패배감에 소금을 뿌리려고 만든 샌드위치맨 광고판을 갖고 파리행 기차에 올라 있었다. 가능한 한 많은 비난을 끌어모으기 위해 그 샌드위치맨 광고판을 앞뒤로 묶고 파리 시내를 돌아다닐 예정이었다. 이 일을 하겠다고 받아들인 게 너무나 후회스러웠다. 무슨 재난이라도 일어나 그 일을 하지 않아도 되길 바라며 전날 밤을 거의 꼬박 새웠을 정도였다. 솔직히 내가 생각했던 것은 영불해협 해저터널에 작은 불이라도 나면 좋겠다는 그런 종류였지만 말이다.

한 달 뒤 우리 집 건너편 공원에서 못이 한 가득 들어 있는 수제폭탄이 발견됐다. 일주일 전인 7월 26일에 폭탄테러를 벌였던 폭파범들 중 하나가 망설이다 거기에 버리고 간 모양이었다. 그 후 48시간 동안 집 밖으로 나가는 게 금지되었다. 기관총을 든 경찰들이 인도를 순찰하고 돌아다녔으며, 집 안에서 나는 어쨌거나 이 세상이 그렇게 무서운 곳이 아니라는 점을 아이들에게 알려주려고 노력했다. 기본적으로 "저기 봐! 우리 집이 TV에 나오네!"를 외치는 게 주 내용이었다. 그로부터 일주일 후, 폭파범들이 거의 우리 동네 사람들이라는 사실을 알았을 때도 나는 같은 전략을 동원했다. "저기 봐! 우리 집이 또 TV에 나오네!"

다음해 여름 어느 날 밤 나는 굉장히 큰 소리에 놀라 깼다. 하지만 일어나 보니 쥐 죽은 듯한 정적만 흐를 뿐이었다. 꿈에서 큰 소음을 듣고 깨어날 수도 있는 것일까? 나는 그럴 가능성을 고려하다가 다시 잠이 들었다. 아침에 일어났을 때 우리 집 앞창문이 활짝 열려 있었고, 아래층에서 가져갈 수 있는 가치 있는 물건들, 즉 현금, 신용카드, 노트북, 전화기, 아이패드가 죄다 사라졌다는 것을 알았다. 도둑놈은 아마 주인이 집에 있기를 바라는 종류의 강도였을 것이다. 주인이 집을 떠날 때 가지고 다니는 물건들을 노렸으니까. 그리고 아마 그 강도는 주인이 잠에서 깨어나 저항할 가능성에 대해서도 미리 대비했을 것이다. 그 일이 일어나는 동안 내가 잠들어 있었던 게 오히려 감사한 일이었다. 겁에 질려 웅크리고 있어야 할지 아니면 분연히 일어났다가 두들겨 맞을 것인지, 이 어려운 도덕적 선택의 갈림길에서 방황할 필요가 없었으니 얼마나 다행인가.

그러고 나서 얼마 후 우리 큰아들은 학교를 오가는 길에 다른 녀석들에게 주머니를 털리기 시작하는 나이가 됐다. 둘째와 막내도 곧 같은 처지가 되었다. 아버지로서 그런 대치 상황에 관한 이야기를 듣는 것보다 더 화나는 일은 없다. 또한 그 사건 이후 아이에게 충고하는 것보다 쓸모없는 일도 별로 없다. 어쨌든 나는 아이들에게 뭐라고 말해야 할지 알 수가 없었다.

두려움과 어색함 사이 어딘가에 아슬아슬하게 자리한 채 아동기 대부분을 보낸 사람으로서, 난 아마 괴롭힘과 위협에 대응하는 법을 조언해줄 수 있는 최고 적임자가 아닐 것이다. 내과거에 그 문제와 관련해서 아이들에게 내놓을 만한 유익한 얘기는 딱 하나뿐이었고, 사실 거기서 잘 빠져나오지도 못했다.

나는 열두 살 때 덩치 큰 녀석에게 꼼짝없이 붙들린 적이 있었다. 나랑 같은 나이인데도 녀석은 나보다 15센티미터나 더 컸고 수염도 짙게 나 있었다. 체육시간이 끝나고 내가 2열로 늘어선 사물함 사이 벤치에 앉아 있었는데, 녀석이 내게 다가오더니 그 거대한 발을 내가 앉아 있는 벤치에 떡하니 걸치고는 이렇게 말했다. "야, 내 신발끈 묶어."

처음에 난 그 말을 듣지 못한 척하며 계속 옷을 입었다. 녀석이 그 말을 반복했을 때는 그게 나한테 하는 말인 줄 몰랐던 것처럼 고개를 들어 올렸다. 그다음에는 그의 요구가 정확히 무엇인지 이해하지 못한 것처럼 행동했다. 그저 수사적인 요구인 것처럼, 약간 상처받는 표정 이외에 내게 어떠한 실제 행동도 요구하지 않는 모욕인 것처럼 굴었다. 그다음엔 그 요구가 나 같이 변변치 못한 놈은 도저히 받아들일 수 없는 관대한 제안인 것처럼 반응했다. 그러고 나서 나는 내내 숨기려고 애써왔던 진짜 비밀인 양, 내가 사실 신발끈을 묶을 줄 모른다고 인정했다. 다른 누군가에게 도움을 구하는 게 나을 거라고 말했다. 난 이 모든 말을 머뭇거리면서 이어갔다. 때때로 셔츠 단추를 몇 개 더 잠그느라 중간에 말을 멈춰가면서. 결국 수업 시작종이 울렸고, 체육 선생님이 지나갔다. 나를 고문하던 녀석은 희생양 삼으려던 나에게 흥미를 잃어버렸다.

"결국 네가 무슨 말을 하든 중요하지 않아." 난 아이들에게 말한다. "중요한 건 절대 신발끈을 묶지 말아야 한다는 거다."

녀석들은 이 작은 일화에 전혀 깊은 인상을 받지 않는다. 그보다 그 전해에 내가 여자애 주먹에 맞아 복도 바닥으로 나가 떨어진 이야기를 훨씬 좋아한다. 아내는 그 두 이야기 모두 도덕적인 교훈과 관련이 없다고 생각한다.

"누가 네 휴대폰 빼앗으려고 하면 그냥 줘버려." 아내는 말한다. "그냥 휴대폰일 뿐이야. 버틸 필요 없어."

사실 다른 아이들의 물건을 갈취하는, 장차 강도가 될 녀석들은 지금까지 우리 아이들의 휴대폰이 너무 형편없는 것이라서 거들떠보지도 않았다. 그러니까 당연히 버틸 필요도 없다. 그런데도 우리 아이들은 대체로 휴대폰이 없다고 거짓말을 한다. 그러면서 결코 걸음을 늦추지 않는다. 보통은 그것으로 충분하다. 그들은 아마 추측에 근거한 괴롭힘과 진짜 강도짓의 차이가 무엇인지, 건달이 강도로 돌변하면 어떻게 행동하는지 가장 잘 알 수 있는 입장일 것이다. 내가 어떻게 해줄 수 있는 일은 아니지만 나는 휴대폰이 그냥 휴대폰일 때와, 그것을 건네주는 게 신발끈 묶는 것과 마찬가지가 될 때를 그 아이들이 정확히 알고 있으리라 생각하고 싶다. 내가 이렇게 말하는 이유는, 인정하기 싫지만, 그들이 저 바깥 세상에서 혼자 부딪혀 나가야 하기 때문이다. 아이들은 어차피 매일 저 밖에서 움직이고 있다. 자녀가 그것을 필요로 할 나이가 되었을 때쯤 당신의 충고는 이미 당신 입속에서 먼지가 돼버린다는 것이 아버지들의 슬픈 현실이다. 자녀를 세상으로부터 보호해줄 수 있는 기회들은 매일매일 줄어든다. 아니, 난 그렇게 생각했다.

2009년 가을, 학기 중 중간방학이 시작되는 날 오후였다. 우리 큰놈과 막내 녀석 그리고 큰놈의 친구들 여섯 명이 축구공을 들고 길 건너 공원으로 갔다. 한 시간 뒤 내가 위층 창문으로 내다봤을 때, 그들은 공원에 나와 있던 다른 아이들과 '점퍼스 포 골포스트(축구선수가 되어 빅 클럽에 스카우트되기 위해 여러 가지 슛과 패스 등을 훈련하는 플래시 게임-옮긴이)' 스타일의 경기를 하고 있었다. 내가 서 있는 곳에서 저물어가는 해를 배경으로 바라본 그 풍경은 꽤나 목가적으로 보였다. 하지만 30분 뒤 아내가 창 쪽으로 날 다시 불렀을 때는 상황이 달라져 있었다.

"저기 상황이 좀 이상해." 아내가 말했다.

게임은 분명 끝난 것 같았다. 아니, 언쟁으로 끝나가는 듯했다. 붐비는 공원에서 건전한 중간방학을 즐기는 분위기가 아니라 뭔가 격하고 감정적인 느낌으로 아이들의 패가 갈라지고 있었다. 멀리서 봐도 내 아들과 친구들 쪽 지지자가 매우 적다는 것을 알 수 있었다.

내가 밖에 나갔을 때쯤(신발을 찾느라 한참 시간이 걸렸다. 상황이 저절로 해결되길 바라며 신발을 더 천천히 찾았던 면도 없지 않았다) 모두가 원래 있던 자리에서 벗어났다. 우리 아들 녀석들과 그 친구들은 공원 끄트머리에 있는 구멍가게로 피신했고, 서른 명 이상의 다른 아이들은 밖에 모여 있었다. 그 아이들 대부분이 꽤 어렸다는 점을 짚고 넘어가야겠다. 게다가 무슨 일인가 벌어지고 있다는 느낌에 이끌려 계속 더 많은 아이들이 모여들고 있었다. 내가 도착했을 때 다들 아무 일 없는 척 지루한 표정을 연출했지만, 공기 중에서 분명 위협이 잠시 유보된 불꽃 튀는 느낌을 감지할 수 있었다. 히치콕 감독의 〈새〉에 나오는 학교 운동장 장면 같았다.

내가 가게로 들어가기 전에, 하얀 교복 셔츠 차림의 긴장한 남자아이들이 거기서 걸어 나왔다. 우리 장남도 그 뒤쪽에 붙어 있었다. 그리고 그들은 집 쪽으로 이어진 인도를 걸어갔다. 100미터도 안 되는 저녁 산책길이었다. 아이들은 모두 한 무리가 되어 이동했고, 나는 뒤로 밀려났다. 몇 분 동안 내가 내 아이들 뒤를 쫓는 떼거리의 일부가 된 것 같은 불편한 상황이 이어졌다.

나는 이동하는 아이들을 바라보며 앞쪽으로 조심조심 나아갔다. 우리 아이들이 잘하고 있다는 것을 알 수 있었다. 뒤쫓는 무리의 앞줄에 선 녀석들이 계속 종아리를 걷어차는데도 다들 아는 체하지 않고 신중하게 천천히 전진하고 있다. 하지만 아이들이 우리 집 현관문 앞에 도달하기 전에 아무래도 사건이 터져버릴 것 같았다. 내가 수많은 밤을 잠 못 이룬 채 두려워했던 미지의 상황이 결국 내 앞에 나타나려는 듯했다. 두려움과 실패와 당혹감이 예측 불가능하게 결합될 것 같았던 나의 상상 속 시나리오가 곧 펼쳐질 것이었다. 이는 보호자로서 나의 능력을 입증해야 하는 시험장이 될 것이다. 이제 다 지나갔겠구나 생각했던 그 일이 지금 일어나려 하고 있었다. 그 상황에서 나와 아이들을 어떻게 구조해야 할지 알 수 없었지만, 개입의 순간이 닥친 것만은 분명해 보였다. 나는 숨을 죽이고 마지막 한 걸음을 크게 내디뎠다.

여전히 화가 나기보다 당황스러운 기분이었다. 이 많은 아이들을 다뤄야 하는 어떠한 상황에도 끼어들고 싶은 마음이 없었다. 나는 곧장 내 아이들 뒤쪽으로 밀고 들어가 다른 패거리를 마주하며 돌아섰다. 그들에게 손바닥을 펼치며 말했다. "그만해라, 얘들아." 내 말이 그 뒤쪽까지 들리지는 않은 모양이다. 무리의 전진 압박이 계속됐다.

"건드리기만 해봐!" 앞쪽에 선 녀석 하나가 말했다.

"내가 쟤들 아빠야." 나는 자신 없는 목소리로 말했다. 나 자신이 한때 〈앵무새 죽이기〉에서 그레고리 펙이 연기한 정직한 변호사 애티커스 핀치와 공통점이 많다고 생각했었는데, 그 환상들은 이 시점에서 모두 날아가버렸다.

나서기 전에 미리 할 말을 준비하지 않은 게 후회되기 시작할 무렵, 자전거에 타고 있던 열네 살 정도의 남자아이가 땅으로 내려서더니, 후드 끈을 얼굴 주위로 바짝 졸라매고 주먹으로 내 입을 때렸다. 난 소리 없이 얼어붙는 순간을 경험했다. 길 중간에 차 한 대가 멈춰 서고 운전자가 문을 열고 나왔다. 난 입을 만지고 나서 손가락에 묻어 나온 피를 바라보았다. 그 녀석이 왜 이 일에 관여하는지 내가 이해하기도 전에, 날 때린 놈은 자전거를 타고 사라져버렸다. 아이들 무리도 사라졌다. 운전자는 다시 차에 올라탔다.

"가자." 나는 이 말 한 마디만 했다. 서두르지 않고 차분하게 아이들을 집으로 데려왔다.

전체 이야기를 들은 다른 부모가 나더러 잘한 일이라고 말해 주었지만, 난 내가 뭔가를 선택하기라도 했는지 기억나지 않는다. 그저 이에 부딪혀 아픈 입술 부위를 매만지며 생각했을 뿐이다. 그래도 뭔가 말할 필요는 없었어.

한동안 나는 이 사건을 내 개인적인 두려움과 당혹감의 한계점이 부성에 대한 요구와 한판 붙은 것이라고 여겼다. 고통스럽지만 필요한 일이었다고 받아들였다. 적절하진 않더라도 그 상황에서 내가 할 수 있는 일을 했으며, 결국 모든 게 해결되었다고 생각했다. 일말의 안도감을 느끼면서 이것이 부모 노릇 최악의 시나리오일 거라고 생각했다.

그런데 얼마 후, 내 아들이 축구를 하고 있던 인조경기장에 비치볼만 한 크기의 얼음덩어리가 마른하늘에서 뚝 떨어지는 사건이 벌어졌다. 난 지하철 플랫폼에 서 있다가 이 소식을 들었는데, 아들이 무사하다는 말을 들었음에도 전철에 올라탄 순간 그렁그렁하던 눈에서 두 줄기 눈물이 주르륵 흘러내렸다.

난 지하철에서 내리자마자 아들에게 전화했고, 아들은 얼음

덩어리가 자기 바로 앞에 떨어졌으며 그것이 부서지면서 튀어나온 테니스공 크기의 파편에 가슴을 맞았다고 설명했다. 그때 다른 선수들은 경기장을 뛰어다니는 중이었고, 그는 수비를 봐야 하는 게 실망스러워서 잠시 신발끈을 묶으려고 멈춰 서 있었다고 했다. 녀석은 그 얼음덩어리가 아마 비행기도 한 대 깨뜨렸을 거라고 주장했지만, 나중에 민간항공관리국은 그 이론을 부인했다. 그들은 이번 사건을 상업적 항공여행이 출현하기 오래전부터 보고된 바 있는 원인 불명의 얼음 낙하 현상으로 분류했다.

나는 근 20년간을 숨 가쁘게 손을 비틀며, 편집증에 가까울 정도로 가족의 건강과 안전에 집착하며 살아왔다. 그럼에도 부성의 근본적인 경험이 철저한 무력감과 끝이 보이지 않는 책임감의 결합이라는 내 확신을 그 사건이 재확인시켜준 것 같아 너무나 속이 상했다. 옷깃을 꽉 부여잡고, 해변을 순찰 돌고, 안전벨트와 헬멧을 재차 확인하고, 지겨운 설교를 늘어놓고, 걱정해야 할 새로운 위험들을 상상하며 18년을 보냈는데, 어느 날 갑자기 하늘에서 얼음덩어리가 떨어진다. 당신 아이가 그런 일이 벌어지는 '현장'에 있을 가능성은 크지 않겠지만, 솔직히 나는 그 일이 일어났을 때 내가 경기장 옆에 서 있지 않았던 게 다행스럽다. 누가 알겠는가? 내가 녀석에게 신발끈 묶지 말라고 소리쳤을 수도 있다.

19
남성혐오
그런 말은 있지만, 그런 게 정말 존재할까?

　　남자로 태어난 것의 가장 좋은 점 중 하나는 기본적으로 어느 정도의 자율권이 따라온다는 것이다. 백인이고, 서양인이고, 이성애자 남자라면, 당신은 사실상 자율권을 누릴 수 있는 모든 조건을 갖춘 셈이다. 주어지는 자율권을 모두 누릴 수 없다손 치더라도, 당신이 남자인 경우 여전히 다른 이들보다 훨씬 유리한 출발점에 놓인다. 당신이 법적 미성년이라면 약간의 자율권 결여를 경험할 수 있고, 한두 가지 이상의 유쾌하지 않은 공포증을 겪는 경우에도 약간 자율권이 결여되겠지만, 남자라는 자체로 자신을 입증해야 할 필요성이 현저하게 줄어들 뿐 아니라 거기에 방해받지 않을 수도 있다. 이 세상에서 당신이 남자라는 이유만으로 당신에게 열리지 않는 문은…… 하나도 없다! 물론 당신은 아이를 낳을 수 없다. 하지만 그것은 돈이 없다는 이유로 헬리콥터에서 번지점프할 권리를 박탈당하는 것과 매우 비슷한 종류의 결여다. 그 정도는 충분히 감내할 수 있다.

요즘 돌아가는 세상을 보면 남자라는 이유로 성차별당하는 것은 거의 불가능한 일이다. 아니, 가능하긴 할까?

몇 년 전 아들 녀석들과 같이 〈엑스 펙터〉(영국의 오디션 프로그램-옮긴이)를 보면서 섹시함(sexy)과 성차별주의(sexist)의 차이를 설명해야 했던 적이 있었다.

나는 말했다. "성차별주의는 성별 때문에 누군가에게 편견을 갖거나 해를 끼치는 건데, 사실은 여자들한테만 해당되는 말이야."

"정말요?" 큰아들이 물었다.

"음, 그 반대로 작동하는 경우는 없는 것 같은데…… 남자가 차별당하는 사례가 있나?" 내가 말했다.

"있어요!" 녀석이 외쳤다. "실라스 휠스(Sheila's Wheels, 영국의 여성 전용 자동차보험사-옮긴이)!"

이것이 그때 녀석이 내세운 주장이었다. 당시 실라스 휠스 보험 광고는 텔레비전 어디에나 등장했다. 녀석은 아마 그 광고를 보고, 여성 운전자들만 자동차보험료를 할인받을 수 있다는 것이 대단히 불공평하다고 느낀 모양이었다.

"그건 좀 달라. 사실……." 난 여기서 말을 멈췄다. 아버지로서 나는 언제든 승산 없는 문장들을 생략해버릴 권리를 갖고 있었다. 어쨌거나 아이들은 이런 대화들을 금세 잊어버린다. 사실 이는 그렇게 간단한 문제가 아니었다. 내가 아는 한, 기본 인권이 보험 통계자료표보다 못한 취급을 받게 된 시점이 언제인지에 대한 서면 규정 같은 것은 없었다. 우리 사회가 어떻게 남자들이 가입할 수 없는 자동차보험 계약의 존재를 받아들이게 됐는지 알다가도 모를 일이었다. 단지 통계적으로 남자들의 자동차 사고율이 훨씬 높다는 이유만으로 말이다. 남자에 대한 성차별이라니, 그런 건 말도 안 되는 일이었다.

알고 보니 아들의 말이 맞았다. 아니, 적어도 그렇게 생각한 사람이 그 녀석만은 아니었다. 그 후 유럽 인권재판소는 자동차보험료가 성 중립을 지켜야 한다고 판결했다. 그래서 이제 여성 운전자들은 더 높은 보험료를 내면서 사고를 잘 내는 남성들에게 실질적으로 보조금을 주어야 하는 입장이 되었다. 하지만 이 또한 공평하지 않다. 그 판결이 취하는 '성 중립적인' 위치란 없다. 어느 쪽이건 성차별이다.

물론 남자들이 운전을 너무 형편없이 한 탓이라고 해버리면 간단할 수 있다. 그런데 그것은 우리 남자들의 힘으로 어찌할 수 없는 일인지도 모른다. 내가 홈베이스 주차장에 있는 차량 진입 방지용 말뚝으로 차를 몰아간 건, 선반 버팀대 구입으로 인해 갑자기 많이 분출된 테스토스테론 탓일지도 모른다. 하지만 솔직히 말해서, 내가 남자라는 이유만으로 부당한 취급을 받을 수 있으리라는 생각은 단 한 번도 해본 적이 없다. 그리고 난 항상 부당하다고 느낄 만한 새로운 이유들을 찾으려고 애쓴다.

최근 몇 년 사이 신기한 용어 두 개가 많이 쓰이기 시작했다. 남성해방운동과 남성혐오라는 단어가 그것이다. 언뜻 보면 그 단어들은 어휘의 공정함을 맞추고자 하는 욕구에서 비롯된 것에 불과한 듯하다. 여성혐오가 있으니, 남성혐오도 분명 있을 것이다. 여성해방운동이 있으니, 남성해방운동 또한 있을 수 있다.

필요할 때 사용할 수 있는 단어가 있다는 것은 좋은 일이다. 하지만 낱말풀이 단서로 '남자에 대한 성차별에서 벗어나려는 움직임' 같은 내용을 써 넣어야만 하는 경우가 아니라면 남성해방운동이라는 단어가 대체 어디에 필요하겠는가? 우리가 알고 있고 항상 알아왔던 세상은 이미 남성들 편에 선 거대한 로비 그룹이라 해도 과언이 아니지 않은가? 스스로를 남성해방운동가라고 부르는 사람이 누가 있는가? 왜 그런 짓을 하겠는가? 무엇에 반대하겠다는 것인가?

2013년 2월에는 트위터에 #INeedMasculismBecause라는 해시태그가 돌기 시작했다. 인기 많은 #INeedFeminismBecause를 패러디하여, 남성들의 권리 옹호 활동이 얼마나 필요한지 생각해보고 이 시대 남성들이 어떤 부당한 대우를 받고 있는지 게시해보라는 것이었다. 그 해시태그는 얼간이를 죄다 불러모으는 특징을 갖고 있었으며, 트위터 사용자들은 그것을 가져다가 남성해방이라는 개념의 부조리를 분명하게 보여주는 데 활용하기도 했다. #INeedMasculismBecause에 가장 전형적으로 많이 등장한 글은 "그동안 여자들이 너무 오랫동안 너무 많은 혜택을 받아왔기 때문에 남성해방운동이 필요하다"는 것이었다. 개인적으로는 "내가 잘생겼다는 이유만으로 내 이름이 '잘생김'이 되지는 않기 때문에 남성해방운동이 필요하다"는 글이 가장 마음에 든다. 어떤 게 진지한 글이고 어떤 게 패러디인지 구분하기도 힘들다. "나에게 남성해방운동이 필요한 이유는 미국의 여성해방운동이 평등이 아닌 우월함을 쟁취하기 위해 투쟁하기 때문이다."

#INeedMasculismBecause는 사실 여성해방운동가들을 끌어내기 위해 의도적으로 만들어낸 것이었다. 실제 남성해방주의자들이 그 시작에 관련돼 있었던 것은 아니다. 개중에는 성차별주의자도 있을 테고 물론 얼간이들도 일부 끼어 있었겠지만, 정말로 남자들의 투쟁을 더욱 확대시켜나가야 한다고 믿는 사람은 아무도 없었다.

그 해시태그가 무언가 성취한 게 있다면 남성의 권리 옹호 운동이라는 개념을, '특혜'라는 단어도 제대로 쓸 줄 모르는 성난 루저들이 남자가 항상 밥값을 내야 하는 상황에 대해 불평하는 온라인 뒷방으로 끌어들였다는 것이다. 물론 그 부분에 대해서는 나도 동의한다. 하지만 그렇다고 나 자신을 남성해방주의자라고 부르지는 않을 것이다.

여기서 명심해야 할 점은, 내가 스스로를 여성해방주의자라고 여기지도 않는다는 사실이다. 내가 그런 사람들 회의에 나타났다가는 다들 날 손가락질하며 "이 남자가 여기서 뭐하는 거야?"라고 소리칠 게 확실하다. 1970년대에 시트콤 속 남성 캐릭터가 "페미니스트로서 내가 한마디 하자면" 같은 말을 했을 때 우리 시청자들이 그의 미온적인 진보주의를 비웃는 건 당연한 일이었다. 하지만 이제 우리는 아마 그의 위선을 비웃을 것이다. 당신이 날 벽에 밀어붙이며 자신을 페미니스트라 생각하느냐고 다그친다면 아마 그렇다고 대답하겠지만, 당신 입에서 다음에 어떤 질문들이 나올지에 대해서는 매우 걱정스러울 것이다. "최근에 페미니스트로서 어떤 행동들을 했지? 왜 그 정도밖에 하지 못한 거야?"

더구나 요즘 페미니즘과 관련된 여러 투쟁들은 외부가 아닌 자신의 내부로 향해 있는 듯하다. 진짜 페미니스트가 아니라고 다른 페미니스트들을 비난하는 경우도 있고, 페미니즘이 더 이상 예전과 같은 의미를 지니지 못한다거나, 혹은 페미니즘이 지금과 같은 의미가 돼서는 안 된다고 말하는 페미니스트들이 언론에 넘쳐난다. 그 모든 것이 눈을 떼지 못할 정도로 흥미롭긴 하지만, 난 그것이 나의 투쟁이 아니라는 것을 알고 있다. 누구도 내게 현대 페미니즘이 어떤 수정과 조정을 거쳐야 할지에 대해 의견을 말해달라는 등의 골치 아픈 질문을 던지지 않는다.

내가 페미니즘의 기본 신조를 옹호하며, 적절할 때 그런 의견들을 리트윗하는 페미니즘 지지자로 여겨지는 것은 기분 좋은 일이지만, 난 "영세 사업가로서 한마디 하자면"이라는 말보다 더 자신 있게 "페미니스트로서 한마디 하자면"이라는 말로 문장을 시작할 수 없다. 매우 포괄적이고 관대한 정의로는 둘 다 맞는 말일 수 있지만, 그래봤자 결국은 나 자신을 속이는 짓일 뿐이다.

반면 나는 페미니즘이 투쟁하는 남성 중심의 가부장적인 사회 시스템 안에서 그저 명목상의 일원일 뿐이다. 이런 식으로 말하면 이해가 더 빠를 것이다. 그 사람들은 내게 전혀 회보를 보내지 않으며, 크리스마스파티를 열더라도 날 절대 초대하지 않을 것이다. 나는 남자라는 이유로 가부장제가 부여하는 모든 이점을 누리고 있지만, 그 작자들은 여전히 내게 아무것도 알려주지 않는다. 내가 보기에 그들은 헬리콥터를 하나 이상 소유한 자들의 독점적인 이익을 지켜주기 위해 이 세상을 주무르고 있는 것 같다.

남성들이 페미니스트들과 공동의 목적을 추구해야 하는 이유로 자주 언급되는 점이 이것이다. 가부장제는 우리 남성들도 장기판의 졸로 여긴다. 남자들끼리는 사회의 주요 운영 시스템을 '가부장제'라고 말하지 않는다. 그냥 '그 남자'라고 통칭한다. 그리고 난 내가 남자라는 것을 인정하지만, 내가 '그 남자'라고 생각하지는 않는다.* 그런 측면에서 나는 페미니즘과 손잡고 '그 남자'에 대항하는 남성들의 운동이 이론적으로 아주 멋진 일이라고 생각한다.

그런데 남성 권리 옹호 운동(혹은 남권 운동)의 문제는 주로 그것이, 사실상 거의 전적으로 반 페미니즘 운동이라는 것이다. 그쪽 사람들은 현대 남성이 직면하고 있는 갖가지 문제들을 페미니즘의 문 앞에 갖다놓으려고 한다. 하지만 난 아무리 생각해도 거기에 동의할 수가 없다. 나에게 일어난 나쁜 일들 중에 페미니스트들의 탓이라고 할 만한 일은 하나도 떠오르지 않는다. 로봇이라면, 탓할 만하다. 하지만 페미니즘은 아니다.

---

* 내가 혜택을 많이 받는 것은 아니더라도 다른 성 또는 성적 소수자들 또는 다른 사회경제적 집단들에 비해 가부장제로부터 얻는 이득이 분명 존재한다는 면에서, 그리고 아마도 그들의 희생을 바탕으로 결국에는 거의 확실하게 그 이득을 누리게 될 것이므로 내가 어느 정도 '그 남자'라는 것은 인정해야 할 것이다. 이것이 누군가가 내게 '네가 누리는 특권을 생각하라'고 말할 때마다 명심하도록 요구받고 있는 것이다. 그 불쾌한 명령형을 들을 때마다 난 항상 '웃기고 있네' 같은 말로 반응해주고 싶은 마음이 든다.

어쩌면 다행스러운 일일 수 있는데, 남권 운동은 또 주로 인터넷상, 대부분의 사람들이 한 번도 방문하지 않는 사이버 공간의 칙칙한 구석들로 한정돼 있다. 때로는 그것을 통틀어 마노스피어(manosphere, 남성의 권리를 지향하는 블로그와 웹사이트-옮긴이)라 부르고 제법 포괄적인 것으로 들리기도 하지만, 행복한 결혼생활을 하고 있는 남자들이 거기에 많이 포함돼 있는 것 같지는 않다. 사실 그것은 현대 남녀관계에 대해 긍정적인 관점을 표현하는 누구에게든 '그렇게 계속 파란 약이나 먹어'라고 말하는 분개한 이기주의자들의 온라인 피난처에 불과하다(파란 약을 먹으면 기억이 지워지고 진짜 현실이 아닌 매트릭스 안에서의 삶에 만족하며 살게 되는, 영화 〈매트릭스〉의 설정과 관련된 비유-옮긴이).

당신이 우익 온라인 토론을 열심히 들여다보거나 트위터로 특정 집단을 팔로하는 사람이 아니라면, 남권 운동의 관심사와 도발들 때문에 잠 못 이룰 일은 없을 것이다. 그들은 저 아래 구멍가게에서 여성혐오에 대해 떠들어대는 것이 아니다. 그 이유를 알기 위해 '공격적인 여성 중심주의'로 대중을 통제하는 부유한 선진국 정부들에 대해 쓴 블로그를 너무 많이 읽을 필요도 없다.

남권 운동이 남성들을 돕는 데 딱히 관심을 가진 것도 아니라는 사실은 금방 알 수 있다. 그들은 남성 전용 가정폭력 쉼터를 짓거나 기금을 모으는 등의 활동을 하지 않는다. 심지어 홍보도 제대로 하지 않는다. 계속해서 가정폭력 같은 건 없다고만 지적한다. 그것은 사실 득점 올리기 게임에 지나지 않는 것으로, 페미니스트들 덕분에 여자들한테만 그런 게 많은 거라고 말할 뿐이다. 남권 운동은 사회적인 대의를 추구하는 게 아니라, 여성혐오주의자들의 취미생활일 뿐이다. 그들의 주된 관심사는 불평을 쏟아내는 것이다. 그들은 그야말로 반어법 하나 없이, 피해자들이 차고 넘치는 이 사회에서 진짜 희생양이 남자들이라고 주장한다.

그들이 말하는 남성이 꼭 모든 남성을 의미하는 것도 아니다. 예를 들어 게이들은 여기 포함되지 않는다. 그들은 자기에게 유리한 주장만 하는 페미니스트들과 성소수자 커뮤니티를 구성하는 남자가 아닌 존재들이 다 비슷한 운명체라고 여긴다.

남권 운동이 꾸준히 제기하는 불만 가운데 하나는 언론이 남성에 대한 부정적인 이미지를 확산시킨다는 것이다. 영화, 광고, 시트콤, 신문 등의 매체를 통해 남성이 무능한 아버지, 쓸모없는 남편, 혹은 서툴고 미성숙하고 정리정돈 못하는 얼간이들로 묘사되는 게 문제라는 것이다(아마 나도 그런 남자들 중 하나일 거라는 사실을 인정해야겠다).

아둔한 광고나 따분하기 짝이 없는 시트콤들에 대해 투덜대는 것은 나도 대찬성이다. 하지만 그것을 성차별 문제로 둔갑시키려는 것은 매우 잘못된 접근이자 잘못된 생각이 아닐 수 없다. "여자들에게 그런 짓을 하면 페미니스트들이 죄다 들고 일어날걸?" 하면서 말이다. 자전거를 탄 남자가 지나가는 여자에게 추파를 던지다 우체통에 부딪히는 광고는 페미니즘 홍보도 아니고, 남성을 향한 폭력의 사례도 아니다.

남성주의와 여성주의는 동전의 양면이 아니다. 어디 하나 비슷하지도 않다. 여권 운동가들은 여성들이 여전히 일상적인 성차별과 여성혐오에 직면하고 있는 이 사회를 어떻게 두고 볼 수 있겠느냐고 묻는다. 남권 운동가들은 여자아이들은 스카우트에 들어갈 수 있는데 왜 남자아이들은 걸스 가이드에 들어갈 수 없냐고 반문한다. 여권 운동가들은 사실에 입각한 구체적인 문제 해결책들을 추구한다(나는 남자 동료들보다 연봉을 덜 받고 있다, 법이 내 몸까지 멋대로 통제하려 든다 등등). 반면에 현대 남권 운동가 앞에 떨어지는 비극들은 특정 개인과 상관없는 불분명한 것으로 남아 있다(남성의 전통적인 역할은 왕위를 찬탈당하는 것이다). 당신이 남성으로서 가지고 있는 가장 큰 문제가 변화하는 세계 속에서 긍정적인 성 정체성을 구축하기 위한 지속적인 투쟁이라면, 그렇게 많은 문제를 갖고 있는 게 아니라고 봐야 한다. 어떻게든 바삐 움직이고 싶다면, 기꺼이 내 문제를 일부 넘겨드리겠다.

하지만 아들에게 실라스 휠스 보험 수수께끼를 풀어주려는 나의 시도에 이러한 내용들은 포함돼 있지 않았다. 보험 통계의 부당함을 알아차릴 정도로 민감한 아이라 해도 여성혐오라는 개념에는 꽤나 당혹스러워할 것이다. 애초에 남자들에게 더 높은 보험료를 부가하게 된 것은 사회에 내재돼 있는 남자들에 대한 편견 때문이 아니었다(실라스 휠스는 급진적인 페미니스트 단체가 아니라, 온라인 보험사 '이슈'의 자회사다). 언제나 중요한 건 돈이었다.

아들 녀석은 그때나 지금이나 주드 애퍼토의 영화에 나오는 얼빠진 남성 캐릭터들이 모두 일종의 성차별적인 비방으로 여겨진다고 생각하지 않을 것이다. 오븐 세척제 광고 속에서 갈

팡질팡하는 무능한 아빠를 볼 때도 그 애는 기분 나빠하지 않는다. 호머 심슨의 '수준 미달의 엉터리 자녀 양육'을 내 것과 비교할 때도 그 애는 그것을 페미니스트적인 음모라고 생각하지 않는다. 양쪽의 양육법이 섬뜩하게 닮았다고 느낄 뿐이다.

내가 아들들의 머리에 심어준 생각은 고작해야 내가 개인적으로 생각하는 페미니즘 정도지만(난 스스로가 문제의 일환임을 볼품없이 인정하는 사람이 응당 보일 법한 전폭적인 지지를 페미니즘에 보냈다), 나는 우리 어머니가 치과의사와 결혼하기로 마음먹은 것과 똑같은 종류의 예지력으로 페미니스트와 결혼했다. 어머니는 치과의사랑 결혼한 것이 나중에 도움이 되리란 사실을 알고 있었다. 다른 장점이 전혀 없더라도 최소한 내 아들들은 페미니즘을 두려워할 이유가 전혀 없다는 것을 알 수 있을 것이다. 학교에서 남자아이들이 여자아이들한테 뒤지는 것도, 감옥에 여자보다 남자 죄수들이 훨씬 많은 것도, 남자들이 해마다 여자보다 두 배 많은 자동차 사고를 일으킨다는 것도 페미니즘의 잘못이 아님을 알 수 있을 것이다. 당신이 페미니스트의 아들이라면, 어떤 식으로든 페미니즘이 당신을 방해한다고 주장할 수 없다. 사실, 남자에 관한 주제를 진지하고 엄숙하게 토론하는 유일한 사람들이 페미니스트들이다. 남자들이여, 부디 조용히 입 다물어라.

사람들이 어떤 구체적인 집단, 예를 들어 이주민이나 로봇이나 페미니스트 같은 이들을 겨냥해서 전혀 그들의 잘못이 아닌 문제를 비난하려 든다면 그건 그만큼 그 문제를 해결하기 힘들기 때문이다. 논란이 되는 이유들은 다양하고, 명백한 해결책은 없는 경우가 대부분이다. 하지만 남자들이 당면하는 큰 문제들 중에는 얼마든지 해결할 수 있는 간단한 것들이 많다. 그 해결책 또한 남자들에게 있다.

일례로, 남자들을 더 자주 병원에 가도록 설득할 수만 있다면 남성 건강에 관한 통계는 즉시 개선될 수 있을 것이다. 이 문제점에 대해서는 누구도 납득시킬 필요가 없다. 커다란 혁신이나 개입을 요하는 해결책이 있어야 하는 것도 아니다. 남자들은 그저 변화를 받아들이기만 하면 된다.

물론 말은 쉬워도 실천하기는 어려운 일이다. 여자들에게 물어보라. 일이 커지기 전에 미리미리 병원에 다녀야 한다는 것은 다들 알고 있는 사실이다. 하지만 나는 절대 병원에 가지 않고, 누가 어떤 말로 설득한다 해도 나한테는 먹히지 않을 것이다. 그렇다고 당신에게 병원에 가지 말라고 말하는 것은 아니니 오해하지 마라. 당신은 꼭 병원에 가야 한다.

가정 안팎에서 우리가 남자들을 개선시키기 위해 할 수 있는 일에는 여러 가지가 있다. 내가 여기에 제시하는 6단계 계획은 약간 잔인하고, 남자들의 성향에 다소 상반되는 것이겠지만 시작이 될 수는 있을 것이다.

1. 지금보다 더 자주 병원에 가라. 그것이 자신을 돌보는 일종의 생존 기술이라고 생각하라. 그것은 분명 생존 기술이다.

2. 일터에서 제시하는 모든 안전 수칙을 준수하라. 다치지 않는 것이 당신의 업무 중 하나라고 생각하라.

3. 약한 남자와 남자아이들을 보호할 수 있는 방법을 강구하라. 그들은 사회에서 가장 간과되는 부류에 속한다.

4. 페미니스트들과 공동의 목적을 추구하라. 그들은 이 세상을 남자에게 더 좋은 장소로 만들기 위해 남자들보다 더 많은 일을 하고 있다.

5. '남자'라는 개념에 게이도 포함된다는 점을 기억하라. 우리가 우리의 성별에 매달릴 거라면, 실제 차별을 겪고 있는 이들도 잊지 말아야 한다.

6. 남자들에게 말하는 것이라 할지라도 성차별주의적인 비속어를 아무 생각 없이 내뱉지 마라. 그 자리에서 당장 자기 의견의 정당성을 밝혀야 하는 경우가 아니라면.

7. 머저리처럼 운전하지 마라.

2012년 말 성차별 없이 보험료를 책정하라는 유럽연합의 법이 효력을 발휘했을 때, 실라스 휠스의 보험 상품들은 피할 수 없는 가격 인상의 충격으로부터 보호받을 수 있었다. 아이러니컬하게도 50만 자동차보험 고객 대부분이 여성이었기 때문이다(실라스 휠스는 남성 고객들에게도 보험 상품을 제공했다. 하지만 누가 알았겠는가? 자동차보험 계약자들 중 5만 명만이 남자였다). 그런 상황에서는 이미 명단에 있는 남성들의 보험료를 깎아주는 게 더 일리가 있다. 남성들에게 더 높은 보험료를 청구할 수 없게 된 이상, 이제 남성들이 실라스 휠스와 계약하는 것을 주저하게 만드는 유일한 장애물은 실라스 휠스라는 이름과 그 웹사이트를 장식하는 당황스러운 분홍색뿐이다. 어쩌면 분홍색 웹사이트만으로 충분할 수도 있을 것 같다.

우리 아들이 18세로 돌아가 예전에 느꼈던 분노를 완벽하게 잊어버리지 않았더라면 이런 결과를 분명 상식의 승리로 여겼을 것이다. 하지만 오래전 그 아이가 순수하게 제기했던 공정함에 대한 요구는 남자들이 악의나 페미니즘에 대한 비난 없이, 이제껏 자신을 가둬왔던 남성성이라는 이전 개념이 일부 사라졌음을 한탄하는 데 시간을 낭비하지 않고, 무엇보다 현재 논쟁의 많은 부분을 오염시키고 무가치하게 만드는 고약한 여성혐오 없이, 자신의 입장을 지키기 위해 맞서 싸울 수 있는 미래를 예고한 듯하다.

그리고 그때쯤에는 우리 모두 얼뜨기처럼 운전하지 않아도 되는 신개념 자동차들이 나와 있지 않을까.

20
변화의 대상

　　나는 여러모로 아내가 결혼했던 예전의 그 남자가 아니다. 작은 예를 하나 들자면, 나는 지금 턱수염을 기르고 있다. 가짜가 아닌, 진짜 수염이 내 턱에 붙어 있다.

　　근 20년간 아내에게 난 늘 깔끔하게 면도한 남자였다. 음, 항상 그랬던 것은 아니다. 물론 이따금씩 면도할 의지를 잃어버렸던 순간들도 있었다. 손에 면도기를 들고 욕실 거울을 들여다보면서 나 자신에게 이렇게 말했던 아침들이 있었다. '오늘 법원에 출두할 일 있어? 아니라고? 그럼 여기서 뭐하는 거야?'

　　하지만 거의 대부분 파티에 참석하기 위해 혹은 사진을 찍기 위해 면도했고, 일주일 이상 수염을 그대로 내버려둔 적이 없었다. 턱수염 같은 것을 기르고 싶지도 않았다. 내 인생에서 모자와 나비넥타이와 턱수염은 '허용 불가'로 향하는 포괄적인 스타일 항목으로 분류되었다. 나에게 턱수염은 벌목꾼이나 조난자들에게나 어울리는 것이었다. 턱수염에 긍정적인 속성이 결합되리라고는 상상할 수 없었다. 이유는 알 수 없지만 아무튼 나는 수염에 강한 반대 의견을 갖고 있었다. 다소 고의적으로 수염을 자랑스레 내보이는 듯한 남자들을 볼 때마다 이런 생각이 들곤 했다. 턱수염보다 더 심하게 얼굴에 타격을 입힐 수 있는 게 뭐가 있을까?

그러다 약 2년 전 어느 날, 나는 턱수염을 길렀다. 내가 수염을 길러야겠다고 결정했는지 어쨌는지는 기억나지 않지만, 그게 수염의 근사한 점이다. 그냥 놔두면 저절로 길러진다. 그것은 당신이 뭔가 하고 있지 않음으로 인해 생겨나는 산물이다. 태만함이 꾸밈과 만나는 지점이며, 내가 평생 추구해온 달콤한 지점이기도 하다.

딱히 잘 어울리는 것으로 간주되진 않았지만, 턱수염은 분명 이야깃거리가 됐다. "어이, 수염 멋지네." 친구들은 내가 그걸 직접 자아내기라도 한 것처럼 말했다. 나는 사실 사람들의 관심을 얻으려고 애쓴 적이 없었고, 상반된 의견을 끄집어내려고 기를 쓴 적도 없다. 그런데 곧 턱수염을 전혀 좋아하지 않는 여성 인구가 있다는 것과, 마치 턱에 귀여운 강아지라도 매달고 있는 것처럼 환호하는 또 다른 여성 인구가 있다는 것을 알게 되었다. 나는 아내가 이 범주 중 어느 하나에 속하는 사람인지 모른다는 것을 깨달았다. 나에게 새로운 이미지가 생겼다는 게 너무 좋아서, 사실은 이미지라는 것이 조금이라도 생겼다는 게 너무 기쁜 나머지, 중요한 사람과 상의하는 것을 잊어버린 것이다.

드디어 내가 아내에게 의견을 물어봤을 때는 턱수염을 기른

지 한 달도 더 지난 뒤였다. "저기, 당신 턱수염 좋아해?"

아내는 그런 질문에 대해 생각해본 적이 없는 것처럼, 나한테 뭔가 변화가 생겼다는 것을 처음 알아차린 사람처럼 내 얼굴을 쳐다보았다.

"난 상관없어." 그녀가 말했다. 그러고는 너무 빨리 말했나 싶은 듯 날 다시 살펴보았다. 하지만 곧 아무 말도 없이 걸어가 버렸다. 그게 전부였다. 이로써 아무런 항의나 축하 의식 없이 또 다른 이상한 변화가 우리의 결혼생활에 수용되었다.

아내 역시 여러모로 내가 전에 결혼했던 그 여자가 아니다. 나랑 결혼했던 여자는 닫힌 공간에서 배우들과 함께 자리하는 것에 공포증이 있는 게 아닐까 싶을 만큼 공연장을 극도로 싫어했다. 난 그렇게 싫어할 이유가 없다는 점을 납득시키려고 몇 년을 노력했지만, 내가 어떻게든 허락을 받고 연극표를 구입했을 때도 그녀는 공연 날만 되면 이상하게 몸이 아팠고, 난 아이들 중 한 명을 대신 데려가야 했다. 공연장에 가야 한다는 생각이 실제로 그녀의 컨디션에 문제를 일으킨 것이다.

그러던 어느 날 문득 예고도 없이, 그녀의 마음이 바뀌었다. 무언가를 보러 갔고, 놀랍게도 그것을 아주 재미있어했다. 평생 뮤지컬에 질색하던 사람이 그 저항감을 극복한 것이다. 그러더니 기사에 나온 공연들을 보기 위해 표를 사기 시작했다. 내가 갈 수 없는 사정이 생기면 혼자라도 갔다. 단 1년 만에, 공포는 열광으로 변했다.

"난 연극이 너무너무 좋아." 일곱 시간짜리 연극으로 각색한 〈위대한 개츠비〉를 보고 나오면서 그녀가 말한다. 배우들이 책 전체를 소리 내서 읽은 것이라 해도 과언이 아니었다. 아이 옆에 앉아 몇 년을 보낸 사람에게는 좀 짜증스러운 일이지만, 그래도 분명 한 단계 발전한 것이긴 하다. 이외에도 난 아내가 꽤 오랫동안 하찮게 여기거나 적대감을 보였다가 갑자기 그 존재 이유를 이해하게 된 것들을 여기 아주 많이 추가할 수 있다. 조개류, 운동, 내 친구 몇 명, 인터넷 등등.

그것이 어쩌면 오랜 결혼생활에서 가장 예기치 못한 측면일지도 모른다. 다른 사람의 변화를 수용해야 할 필요성 말이다. 때로 그 변화는 너무 급작스럽거나 엄청난 놀라움을 동반하기도 한다. 결혼해서 가장 좋은 점은, 적어도 처음에는 아무런 변화가 요구되지 않는다는 것이다. 누군가가 있는 그대로의 당신과 기꺼이 결혼해준다. 당신이 품고 있는 쓰레기 같은 것들도 모두 포함해서 받아들여주는 것이다. 당신은 무엇이든 고칠 필요가 없다. 사실 어설프게 손보기를 지양해야 할 약간의 책임마저 있다. 당신이 더 부자가 되거나 더 가난해질 수도 있고, 더 아프거나 더 건강해질 수도 있지만, 근본적으로는 당신 자체로 남아 있어야 한다.

하지만 세상일이라는 것이 꼭 그런 식으로 풀리진 않는다. 누군가를 알 수는 있어도 그것은 그리 오래가지 않는다. 결혼 20년쯤 되면 당신 몸에 있는 세포들마저도 몇 번쯤 교체됐을 것이다. 중간에 의견이 변하기도 하고, 확신이 무너지기도 하고, 믿음이 사라지기도 한다. 상황은 비교적 짧은 시간 안에 우리를 매우 다른 사람이 되도록 만든다. 처음에는 둘 다 상대방이 어떤 부모가 될지, 어떤 중년이 될지 알지 못한다. 둘 다 비숫한 속도로, 조금쯤 상호보완적인 방식으로 나이 들어갈 수 있다면 운이 좋다고 해야 할 것이다.

결혼생활에서 일어나는 모든 변화가 발전이나 진보 또는 중립적인 조정으로 묘사될 수 있는 것도 아니다. 때때로 사람들은 불쾌한 습관이나 동의하지 못할 정치적 견해를 갖는다. 최근에 아내는 MTV에서 방영하는 한심한 리얼리티 프로그램의 열혈 팬이 되었고, 침대에서 휴대폰으로 캔디 크러시 게임을 하기 시작했다. 특히 침대에서 게임하는 것은 나를 미치게 만든다.

"이게 어때서?" 그녀가 묻는다. "내가 뭔가 잘하는 게 싫어?"

"아니." 내가 말한다. "지겨워서 그래. 멀티소켓이 내 베개에 걸려 있는 것도 싫단 말이야."

"휴대폰은 충전해야 되고, 코드가 나한테는 안 닿잖아."

물론 나 또한 모든 면에서 매일 더 나아지고 있는 것은 아니다. 나의 변화 중 상당 부분이 나쁜 쪽으로 향하리라는 것도 예상하지 못했다. 아내가 날 처음 만났을 때만 해도, 당시에는 이메일이 없었으니, 나중에 내가 이메일로 연락하기 거의 불가능한 사람이 되리라는 것을 알지 못했을 것이다. 그런 것을 내가 어떻게 경고해줄 수 있었겠는가? 그때 나는 혼자 방에 틀어박혀 일하는 동안 낯선 사람들이 서면으로 질문서를 보내오는 그런 디스토피아적인 미래를 상상할 수 없었다.

그녀는 내가 세인스버리 마트의 빵 자르는 기계를 병적으로 싫어할 거라고도 예측하지 못했다. 분명히 빵을 잘라 오라는 지시가 내려졌을 때조차 빵을 자르지 못하게 하고 봉지에 담아 올 줄은, 그래놓고 집에 와서는 기계가 고장 났다고 거짓말을 늘어놓을 줄은 상상하지 못했을 것이다.

"거짓말." 그녀가 말했다. "자르기 싫었던 거겠지."

"기계에 손가락이 들어가거나 하면 어떡해." 내가 말한다. "다들 그런 얘기 하기 싫어하더라고."

작거나 큰 이런 변화들이 20년에 걸쳐 쌓이고 쌓여 전혀 다른 두 사람을 만들어낸다. 아내는 확실히 내가 결혼했던 그 여자가 아니다. 전에는 담배를 피웠지만 지금은 니코틴 껌을 씹는다. 운전석 쪽 문손잡이의 작은 공간에 씹던 껌을 흘러넘칠 때까지 쌓아놓아서, 가끔 문을 세게 닫으면 그중 몇 개가 튀어나와 좌석에 떨어지고, 그다음 운전하는 사람이 모르고 거기에 앉았다가 꼼짝없이 들러붙곤 한다.

전혀 예상하지 못했던 이 역겨운 습관 외에, 그녀는 여전히 내게 약 4분의 1세기 전 뉴욕에서 만났던 그 소녀로 남아 있다. 지금도 여전히 가끔씩 내 간담을 엄청 서늘하게 만들 수 있는 여자다. 그 부분만큼은 결코 변하지 않을 듯하다.

| 마무리 |

　결혼생활이 중반으로 접어든 어느 날, 나는 정말 하기 싫은 일을 해야 했다. 인생 상담 코치에 관한 기사를 쓰는 것이었다. 인터넷으로 상담 신청을 하고, 그 사람은 나한테 몇 가지 과제를 이메일로 보낸다. 우선은 내가 지닌 자질들을 리스트로 만들어야 한다. 각각의 진술이 '난 어떻다'는 포맷에 맞아야 한다. 상담 코치는 스무 개의 자질을 적어보라고 하지만, 내게 어떤 자질이 스무 개씩이나 있는 것 같진 않다. 제출 기한이 일주일 늦어지고, 그걸 써야 한다는 생각만으로도 머리가 어질어질해진다. 나는 내 방식대로 성찰하는 것을 선호하는 편이다.

　어느 시점에 난 그 문제를 아내의 문제로 바꿔봐야겠다고 결심한다. 아내에겐 어리석고 불가능한 일을 어리석고 간단한 일처럼 만드는 재주가 있으니까. 상담 코치 입장에서 그건 문제될 게 없다. 어차피 친구나 가족에게 도움을 청해도 된다고 했기 때문이다. 하지만 이 경우에는 그것이 실수였다는 게 밝혀진다. 아내는 '나의 자질'이라는 제목하에 내가 한 문장도 써 내려가지 못한 종잇장을 들여다본다.

"어디 보자." 그녀가 말한다. "잘 도와준다? 아니야. 동정 심이 많다? 아니야. 매력적이다? 아니야. 호감형이다? 아니 야…….'"

"내가 당신 기분이 별로인 시간을 골랐나 봐." 내가 말한다.

"……용감하다? 아니야. 사려 깊다? 아니야. 열정적이다? 아니야……."

"알았어, 도와줘서 고마워." 내가 말한다. "이거 치울게."

그냥 '나는 결혼했다'라고 써야겠다는 생각을 하며 난 그 방을 나오고, 정말 그렇게 한다. 그 에피소드는 우리가 가끔 예정에 없는 평가 시간을 가질 때와 다르지 않다. 아내가 그간 내 인생에서 일어났던 사건들의 색인을 갑자기 업데이트하기로 결정하는 날들이 있다. 팀 다울링: 최근에 제대로 하지 못한 일, 부모로서 잘못한 점, 눈치 없는 얼간이로 행동했던 순간, 그의 게으름, 이기심, 그 외에 제대로 이행되지 않은 갖가지 의무들. 그녀가 때때로 날 끌어다 앉히고 그 모든 내용을 나한테 얘기하는 것은, 남편과 아버지로서 내가 지닌 결함들을 우아하게 받아들인다는 표시다.

남편이 될 때 남편으로서 최소한 이 정도는 해내야 한다는 기준 같은 것은 없다. 그 많은 시간이 흘렀는데도 내가 별로 잘 해내지 못하고 있다는 사실에 크게 놀랄 것도 없다. 내게 잣대 는 항상 낮게 설정되었다. 지금까지 내가 남편으로 재직하는 동안 문화적인 힘이 그 잣대를 꾸준히 올려왔어도, 난 그 아래로 림보 하듯 빠져나오는 것에 기꺼이 만족해왔다. 나는 개인적으로 좋은 남편 겸 아버지가 되는 것이, 이따금씩 아내와 아이들에게 이보다 훨씬 더 심했을 수도 있다는 점을 상기시키기만 하면 되는 간단한 문제라고 생각한다.

나는 말한다. "주위를 둘러봐. 그럼 알 수 있을 거야." 물론 끔찍하고 한심한 남자들을 짐처럼 떠안아야 하는 수많은 가족을 지적하는 것이 조금 얍삽한 측면도 있다. 나한테서 그들의 관심을 떼어놓을 뿐만 아니라, 나보다 훨씬 잘해내고 있는 남편과 아버지들에 대해서도 생각하지 못하게 하는 것이니까. 이는 용감하고 열심히 노력하는, 매력적인 데다가 옷까지 잘 입는 그 모든 사람들을 잊어버리라고 말하는 셈이다. 자식을 돌보지 않는 사회 낙오자들만 생각해라, 그리고 너 자신을 행운아로 여겨라.

또 다른 과제도 있다. 결혼생활 전문가와 상담하는 첫 번째 과정으로 우리는 최근 생활에서 겪은 에피소드를 세밀하게 검토당하고 있다. 급하게 수리해야 하는 지붕이 있었는데 아내가 그 프로젝트 전체를 맡아 처리해야 했다. 난 모든 것을 내려놓은 마음으로 나 자신이 전혀 도움이 되지 못했음을 인정한다. 카운슬러가 아내를 돌아본다.

"항상 모든 일을 당신이 처리해야 하는 것을 어떻게 생각하시나요?" 그가 물었다.

궁극적으로 지금까지 남편으로서의 내 경험이 미흡하다는 것이다. 뭔가 충분해야 하는 것을 충분하게 행하지 않거나, 그냥 충분하지 않다. 결혼으로 인해 내가 스스로의 능력에 대해 실망할 기회의 문이 활짝 열렸다는 것은 고통스러운 일이다. 나는 혼자서도 잘 지낼 수 있고, 배타적인 생활에도 쉽게 적응할 수 있었을 것이다. 그러면 내 결함들은 지금처럼 명백하게 드러나지 않았을 테고 최소한 나에게만 분명하게 보였을 것이다. 내가 지닌 능력을 향상시키려는 나의 노력에 거의 아무런 보상도 주어지지 않고 있긴 하지만, 그 나름대로 보람이 없는 것은 아니다. DIY를 시도할 때처럼, 나는 반복되는 실패에도 우울해지지 않으려고 애쓴다. 여러모로 부족한 남자임에도 여전히 매일 아침에 일어나 무사히 생활해나간다는 것, 거기에 묘한 품위 같은 것이 있다.

나의 결혼은 대단히 유능하고 정서적 이해 능력이 탁월한 여성에게 구제된 불운한 얼간이의 진부한 이야기가 아니다. 나는 이렇게 주장하고 싶지만, 당신이 그런 식으로 느끼더라도 결코 아니라고 말할 수는 없다. 외형적으로 능력의 저울이 아내 쪽으로 기울어져 있을지는 몰라도, 성공적인 결혼생활을 이어가는 다른 많은 부부들의 경우처럼, 우리의 결혼 역시 수많은 대립 요소 간의 균형과 타협에서 비롯된 산물이다. 가끔 결혼 뒤의 내 인생이 너무 편해져서 내가 사기를 치고 있는 것처럼 느껴지는 경우가 있다. 하지만 그것은 서로의 강점과 약점이 맞물려 있는 톱니바퀴의 한 측면일 뿐이다. 우리 중 하나는 외향적이고 주도적인 편이며, 다른 하나는 드라마 〈브레이킹 배드〉의 이전 에피소드에서 어떤 일들이 있었는지를 기억한다. 둘 중 하나는 생선 내장 제거와 비늘 벗기는 일을 절대 못하고, 둘 중 하나는 새장에서 풀려난 새처럼 한 장소에 머물

329

러 있지 못한다. 어느 쪽이 나인지 당신이 알건 모르건 그건 중요한 일이 아니라고 본다.

20여 년 전 나는 일련의 결정들을 내렸다. 그중 모두가 명백히 현명했던 것은 아니지만, 나는 단 한 가지 이유로 그 선택을 했다. 내가 그런 선택을 한 동기는 오로지 사랑이었다. 하지만 스스로에게 정직하자면, 당시에 내가 지난 생활을 청산한 데는 입 밖으로 내뱉지 않은 여러 매력적인 요소들이 관련돼 있었다 (가끔 과거를 되짚어 돈만 쫓았다는 오명을 찾아보는 것도 나쁘지 않다. 가장 순수한 의도에 이기심의 지문이 찍혀 있을 수도 있기 때문이다). 솔직히 당시의 나처럼 소심하고 불행한 누군가에게, 스물일곱에 자신의 인생을 완전히 갈아엎을 수 있는 기회가 찾아왔다면 그걸 거절하는 게 오히려 멍청한 짓이었을 것이다. 사랑이라는 정당한 이유를 내세울 수 있는, 부두에 묶인 밧줄을 풀어 다른 어딘가로 출발할 기회가 생겼다면 말이다.

그것은 어려운 일이 아니었고, 힘든 순간에 나는 후퇴를 생각했다. 초창기에 여행비자가 만료되어 상당 기간을 미국으로 돌아가 보내야 했을 때, 필연적으로 나를 예전 생활로 잡아끌려는 힘이 능력을 일부 되찾았다. 그 힘은 가장 저항이 적은 길을 향해 익숙한 느낌으로 나를 잡아당겼다. 앞이 보이지 않았던 암흑기에 난 이게 어쩌면 내 운명이 아닐 수도 있다는 관점에서 미래를 생각하기 시작했다. 그사이 영국에 있던 여자친구는 몇 번의 전화통화에서 비슷한 의심을 표현했고, 내가 돌아오지 않는 편이 더 나을 수도 있다고 말했다.

내가 최근에 그때 왜 그런 말을 했느냐고 물었더니 그녀는 이렇게 말했다. "그냥 가망이 없는 것 같아서."

"근데 왜 마음이 변했어?" 내가 물었다.

"왜 내 마음이 변했을 거라고 생각해?"

내게는 다행스럽게도(그리고 아내에게도-그녀를 잊어서는 안 된다), 나는 그 말을 귀담아 듣지 않았다.

궁극적으로 나는 사랑에 너무 많은 공을 돌리고 싶지 않다. 처음부터 사랑만으로 충분하지 않다는 사실이 명백했기 때문이다. 사랑이 애초에 우리를 이 항해에 오르게 한 이유일 수는 있지만, 우리가 지금까지 탐험에 성공할 수 있었던 데는 또 다른 요소도 작용했을 것이다. 우리는 거래를 했다. 결혼은 서로 협정한 계약이며, 우리의 계약은 지금도 지속되고 있다. 처음 시작할 때 "언제든 이혼할 수 있다"는 말이 포함됐던 계약치고는 나쁘지 않다.

물론 우리 앞에는 여전히 거친 물살이 도사리고 있다. 우리 아이들은 거의 다 자라서 이 배를 떠날 태세를 취하고 있다(말하자면, 배에서 뛰어내리려는 쥐들처럼). 전에는 순항했던 결혼의 많은 부분이 좌초하려는 듯한 여행의 한 지점이다. 우리 함선에 약간의 누수가 생겼을 수는 있지만,* 그것이 우리가 가진 전부다. 당연히 난 이곳 이외에 다른 어디에도 있고 싶지 않다.

---

* 여기에 제시한 함선 관련 은유는 두 가지 의미를 취할 수 있을 것이다. '함선'이 결혼이라면, '누수'는 말다툼, 한바탕의 짜증, 잊어버린 기념일들, 소원했던 시간들, 술에 취해 던진 잔인한 말 등등이 될 수 있다. 하지만 '함선'이 집이라면, 그것은 실제로 우리 집에 물이 샌다는 얘기를 하는 것이다. 각자 알아서 판단하라.

다른 사람은 몰라도 나만큼은 끝까지 이 배에 올라 있고 싶다.

진심이다. 그러니 날 돛대에 묶어도 좋다.

| 감사의 글 |

친구이자 에이전트인 나타샤 페어웨더의 무한한 인내심에 고마움을 전하고 싶다. 이 책이 어떻게 진행되고 있는지에 대해 부드럽게 문의한 첫 번째 이메일에서부터 최근 이메일까지, 내가 1년 가까이 미적거렸다는 사실을 증명해줄 오래된 이메일들이 있다. 나에 대한 그녀의 인내심은 10여 년 전으로 훨씬 더 확장되지만, 다행히 이메일 증거들은 2011년까지만 거슬러 올라간다.

편집자 클레어 레이힐의 인내심도 보통이 아니었다(지금부터 내가 언급하는 모든 이들이 그러했다고 말해두겠다). 그녀의 격려와 조언 또한 내게 큰 힘이 되었다. 난 그녀와 나타샤에게 모든 일이 잘되고 있다는 인상을 심어주려고 상당 시간을 투자했는데, 둘 다 그것이 거짓말임을 알면서도 아는 척하지 않았다.

내 친구 마틴 토머스한테도 신세를 많이 졌다. 함께 산책하는 동안 이 책이 기본적으로 어떻게 구성되어야 하는지 내게 설명해주었을 뿐 아니라, 한때 내 아내와 같이 집을 살 뻔했던 미란다와 딱 적절한 시기에 결혼해줌으로써 당시 내 영국인 여자친구의 거주 형태를 엉망으로 만들어버린 공로가 있다.

행복한 결혼의 마흔 가지 수칙 중 일곱 가지는 『가디언 위켄드』지 2013년 2월호 기사에 처음 등장한 것이다. 『가디언 위켄드』 관계자 분들(메로페 밀스, 멜리사 데네스, 말릭 미어, 팀 러셔, 클레어 마켓슨, 에밀리 월슨, 롭 피언을 포함해서)께 여러 가지로 고마움을 전하고 싶고, 원고 마감을 지키지 못하거나 믿기 힘든 변명들을 늘어놓은 것에 대해, 그리고 작년에 몇 번이나 전화통화를 피한 것에 대해서도 사과하고 싶다.

나의 세 아들 바너비, 조니, 윌은 오랫동안 자신들을 글감으로 이용하고 있는 아버지에 대해 불가사의한 이해심을 발휘하고 있다. 난 그들의 어린 시절을 훔친 보답으로 엑스박스 360을 사주었다. 그것은 분명 거래였다. 그 뒤에 내가 책을 한 권 쓰느라 크리스마스를 망쳤던 건 거래의 일부가 아니었다. 미안하다.

다른 누구보다 아내에게 가장 감사하다. 이 책을 펴내는 시점에서 여전히 내 아내로 남아 있어준 것에 대해서만이 아니라, 책의 집필 과정 중간중간 원고를 읽고 솔직하게 평가해준 것에 대해, 그리고 위기가 닥쳤을 때나 두려워질 때나 기분이 처지는 다른 일들이 있을 때마다 내가 의지할 수 있는 사람이 돼준 것에 고맙다고 말하고 싶다. 작년에 내가 분노로 이글

거리는 그녀의 눈과 거칠게 갈라지는 그녀의 목소리를 알아차린 게 적어도 네 번은 된다. 내가 이 책을 쓰는 건 내 능력 밖의 일이며 실패할 게 확실하다고, 포기하는 게 유일한 분별 있는 선택이라고 칭얼거릴 때마다 그녀는 매번 차분하게 날 쳐다보며 말했다. "당신이 이럴 땐 정말 감당이 안 돼."

때로는 약간의 짜증만으로도 충분하다.

허즈번드
프로젝트

초판 1쇄 인쇄 2015년 12월 1일
초판 1쇄 발행 2015년 12월 10일

지은이 팀 다울링
옮긴이 나선숙
펴낸이 홍정완
펴낸곳 솟을북
주간 홍정균

편집 이은영 홍주완 배성은
영업 한충희
관리 황아롱
디자인 김진희

04151 서울시 마포구 독막로 281(대흥동) 한국문학빌딩 5층

전화 706-8541~3(편집부), 706-8545(영업부) | 팩스 706-8544
이메일 hkmh73@hanmail.net
블로그 http://blog.naver.com/soseulbook
출판등록 2004년 6월 28일 제313-2004-00166호

ISBN 979-11-85297-03-3 03800